水原紫苑の世界

Mizuhara Shion

深夜叢書社

水原紫苑の世界　目次

短篇小説

論考&エッセイII

水原紫苑
論考&エッセイ

*

講演録

水原紫苑 インタビュー

対談&鼎談

短歌作品

カバー装画――森蘭斎『蘭斎画譜』（国文学研究資料館蔵）より

装丁――髙林昭太

水原紫苑アルバム

2017年4月、自宅の庭で愛犬さくらと
撮影＝矢部志保

高校生の頃

幼稚園の頃、自宅の庭で

1981年9月 、パリの岩瀬孝（指導教授）宅で梅本洋一（右から二人目）ほか先輩方と

1981年8月、フランス・トゥールにて。ホームステイした仲間のシルヴィアと

学生時代、恩師の一人、平岡篤頼と

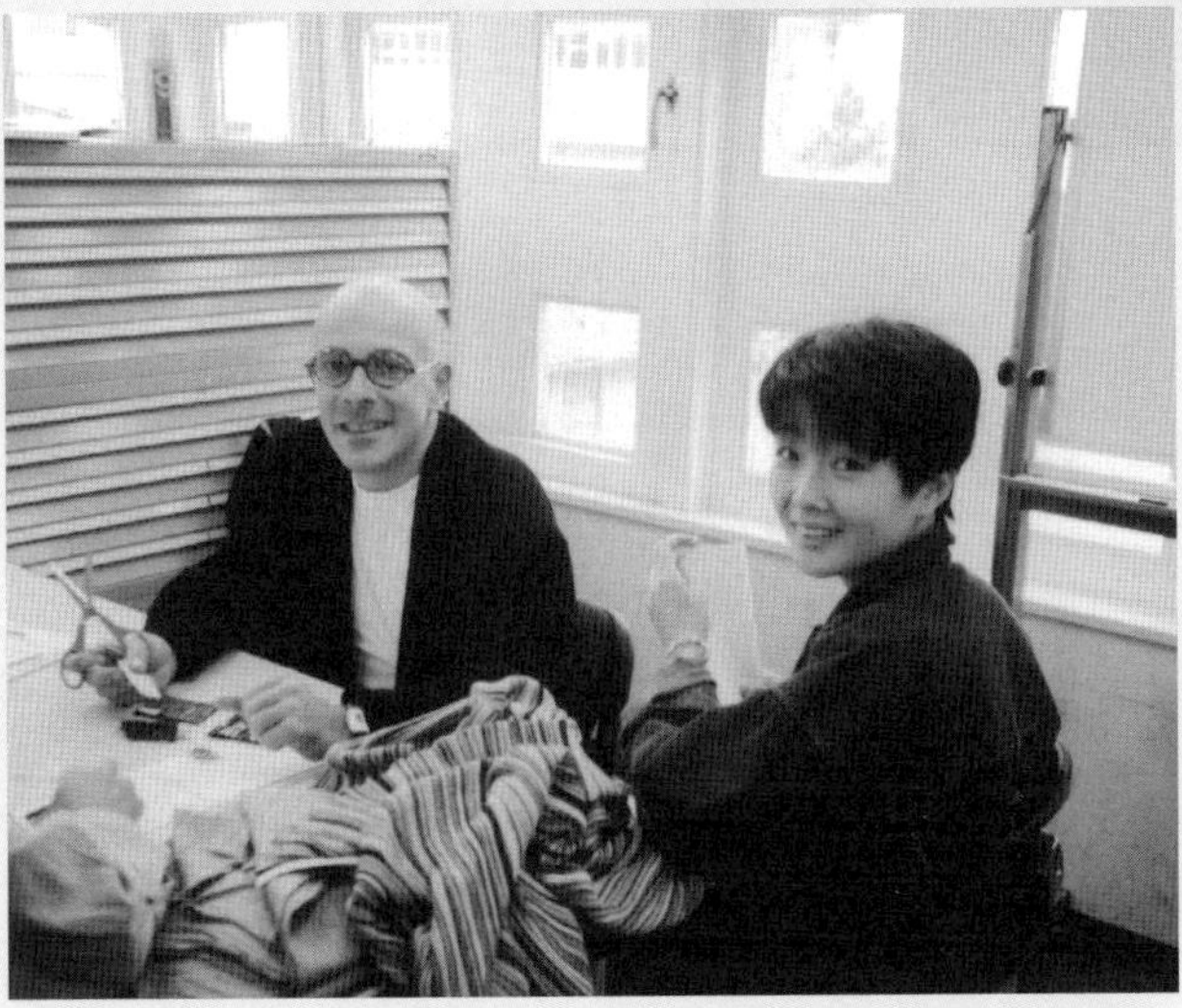

原宿のエスモードジャポンに勤務していた1989年頃。コンビを組んでいたデザイナーのフランソワと

1990年6月、現代歌人協会賞授賞式で。向かって右から阿木津英、辰巳泰子、春日井建

1995年12月、向かって左から穂村弘、水原、東直子、加藤治郎

1997年1月、NHKの番組で。中央に久世光彦、向かって右に黒田杏子と齋藤愼爾

1997年6月、京都で同人誌「游」の座談会に参加。向かって右から谷川健一、白川静、山中智恵子

1998年、NHK歌壇で。司会の馬場あき子とゲストの春日井建

1998年7月、NHK歌壇の打ち上げで。佐佐木幸綱、俵万智と

能シテ方の梅若六郎と。撮影＝高橋昇

2010年1月、穂村弘との対談で。撮影＝シマブクロアサコ

愛犬さくらと旧宅前で

2014年11月、梅若六郎玄祥の
人間国宝認定御祝いの会で

2014年12月、現代歌人集会秋季大会
（京都）で

2018年4月、「桜守」としても知られる京都の庭師、佐野藤右衛門をCS番組「H（アッシュ）」で取材。撮影＝小野田桂子

東京・目黒のブックカフェふげん社で歌舞伎セミナー

旧宅の居間で愛犬さくらと

写真提供＝遠藤誠建築設計事務所

2018年5月、新居「サクラの家」（設計＝齊藤哲也・遠藤誠・石井航）完成。齊藤哲也（向かって左）を水原に紹介した村上湛と新居の居間で

2019年2月、歌壇賞のパーティーで若手歌人たちと。向かって右から服部真里子、川野芽生、水原、佐伯紺、平岡直子

2019年6月、青土社にて川野里子（向かって左）、小島ゆかりと万葉集について鼎談（「現代思想」8月臨時増刊号「万葉集を読む」に収録）

2018年9月、宇治市にて紫式部文学賞受賞記念講演。吉川宏志、本阿弥書店社長の奥田洋子と

2020年2月、読売文学賞のパーティーで阿部日奈子、受賞者の千葉文夫と

論考＆エッセイⅠ

如何なる花束にも無き

馬場あき子
Baba Akiko

キリストもブッダも犬にあらざれば信に足りずとおもふ秋かな

こんな一首がある。さすがの大放言ともいえるが、水原さんの当面の心は愛犬との絆の深さを最大に表現したものといえるだろう。「白犬は神に近きを添ひ臥して十八年の鬼の醜草《しこぐさ》」とも詠んでいる。「鬼の醜草」は紫苑の異名、この自称表現とともに、「白犬は神に近きを」とまで言いうることに驚きをもつ。人間くさい一切を脱却した没入の愛がここにはある。

自身に対して「犬妻」と呼んではばからなかったほどの「白犬さくら」への誄歌《るいか》が連作としても、折々の思いとしてもかなりの量が収載された歌集だが、それはやはり特殊な水原さんの偏愛に属するもので、私としては驚嘆に値するばかりである。そして私は、より深く人生にかかわった大きなテーマとして水原さんがはじめて明確に開顕したその出生へのこだわりに注目する。

共に陸軍中尉。母の兄なる伯父は商人の子にして應召、戰死し、職業軍人なりし父は戰後、母の家に入る。
伯父在りせば、父母は婚姻せず、わがいのち無からまし。
われは戰爭の子なり

大日本帝國に殺されし伯父捨てられし父われを創るも

水原さんの胸中に折あって動く不思議な自己否定、いや、その存在否定の思い、それは、ここに開かれたような商家を継ぐべき長男の戦死によって生まれた。もとより水原さんのあずかり知らぬところだが、水原さんは沖縄戦で戦死した正家督者の伯父を思い、それによって入婿となった元近衛士官の父の血がわが身に流れることを忌むのである。

歌集『如何なる花束にも無き花を』の巻頭には「軍服の父を知らざる幸《さきは》ひをブローチとして心臓に刺す」が置かれている。一九五九年生まれの水原さんが、伯父の戦死にともなう家の事情を知るのはいつごろであろうか。第五歌集『いろせ』（二〇〇一年）の中に「ハイビスカス髪に飾りて平和祈念公園に立つささげものわれは」という歌を見出した時、私は単純に感動し、沖縄の悲に対し身を「ささげもの」とうたったこころざしを激賞したものだが、今知る事情によればもっと複雑な心情だったのだ。今度の歌集でも「沖縄とふ南の心臓きらきらとこの虚國《むなぐに》に血を注ぎけり」とよまれて、今の沖縄への国のありように加えて、水原さん独特の絆への思いが重なる。

水原さんは、国や戦争、宇宙や地球、人間の性や生死の問題にも鋭い問いを投げかけるが、それはどれも人間の肉体や体感を通しての歎きとともにある。大胆で個性的な表現分野がひらかれている。

女男《めを》あらぬウィルスのこころ水に問ひけふを生きゆく夕映われら
インセストもはや叶はぬ夢なれば朝《あさ》羽《は》夕《ゆふ》羽《は》のふりゆくこころ
玉の緒の絶えなむのちの秋の野をアンドロギュノスあそびせむとや

近親相姦や両性具有への欲求が、虚国《むなぐに》という意識の中で、人倫の秩序を毀す反逆としてよみがえるのは、かつて近衛兵の華麗な軍服に身を包んでいた父の血を嫌うことと無縁ではないだろう。

こうした複雑な愛憎の域を離れて、水原さんが現実にもった愛の世界があったことを、読者である私たちはすでに『武悪のひとへ』によって示されている。その愛は相愛の人の死によって終わったが、その思いは歌いつづけられこの歌集の中にも脈々とつづいている。

プルーストの鈴を鳴らすはぬばたまのわが黒翁《くろおきな》きみにありしか
きみ空に溢れゆくかなきさらぎの河津櫻の契りかなしも

何の身構えもなくうたって直に情が通っている歌だ。黒翁は三《さん》番《ば》三《そう》（三番叟）の黒い翁面をつけた人。永遠の時を求めて鳴らされる鈴がある。

死者との契約

四方田犬彦
Yomota Inuhiko

師であった春日井建が逝去する。「私」は名古屋での告別式に参列し、祭壇に飾られた師の遺影を見つめる。いつしかそれは憤怒に憑かれた少年の顔に変貌している。「私」は師の根幹には、晩年に到るまで憤怒が秘められていたと直感する。

横浜の自宅に帰った「私」の夢のなかに、師が美少年の姿をとって現れる。彼は冥界でさまざまな人と再会できたが、三島由紀夫にだけは会えずにいるという。斬首された首がどこかへ飛んで行ってしまったからだ。師はその首を捜し出してほしいという頼みを残して、姿を消してしまう。「私」が泣きながら目を覚ますと、すでに夜になっていた。

ふたたび眠りに就いた「私」は、自分が一羽の雁となって、月に向かって飛んでいると知る。突然に轟音がし、らんらんと目を光らせた三島の生首が、「私」に接近してくる。首は彼女の咽喉から腹のなかに、するりと入り込んでしまう。「私」は三島に師の死を伝え、何とか師に遭っていただきたいと頼む。だがそのためには「私」は、生首を産み落とさねばならない。そこで覚悟を決めて森のなかを進み、銀色に滾る川まで来ると、下着を取り、水に跨って出産をする。「私」が血みどろの身を岸辺に横たえている間に、三島の生首は小川のなかに落ち、姿を消してしまう。「私」は師にむかって、もう自分のことは忘れてほしいと話しかける。「人は星を見上げても、星は人を見ないでしょう。」

「銀河」という短編である。グロテスクだが神聖さの記号が散乱し、レシというよりは、幻想趣味に満ちたコントといった方がふさわしい。

短編集『生き肌断ち』に収録された十四篇のコントは一応は現代を舞台としているが、実はほとんど民話を思わせる構造をもっている。死との関係において、それがいえる。

主人公はあるとき死者から困難な課題を依頼される。彼女は真摯に探究を続け、みごとに期待に応える。その結果、彼女は死者の地位を継承する。それは美学的な体験であると同時に、主人公がこれまで回避してきた性的な体験でもある。

「銀河」ではこの過程が、三島由紀夫、春日井建、「私」つまり水原紫苑と、三人の人物によって演じられている。三島は若き日の春日井を発見し、春日井は来たるべき三島の斬首を予言する歌を詠んでいた。彼は死後に三島を求め、「私」は三島を受胎してその母親となることで、冥界の春日井に語りかける。死者から生者へと下るヴェクトルがあるところで逆流する。「私」はその経廻りを媒介として師の憤怒を解き、師の継承者となる。語りの随所随所に挿入されている実在の歌が、この通過儀礼の物語をみごとに分節している。

「飛天寿司」はさらに荒唐無稽な形で、死者の継承を語っている。主人公の女性は亡き歌右衛門を偲びながら歌舞伎を観劇し、ふとしたことから銀座の狭い路地にある寿司屋に迷い込んでしまう。寿司屋の主人が寿司を握ると、寿司は次々と空中を飛行し始め、天体の運行に似た不思議なダンスを繰り広げる。実はこの術は亡き妻に教えられたものだと、主人は語る。歌右衛門を大の贔屓としていた妻は、子供のころから寿司が庭先を飛び回るのを両親や兄妹と眺めながら育ったのだった。……という話をしているところに妻の幽霊が出現し、主人公にむかって、自分の後を継いでほしいと依頼する。主人公が引き受けると、幽霊はたくさんの寿司を引連れ、天上へと昇っていく。主人公はもう何十年も寿司屋の女将をしていたような気持ちになる。

「銀河」では生首が地上に失墜し、地上の存在として再生する。「飛天寿司」では逆に、死せる依頼者が聖母マリアのように昇天を遂げる。空中を飛ぶ小さな寿司たちは、さながら聖母に従う天使たちのようだ。この構図が神聖さから失墜し、思いきって世俗的な形を取ったとき、「衣《きぬ》地獄」の世界となる。余命いくばくもない老人のため、着物の借財を返済できない若夫婦が彼の前で性行為を演じるという地獄絵図がそこでは描かれていて、死者との困難な契約という主題が、危ういところでポルノグラフィーに接近しようとしている。

水原紫苑が短編小説の筆を断ってもう短くない時が流れた。一見花車に見えて、動じない構造をもった作品が少なくない。彼女の中断を惜しむのは、わたし一人ではあるまい。

『生き肌断ち』(2010年)

『歌舞伎ゆめがたり』の軽やかなパロディ精神

阿部日奈子
Abe Hinako

『歌舞伎ゆめがたり』は、タイトルにある〈ゆめがたり〉のたおやかな語感から食み出すような、捻りの効いた歌舞伎パロディ短篇集である。「伽羅先代萩」「東海道四谷怪談」「仮名手本忠臣蔵」「桜姫東文章」など歌舞伎狂言を換骨奪胎した十三篇は、短篇小説の定石を踏んで出だしに仕掛けがあり、たちまち引き込まれてしまう。たとえば巻頭の「勧進帳」。

　富樫という男に初めて会ったのは、銀座の外れの安い小料理屋だった。

　私たちはインターネットの愛犬家のサイトで知り合ったのだった。私はトイプードルを、富樫はミニチュアシュナウザーを飼っていた。

　富樫のハンドルネームは「サエモン」で、私は本名のままの「シオン」だった。サエモンさんなんて、変わってますね、と私が書くと、彼は真面目に、僕の本名は富樫左衛門です、と打ち明け、シオンさんは男ですか女ですか、と尋ねて来た。それは会ってのお楽しみ、としか私は言ってやらなかった。

　富樫が女を愛するなら応じてやるし、男を愛するならその欲望を私の身で満足させてやる。その自信があってこそのこちらからの誘いだった。

こんな書き出しを読めば、富樫が『勧進帳』の登場人物で、義経捕縛の命を受けた安宅の関の関守と知らなくても、続きが気になる。能の『安宅』を元に作られた歌舞伎の『勧進帳』だが、二者でずいぶん違うのは弁慶の造形だ。『安宅』では力で富樫を威圧する弁慶が、『勧進帳』だと知識と肝力、洞察と情味を兼ね備えた傑人になっている。力を恃む荒法師という弁慶像を覆したのが歌舞伎十八番の『勧進帳』ということになろう。

さて水原紫苑はこの傑人弁慶像を再び覆して、弁慶の至誠に潜む恋情を、義経が疎む設定にしている。富樫の言い分を聞いてみよう。

> その時です、座っておられた判官殿が笠にちょっと手をかけて、こちらに注意を向けられたんですよ。これを天地人の三方の見得といって、五代目中村歌右衛門という役者が考案したそうですがね。私には、電波が来たようにはっきりとわかりました。判官殿は、私に助けを求められている、弁慶の粗野な情熱から逃がれて、私との静かで濃密な愛の日々を希っていらっしゃると。

弁慶・義経・富樫の三人が作りあげる関係性は、ここでは忠義思想から切り離されて、愛と欲望のドラマと化しているのだ。

もう一篇、これまた出だしから抱腹絶倒の「鳴神」を引こう。童話作家の四十女〈私〉は、パトロール中の巡査から、謎の科学者ナルカミが町内に潜伏していると聞かされる。

「何でそんなに警戒しなきゃならないんですか？」

　私はお巡りさんの緊張した顔を見て尋ねた。ナルカミは生物兵器の研究でもしていた人なのかも知れないと思った。

「いやあ、わしらもよく知らんのだけどねえ。何でも人間の頭に妙な電波送る奴だって言うんだなあ。」

　電波だって？　正真正銘の電波系か、と私は驚いた。

「電波送られるとどうなるんでしょうね。」

　お巡りさんが困りそうな質問が、思わず口を突いて出てしまった。

「そりゃあ、あんた、□□□□の□□□□の□□□□で、あれ、どうしたんだべ、とりあえず□□□□。」

　お巡りさんは突然伏字の言葉を滅茶苦茶に発し始め、自分でも制御が利かないようで、あわてて手を振って帰って行った。

「どうしたんだろう、お巡りさんたら、□□□□ばっかり言って。まあ、いいや、私はお腹が空いたから□□□□でも作って。あら、私も。」

　このあと世界は、ナルカミに脳波を操られて公序良俗に反する四文字言葉を連呼する人々で溢れ、誰もが自らの発語に駆り立てられるように相手かまわずの性交に走ることとなる。人類滅亡の危機に瀕して、雲の絶間姫よろしく立ち上がる〈私〉の首尾やいかに。

　本書の十三篇はどれも、歌舞伎の登場人物が現代に蘇り、芝居の筋や見所を巧みに語りながら、その一方で作品世界の正と邪、善と悪、聖と俗をひっくり返してみせる趣向となっている。ミッションスクールの同性愛カップル染子と光子が、久松神父の助けを借りて処女懐胎を実現すべく奔走する「野崎村」、瓜二つの少年、熊谷小次郎とタイラー国のアツモリ王子が子供同士でタッグを組み、親たちを殺して生き延びようとする「熊谷陣屋」、八ツ橋ばかりか、二〇〇一年に没した六代目中村歌右衛門までが現れて次郎左衛門への真情を語る「籠釣瓶」など、思いがけない展開が待っている。八汐も助六もお岩もお軽勘平も幡随長兵衛も、しゃべることしゃべること、ぶっちゃけ話で新解釈を打ち立てる勢いだ。

　この〈新解釈〉こそは古典に材を求めるパロディの要諦。水原が愛読書に挙げる太宰治の『お伽草紙』も、三島由紀夫の『近代能楽集』もこの分野の名作だが、ここでは歌舞伎繋がりから石川淳『おとしばなし集』の「和唐内」を見てみると、ご存じ『国性爺合戦』の主人公、和唐内（歌舞伎では和藤内）と甘輝は、敗戦から間もない昭和の日本に燻って、横町の雑伎小屋から、国民党と共産党の内戦に揺れる中国を窺っている。思想だの戦争だの動乱だのに身を挺していないと、しおたれてしまう男たち。いち早く生活者に変貌した妹の錦祥女は「ばかだねえ。男つて、どうしてかうみんなばかなのかねえ。思想のなんのと、くだらないものに取つ憑かれてさ。生活のよろこびを知らないね。うんざりしちやふよ。計略だつて。笑はせら。（中略）こんなところに長居は無用、一目散随徳寺としやれちやはう。」と、江戸戯作の味わいを伝える伝法な台詞で兄や夫を置き去りに、浮世小路へ紛れてゆく。当たり狂言の豪傑も形無し。膨れあがったナショナリズムが一朝にして崩れ落ちたあと、そこに広がる戦後社会の虚妄を嗤うのが、「和唐内」のニヒルなパロディ精神だ。

　二〇〇九年刊『歌舞伎ゆめがたり』の印象は、当然のことながらずいぶん違う。全体がコミカルで賑々しく、死も愛も美もヴァーチャルな軽さを纏っている。虚妄は虚妄のまま捨て置かれて風化し、未だ不可視の危機に怯えながらも、インターネットの普及で日常が変容してゆくさまに目を奪われ、現実感が希薄になってゆく二〇〇〇年代……そうした時代の雰囲気に立ち向かうには、ときにオプティミズムととられかねない、一条大蔵卿ばりの〈作り阿呆浮かれ戦略〉で行くほかないとでもいった趣きだ。つまり『歌舞伎ゆめがたり』のパロディ精神は、ニヒルよりもライト、浮かれや軽みで不透明な時代を揺さぶっている。

だが一方で、短歌に見る水原の資質に、もともとヴァーチャルな浮遊感があるのも確かである。存在の不安や孤独を詠む歌でも、その底には放心が感じられ、薄闇と仄明かりが二重螺旋のように捩れて立ち上る。歌を詠むことで、歌人は絶望や悲嘆から辛くも身をかわし、きわどいバランスを立て直す刹那に愉悦を摑んでいるかのようだ。きわどいバランス……おそらく水原が短歌という定型詩を選び、形式や型のある古典芸能を好むのは、内なるアンバランスを自覚するからだろう。五句三十一音の構成や韻律上の技法など、枠や制約でもある定型の機制が歌人を支え、その詩心に新たな血を送り続けている。しかしそれは、歌われた事象が様式化と調べによって美しさを帯びてしまう、定型の魔力と背中合わせではあるのだが。

それにしても不思議な人だ。心の襞を象徴主義風に詠む短歌、能や釈迢空について論じる明晰なエセー、奇想を奔放に繰り広げる短篇小説と、それぞれスタイルの違う仕事を読んできていま思うのは、水原紫苑の円熟をこれからも末永く見届けたいということである。

「ドグラ・マグラ」を遠く離れて

水原紫苑と夢野久作の世界

川崎賢子
Kawasaki Kenko

昨年（二〇一九年）、私が現在編纂に携わっている『定本夢野久作全集』第六巻の月報に、水原紫苑の玉稿「「猟奇歌」の〈われ〉」をたまわることがかなった。

夢野久作「猟奇歌」の、

此の夕べ
可愛き小鳥やはく〱と
絞め殺し度く腕のうづくも

高く〱煙突にのぼり行く人を
落ちればいゝがと
街路から祈る

といった、歌の〈われ〉について、水原は「日頃、闇の中に抑えつけられている欲望が、読者を嘲うようにぬっと顔を出す」「〈われ〉は常の〈われ〉ではない」、一人称であって〈他者〉であると指摘する。

これは、〈私〉探しの言語迷宮『ドグラ・マグラ』の作者による「猟奇歌」の〈私〉のありようの考察として、じつに示唆に富むものなのだが、それ以上に、次のような指摘は、水原自身の、歌における〈私〉認識を示すものとして興味深いものだった。

これは一般的な短歌の構造とは正反対の、異形の〈われ〉の顕現である。一人称詩型としての短歌は、日常を超えた欲望や夢を開示しながら、最後は今ここの〈われ〉に着地するのが普通のパターンである。

たとえば塚本邦雄の、

馬を洗はば馬のたましひ冱ゆるまで人戀はば人あやむるこころ

では「〈われ〉の溢れるリビドーは、「こころ」で冷徹に完結」しており、「歌と〈われ〉と読者は、一定の距離を保っている。「猟奇歌」のように、不逞な〈他者〉としての〈われ〉に読者が怪しく脅かされることはない」とする。

彼女が例外としてあげるのは釈迢空である。

人も　馬も　道ゆきつかれ死にゝけり。旅寝かさなるほどのかそけさ

（中略）
「かそけさ」の主体は誰か。明らかに、今ここを生きる〈われ〉ではない。怨念を抱えつつ死んで行った、人や馬の命の「かそけさ」が主体となって生々しく露出している。（中略）久作のパターンとは逆に、異次元の〈われ〉が今ここの〈われ〉の〈他者〉として出現するのではなく、〈われ〉が今ここから消えて、過去の時空に〈他者〉として生きている。いわば、本来あり得ない、虚の〈われ〉である。

「迢空と久作の間に、異形の短歌の怪しい線が見える」、それはさらに考えるべき課題であると、夢野久作の読者と研究者に、大きな宿題を残してくれた、水原のエッセイである。ならば、水原紫苑の〈われ〉はどうだろうか。一人称詩型としての普通のパターンにどのように着地し、あるいはどのように逸脱しているのだろうか。わたくしたち読者は、たしかに水原紫苑の歌に接して驚嘆し、ときには絶句する。が、その距離を脅かす異形の〈われ〉が、水原の歌から突出していないとはかぎらない。

夢野久作つながりでいえば、「ドグラ・マグラ」と題した連作がある。水原紫苑『えぴすとれー』（本阿弥書店、二〇一七年）におさめられている。そもそも夢野久作の「ドグラ・マグラ」の語義は、作中では、「戸惑い、面食らう」「堂廻り、目くらむ」の語が訛ったのであるとか、切支丹バテレンの魔術を指す方言であるとか解説されている。いっぽう、水原紫苑「ドグラ・マグラ」の連作は、

皮膚を脱げ鏡をまとへ　きりぎしの獨裁者より死を取りかへせ

という強い調子で始まる。歌と〈われ〉と読者との凍りついた距離をあえて打ち砕くような、烈しい呼びかけ、このような逸脱は、近年むしろ若い世代のなかに見出すことがむつかしくなった。もしかしたら現代は、わたくしたちに、かつてない老い方、かつてない逸脱の仕方を求めているのかもしれない。

その連作のなかに、

みにくきまで老ゆる能《あた》はざりし沼空の呪ひみちみてる歌の器よ

の歌がある。おそらくこのころから、釈沼空と夢野久作の間の、「異形の短歌の怪しい線」に、水原紫苑は心づいていたのだろう。ただしここで、一人称詩型としての普通のパターンに着地せず、しかもなおその逸脱をも容れる「歌の器」の「呪ひ」と呼ばれるものは、「異形」として疎外されるというよりは、むしろ、普遍的に現代短歌に満ちていると詠まれているようである。

とまれ夢野久作を、そして「ドグラ・マグラ」を詠む水原紫苑は、かつて昭和モダニズムと呼ばれあるいはエロ・グロ・ナンセンスと呼ばれたその時代の闇に深く降りていく。

生ハムのごとくに地球《テラ》ゆ外さるる東京あはれ魔都に非ずも
銀河鐵道爆破豫告《よこく》の鏡文字《かがみもじ》書き遺ししや聖レオナルド
わがかつて犬神なりしさきはひのこの世に生きて鎖《くさり》をもたず

これらの歌には、一九三〇年代、関東大震災後のモダニズム文芸の点景を引用した洒脱さがあり、善か悪かの彼岸の愉しさがある。「魔都」は夢野久作と同じく、昭和のモダニズムを牽引したメンズマガジン『新青年』から出発し、同誌に連載された久生十蘭のきらびやかな長篇都市小説のタイトルでもあった。当時一般に「魔都」といえば国際都市の租界・上海あたりのことであったが、十蘭は、一九三〇年代の、戦争に向かって陰謀渦巻く、東京という都市空間を「魔都」と呼んだのである。「銀河鉄道の夜」は、一九三三年、宮沢賢治の死とともに未完のまま、空に架かっている。夢野久作には「犬神博士」と題した小説もあり、辻に埋められ、飢えと渇きと恐怖のうちに発狂し神に転じる「犬神」の姿が、過去の〈われ〉として歌のなかに埋められている。水原紫苑のモダニズム引用の歌群を読むと、やはり『新青年』とその時代の作家に深い愛着を抱いていた中井英夫が偲ばれる。中井が今の世にあったなら、どんなにか水原の歌を賞翫したことだろう。

　また「みにくきまで老ゆること能はざりし」「呪ひ」は、歌の器に対する呪いであるばかりではなく、モダニズムと呼ばれる文芸の実験、新しいものに取り憑かれつつノスタルジアを生産するやっかいな都市の群衆の感受性などに対する呪いでもあるに違いない。昭和モダニズムは、老いることを許されぬまま、戦争の文学、植民地の文学に転じていったのである。

　　わたくしを歩む戰争　ドグラ・マグラ　逆走なせるむなぐるまはも

夢野久作が『ドグラ・マグラ』を上梓したのは一九三五年のことである。その物語は、真夜中に精神病院の一室に目覚めた「私」が、忘れてしまった自身の名前と自身の記憶を求める彷徨いの過程で、「私」が狂気に陥ったのは心理の遺伝が刺激されたからではないか、そのようにしむけたのは〈父〉その人ではないかとおもいあたり、おもいあたったとたんにまた物語冒頭の忘却が立ち戻ってくるという、文字通り自己言及的な言語の迷宮世界である。夢野久作の実父・杉山茂丸は、大アジア主義の巨魁であり、夢野は文弱の息子として徹底的な父の抑圧に耐えつつも、父への愛着にも揺れていた。時代は、大アジア主義を掲げた父の旗をも虚しくする戦争へと向かっていた。父の圧迫のきびしさ、自由な魂の監禁状態と閉塞感は時代の気分でもあったろう。心理までもが遺伝するといった、遺伝学なり生物学なりの暴力的な拡大解釈は、一九三〇年代に政権を握り、強制収容所で大量虐殺を繰り広げたナチス・ドイツが信奉した優生学につらなるものである。『ドグラ・マグラ』は、壊され、囚われ、強いられた〈われ〉の被害の恐怖の物語であるばかりではなく、そこに〈われ〉を解体し、ガス室に送りこむ加害の論理が展開されているという点でも、稀有な物語であった。狂っているのは病室のなかの〈われ〉なのか、彼の錯乱を引き起こした〈父〉（〈父〉は大学の精神科の医学者という設定である）であるのか、読者は『ドグラ・マグラ』の〈父〉をも〈われ〉をも、疑わずにいられない。

　水原紫苑の「ドグラ・マグラ」の歌で、この狂気の世界を歩むのは、すなわち主体は「わたくし」ではない。「わたくし」は客体化されており、「わたくし」を侵し、「わたくし」の身内と身の上を歩み、逆走する、虚しくかつ圧倒的な戦争のむなぐるまが、そこにまわっている。映画『狂った一頁』で雨のなかをめぐり、精神病院へとひたはしる、車輪のような表象である。衣笠貞之助監督、川端康成脚本の『狂った一頁』もまた、関東大震災後の昭和のモダニズムのただなかで、時代の狂気におののく表象にみちた映画だった。あえていうなら、主体を奪い去って、その座に位置しているのは、このむなぐるまである。時代の狂気のなかで、歌は〈われ〉に着地することができるのだろうか。あるいは、逆走するむなぐるまの、その逆走する時間の彼方、かつて「過去」であり、いま「現在」となろうとする、とぐろ巻く時間軸のあちらから、戦争とともに歩む虚としての「わたくし」、〈他者〉としての「わたくし」が顔を出すようなことがあるだろうか。

このような時間の逆走、時間軸のうねりは、水原紫苑の歌にしばしば現れるものだ。水原の歌の〈われ〉は、父殺し、母殺しの罪深き〈われ〉であるだけではなく、いくたびも母を生む〈われ〉でもある。「ドグラ・マグラ」の迷宮が、ウロボロス——おのれの尾を嚙んで環をなす蛇の時間であり、空間であることも、この連作の最後にうたわれている。

われは笛、われはくちなは、われは空　死ののち水の夢とならむか

いや、よりげんみつにいえば、たんなるウロボロスの環ではない。ウロボロスの環であり、同時にその環が形づくる「空」でもあるというのだ。このとき一人称の〈われ〉は、環をなす蛇であり、空であり、過去と現在、死ののちの水の夢のなか、いたるところに遍在する。遍在することが、拡散や消滅にあたらないのは、歌という器のおかげだろうか。歌人が呪われていると詠む歌の器の力に、読者としては羨望せずにいられない。

紫苑さんのこと

穂村 弘
Homura Hiroshi

三十年前、水原紫苑さんと私は電話友だちだった。実際に顔を合わせるのは年に数回程度。でも、電話は毎晩なのである。重い受話器を握って延々と短歌の話をしながら飽きることがなかった。私たちは性格的にとても近いところとまったく遠いところがあって、中間がすっぽりと抜けているようだった。そのせいで会話がスパークする。強く共振するかと思えば激しい云い合いになることもしばしばだった。仲良く話していても油断はできない。急におかしな流れになることがある。

「ほむらくんの歌集を買ったよ」

「え？　『シンジケート』のこと？」

「うん」

「僕、送ったよね？」

「うん。でも、破いちゃったから買い直したの」

「え!?」

よく聞いてみると、なんでも私が紫苑さんの歌を批判したことがあって、それに腹を立てて歌集を破いて捨てたというのである。「ごめんね」と云われて、どう反応していいのかわからなかった。気を呑まれてしまったというか。それに何がどうなってもお互い様という思いもあった。私もずいぶんひどいことをしていたと思う。

いつも電話ばかりなので、たまに本人に会うと新鮮だった。何年経っても、紫苑さんってこんな人なんだ、という驚きがある。同一性が希薄と云うのか、その場その場で新たな紫苑さんが生成され続けているようなのだ。

或る日のこと。黒いコート姿の彼女を一目見て、私は云った。

「わあ！　恰好いい。みなしごみたいだね」

「え！　そう？（と嬉しそうに）、コム・デ・ギャルソンなんだけど……」

唐突な印象が何に起因するのか、よくわからないままに思わず口走ってしまったのだが、或いは孤独感のようなものだったろうか。

数年後、さらに強い形で類似の体験をした。場所はどこかの喫茶店で、確か東直子さんが同席していたと思う。その日、紫苑さんはひどくぼんやりとして、上の空な様子だった。そして、私は息を呑んでいた。目の前の彼女がとても不思議に見えたのだ。

「あの……」

「なあに？」

「あの……、なんだか……、紫苑さんが坊主頭に見えるんだけど」

「え、そうなの、変だね」

紫苑さんはおっとりと答えた。困惑したのは私のほうだ。自分でもどう説明していいかわからない。実際には彼女の髪の毛はちゃんとあるし、それは私もわかっている。でも、その現実にオーバーラップするように坊主頭が見えるのである。

「いや、ええと、坊主じゃなくて、尼さんでもなくて、なんかこう写真で見た、歴史的な受難の姿……」

自分でも何を云ってるのかよくわからない。どうしてそんな話になるのか。

「そう、不思議だね」

紫苑さんはきょとんとしている。当たり前だ。ふと見ると、その両手が卓上の珈琲カップを覆っている。視界から遮っているようだ。怪訝に思って尋ねてみた。

「どうしたの？」

「こうしてないと、カップの、この色がね、飛び込んで来ちゃうの」

それは赤っぽい紫だったと記憶している。手で包んだままのカップを口元に運び、素早く一口飲んでそのままソーサーに戻す。私も東さんも何と云っていいかわからず、ぼーっとその姿を見ていた。

まつぶさに眺めてかなし月こそは全《また》き裸身と思ひいたりぬ　『びあんか』
きらきらと冬木伸びゆく夢にして太陽はひとり泪《なみだ》こぼしぬ　『客人』

いずれも優れた歌だが、「月」には作者が感受した悲しみや怖れや愛しさが定型の作用によって美に転換されている印象がある。一方、「太陽」からは剝き出しの魂を感じる。喫茶店の日の紫苑さんは「太陽」だった。目の前にいても触れることのできない「ひとり」の存在。だが、その雰囲気というかオーラというか非言語的な情報が、他者である私の視覚的な像にまで影響を与えたことがショックだった。

　私の知覚は平凡なもので、通常のリアリティの範囲をほとんど一歩も出られたことはない。ただ、「みなしご」や「坊主頭」のように、紫苑さんの存在感によって、その輪郭が揺らぐことがあった。平べったい日常空間に自分にとっては未知の孤独や受難が不意に像を結んだことに衝撃を受ける。そんな時、やっぱり本当なんだ、と思った。「本当」とは、日常的な現実の裏側には哲学や文学の問題が「本当」に張りついている、ということだ。当たり前だろう、と思われるかもしれないが、紫苑さんに出会うまで、このような次元で突きつけられたことはなかったのだ。

「やっぱり本当なんだね」

　おそるおそるそう問いかけて、明るく断言されたこともある。

「うん。サルトルの『嘔吐』も、あれ、本当のことだよ」

　子どもっぽいやり取りである。こんなことばかり話し続けている自分たちは「本当」の表現者にはなれないかもしれない、と慄き合ったこともある。真夜中の電話の中の高揚と不安が私たちの青春だった。だが、紫苑さんには危機の当事者性があり、その意識のもとに他のすべてを擲つほどに誠実だった。

　そして三十年が経った。近年の歌を見ると、紫苑さんの言葉が時代の危機と呼応して輝いている。「本当」の歌人になってしまいそうな予感がある。いや、もうなっているのかもしれない。素晴らしい、と思いつつさみしい。いつ来るかわからない未来を夢見ながら、いつまでも一緒に遊んでいたかった。でも、たぶん今が私たちの未来なのだろう。

毒語の明智

水原紫苑賛

村上 湛
Murakami Tatau

水原紫苑との出会いは激越な抗議の電話だった。

錬肉工房を主宰する岡本章の演出で現代能〈ベルナルダ・アルバの家〉が上演されたのは二〇〇二年三月六日、横浜能楽堂。誰もが知るガルシア・ロルカの表題作に、同じく〈血の婚礼〉〈老嬢ドニャ・ロシータ〉の一部を採り込んで「現代の老女物」を創作するという触れ込みの公演だった。

この作品の修辞を水原が担当したのだ。

舞台成果を評した当時の拙文はこうだ。「冒頭・結末を中心に、水原紫苑の修辞がコラージュを繋ぐ。『月読の老いし心をたれか知るそのしろがねのみだれ髪』など、これは様式に寄り掛かって凄味のない、無力な言葉の羅列」。端的かつ辛辣である。美文の甲冑に鎧《よろ》われる水原の歌は、詞藻の生身《いくみ》に粛然たる詩心が泛《うか》ばぬ限り、どれほど巧もうとそのことばは虚しい。この時もそうで、日本人の身の丈を超えるロルカの宿業観を踏み締め大家族を統《す》べる異形の老女に変成した亡き観世榮夫の、鍛えに鍛えた身体の実存に対して、あまりに力なき譫言《うわごと》。私はひどく苛立ったのだった。

軽薄短慮な編集者もあったもので、版元へ抗議した水原に、あろうことか拙宅の電話番号を教えたらしい。詳しいやり取りは忘れてしまったけれど、いかに強い口調で筆意を質《ただ》されようが格別の訂正も謝罪も必要ない。私がそれなりの理非曲直を説くうち、彼女の瞋恚《しんい》の炎《ほむら》はあえなく折服《せっぷく》せられてしまった。爾来、私たちは心を通わせ、永い友だちになったのである。

梅若六郎（現・実）の企画による新作能さえ書きなした水原は（〈ジゼル〉。初演は一九九九年十一月。二〇〇五年十月一日・文化庁芸術祭オープニング公演として皇太子台覧のもと再演。無慙な愚作である）、能の舞台を共に見る機会も多く、終わったあと時を忘れて語り合うこともしばしばだ。劫を経た馬場あき子を独り別格に措き、今の世に歌詠み多しといえどもその種のキャリアで水原の右に出る者はあるまい。日ごろ古典文学に親しみ、それで飯をも喰らい、能・歌舞伎ほか舞台や芸の話が通ずる人間でないとほんとうの付き合いのできぬ私が、やはり舞台芸術を偏愛し文語短歌の孤塁を護る水原とウマが合うのは自然なことであろう。彼女が今も崇拝する名優・六世中村歌右衛門の謦咳に私が親しく接していたことも奇妙な友情の鎹《かすがい》となった。記紀万葉から現代まで厳選三人の歌人を挙げれば柿本人麻呂と和泉式部は不動、残り一人に誰を数えるかで、苟《いやしく》も文人をもって任ずる者の性根が知れよう、というのも彼女との一致した見解である（水原はとうぜん定家、私は釈迢空）。とにかく放談漫話のネタが尽きたことはない。

水原本来の舞台嗜好は歌舞伎にある。一番の贔屓は先述の歌右衛門《おおなりこま》と、戦前の名優・十五代目市村羽左衛門《たちばなや》だ。橘屋贔屓とあれば華のある美男役者が好きかというと必ずしもそうではなく、片岡仁左衛門は大嫌い。芝居巧者の中村吉右衛門を「大播磨《おおはりま》」と崇めている。その歌風しかり、水原の天才は感覚の俊にして敏なるところにあって、役者の技芸に対する眼力も一超直入如来地《いっちょうじきにゅうにょらいじ》。歌右衛門得意の〈娘道成寺〉ではないが「言わず語らぬわが心」だ。が、私はそこに不満があった。

舞台芸術に接する際、観客にとって世阿弥流の「離見」はすべからく具《そな》うべき資質である。その「離見」とは舞台上の演技者の一挙手一投足を仔細に検《あらた》め、本人すら認知しない演劇的意志のありようまで看取する知性によって担保される。私は水原の潜在的批評能力を高く評価している。その為人《ひととなり》を親しく知る者は、自制を失った彼女から苛烈極まりない弾劾の矢を射掛けられたことがあろう。この毒語の奥底には本質の究極に迫って已《や》まぬ明智《めいち》が確かに潜んでおり、水原紫苑の歌才もそこに淵源を発する。同時にそれはまことに感覚的な明智であって、事象を冷徹に見定め、鞏固な構造と精妙な思想を丁寧に弁別する哲理に欠けがちだ。

能とは実に鞏固かつ精妙なものである。水原紫苑の新作能を評価せず、その稽古の程度を一笑に付する私が信ずるに、能を書くには詞藻の豊饒たること以前に、能という古典詩劇の根柢を支える明晰な構造が分析・把握できていなくてはならず、能の稽古を積むには自己の肉体・肉声の限界を客観的に把握した上、佳き教え手に随う賢き教わり手でなくてはならない。厳しい自己省察を強いる点において能は今後も末永く、水原紫苑にとって無二の芸術的砥石となるはずだ。稀有な歌才がかくまで能によって磨かれ得る歌人は水原の同輩・後進に誰一人いない。能をより深く観照することを、能という厳格無比な形式に眦《まなじり》を決して対峙し続けることを、水原は絶対に棄ててはなるまい。

ただし、見聴く人みな肝魂《きもたましい》を消す謡や舞の稽古と披露は、絶えてお取り止め願いたく思う。水原紫苑の知己をもって任ずる私なればこそ、こればかりは心の底から幾重にも冀《こいねが》う而已矣《のみ》。

2002年2月、河津にて。撮影＝山本則直

❋ 十首選&作品論

白犬と遊ぶ人

小島ゆかり

Kojima Yukari

『如何なる花束にも無き花を』

もののふの八十《やそ》白犬のその中ゆわれに來たりし言靈《ことだま》さくら

最新歌集にこの歌を見つけたとき、わたしは深い安堵を覚えた。歌集十二冊に及ぶ長い作品史のなかで、ときに奔走し、ときに浮遊するこの歌人の魂が、これほど安息の気配を湛えてうたわれたことは、かつてなかったように思われる。

「もののふの」は「八十」にかかる枕詞。「八十」は多数。無限に近い数さえ暗示する。「もののふの」の勇壮なイメージを鮮やかに覆《くつがえ》した大伴家持の一首は忘れ難い。

〈もののふの八十娘子《やそをとめ》らが汲み乱《まが》ふ寺井の上の堅香子《かたかご》の花〉（『万葉集』巻十九）。「もののふの八十娘子ら」という華やかで初々しいエロスの香る言葉は、いかにも武門の家の貴公子歌人・家持のものである。

そしてさらに、「もののふの八十白犬」へと、歌ことばはリレーされた。背後はるかに娘子らを思わせる白犬の群。その美しいゆたかな群のなかからやって来た犬の名は「さくら」。わたしの知る限り、歌人の愛した犬は代々「さくら」。だからこそ、「言霊」なのだ。

母を恋人を犬を、心底愛する者を人生半ばで次々に喪った悲しみが癒えるはずはないが、「もののふの八十白犬のその中ゆわれに來たりし」と詠み得た心情は、おのずからふくよかな韻律を伴ってこの一首となった。

　歌集のタイトルとして冠した「如何なる花束にも無き花を」は、詩のことばであると同時に、みずからの存在の回復を希うことばなのかもしれない。

　出自をめぐる悲しみは、宿命的に抱え持った爆弾のようであっただろう。伯父の戦死による両親の結婚と自身の出生。戦争への呪詛はすなわち、みずからの存在への呪詛にほかならない。歌集『いろせ』で、〈ハイビスカス髪に飾りて平和祈念公園に立つささげものわれは〉とうたい、さらに『あかるたへ』『光儀』へと、しだいに鮮烈に表現された、戦争憎悪とそれに伴う自裁の感情は、あまりにも痛々しい。

　しかし、『如何なる花束にも無き花を』の作品群に見える歌人の心とことばは、ゆるやかに変化している。〈山茶花のくれなゐこぼれ無限とは母のなきこと神抱くこと〉〈側溝を走る鼠よ抱きしめよ如何なる花束にも無き花を〉〈存在の瀧すずしけれさかしまに神と交はる水の眉はも〉。眼差しに悲しみを湛えながら、不思議に涼しい声が聞こえてくる。さらに、古典和歌の水脈を、いよいよ自由自在にさかのぼり唱和する。

　なんでもありの功罪が錯綜する短歌の現状にあって、水原紫苑の歌の難解さの是非を問うことは、読者一人一人が、自分にとって歌とは何なのかを問うことでもあるだろう。そしてわたしは思う。イメージの無秩序な切り貼りやことばの歪曲や、そうした要因による難解歌と水原の歌とは、厳格に区別されなければならない。意味を超えて、その歌の声に耳を澄まさなければならない。天来の歌びとという呼び名が、これほどふさわしい人があるだろうか。

　たとえばこの歌。

ほほゑみの飛鳥ぼとけは一木《いちぼく》のさやげるいのち狩りたまひけり　『うたうら』

京都・広隆寺（太秦寺《うずまさでら》）の、木造弥勒菩薩半跏思惟像。赤松の一木造りと伝えられる飛鳥仏である。あくまでも優しく静かな飛鳥仏の微笑み。しかしその微笑みは、瑞々しくさやぐ一本の木の命とひきかえに、いまここにあるのだ。

わたしはふと、迢空・折口信夫の〈まれびと〉の思想を思い、こんな歌を思い出す。〈鶏の子の　ひろき屋庭に出でゐるが、夕焼けどきを過ぎて　さびしも〉。歌集『海やまのあひだ』の巻頭「島山」一連中の歌で、次の詞書とともにある。「ゆくりなく訪ひしわれゆゑ、山の家の雛の親鳥は、くびられにけむ」。夕焼けどきを過ぎた庭にしんと広がる、奇妙な欠落感。そうだ、雛鳥とともにいた親鳥は、旅人をもてなす夕食の御馳走としてくびられたにちがいない、というのである。この旅人の姿は、明らかに〈まれびと〉と重なる。古代の村人に、異文化と祝福をもたらす聖性の裏側に、忌むべき俗性を負って訪れたとする〈まれびと〉に。そして、「ほほゑみの飛鳥ぼとけ」もまた。

「まれびと」とは「客人《まろうど》」。『うたうら』に続く歌集『客人』の「あとがき」で、作者自身も折口の〈まれびと〉と根は同じであることを記している。

　ロンドンにただ一日《ひとひ》のみさまよひしあれちのぎくのごときわれかも　『客人』

三十代に入ったばかりで、先の怖ろしい微笑みに気づいてしまった歌人に、安らかな居場所があるとは思えない。それにしても、「ロンドン」と「あれちのぎく」の、不思議な反発と交響に驚く。古風な和服に身を包み、いくらか早足でさまよう人のおもかげさえ、想像してしまう。ここでは、作者自身が不穏な旅人である。

　火口近きカフェに休みぬうつくしき心臓見ゆるふたりとなりて　『くわんおん』

「大島」一連中の一首だから、「火口」は三原山の火口だろう。二人は海抜七六〇メートル付近まで登ってきたのだ。しだいに冷たく緊ってくる空気と、露出した溶岩と硫黄の匂い。もう大空に近い茫漠とした空間。生きている火山の不気味な静寂に包まれて、ひそかに艶やかに燃える心臓を見つめ合う二人。

一連中には、島山の斜面に、変身し点在するいくつもの心臓のような紅い椿がうたわれている。感覚というよりは、もっと肉体的な恍惚を誘う作品である。

雨光るゆふやみにしてはしりゆく恋とは羽毛ながき鳥かも　『いろせ』

今一度愛されたしと独白し古き古きヴァイオリンにならむ　『武悪のひとへ』

水原紫苑の愛の歌には、和泉式部の歌にもかよう果てしない喪失感が漂っている。「羽毛ながき鳥」とは、満身創痍の生身《なまみ》の情念から抜け出た遊離魂の姿。「古き古きヴァイオリン」とは、愛する人がこの世に置き忘れた形見。忘れ難い音色をしまったまま古びゆく、現身《うつしみ》なのだ。はるかな谺のように、和泉式部の歌が聞こえてくる。〈捨てはてむと思ふさへこそ悲しけれ君に馴《な》れにし我が身と思へば〉。『後拾遺和歌集』「哀傷」の一首。

にんにくと夕焼　創りたまへれば神の手うすく銀の毛そよぐ　『びあんか』

舗道《いしみち》に棲むたましひも秋となり馬なりし世の声ひびかする　同

嫉みもつひとの頭《かうべ》よ一羽づつ極楽鳥のとまりてゐたる　『くわんおん』

「にんにく」は、また「夕焼」は、果たしてどこからやって来たか。「にんにくと夕焼」が在るこの世とは、いったいどこなのか。神はむろん、宗教的な神ではない。不可視の大いなる者にはちがいないが、わたしには、粗暴で破天荒なるゆえに魅力的な、古代神話の神々が思い起こされる。

舗道に棲む魂は、いくたびも生き変わり死に変わり、無限の変化《へんげ》転生の途中の「馬なりし世」の声をひびかせる。それは秋。

人が人を嫉むとき、嫉みをもつ人の頭に一羽、極楽鳥が止まる。秘すべき感情があらわに見えてしまう怖れ。それはだれよりも作者自身の怖れ。しかしどうだ。気づけば、だれもかれも、その頭に極楽鳥が止まっているではないか。不気味でありながら不思議なエネルギーに満ちた歌である。水原紫苑の幻視の歌は、その天然の迫力ゆえに、鋭い批評精神と巧まぬユーモアをもたらす。〈世のなべて少女とならばおそろしき少女のむかで、少女のみみず〉（『えぴすとれー』）。

この歌人にはつねに、可視世界よりも明らかな輪郭をもって、不可視世界が見えている。

わが歌を人工知能が詠まむ日のわれ美しく零《ゼロ》を生くべし　『えぴすとれー』

人工知能（ＡＩ）には、〈弱いＡＩ〉と〈強いＡＩ〉があるという。前者はビッグデータを基にし、後者は感情の学習に拠るという。ここでうたわれているのは、むろん〈強いＡＩ〉。「わが歌を人工知能が詠まむ日」が、本当に来るかもしれない。そのとき、コンピュータのシンボル・ナンバーである「零《ゼロ》」を生きようという。あえて「美しく零を生くべし」と表現するとき、歌人の矜持が輝く。

現代短歌はどこへ向かってゆくのか。楽観もしないけれど悲観もしていない。白犬と遊ぶこの歌人の作品群が、未来への光源になるにちがいないと思う。

◉十首選

にんにくと夕焼　創りたまへれば神の手うすく銀の毛そよぐ　『びあんか』

舗道《いしみち》に棲むたましひも秋となり馬なりし世の声ひびかする　同

ほほゑみの飛鳥ぼとけは一木《いちぼく》のさやげるいのち狩りたまひけり　『うたうら』

ロンドンにただ一日《ひとひ》のみさまよひしあれちのぎくのごときわれかも　『客人』

火口近きカフェに休みぬうつくしき心臓見ゆるふたりとなりて　『くわんおん』

嫉みもつひとの頭《かうべ》よ一羽づつ極楽鳥のとまりてゐたる　同

雨光るゆふやみにしてはしりゆく恋とは羽毛ながき鳥かも　『いろせ』

今一度愛されたしと独白し古き古きヴァイオリンにならむ　『武悪のひとへ』

わが歌を人工知能が詠まむ日のわれ美しく零《ゼロ》を生くべし　『えぴすとれー』

もののふの八十《やそ》白犬のその中ゆわれに來たりし言靈《ことだま》さくら　『如何なる花束にも無き花を』

近代を蔑《なみ》する星

川野里子
Kawano Satoko

短歌史のなかの水原紫苑

言葉はいつからこんなに不自由になったのか、そう水原紫苑は思っていることだろう。散文においては多くの場合言葉は「方法」である。この世を語り「表現」するために必要なツールだ。だが、水原は言葉がこの世を語り得るとは思っていない。言葉はあらかじめ言葉であり、それ自体が自立した世界を保っている、と考えている。それは詩歌の極北でありつきつめた理想であるが、その危うい境界で水原の言葉はあらかじめ自立している。さながら地球とは別の軌道を持ち自らの引力を秘めておのずと回っている一つの星のように。

胸びれのはつか重たき秋の日や橋の上にて逢はな　おとうと　『びあんか』
月差さば白き布織りさはに織り忘れゐたりしわが名を思へ　同
殺してもしづかに堪ふる石たちの中へ中へと赤蜻蛉《あかあきつ》　ゆけ　同
白鳥とくちなは愛しあふこゑを聞きたるのちにみづは滅びむ　同

これら第一歌集『びあんか』が展いてみせた世界で言葉は自在に呼び合って結びついている。これらの言葉が現実の何かを比喩することはなく、言葉の背後に意味があるわけではない。音韻やイメージといった言葉それ自体がもつ生き物のような性質が生かされ、言葉はそれ自体が新しい世界を創り出している。ではそれが放恣な放し飼いかというとそうではない。「胸びれ」も「白き布」も「石」も微かな怨嗟のような嗟歎のような感情を帯び、生身の声を纏っている。むしろ現実と結ばれないことによって生々しい。こうした言葉に出会ったときの衝撃は忘れられない。それは確かに美しいが、美しいという以上に言葉とは何かという問いとしてそこにあったからだ。

水原が登場した九〇年代という時代は、俵万智や穂村弘に代表される口語の世界が広がってゆく時代だった。現実をシェイプアップし、ずらし、隙間を見出す口語世界が創られていった。そのポップな色調や軽量化された物や人のあらたな存在感はバブルの時代の空気を表現していたと思う。そんな空間に水原は文語というスタイルで現れた。それも近代以来のモダンな文語ではなく、王朝和歌を彷彿とさせる芯の強い文語である。現実世界のどこにも着地しないその古風で強い文体は何も言わず何も指し示さず美しさとして現れた。

今、あらためて考えてみて気付くのはこの文体にとっては音韻のほうが先にあり、単語がその後を追うようにして一首が成立しているということだ。それはさながら見知らぬ国の言葉を耳にしたとき、音韻があって意味を結ばない声が聞こえてくる、そんな感じに近い。

水原がフランス語に親しんでいることは周知のことだが、それは教育課程で習う英語のような第二外国語としてではなく、血肉になったものとして彼女の言語体験に刻まれているのだと思う。もしそのような言語を孕んでいる場合、日本語は母語でありつつ相対化されることがあるかもしれない、と思うのだ。そうであれば、水原の歌は二つの言語の中間あたりで精製される第三言語のようなものかもしれない。意味以前の言葉として、日本語は一度解体され、調べだけを頼りに再構成される。結果として日本語は表現手段や意味の鎖を解き放たれ、新たな言語として立ち現れる。そういう言葉の出発地点を思わせるのだ。考えて見れば詩歌の原初的な役割は神と人間を取り結ぶ言葉であり、人間社会のための道具ではなかった。

さらに歴史を俯瞰するとき、近代という時代は水原の世界と対極にあることが思われる。近代こそ、

「自我」の存在をあらゆる細部に確かめようとした時代であり、そのために人間の対岸に「自然」を造りだした時代であった。同時に、王朝以来の調べの優位性を抑え、「自我」の体温を帯びた文語を再構成した時代でもあった。そういう近代短歌の要素を水原はことごとく突き放している。

新古典主義とも呼ばれたこうした水原の方法は、もしかすると成功例の少なかったポストモダンの一例であったかもしれない。しかしそのような文体が己の軌道や引力を保ち続けることは難しく、水原のスタイルは第一歌集で終わってもおかしくなかった。そうならなかったことは希有なことであり、もう一つ大事な水原ならではの要素が備わっていたことに注目しなくてはならない。

春昼は大き盃　かたむきてわれひと共に流れいづるを　『うたうら』
亡きひとは純白の橋　踏みゆけばいまだ脈打つごとく揺れたり　同
おそろしき夢のひとつに白萩の直立　もはやあなたが見えぬ　同
こぼれたるミルクをしんとぬぐふとき天上天下花野なるべし　『客人』
黄金《わうごん》の梨と成らばやふたたびをわが客人《まらうど》にまみえむとして　同

第一歌集以後の水原の世界は次第に微かな体温を帯びてくる。「あなた」は具体的な像を持たないが、その代わりに言葉に仄かな体温を与えている。その体温が言葉を柔らかくし、豊かに広がって第一歌集の硬質な世界に広がりを与えている。そうした微かな変化を可能にしたのが王朝和歌の音韻ではないか。王朝和歌の基調となる文体は呼びかけの広がりをもち、相聞の余韻を帯びている。そのような音韻を芯に持っているゆえに「あなた」は現れたと考えることが水原の文体にとって自然である。そのように考えるとき、いっそう音韻こそが文体の深層にあって独自な発想を支えていることがわかるのだ。

また、その古典の文体こそが自ずと呼び寄せる主題がある。

「くわんおんはわれのごとくにうるはし」と夢に告げ来《こ》し百済びとあはれ　『くわんおん』

百済観音を詠ったこの作品には滅亡した百済人の声が宿っている。観音の美となって宿りその魂が生き延びていると伝え来るのだ。それは古典の調べに縋って甦る魂のようで、調べというものがその裡に時間という縦軸をも湛え持っていることを証している。これこそ近代短歌の手法では表現し得ないものなのだ。水原の文体の強さはこうした時間軸との対話においていっそう明らかになってくる。

戦争の木なる常磐木さやさやと心臓形の葉の乱《さや》ぎはも　『あかるたへ』

水遣ればたちまち吸へり老いながらいのち豊けき戦争の木よ　同

戦争の木に身を寄せて少女らは乳房を磨く若き葉をもて　同

「戦争の木」と題された連作。水原には珍しい歌から歌への繋がりが意識された一連だ。ここには「戦争の木」と呼ばれる架空の木が現れ人類の歴史の裸形を露わにする。暗喩なのだが、そうした近代詩の方法であることを飛び越えて、この不思議な木はありありと読者の前に立ち現れている。人間がその内部に宿す「戦争」は物語の生理によって生き物になっている。ここでは調べは一首を超えて連作として広がり、物語る働きをしている。しなやかに見える古典和歌の音韻が人類史のような大きな時間を貫き、時にこのような異形をも引き出す。あくまでも美しく、しかし美しいゆえに異形の樹木はこれまで描かれたことがない。

こうした強靭な調べは、歌集を重ねるごとに現実に出会う出来事にも試されてゆく。

沖縄にて見る歌右衛門道行の黒の衣裳に弾痕ありや　『いろせ』

ちちのみの父の性器を清めたるその数咲けるさくらばなかも　『さくらさねさし』

ははそはを抱《いだ》きて時の波こえむその余の恋は恋にあらなく　同

うつしみを滝落つるなりきみあらぬこのうつしみを華厳の落つる　『武悪のひとへ』

天地狂ふ一日《ひとひ》ののちを愛のみの裸形となれるひとの光儀《すがた》や　『光儀』

沖縄との出会い、父母の介護、大切な人との別れ、そして東日本大震災。水原は生身として否応なく出会うこうした出来事から離れた星に棲みつつしみじみと引き返してくる。その引き返しの力こそ水原独自のものだ。「さくらばな」は現実の照り返しを受けて一層陰影深い美しさとなる。その引き返しを可能にしているのが音韻の力なのだ。

細く儚く感じられながら、その実もっとも強い調べや音韻は実は詩歌の背骨である。それを近代短歌は軽んじて来たかもしれない。「私」が「表現」する、という近代文学の幻想を水原は全く信じていない。「私」の代わりに調べが導き、誘うものを詠うことこそ詩歌であり、言葉にとって「私」は無に近いほど理想だと思っている。今日なお近代の幻想の上にある現代短歌にとって、水原紫苑は日本の詩歌の源から立ち帰り、歌とはなにか、と問う人なのだ。

◉十首選

胸びれのはつか重たき秋の日や橋の上にて逢はな　おとうと　『びあんか』
月差さば白き布織りさはに織り忘れゐたりしわが名を思へ　同
こぼれたるミルクをしんとぬぐふとき天上天下花野なるべし　『客人』
「くわんおんはわれのごとくにうるはし」と夢に告げ来《こ》し百済びとあはれ　『くわんおん』
戦争の木に身を寄せて少女らは乳房を磨く若き葉をもて　『あかるたへ』
ちちのみの父の性器を清めたるその数咲けるさくらばなかも　『さくらさねさし』
天地狂ふ一日《ひとひ》ののちを愛のみの裸形となれるひとの光儀《すがた》や　『光儀』
わが歌を人工知能が詠まむ日のわれ美しく零《ゼロ》を生くべし　『えぴすとれー』
悲しみに睫毛あるべし花舗つねに冷えびえとして兵舎に肖《に》たり　『如何なる花束にも無き花を』
不死の人よこぎる部屋に黄金《わうごん》のごとくねむらむつひに父母なし　同

「戦争の木」と「戦争の子」

石川美南
Ishikawa Mina

◉十首選

殺してもしづかに堪ふる石たちの中へ中へと赤蜻蛉《あかあきつ》　ゆけ　『びあんか』

水中の音叉《おんさ》のごときかなしみのきはまりにけむ雲は子を生《な》す　『うたうら』

われのみにきこえぬ鐘にふれにしがふるへゐたりき鳴りてゐにしか　『客人』

つばさのみ生みたる記憶なまなまと春さむき日の枝にふれつつ　『くわんおん』

くわんぜおん観阿弥世阿弥音阿弥のいづれかあまき死ののちの舌　『いろせ』

ジュピターの黄金《こがね》の雨が降るならば切り払ひ切り払ひつつをみなを立てむ　『あかるたへ』

火を見たるたかぶりの夜半《よは》うすずみの自殺サイトにゆかむ定家は　『さくらさねさし』

林檎むくわが手神の手ひらひらと入れかはるらむ死刑執行　『光儀』

黄泉《くわうせん》のゴッホは目覺め盗賊はこんこんとねむり繪を運びいづ　『えぴすとれー』

ふたたびは舞はざらむ手をかざしつつ蜻蛉《せいれい》に従《つ》くわたくしは他者　『如何なる花束にも無き花を』

I　戦争の子

水原紫苑の最新歌集『如何なる花束にも無き花を』（二〇二〇年）に、次のような歌がある。

> 共に陸軍中尉。母の兄なる伯父は商人の子にして應召、戰死し、職業軍人なりし父は戰後、母の家に入る。
> 伯父在りせば、父母は婚姻せず、わがいのち無からまし。
> 　　われは戰爭の子なり
>
> 大日本帝國に殺されし伯父捨てられし父われを創るも

太平洋戦争で戦死した伯父と、軍人でありながら生き残った父とが、対比的に考えられている。「伯父在りせば、父母は婚姻せず、わがいのち無からまし」という理屈は、この詞書だけ読むとやや飛躍を感じるのだが、『光儀』（二〇一五年）に収められている詞書「母の兄、沖縄戰に死す。長女なりし母は戰後、失業したる元近衛士官の父を迎へて名も無き家を守る」と合わせて考えると、父母が結婚した経緯がよりわかりやすく見えてくる。

私が特に驚いたのは、「われは戰爭の子なり」の部分である。これまでの歌集でも戦争についての言及はあったが、自分が「戦争の子」であるという断言は、『如何なる花束にも無き花を』で初めて現れたものではないだろうか。「戦争の子」という言葉からは、単に伯父と父がそれぞれの形で戦争を体験した、という以上の強い思いを感じる。詞書に続く歌でも「大日本帝國に殺されし伯父」「捨てられし（＝戦後失職した）父」と、両者を国の被害者と捉えた上で、その二人が「われを創るも」と結んでおり、自分という存在を戦争、あるいは国が残した負の遺産のように認識しているのがわかる。

伯父に関する歌を、もう少し見ていこう。

被害者にして加害者たりき
　マルクスを讀みしこと、チーズを好みしこと、戰地にて住民を壕に入れしこと、つたへきくのみ
沖縄戰に死にたる伯父よ一生《ひとよ》われにきみがうらみをうたはせたまへ　『如何なる花束にも無き花を』

前に挙げた歌では戦争の被害者としてのみ描かれていた伯父だが、こちらでは「被害者にして加害者」と言い直されている。戦争と直接関係のない「チーズを好みしこと」という小さなエピソードが哀切で、私ならこの部分を短歌にしたくなりそうなところだが、水原紫苑の場合は、伯父の「うらみ」をこそ歌に、という思いがあるのだろう。

この伯父は、これまでの歌集にも登場している。『いろせ』（二〇〇一年）には、沖縄を訪れて「平和の礎」の中に伯父の名を探す一連があり、『光儀』でも「潔白を信じたりとも伯父もまた沖縄を傷《いた》めし大和のひとり」がある。さらに『えぴすとれー』（二〇一七年）には、「皇軍の十字架重し改憲を欲する彼らおのれは負はず」「夢にだに逢はざる伯父の老いらくをわが生きむとす彼らを止めよ」と改憲に強く抗う歌がある。ここに引いた歌では水原紫苑のトレードマークである浮遊するような幻想性がほぼ手放されており、読んでいて息苦しくなるのだが、それだけに、「加害者にして被害者」たる伯父への並々ならぬ思いが感じられる。

一方、伯父と対置される父については、このように書かれている。

　近衛士官は人形なりき
軍服の父を知らざる幸《さきは》ひをブローチとして心臓に刺す　『如何なる花束にも無き花を』

「近衛士官は人形なりき」という詞書が痛烈だ（前述の通り、父は戦時中皇居を守って生き延び、戦後は失職しているらしい）。「幸ひ」という言葉を文字通りに受け取ってはいけないことは、結句からも明らかだろう。作者は、父が軍人であったことそれ自体ではなく、軍人だったころの父を直接知らないということを、自分の負った罪のように感じている。思えば伯父も、当然ながら直接会っている訳ではな

く、戦死したずっと後になって「つたへきくのみ」の存在なのだった。

戦ひを知らねば覗く古井戸の底ひ乱《さや》げり青人草《あをひとくさ》われ　『あかるたへ』

皇軍の裔《すゑ》なりしこと原罪に等しきものかイエスはあらね　『光儀』

わが生の源に在る戦争と天皇、父母の契りのごとくあやふし　同

戦争はウイルスのごとく冒すかなわれらすべてが既にしキャリア　『えぴすとれー』

「戦争の子」であるという強い思いと、その戦争を自分は直接には見ていないという痛み。両者の間で引き裂かれながら立つことこそが、水原紫苑にとっての戦争の引き受け方なのだ。

Ⅱ　戦争の木

さて、「戦争の子」という言葉を読んだときに思い返したのは、『あかるたへ』（二〇〇四年）に収められた二十四首の連作「戦争の木」だ。物語仕立ての連作なので一部だけを抜き出すのが難しいが、ここでは九首だけ引いてみる。

これの世の戦争の木をつかさどる老婆ありけりわが街の果て

百円を払ひてわれは戦争の木を見に行きぬたれにも告げず

ビンラディン、ブッシュも知らぬ戦争の木はここにしてはぐくまれける

この木切らば世界に戦《いくさ》は絶えなむか老婆答へず木を抱きしめぬ

この木こそ老婆の若き日のあかしただ一度逢ひしひとの呉れたる

いつの日か世に知られたる戦争の木を見に来るは女《をみな》ばかりぞ

ヒロシマ・ナガサキの大枝、オウムの小枝、それぞれのみどり目に立つものを

まづ見しはトロイ戦争の花なりと老婆晴れやかにほほゑみにけり

望むならばわれに譲るといふ声に一目散に駆け出だしたり

「われ」は「戦争の木」なるものを見に行き、その木を守る老婆から来歴を聞く。老婆は若い頃の恋の証として木を大切に育んでおり、決して伐ろうとしない。自分の死後は木を譲ると言われて恐ろしくなった「われ」は逃げ出し、戦争の木も消えて一連が終わる。既に指摘されているように、「われ」をワキ、老婆をシテとした能のような構成だ。

　私は初めて読んだときから、構成の面白さと作者の異様な気迫を感じる一方、この連作からは本物の戦争の匂いがしないように思っていた。戦争という概念だけが立っている、とでも言おうか。そして、この「本物らしくなさ」の正体はなんなのだろうと、ずっと心に引っかかっていた。それは、水原紫苑が幻想的な作風だから、あるいは能を好むからという表面的な理解ではうまく説明できない問題のように感じていたのである。

　初読時に感じた違和感のポイントは三つある。一つめは、連作の中で具体的に言及される戦争がトロイ戦争（！）から「ヒロシマ・ナガサキ」に飛んでおり、中間の戦争が全く出てこないこと。「ヒロシマ・ナガサキの大枝、オウムの小枝」という抜き出し方からも、「戦争の木」が世界の全ての戦争を網羅しているイメージを持ちにくかった。二つめは、戦争の現場が描かれず、老婆の語りの中でのみ言及されること。能の型を踏襲している訳だが、これによって戦争というものがより一層抽象化されている。三つめは、戦争を老婆の恋とからめて語っていること。老婆の物狂おしい恋が前面に出され、しかも終盤で「われ」が老婆と入れ替わりかけることで、戦争を悪だと糾弾する気持ちが相対的に弱く見える。田中綾も『あかるたへ』評の中で、この一連の主題は戦争、あるいは反戦でなく「やはり恋だろう」とした上で、「けれども戦争と恋は、水原紫苑の内部で熟成してきているのかもしれない――戦乱をあえて歌わないことで恋歌を確立した、勅撰和歌集の世界を受け継ぐひととして。」と考察していた（『短歌ヴァーサス』7号）。

しかし、「戦争の子」という認識を踏まえた上で「戦争の木」を読み返したとき、以前とは印象が変わったのである。「戦争の木」の特徴として挙げた「戦争が直接描かれない」「戦争をただ糾弾するのでなく、自分の身に引き付ける」というポイントは、「戦争の子」の項で見てきた歌にも当てはまるのではないか。さらに、「戦争の木」を守るのも見に行くのも女性ばかりであるという設定は、戦争で死んだ兄の代わりに家を継いだ母、その家の一人娘として生まれ育った「われ」という構図と重なるところがある――と言っては、図式的に捉えすぎだろうか。

少なくとも「戦争の木」は、自分が「戦争の子」だという作者の自己認識と深いところでつながった連作であると見て間違いないと思う。田中綾が書いていた「戦争と恋は、水原紫苑の内部で熟成してきている」という指摘についても、改めて腑に落ちる思いがした。

急いで付け加えるが、私は決して、水原紫苑が戦死した伯父を持つという事実が、「戦争の木」のリアリティを保証すると言いたいのではない。そうではなくて、一見すると幻想的・非現実的と思われる表現にも、作者の屈託や強い思いが刻み込まれていることがあり、読者である私は、表面的な事実性や整合性にこだわるのではなく、作品の奥底まで潜る必要があると、自戒しておきたいのである。

もし「戦争の木」が本当に存在するとしたら、その木は、訪れる人の年齢や境遇によって、全く別の梢を差し出すのかもしれない。そして、連作「戦争の木」で描かれたのは、水原紫苑の中で深く内在化された木の姿なのだろう。

生まれなかった私へ

山崎聡子
Yamazaki Satoko

◉十首選

わすれ雪いのち無き日のしあはせを花に語りて母のごとしも　『びあんか』

殺してもしづかに堪ふる石たちの中へ中へと赤蜻蛉《あかあきつ》　ゆけ　同

魚《うを》食めば魚の墓なるひとの身か手向くるごとくくちづけにけり　『うたうら』

喉《のみど》まで蜻蛉《せいれい》つめて逢ひにゆく死者より深くきみを愛すと　同

友なりし昔はいづこ鶏頭の熱きが野辺を走りてゆけり　『客人』

夕映の城にくちづけねむりゆくわれをいとしき蛇さへ知らず　『くわんおん』

戦争の木に身を寄せて少女らは乳房を磨く若き葉をもて　『あかるたへ』

薔薇色の馬ゑがきたるワンピース着たるをみなごちちははを捨てよ　『えぴすとれー』

テロ、テロル、をみなごの名に良からむに吹き飛ばさるる脆き人體《じんたい》　同

父母を賣りたましひを賣り流星のきみにささぐる銀の花束　『如何なる花束にも無き花を』

水原紫苑の短歌が好きだと思うとき、その熱と相反するように心が冷え冷えとしていくのを感じることがある。美しく、その場所に行きたいと切に願うのに、傍から拒絶されるような。そうわかっていな

がら近づくことをやめられないような。このような痛みと快楽を伴う読書を、私はほかに知らない。

かぎろへば滝つ瀬やさしみづからを滝と知りつつ砕けゆくなり　『びあんか』
殺してもしづかに堪ふる石たちの中へ中へと赤蜻蛉《あかあきつ》　ゆけ　同
たましひの落下をかくも喜びて君いつの世の椿なりしや　『うたうら』
魚《うを》食めば魚の墓なるひとの身か手向くるごとくくちづけにけり　同
喉《のみど》まで蜻蛉《せいれい》つめて逢ひにゆく死者より深くきみを愛すと　同

『びあんか』『うたうら』から歌を引いた。自ら砕けていく「滝」、殺されても堪えるという「石」、たましいを落下させる「椿」。水原は無生物にしばしば命を憑依させ、さらにはそれらを生を軽々と手放す存在として描写する。命を自ら与えながら、それを甘やかに「殺す」ことを宿命づける酷薄さが、初期の水原短歌のどこか凄みのある美の根源であることは間違いないだろう。魚の墓になってしまった恋人も、喉まで蜻蛉を詰めて逢いに行くというその先も、すでにこの世にはないように思われる。ここには肉体を死に奉仕させることで美を完結することを信仰しているような、思いつめた空気が漂う。

もう一つ、水原の短歌に繰り返し用いられるテーマに、生物・無生物を問わない「人外のもの」との交接がある。

宥《ゆる》されてわれは生みたし　硝子・貝・時計のやうに響きあふ子ら　『びあんか』
月に咲くさくら見ゆらむゆふぐれは星の妻なるわれに還らむ　『くわんおん』
わが抱くは狼の子と知れるより遊星の遊きらめきわたる　同
友なりし昔はいづこ鶏頭の熱きが野辺を走りてゆけり　『客人』
後《のち》の世は果実と言ひし友ありき狂へる鳥のわれはついばむ　『くわんおん』

いったい誰が誰に宥されるというのか。いずれにしても、硝子や貝や時計のように響きあう美しい子供たちは、この世の摂理を超えた交接によって生まれた子供たちだろう。星の妻であった記憶も、狼の子供を産んだことも、かつて鶏として野辺をかけまわったことも、すべては前世の懐かしい記憶のようでありながら、水原が折々に詠みこむ神話の物語のようでもあり、ここでは「私」などという一回きりの生の記憶ははるか彼方へ忘れ去られてしまう。あまやかな果実であった遠い記憶をかすかにとどめたまま、狂った鳥としてそれらを啄む痛みと快楽を思うとき、その冷酷なまでの美しさに気が遠くなりそうになる。歌集『くわんおん』には、短歌のほかにいくつかの掌編が収められているが、なかでも不死の身体を持った少年と尼僧との交接を描いた物語は非常に示唆的だ。そのはじめての交接によって少年は光り輝く星となり、尼僧は少年のために天上の月と星をすべて殺してしまう。

> 　月や星は?
>
> もう無いのよ。すべて、私が殺しました。あなたのために。あなたが、ただひとつの星なのです。
>
> その声を聞くと、フランツはふるへた。おそろしさに、全身の力をこめて女の首を絞めた。馬が、高らかにいなないた。
>
> 　フランツは走り出した。罪を負つた身体は不思議に軽かつた。
>
> 　走りながら自分を生んだ母の顔を思ひ出さうとしたが、駄目だつた。悪い星には母が無いのだつた。
>
> 『くわんおん』

　この掌編には、水原の短歌に貫かれている思想が生々しい形で凝縮されている。生物も無生物も星も地球も聖も俗もすべてと溶け合うように交わった結果、「私」は「私」でなくなり、永遠の宇宙のみなしごになる。星になった少年は、永遠に罪を背負ったまま宇宙を流転しつづけるしかなくなるのだ。

わが子らを殺《あや》めたるのち龍車にて金髪もゆるわれを知らゆな　『光儀』

神殺し羞《やさ》しきかなや桃畑《ももばたけ》の桃の目交《まなか》ひユダと交はる　同

インセストまぶしきかなや夕映のごとく枯野にもの語らする　『あかるたへ』

桃食めば罪はしたたり母殺し父殺しなる白犬のわれ　『えぴすとれー』

子殺し・親殺し、インセストも水原が繰り返し詠んできたモチーフだが、これらはありきたりで記号的な禁忌・タブーとしてのそれではなく、もっとも切実な「私を殺す」ための、さらには別の生を得て永遠に宇宙を循環するいのちを得るための装置としてはたらく。罪の果実である桃の果汁を浴びた「われ」は恍惚としてさらに眩しい高みに昇っていく。私が水原の短歌を、特に初期の短歌を恐ろしく思うのは、この途方もない無私の先にある恍惚に自らも引き入れられそうに感じるからだ。

　水原短歌における「無私」への希求の大きさについて考えるとき、そこには「未生」というキーワードが思い浮かぶ。

　わすれ雪いのち無き日のしあはせを花に語りて母のごとしも

『びあんか』のこの一首は、つくづくと不思議な歌だと思う。「いのち無き日」というのは、この世に生を受ける前のことだろうか。あるいは死後のことだろうか。その知るべくもない幸せを、いのちを持たないはずの花に語って聞かせる自分を、いのちを産み落とす存在としての母に重ね合わせる。ここにはいのちを巡る閉じた円環があり、この円環のなかでは「生前」も「生」も「死後」も通過点として平等に存在する。そして、この円環に思いを馳せる限り、「生まれなかった私」を想像することは、寝しなに子供に聞かせる物語のように甘やかだ。そのせいか、初期の水原の短歌に描写される「未生のわれ」は、ただただ清廉で美しい。

　いのちなきその昔より若草の妻なりけるよ　あをぞらの阿の　『いろせ』

　しかし、近作に近づくにつれ、水原にとって「未生」であることのこだわりの根源には仄暗い宿命が横たわっていることに気づかされる。

マッチ擦る恐怖は今もわれに在り原初にいのち無かりし者か　『さくらさねさし』

さかしまに落ちゆく果ては河原なり卵生の罪、石に問はるる　『えぴすとれー』

舞ふさくらいつか炎となるものを知らで未生の罪に燒かるる　『光儀』

沖繩戰なかりせばたまきはるわが生《あ》れざらましを死なざらましを　同

火を恐れることは原始的な動物としての本能だが、この歌ではそれを「いのちの無いもの」の証左であるかのような歌い方がなされている。また、二首目で逆さまに落ちていく先の河原で石に問われるのは「生まれてきたことは罪ではないか」という根源的な問いである。『光儀』から抜粋した二首では、さらにはっきりと「未生の罪」という言葉が使われ、軍人として沖縄戦で死んだ伯父と元近衛士官として戦後を生き延びた父の存在を示唆しながら、「戦争の子」だという自らの生の実存を問いかけている。戦争がなかったら生まれなかったかもしれない自分。日本という国の歴史と自らの出生が分かちがたく結びついていること。近年、反出生主義が文学上の題材になることが増えているが、生まれること、この世に生を誕生させることの成否というのは、まさに善悪の彼岸を歩くように不確かなことだろう。水原の歌は、その仄暗い領域に身一つで切り込もうとしているかのようだ。

テロ、テロル、をみなごの名に良からむに吹き飛ばさるる脆き人體《じんたい》　『えぴすとれー』

永遠の少女なりける慰安婦像わがうちに建つ夏草の中　同

林檎むくわが手神の手ひらひらと入れかはるらむ死刑執行　『光儀』

軍服の父を知らざる幸《さきわ》ひをブローチとして心臓に刺す　『如何なる花束にも無き花を』

近年の水原の歌はにわかに社会性を帯び、戦争からつながる自らの生、さらには現在も世界中で続く暴力の不条理に接続していく。「テロル」の歌は、女性や子供が武器として使われたというイスラム過激派の自爆テロのことだろうか。「テロ、テロル」と女性の名前に似た甘やかな舌ざわりを口のなかで弄んでいると、次の瞬間、凄惨な自爆の光景のただなかに飛ばされる。慰安婦であった少女の像を自らの内側に建て、戦争を知らない子供として仄暗い幸せを心臓に突き立てる。生の歓喜とその根源にある罪に引き裂かれながら生きていく意志を水原の短歌から感知するとき、私は、水原の短歌を「生まれなかった私」への手紙のように感じる。そう思うとき、不思議と、私が初期の水原短歌を読むたびに感じていた圧倒的な孤独がすこしだけ和らぐのだ。

　不死の人よこぎる部屋に黄金《わうごん》のごとくねむらむつひに父母なし　『如何なる花束にも無き花を』

　今のほかわたくしは無く瀧抱《だ》かばちちははも無き無限光彩　同

最新歌集『如何なる花束にも無き花を』から引いた。父母を亡くし、黄金のように眠るこの人物は、すべてから解き放たれたかのように安らかで、ついに無限のいのちを得たようにも思われる。

　水原の歌を読むことは、私にとって単純な快楽ではない。それでも、いのちを無限に流転するものとして詠み続ける水原の孤高を、仰ぎ見るように眺めるしかないのだ。

水原紫苑、恋愛の歌の旗手

平岡直子　Hiraoka Naoko

こんな歌がある。

空港に泊まってみたい　いつもいつもあふれるだけの何かへの愛　　雪舟えま

それ以外に呼びようがなかったから〈恋愛〉とだけ呼ばれてきた感情があると思う。わたしの感覚でいちばん近い言い換えは〈あふれる〉だ。

それは、必ずしも客体を必要とせず、生まれながらにわたしのなかからあふれている不可視のエネルギーだ。肉体的に、そして社会的に生存しつづけるためのさまざまな欲求がわたしたちにはセッティングされているけれど、どうしてもそれらに分類しきれずに残ってしまうわけのわからない濁流が存在する。

だけど、その感情は名前をつけられず、人間を対象にする場面においてのみ限定的に恋愛、と呼ばれ、その他の場面では恋愛を比喩的に援用することで間に合わされてきた。あるいは、間に合ってなどこなかった。

雪舟えまのこの歌は、〈恋愛〉的な感情が、狭義での恋愛や、母性愛、母性的な愛などと呼ばれるものに着色される直前の透明な〈あふれる〉を切り取ることに成功していると思う。この歌を読むと、わたしにも、得体のしれない、未知の何かへの愛があふれつづけているのだということを思い出させられる。

この感情に恋愛以外の名前がつけられていないのは、この世では実用的な意味があるものに優先的に名前がつけられるからだろう。だけど、そもそもみえないものはどうしても名づけづらい。（狭義での）恋愛は、対象の人間という器や、その反応によってはじめて目にみえる形になるのだともいえる。注ぐ器のない感情はないとされても仕方がないのかもしれない。

しかし、そのために歌があるのではないか、と思う。暴論かもしれないけれど、わたしは、〈あふれる〉を〈みせる〉ためだけに歌があるのではないかと思うことがある。短歌は本来は透明なものを可視化するのに向いている形式である。短歌を構成する二つの要素、言葉と定型が双方を不透明化しあう関係にあるからだ。あふれる感覚、ある気分の高揚のようなものを真空パックすることは、短歌の非常に重要な役割のひとつだと思う。それは、伝統的に短歌を生き延びさせてきたものであり、現在なお優れた表現を生む可能性の高い装置だ。にもかかわらず、ある種の心の異常事態が書かれた歌が恋愛の歌とそれ以外に分けられ、後者がとりこぼされてきたとしたら、社会制度としての〈恋愛〉の強力な上書きに妨げられてきたからではないか。

菜の花の黄《きい》溢れたりゆふぐれの素焼の壺に処女のからだに

水原紫苑の歌は、それを注ぐ器（たとえば〈恋人〉のような）がないと可視化が難しいタイプの感情や感覚を、歌そのものを器にしてみせてくれるようなところがある。

この歌はごく初期の代表作のひとつ。のちに水原の武器となっていくさまざまな特徴がすでにあらわれているが、ここでとくに注目したいのは、先に挙げた雪舟の歌とも共通する〈溢れたり〉という部分。壺に活けられた花があふれるように、〈処女のからだ〉にも黄という色があふれている。理由もなく、ただあふれているのだ。菜の花が大地から茂っているイメージからは切断されていることや、〈黄〉という色が選ばれていることにも注意を払いたい。体液、毛髪など、身体からあふれえるものを連想させる色、生命力の比喩になりうる色は避けられている。あっちを注いだからこっちがあふれるというようなものではなく、空中でとつぜんあふれる人間の不思議を書き留めている歌だと思う。

宥《ゆる》されてわれは生みたし　硝子・貝・時計のやうに響きあふ子ら

〈宥されてわれは生みたし〉というのはかなりどぎついフレーズで、〈生む〉ためには何者かの許可が必要だと言わんばかり。つまり、上句だけ取り出すと、（作者自身が作歌時にそういったことを意識していたかどうかは措いて）女性が主体的に生む／生まないを選択できない、という状況を念頭に置くことになる。だけど、下句で詩的な無機物が〈子ら〉として生み出されるとき、〈宥し〉のニュアンスはスライドする。なにしろ禁忌的な匂いのする生殖である。その許可をもとめる先は、社会構造のなかの権力者など素通りして、生の根源に携わる、神のような存在ということになるだろう。この歌が美しいのは、なんらかの圧力に変形させられた言葉が、それでもふてぶてしく息をしているからだと思う。否応なく言わされる言葉、構造から発生してしまうフレーズを、文脈を変えることで主体的な言葉として再生しなおす力。

〈生む〉というのもなにものかが身体を〈あふれる〉ことだといえる。先の歌の処女のからだにあふれる黄と、この歌で〈われ〉をあふれる硝子や貝や時計は、本質的に同じものなのではないか。

　こういった歌においてわけもなく唐突にあふれている美しいものたちをわたしは宛先のない恋愛のよ

うに感じる。恋愛と呼ばれるものと同じ源泉をもつエネルギーのように。

　こぼれたるミルクをしんとぬぐふとき天上天下花野なるべし

　膨張をつづくる宇宙ひらきゆく冬薔薇《さうび》いかに他者と逢ふべき

ミルクは器からこぼれ、宇宙や薔薇は膨張する。この二首もまた、いわばあふれるなにかが祝福されている歌だけど、これらの歌は呼吸にも特徴がある。水原紫苑の歌にいわゆる〈調べ〉のよさ、音の高低で奏でられる類のメロディをわたしは意外と感じないのだけど、代わりに呼吸の生々しさを感じるのだ。一首目の三句目で息を吐ききる感じや、二首目の急いで言い継ぐ感じ。そういった収縮が歌の表面張力を演出する。喉よりも肺を使う作者だと思う。

二首目はわたしはとくに好きな歌なのだけど、この歌は〈恋愛〉的な感情についてのひとつの解答例でもあるように思う。出会う対象ではなく、出会うという現象自体への情熱。世界は広がっていくいっぽうなのだ。身のまわりの密度はだんだん薄くなり、世界からこぼれおちてしまいそうな感覚のなか、困難な〈他者〉に手を伸ばすこの感じ。下句は、〈いかに〉と方法を問いながらも、これから新しく未知のものに出会える可能性へのよろこびに輝いている。

　あらたまの年の初めに愛しあふブッダとキリストいづれもをみな

実際、水原紫苑の歌は出会いに満ちている。マッチングアプリかと思うほどさまざまなものが出会い、愛し合う。わたしは女と女の恋愛が好きなので個人的な趣味でこの歌を選んできてしまったけれど、ほかにもさまざまな、意外な、ユニークな、衝撃的なもの同士が出会わされ、結ばれている。

おそらくその延長線上に、異類婚姻譚という発想がある。これは水原の歌において重要なキーワードのひとつである。〈異類婚〉や〈犬妻〉（水原は犬と結婚している）などの直接的な単語も歌にしばしば出てくるのだけど、主題として顕在化している部分だけではなく、水原の歌に特徴的な、名詞同士を婚姻させることで詩情を生みだす作り方自体を異類婚的だと思う。つまり〈異類婚〉とは主題でもあり、同時に方法でもあるといえる。

〈異類婚〉的に歌を作りつづけること自体が〈婚姻〉という制度への批判として機能する。当該の言葉を消すわけではなく、別の使い道を示し、その実績をつくり、再定義する。粘り強い戦いの軌跡だ。水原の歌は、社会から〈恋愛（的な感情）〉や〈婚姻（という制度）〉を奪い返しつづけてきたのだと思う。

悲しみに睫毛あるべし花舗つねに冷えびえとして兵舎に肖《に》たり
秋の日の鍵の重さはほろびゆく太陽の身の夢ゆのがれて
少女より老婆と成りしわが貌《かほ》を星降る井戸に沈めけふ在り

近作では歌と作者が身体の貸し借りをしているような歌に惹かれる。一首目では、感情から直接発毛しているような異常な表現が、逆にそこに省略されている身体の肉感を思い出させる。二首目は〈身〉という一語によって〈太陽の身〉に〈わたしの身〉が重なることが歌にぐっと重みを乗せていると思う。たとえば〈パラシュートひらきし刹那わが顔のステンドグラス荒天に見ゆ〉（『客人』一九九七年）などでは啓示のように、錯覚のように、一瞬まぎれこむようにしか歌のなかに存在しなかった作者の身体の滞在時間が増えている。三首目は自分の顔と出会い直す歌。これらの歌は、歌から身体の部品がせり出してくるような、奇妙な体感をともなって〈あふれ〉ていると思う。

神への恋、世阿弥への恋、犬との恋、宇宙への恋、対象をさまざまに入れ替えながら水原紫苑の歌を説明することはできるけれど、そういった読み解きかたが〈恋愛には対象が必要だ〉という発想を補強していくことならば、あくまで〈なにか〉に向けて空中にあふれる言葉こそが普遍的な恋愛の歌なのだと書き残したい。

わたしは水原紫苑は死ぬまで恋愛の歌を作るのではないかと思っている。

◉十首選

菜の花の黄《きい》溢れたりゆふぐれの素焼の壺に処女のからだに　『びあんか』

宥《ゆる》されてわれは生みたし　硝子・貝・時計のやうに響きあふ子ら　同

こぼれたるミルクをしんとぬぐふとき天上天下花野なるべし　『客人』

半袖のブラウスを着て死者の入る冬の図書館鳥病むかたち　『いろせ』

膨張をつづくる宇宙ひらきゆく冬薔薇《さうび》いかに他者と逢ふべき　『あかるたへ』

あらたまの年の初めに愛しあふブッダとキリストいづれもをみな　『さくらさねさし』

薔薇色の馬ゑがきたるワンピース着たるをみなごちちははを捨てよ　『えびすとれー』

悲しみに睫毛あるべし花舗つねに冷えびえとして兵舎に背《に》たり　『如何なる花束にも無き花を』

秋の日の鍵の重さはほろびゆく太陽の身の夢ゆのがれて　同

少女より老婆と成りしわが貌《かほ》を星降る井戸に沈めけふ在り　同

みごもる魂

大森静佳
Omori Shizuka

◉十首選

殺してもしづかに堪ふる石たちの中へ中へと赤蜻蛉《あかあきつ》　ゆけ　『びあんか』

まつぶさに眺めてかなし月こそは全《また》き裸身と思ひいたりぬ　同

足拍子ひたに踏みをり生きかはり死にかはりわれとなるものを踏む　同

くちづけの深さをおもひいづるとき雲雀よ雲雀そらを憎めよ　『客人』

赤鶴《しやくづる》がふるき真蛇の面《おもて》起《た》ちあゆまむとせり爆心地まで　同

きのこ雲在りてきのこに青空の失くなりしことたれに告げなむ　『あかるたへ』

未生なるわれの瀆《けが》しし中國の少年あらむまた未生なる　『光儀』

瀧斬らむクーデターなれ瀧斬らば三千世界石《いし》とならむを　『えぴすとれー』

にんげんのまなこ鏡となる夕《ゆふべ》妊りゐたれカール・マルクス　同

碧玉《へきぎよく》のキーウィ食めば死は不意にわが子と氣づく生まざりし吾子《あこ》　『如何なる花束にも無き花を』

水原紫苑の歌は、ひとが生きて死ぬこの世界の残酷さを深く見つめつつ、鎮魂や悼みには流れていかない。むしろ、苛立ちや怒りにも似た何かとても騒がしいものを内側に充満させて、一首一首がぎらぎらと輝いている。その騒がしさの背景には、おそらく「われ」という視点の揺らぎもあるだろう。魂は、生身の身体あるいは「今」を起点とした時間軸を軽々と抜け出し、自在に変身する。

『びあんか』より引いた一首目〈殺しても〉、一拍の休符ののち「ゆけ」と命令するこの低い声は、一体誰の声なのか。暗い色の石の内部へと赤蜻蛉が吸い込まれてゆく景はそれだけで鮮烈だが、石を殺すとはどういうことだろう。石は最初から生きていないのに。しかも、「殺しても」と言うかぎり、殺したのはこの歌の主体「われ」であろう。自分が与えた死に耐えている悲愴な存在として、石を見ている。そこに、真っ赤な血のような蜻蛉たちが生きたまま吸われてゆく。いや、吸われるのではなく、これもまた「われ」の「ゆけ」という命令によって、強制的に石のなかへ身投げさせられているのだ。私はこの光景に、凝縮された生死のありよう（「死」そのものもみずからの死に耐えている）を思うが、ここで「ゆけ」と促す「われ」は、その呪わしさを見つめ尽くそうとする大きな目玉を持った何者かなのだ。

『客人』の一首目〈くちづけの〉、恋人同士の口づけの場面でありながら、空をゆく雲雀にその空を「憎め」と命じる。鳥が空を憎むとき、地上にいる人間は地上を憎むのだろうか。深い口づけの記憶も、明るいだけではない暗い高揚感を匂わせる。「ゆけ」と同じように低い声で「憎めよ」と呼びかける、世界そのものと言ってもいいような大きな「われ」。その「われ」に、緩急の効いた韻律がきららかに絡みつく。

『びあんか』より三首目〈足拍子〉は、能の仕舞などの場面だろうか。「われ」が輪廻のなかで生と死を繰り返す、という単純な把握ではなく、明滅する魂がときどきふっと「われ」という大きな器に注がれる、そんな感覚だと思う。その不定形の魂を、足裏にひらめく影を、ひたすらに踏み続けるこの一首には、魂が「われ」という形を持つことへの愛憎があるのではないか。

　われにはわれの中心あらむと迫り来る青傘《あをがさ》のをとこ雪をかかげて　　『客人』

花の奥にさらに花在りわたくしの奥にわれ無く白犬棲むを　　『あかるたへ』

誰しも「われ」のなかに確固たる「われの中心」があるはずだ、と言って青傘の下から脅してくる男の怖さ。「われ」の視点を一点に定めて写実的にうたうアララギ的な価値観への違和を、この歌の背後に見ることは行き過ぎだろうか。「われ」の奥には、「われ」ではなく美しい「白犬」が棲んでいるのだ。

一方で、水原紫苑の歌の世界を自在に乱れ飛ぶ魂は、ある一点において生身の「われ」と鋭く交わる。それが、「戦争」という主題である。

大日本帝國に殺されし伯父捨てられし父われを創るも　『如何なる花束にも無き花を』

沖縄戦で亡くなった若い伯父のことは、第五歌集『いろせ』以降繰り返しうたわれているが、その光に対する影、あるいは影に対する光のように登場するのが、戦中に近衛士官として皇居を守る役割を負った父の姿である。伯父と父。そしてその二人の男性の運命の尾として、この世に生まれてきた自分。〈われ在らず沖繩戰なくヒロシマ・ナガサキ無き世界こそ在らまほしけれ〉（『光儀』）の一首に象徴されるように、日本、天皇、戦争、そして沖縄に対して、さまざまに複雑な想いがあふれてゆく。

『客人』より二首目〈赤鶴が〉、この赤鶴というのは南北朝時代に活躍した伝説的な面打ちで、特に鬼面を得意とした。その赤鶴が打った「真蛇」の古面が、むっくりと起きあがって原爆が落とされた爆心地まで歩もうとする。何という凄まじいイメージの景だろう。真蛇は、般若を通り越して怒りのあまり蛇と化した面で、髪は脱け、耳はなくなり、口は裂けて牙が生えている。原爆の悲惨に怒り狂った魂が、赤鶴の古面に入りこみ、おののきながら人類の痛みの上を歩もうとしているのだ。

『あかるたへ』の一首目〈きのこ雲〉も原爆の歌で、これはやや言葉の歌とも言えるけれど、あの「きのこ雲」以来、本物のきのこは青空を失ってしまったという発想が、なまなましく哀しい。きのこたちは今もなお、色を失った空の下で沈黙しているのだ。結句「たれに告げなむ」にまた、巨大な目玉を持った大いなる「われ」が顔を出している。

『光儀』より一首目〈未生なる〉は、同じ一連の〈慰安婦のほとなる深き井戸の底ぬばたまの天黙《もだ》し在りしを〉などと合わせて読みたい。慰安婦問題を深いところから抉るようにうたいつつ、自分もまた加害者側であったかもしれない時空、あるいは少年（男性）が被害者であったかもしれない時空へ想像を広げるところに、鋭い痛みの伴った批評精神がある。「未生」であるにもかかわらず「瀆しし」と過去形になっている、このなまなましい眩惑を噛みしめたい。

戰爭の正身《むざね》をわれとおもふとき自死ははつかに遠ざかりけり　『光儀』

自死の誘惑に駆られることもときにはあるが、自分こそが戦争というものの正体なのだという直感を持つとき、自分はこの苦しい肉体を、苦しい世界を捨てるわけにはいかないのではないか、と思いとどまる。純粋な魂への憧れと、肉体にとどまって戦争をうたいつづけることへの使命感が、ないまぜになって押し寄せる。

沖繩戰に死にたる伯父をたましひの父となしけりみごもりののち　『如何なる花束にも無き花を』

沖縄の壕で戦死した伯父を、「われ」は自身の内部にみごもり、「たましひの父」にするという。伯父が戦争を生き延びていたら自分は誕生していなかった、とその深い因縁を言いながら、死者である伯父を自分の胎内にみごもるとは、じつに不思議な、そして魅力的な奇想である。〈みごもりは老若男女を問はざらむおのがたましひ人はみごもる〉（『あかるたへ』）はやや直接的すぎる言挙げだが、『えぴすとれー』よりの二首目〈カール・マルクス〉の歌にもあるように、水原の歌に多く登場するこの広々とした「みごもり」の思想には注目しておきたい。

うすずみのさくらが雪に咲くよるは祖父《おほちち》と眠る乳房ふふませ　『びあんか』
梔子《くちなし》の花異様《ことざま》に見えつるは母を生みたるわれゆゑなりや　『えぴすとれー』
受胎告知われも受けしに永遠に生まれぬこの子音樂なりや　同
モナリザが懐胎とせばおそろしきそのみどりごにわれはならまし　『如何なる花束にも無き花を』

体内に宿すのは、伯父だけではない。母を産み、祖父に授乳し、自分を世にあらしめた肉親たちを作者は遡りつつ次々にみごもり、過去から未来へ流れる時間の原理を超越してゆく。「音楽」という名の韻律を、永遠に生まれてこない胎児のように体内に感じつつ、どの歌にも匂い立つようなエロスがある。

みごもる側ばかりではなく、「われ」はしばしば胎児となって過去や未来に現れる。変幻自在にみごもり、みごもられるその魂の行方。『如何なる花束にも無き花を』から引いた〈碧玉の〉では、「死」こそがわが子という境地に至る。死をみごもりながら、「われ」は禍々しいこの世の真実に瞳をみひらき続けるのだ。

　子はなべて石の子として月明に石の花咲く森に育てよ　『いろせ』

「フォルテ」第4号（1990年）
当時の勤め先の同僚フランソワが表紙のイラストを担当

「短歌ヴァーサス」7号（2005年）

幼年期の終わり

世界との蜜月から対立へ

川野芽生
Kawano Megumi

◉十首選

胸びれのはつか重たき秋の日や橋の上にて逢はな　おとうと　『びあんか』
死者たちに窓は要らぬを夜の風と交はる卓の薔薇へ知らせよ　同
われらかつて魚《うを》なりし頃かたらひし藻の蔭に似るゆふぐれ来たる　同
太陽を犯せし遠き兄おもふめざむればひとと湖底に居りつ　『客人』
雪となりて降り来るまことのうつしみよわがくちづけしきみはまぼろし　『くわんおん』
紫陽花の球体かなし入り込めぬ〈死〉なる全き完結に似て　『あかるたへ』
われ在らず沖縄戦なくヒロシマ・ナガサキ無き世界こそ在らまほしけれ　『光儀』
大日本帝國に殺されし伯父捨てられし父われを創るも　『如何なる花束にも無き花を』
鳥歩む春を生きつつ日本語を超え得ざること怒りのごとし　同
大和歌の源ゆきて裁くべしたまきはるわがうちなる天皇制　同

水原紫苑の初期の歌を特徴づけるものは、「幸福感」である。世界に対する是認の感覚がそこにはある。〈われ〉はあらゆるものに「兄」「弟」もしくは「きみ」と呼びかける。世界の方でもその呼びかけを拒絶しない。〈われ〉は世界と自在に関係を結ぶ。そこに水原の歌の特殊性がある。水原が描くものは幻想だとよく言われるけれど、異世界では決してない。用いられるモチーフも現実世界のそれである。異界に焦がれるこころ、此岸と彼岸の間に引き裂かれる心情というものはそこにはない。この世に対する怒りや絶望もない。〈われ〉は世界の愛《めぐ》し子である。〈われ〉に特別なところがあるとすれば、棲む世界が違うのではなく、世界との関係の結び方において特権的なのだ。

一首目を例に取ろう。この歌の〈われ〉は胸びれを持つ、人ならざる存在だが、異形のものとしての孤独をかこってはいない。胸びれがあることは驚くべきことではなく当たり前の事実であり、それゆえにわざわざ言及されはしない。焦点が当たるのは、ある秋の日に胸びれがふと重たく感じられるという微妙な身体感覚の方であり、それにより読者は胸びれを持つ者の身体に同期させられ、〈われ〉の同族となる。そして効いているのが〈おとうと〉の存在である。かれも胸びれを持つのか、それともかれは人間であるがゆえに水中と地上の交わる〈橋の上〉での邂逅となるのか、それは定かでないが、〈おとうと〉の存在が示されることにより、〈われ〉はこの世界にとって異質な存在ではなくなる。この歌は〈われ〉とその同族の存在によって満たされている。そして〈逢はな〉と呼びかけの形で歌がひらかれることで、一切のものが〈われ〉の弟となり、歌を超えて世界に広がってゆく。〈われ〉の変身が、〈われ〉の故郷たるこの世界全体を変容させるのである。

四首目では、兄が神のごとき偉大さで現れる。「兄は太陽を犯しき」と主語‐述語の関係でその物語を語るのではなく、兄の修飾として、すでに共有された事実であるかのように〈太陽を犯せし〉を置く、その平然とした手付きにより読者も当然のようにそれを呑み込まされてしまう。神話的なスケールで生きる人物が（〈遠き〉と形容されているとはいえ）兄というちかさで存在する点に、水原の歌の特徴がある。太陽と交わる兄、その兄と血縁関係にある〈われ〉――と関係が連続し、すべてが類縁となるのである。〈われ〉と他者の関係を縮めるものが、時に〈犯す〉という暴力的なかたちを取ることには、しかし、注意が必要かもしれない。

三首目でも、〈われ〉は孤独ではない。〈われら〉というかたちで他者をなかば強引に巻き込んで、〈魚なりし頃〉の記憶を共有し、その過去の事実としての強度を高めている。ここでも「われらかつて魚なりき」ではなく〈われらかつて魚なりし頃〉と既成事実を作っている。〈われら〉が共有していた藻の蔭は夕闇となって世界全体を覆いに来る。

他者ということばを使ったけれど、〈われ〉にとってほんとうの意味での他者は存在しない。すべてが〈われ〉なのである。

五首目、〈われ〉が〈きみ〉にくちづけると、降り出した雪が〈われ〉を包み込む。その雪こそが真実の〈きみ〉であって、目の前にある肉体は幻であったのだという。〈われ〉は人間の〈きみ〉をうつろな媒介として、雪に抱擁され、世界と結ばれる。それはくちづけなどよりはるかに深い関係の結び方であろう。〈われ〉にとって、世界は〈きみ〉と呼びかけるべき親しい相手であり、また生身の〈きみ〉は世界の先触れに過ぎないと言える。

無論、〈われ〉が交感する相手は生者に限らない。生者も死者も〈われ〉の世界では同じ地平に立って行き交う。二首目の歌では、〈われ〉は死者の言葉の媒介者となり、卓の薔薇は夜の風と交わる。そして〈知らせよ〉と呼びかけられることによって、読者もその関係性の中に巻き込まれる。死者たち——〈われ〉——（読者）—卓の薔薇—夜の風、と連なってゆく関係の中に読者もこの歌もあるのである。一方でここには、虚空に向かって呼びかけることなしには、目の前の卓上の薔薇にさえ言葉を伝えることができない、というかなしみがあるとも言えるのだが、それでも死者と生者の間には本質的な違いはなく、〈われ〉の手の届くところにいる。

二重性のない、全一な世界において、あらゆるものが〈われ〉の同族である——この幼年期のような幸福感は、『客人』または『くわんおん』まで続く。水原は、『客人』の新版あとがきで、「今までに十冊の歌集を出しましたが、不思議に最初の三冊までは、現在の私とは別の私が作ったような気がします。／最初の二冊『びあんか』『うたうら』では、今の私とは異なる時間を生きているようですし、『客人（まらうど）』では異なる空間を生きているように思われます」（二一六頁）と述懐している。事実、その後の水原の歌には変化が訪れる。

『あかるたへ』の末尾ちかく、春日井建を悼む連作に収められた六首目では、死は全き他者である。〈われ〉が生きる地球という球体とは異なる、閉ざされた球体として〈死〉はあり、そのふたつは交わることがない。関係を結ぼうにも何の手がかりもないその球面に〈われ〉は拒絶されている。生者と死者はそれぞれの球に封じられて、出入りすることは叶わないのであり、ここに死者の声の媒介者としての〈われ〉はもういない。水原の〈われ〉にさえ足を踏み入れることのできない場所が、はじめて現れてしまうのである。

そして、近年の水原の歌には、鋭い社会批判の姿勢が見られる。特に『光儀』『えぴすとれー』『如何なる花束にも無き花を』に顕著である。戦争、ヒロシマ・ナガサキ、沖縄、福島、差別、ヘイトスピーチ、共謀罪。〈われ〉はもはやかつてのように安らかに世界を是認しておらず、怒りと痛みを持って世界と対立している。

そうした歌の中で、血縁関係は、世界との蜜月の象徴ではなくなっている。特に着目すべきは〈父〉であろう。八首目の歌の詞書に〈共に陸軍中尉。母の兄なる伯父は商人の子にして應召、戰死し、職業軍人なりし父は戰後、母の家に入る。／伯父在りせば、父母は婚姻せず、わがいのち無からまし。／われは戰爭の子なり。〉とあるように、水原はみずからを、戦争がなければ生まれ得なかった、〈戦争の子〉と定義する。ここでの血縁は、忌むべき世界との断ち切れない絆、自己否定の契機である。みずからの存在の礎に、血塗られた現実がはじめから組み込まれていたことを〈われ〉は直視する。七首目にあるように、みずからを否定してでも戦争のない世界の方を望む〈われ〉にとって、みずからは戦争のあるこの世界そのものなのである。

そのような現実のうちでは、うたもまた決して無垢ではありえない。〈父〉なるものは遡ってゆけばむろんのこと、家父長制の総本山たる天皇制へと辿り着く。天皇制と短歌の間には切っても切れない関係があり、十首目の歌において〈われ〉は短歌の源にある天皇制を裁こうとしている。そして天皇制は〈われ〉のうちにも居座っている。みずからの血肉を抉り出すような覚悟がなくては、短歌と自身の中に巣食う天皇制を裁くことはできない。

言語もまた制度である。九首目、日本語をかくも華麗に操る水原は、しかし日本語の外に出ることができないことに怒りのようなものを感じている。短歌は日本語から切り離すことはできず、日本語は天皇制を内包する。生きて、日本語を操り、うたを詠む——そうしたみずからを水原は基盤から切り崩すようにして見つめ、自己批判するのである。

薔薇色のジャンヌ

水原紫苑——書き下ろし短篇小説

秋晴れだった。ジャンヌはまだ若くて希望と欲望に満ちていた。

ジャンヌといっても日本人である。常識を持ち合わせない母親がたまたまフランス趣味で、ジャンヌ・ダルクに憧れて名づけてしまっただけだ。容貌は母親譲りだったが、褐色の髪と滑らかな肌に、ベトナムに行った時作ったアオザイが似合うのを自慢にしていた。

ジャンヌは小学校一年生の夏休みに、この母親を殺さなければいけないという強迫観念に取り憑かれたことがある。

包丁はもちろん、ガス栓を見ても鋏を見ても、殺せ殺せ殺せと呼びかけられているようで、怖くて堪らなかったが、口には出せなかった。命令でママを殺さなければいけないの、なんてどうやって言えるだろうか。

母親とは普通に口をきいていたので、母親は何も気づかず、ジャンヌの夏休みの宿題をやってくれたり、大好きなババロアを作ってくれたりした。その間にも、母親が台所で無防備な背中を見せると、今だ、やれ、と呼びかける声がした。声は日に日に強くなった。

このままではいつか本当にやってしまうと子どもの頭で思ったが、学校が始まると綺麗に忘れてしまった。

あれは何だったのだろう。以後はそんなことはなかった。

ジャンヌはずっと母親と暮らして、今では売れない文筆業でわずかに稼いでいた。いつも暇なので、たまに仕事の依頼が来ると超高速で書けた。しかし、結果は今ひとつ芳しくなかった。

あなたは面白いものを持っているんだがねえ、とベテランのある編集者は憐むように電話で言った。どうもそれが空回りするようだ。もっと地に足をつけてじっくり書くといいよ。そして間もなくその人は退職した。


今日は友達と待ち合わせて上野の美術館に行くことになっていた。買ったばかりの薔薇色のワンピースに同じ色の帽子で、外に出ると、透明なはずの大気に、うっすらと小麦粉が混じっているような気がした。そのせいか、少し息苦しかった。いつもの駅に来た時、階段を上ろうとしてジャンヌは立ち止まった。階段が一段ずつきらきら光って、無数の光の渦に呑み込まれそうだった。イルミネーションかと一瞬考えたが、クリスマスでもなく、そんなはずはなかった。これは本当の駅ではない、何かが駅のふりをした偽物だとジャンヌは思った。

振り返ると、さっき前を通った駅前のコンビニも屋根から壁まで異様に輝いていた。見れば歩いている人間たちも頭から光っているのだ。コンビニは本当のコンビニではなく、歩いている人間たちも人間のふりをした偽物だった。

しかし、誰もそのことに気づいてはいないようだった。偽物でありながら、すっかり本物の顔をして普通に笑ったり手を繋いだりしていた。

警察に言おうかとも思ったが、警察も偽物だったらどうしよう。

だいたいこの自分は本物なのだろうかと手鏡を出して見ると、自分も地上の天体のように光っているではないか。これは本当の自分ではない。私はこんなに光る目を持ってはいない、私の髪はこんなに逆立っていないし、私の顔はこんなに気持ち悪いほど美しくはない。これは嘘だ。

駄目だ。今日は家に帰ろうと思ってスマホを取り出すと、スマホまでが光っていた。お前も偽物か。これでは友達に連絡することもできないかも知れない。だいたい、この世界が急に偽物になってしまったことをどうやって告げよう。友達だって本物なのか。

もうこうなったら、行くだけ行ってみようか。光の氾濫を防ぐために、手で目を押さえながらやっとのことで階段を上った。

電車はすぐに来た。予想通り電車も異様に光っていた。偽物の電車が、ジャンヌを偽物の上野に連れて行った。電車の中ではずっと目を瞑っていた。そうしないと、光だけではなく、電車内の広告や注意書きのすべての文字が目に飛び込んで来て痛いのだ。

こんなに苦しんでいるのはジャンヌだけのようだった。みんな楽しそうだった。秋晴れだし、休日だし、電車は東京の真ん中を走っているのだ。

上野に着くと、やはり大気には微量の小麦粉が混じっていたが、もう慣れてしまったジャンヌは、大きく呼吸しながら目を押さえて駅前の横断歩道を渡った。偽物の通行人が、大丈夫ですか、と声をかけてくれた。あなたこそ大丈夫なの、と言いたかったが、黙って微笑むのが精一杯だった。

友達二人はもう美術館の前にいた。友達は一人が銀色、もう一人が青く光っていた。いつもと変わらない様子で話しかけて来るので、ジャンヌも変わらずに答えた。これが友達のふりをした何かだとしても、会話が成立するのは偽物の世界の優しさかも知れなかった。

今日見るのはフェルメール展だった。決めたのは友達である。ジャンヌは美術の教養が皆無なので、偉そうなことは言えないのだが、フェルメールはあまり好きではなかった。あの静謐の意味がわからないのだ。ジャンヌが好きなのはメジャー過ぎて恥ずかしいのだが、レオナルドである。

だが今日はいつもとは違う。何もかもが偽物に変わってしまったのだから、フェルメールも今までとは違うかも知れない。

実際美術館も昼間から煌々と輝いていた。これも当然偽物だった。ジャンヌたちはその中に吸い込まれて行った。

フェルメール展とはいうものの、同時代の他の画家たちの作品もいっぱいあって、フェルメールはほんの少しである。友達は最初からきちんと見て歩いていたが、元々大して興味がない上に、今日は心も空のジャンヌは、構わず大股に館内を歩いてすぐさまフェルメールのところに行った。

『地理学者』と人気の『真珠の耳飾りの少女』と初来日の『デルフト眺望』の三点が来ていたのだ。これだけでも凄いラインナップらしい。

人々は『真珠の耳飾りの少女』に群がっていた。偽物の人々もこの有名な絵は好きなのだ。

ジャンヌは人垣の向こうから絵を眺めて、それが光っているかどうか確かめた。やっぱり異様に光っていた。こんなに美しい絵も偽物なのだ。みなさん、騙されないで、これはフェルメールなんかじゃありません、しかも贋作ですらなくて、フェルメールのふりをした何か全く別のものなんです、と大声で叫びたいのを抑えるのに苦労した。

『地理学者』は地味だが割合好きな絵だった。だが今日はよそよそしく、額縁から全体が光っていることは、遠くからもわかった。

もう駄目だ。この世のすべてが偽物に変わってしまったらしい。私たちはどうすればいいのだろう。

絶望して思わず帽子を脱ごうとした時、最後の『デルフト眺望』が目に入った。風景画は嫌いだった。

これももちろん光っている。だがその異様な光に包まれた風景の中に、小さな小さなジャンヌがいることに気づいた。こちら側の岸辺に立っている人の黒っぽい服がいつか薔薇色に変わり、静けさの中に自分がいた。

当然そんなはずはないのだから、この絵こそ正真正銘の偽物だ。本当の『デルフト眺望』は何者かの手で世界から消されてしまったのだ。でも偽物の『デルフト眺望』の中にいるジャンヌの、何と安らかに満たされていることだろう。空を眺めて、立ちつくしたまま眠ってしまいそうなほど気持ちが良い。永遠というものを知ってしまいそうだ。そこに抱かれてしまいそうだ。

もうこのまま昇天しそうになった時、突然あの指令が来た。この絵を破れと言う声がする。そんなことを言われても、厳重にガードされた絵が破れるわけはない。駄目です、許してと呟いたが、指令は次々に来た。美術館の学芸員を突き飛ばして絵を外せ、額縁を取れ、外せと言う。

ではこの世界を偽物にしたのも声の主だったのか。何と邪悪なことをするのだろう。今度という今度は絶対にいや、あなたに操られることはできませんと心の中で呟いたつもりだったが、声が出てしまっていたのだろう。まわりの人々が気味悪そうにジャンヌを見つめ、学芸員が飛んで来た。

「お客様、お静かにしてください。騒がれるとご退出していただきます。」

その沈着を装った声を聴くと身体に電気が走った。指令の声と同じだった。ではこいつがすべての犯人だったのか。こいつを倒せ。

ジャンヌは学芸員につかみかかろうと大暴れして、挙句に警備員たちに取り押さえられた。連行される前に『デルフト眺望』をもう一度見ると、もう薔薇色のジャンヌはどこにもいなかった。異様な光も消えていた。すべての事物が平常に戻っていた。そしてもうジャンヌも覚醒していた。

「やめて、私は狂ってなどいません、これは罠だったんです。」

この秋晴れにジャンヌはどこへ連れて行かれるのか。友達二人は茫然と見送った。

「デルフトの眺望」（ヨハネス・フェルメール／1660年頃／マウリッツハイス美術館蔵）

もう一人の、本当の〈私〉

『びあんか』の世界

高野公彦
Takano Kimihiko

早稲田大学出身の女流歌人といへば、ひところまでは道浦母都子さんぐらゐしか知られてゐなかつたが、さいきんなぜか二十代、三十代の若い女流歌人の中で早稲田出身の人が増えてきた。名前を挙げると、小島ゆかり・水原紫苑・米川千嘉子・俵万智・紀野恵である。いちばん年長の小島もまだ三十を少し過ぎたところ、最も若い紀野は二十代前半である。早稲田五人娘——と私はひそかに呼んでゐるが、既婚の人もゐるから娘といふのは適当でないかもしれない。この五人の乙女たちがそれぞれ優秀な歌人として成長する土壌となつた早稲田大学文学部といふ場所を、私は不思議な気持で思い浮べることがある。

＊

・光線をおんがくのごと聴き分くるけものか良夜眼《まなこ》とぢゐる

・針と針すれちがふとき幽《かす》かなるためらひありて時計のたましひ

・菜の花の黄《きい》溢れたりゆふぐれの素焼の壺に処女のからだに

・喉白く五月のさより食みゐるはわれをこの世に送りし器

・炎天に白薔薇《はくさうび》断つのちふかきしづけさありて刃傷《やいばいた》めり

私が初めて水原紫苑の歌を読んだのは、昭和六十二年であつた。その年、短歌研究新人賞の選考委員の一人であつた私は、多数の応募作を読む過程で右のやうな作品を含む「しろがね」一連三十首に出会ひ、その繊細透明な抒情に惹かれ、これを上位に推した。最終的に、受賞したのは荻原裕幸と黒木三千代の作品であつたが、水原紫苑の作品に出会へたことは私にとつて喜びであつた。彼女の作品について、

「現実と幻想の、どちらともつかぬ、そのあはひの薄明にあそ

ぶたましひの歌、といへるであらう。この世に生まれ出たことに対する否定のこころが、多くの歌の中に息づいてゐる。だが作者は、現実に対して歯をむき出して逆襲することはせず、薄明の境にひそんで淡い毒のある抒情歌をつくり出す。」（昭62・9「短歌研究」）

と私は短評を書いた。この評は、作者名が発表される前に書くことになつてをり、従つて作者の年齢も性別も不明のまま三十首の作品だけを材料として書いた感想である。「しろがね」三十首は、作者の性別が判りにくく、女性といふ印象は薄かつた。かと言つて男性だと思つたわけでもない。あるいは、十九世紀の世紀末のアール・ヌーヴォーやラファエル前派の絵画にひそむ両性具有（アンドロギュノス）的な世界に近いかもしれない。

ともあれ私は、かすかな風にも直ぐ傷つきさうな、内向的で繊細な魂の息づきを感じて、深く惹かれたのであつた。

右に挙げた第一首、「けもの」は具体的に何であらうか。満月の夜、何か獣のかたちをした生き物が横たはつてゐる。犬などを想起すればわかりやすいが、目を閉ぢた獣が、遥かな月から届く光線を、あたかも音楽を聴き澄ますやうに聴いてゐる光景は、静謐で美しく冷んやりしたイメージである。犬とも猫とも明示されない「けもの」は、作者自身の分身としてそこに横たはり、月光を聴いてゐるのである。

詳細に鑑賞する余裕はないが、第二首の時計の歌は、非在の物を透視する眼がとらへた、無機質な世界の、繊細でファンタジックな抒情詩である。

第三首「菜の花の……」、第四首「喉白く……」は、それぞれ性的なことが優美に詠み込まれてゐる。後者は、坂井修一の歌「水族館《アカリウム》にタカアシガニを見てゐしはいつか誰かの子を産む器《うつは》」を意識しての作だらう。

第五首、「刃」は鋏の類《たぐひ》だらうが、単に「刃」と言つてゐるので不気味である。夢幻《むげん》的な、否、夢幻そのものといつていい眩しい時空《じくう》が詠み取られてゐる。短評に書いた「淡い毒」といふ印象は、たとへばこの歌などから感じたのだと思ふ。ただ、毒といふ語は適切を欠くかもしれない。あのとき私は、日常的な感覚では知覚できない世界、それを言葉の力で開示《かいじ》し、読む者に一種の眩暈《げんうん》を起こさせる——そんな意味合ひで毒といふ語を使つたのだつた。

*

『びあんか』は、水原紫苑の初めての歌集であり、二十代の作品二五〇首を収めてゐる。右に触れた「しろがね」一連もむろん入つてゐるが、収録の際、多少の改作や削除がなされてゐる。他の一連へ繰入れられた歌もある。

歌集全体の作品配列は、制作順なのかどうか私にはよく判らない。判らなくても構はぬだらう。水原紫苑の歌は、実生活と直《ぢ》かに対応してゐないからである。

歌集はふつう制作順に歌を配列する。たとへば、一本の樹木が年月と共に枝を伸ばし葉を茂らせ、徐々に大きな木になるのと同様に、歌も作者の生活の変化や心の成熟とともに少しづつ変貌するから、その跡を辿りやすくするために制作順に並べるのである。

ところが、このやうな〈樹木〉型と異る在り方の歌人が、ごく少数だが存在する。たとへば葛原妙子やある頃までの山中智恵子、あるいは浜田到……。この人たちの歌は、いはば森の中に湧いてゐる泉である。樹木のやうに顕著に変化しない。それは成熟しないのではなく、成熟とは無縁の湧出《ゆうしゆつ》なのである。水原紫苑もたぶんこの〈泉〉型の歌人だらう。『びあんか』の歌群を読みながら、さう思つた。

惹かれた歌を一部挙げてみる。

・かぎろへば滝つ瀬やさしみづからを滝と知りつつ砕けゆくなり
・風狂ふ桜の森にさくら無く花の眠りのしづかなる秋
・坂下るわれと等しき速さにて追ひ来る冬の月の目鼻や
・球体に暫時宿りてあはれあはれ稚き神が毬をつくこゑ
・殺してもしづかに堪ふる石たちの中へ中へと赤蜻蛉《あかあきつ》　ゆけ
・方舟《はこぶね》のとほき世黒き蝙蝠《かうもり》傘の一人見つらむ雨の地球を
・喉《のみど》ゆく葡萄のひとみ眺めしは神にあらざる黄昏《たそがれ》びとや
・死者たちに窓は要らぬを夜の風と交はる卓の薔薇へ知らせよ
・からまつの天に向かひて落ちゆけり神やはらかに梢《うれ》を引く朝

この現世を規定してゐる時間と空間の枠組《わくぐみ》を超え、作者は自由に大きな時間・空間を往き来してゐる。滝を眺めながらふと滝に同化したり、秋の桜の森に華麗な未生の花を思つたり、また月の目鼻を幻視したり、まさに自在に作者の魂は遊行《ゆぎやう》する。

「球体に……」の歌は、毬《まり》をついてゐる人間を消し去り、毬じたいに稚《をさな》き神が宿つて自《みづか》ら遊び興じてゐる、と歌つたメルヘン的作品である。「球体」という語が一首にシュルレアリスム風な雰囲気を与へてゐる。

「方舟に……」の歌は、過去か未来か判然としない、それほど遠い時間へ出かけて行つた作者の魂が目撃した不思議な蝙蝠傘の男と、滅びに近い地球とが詠まれてゐる。

「からまつの……」は、天空の奈落へ落葉樹の樹が墜落してゆく、といふ歌である。ゆつくりと歌を読み味はひたいが、もうスペースがない。右以外にもいい歌があるので引いておく。

・桔梗《きちかう》に真向かふ父や母あらぬ昔もわれの父なるかなし
・いにしへは鳥なりし空　胸あをく昼月つひに孵《かへ》らぬを抱《だ》く
・沼沢は滅び去りしを駅頭に杳き水面《みなも》の愁ひたゆたふ
・呻吟は水のごとしもひたひたと家《や》ぬちの壺のいづれにも満

つ

・美しき脚折るときに哲学は流れいでたり　劫初馬より

・にんにくと夕焼　創りたまへれば神の手うすく銀の毛そよぐ

・顔おほふ花束持ちて来る者は水上《すいじやう》をゆくごとく歩めり

・水浴ののちなる鳥がととのふる羽根のあはひにふと銀貨見ゆ

・舗道《いしみち》に棲むたましひも秋となり馬なりし世の声ひびかする

この世の美、この世の謎に向けられた、尖鋭で柔かい眼差しがどの歌にも感じられる。

歌のつくりは端正である。韻律も乱れがなく繊麗である。集中に「透明の伽藍のごとく楽章がその目に見ゆる青年を恋ふ」といふ歌があるけれど、水原紫苑の創り出す歌は〈透明伽藍〉とでも呼ぶべき夢幻的な美しさを具《そな》へてゐる。

＊

・足拍子ひたに踏みをり生きかはり死にかはりわれとなるものを踏む

「扇・長月」といふ一連があつて、能のことが詠まれてゐる。能について私はよく知らないが、「舞ふ」といふ語が出てくるから、水原さん自身が仕舞《しまひ》などをやるのだらう。舞ひながら、とん、とんと舞台を踏む。舞台の下から、とん、とんと反響《こだま》が返つてくる。舞台の裏側に、もう一人の自分がゐて、同じ足拍子で舞台を踏んでゐるのだ、その自分を私は踏んでゐる――といふ歌であらう。ふしぎな感覚である。

古代ギリシアに、対蹠人《たいせきじん》（アンティポドー）といふ考へ方があつた。大地の裏側に、自分と相似形の人間がゐて、蹠《あしうら》を合はせながら生きて動いてゐる、といふのである。

実像と等身大の虚像が反世界にゐる、すなはち異界に自分と同じもう一人の自分がゐる、といふ思ひが、水原紫苑の根本的な詩的思想なのではなからうか。その、もう一人の自分を探して、彼女の魂は遊行するのだ。

BIANCA（イタリア語）、意味は〝白の女〟だといふ。何か出典があるのだらうかと訊ねたら、特にないと水原さんは答へた。彼女は早稲田で仏文科にゐた人だから、こんな外国語がしぜんに出てくるのだらう。

〝白の女〟といふ言葉は、時間・空間の枠を超えて遊行する水原紫苑自身のまつさらの魂をイメージングしてゐるやうに思はれる。〈もう一人の私〉、それが〈本当の私〉かもしれない――この思ひが彼女の魂を飛翔させる。さうして、その魂が目撃した美しくて謎に満ちた時空が、すなはち『びあんか』の世界なのである。

（水原紫苑『びあんか』雁書館／一九八九年五月）

『びあんか・うたうら』解説

春日井建
Kasugai Ken

水原紫苑は、昭和六十年代のはじめ、突如として歌をはじめ、「短歌」（中部短歌会）誌上に「三十一文字で、ここではないどこかへ飛べたら、とだけ思います」と書いた。その願いどおり、彼女の作品からはふしぎな歌空間がひろがり、「ここではないどこか」が見えた。それは天稟としか言いようのないもの、努力して得られるものとは異なり、彼女がはじめから身にそなえているものだった。

　水原紫苑のもっとも初期の作品で、その歌集『びあんか』の一首として有名となった滝の歌がある。彼女の歌の出立を語るこの清冽な一首について、私は時折りおもいめぐらすことがある。

　かぎろへば滝つ瀬やさしみづからを滝と知りつつ砕けゆくなり

ことばは平易で、律調も整っている。一読むずかしい歌とは思われない。しかし、どう解釈すればいいのだろう。

　初、二句までが「ここ」の景色であり、三句以下でもう一つの世界へ飛ぶ。「みづからを滝と知りつつ砕けゆくなり」である。つまり、滝への変身として読むことができる。

　しかし、この一首はこうも読める。「かぎろへば滝つ瀬やさし」と歌い起こしたとき、作者はすでに存在を消している。「みづからを」というのは滝つ瀬が自身について言っているのであり、「かぎろふ滝つ瀬」は、その安らぎもつかのま、滝としてそれと知りながら砕けてゆくほかないものなのだ。みずからの運命（というと、言葉が強すぎる。滝としては自然なことなのだから）へ従容としてしたがう滝の、淡々とした描出、――おそらくこう解釈する方が作者の思いに近いだろう。常識的に見れば、みずから砕かれてゆくという行為は、「やさし」などと表現するには程遠いことのはずなのに、この人はそれを納得させてしまう。砕身の劇《はげ》しさ、潔さを、彼女は「かぎろへば」と歌い起こすことによって、春のやわらかさ、やさしさとして提示している。

歌人水原紫苑もまたこの滝つ瀬のようにやさしくかげろっているかに見える。しかし、彼女にとって歌うという行為はみずからをそれと知りながら砕けてゆくことにほかならない。

この一首のほかにも、初期のころの歌で私には忘れがたい作品が幾首かある。わけても次の二首は歌集に採られていないので、よけい心に残るものである。

切り髪の稚児千人を放てども紅旗しだるる京なりしかな
白髪《はくはつ》のひひな見しゆゑ出づること叶はぬ春の一間もあらむ

まず一首目、切り髪の稚児千人がやさしく、妖しく放たれた。だが、異変の気配はどうも鎮められるものではないようだ。定家の「紅旗征戎非吾事」を背景にしながら不穏の京が顕在化している。いや、紅旗はためいているのではない。しだれている。ということは、稚児千人が放たれたのはむしろ異変を挑発するためだったのかもしれない。そうだというのに旗はなお立つことがない。二つの解釈は不穏な京という点では共通ながら、中味は逆でそのどちらも捨てがたいものがある。それにしても、「稚児千人を放てども」とは一体だれが放ったのか。作者なのか、それとも作中の何者か、あるいは京自身なのだろうか。彼女はそれをまるで眼前で見てきたようにうたう。

もう一首も興味ふかい。白髪のひひなを見たのはだれか、作者か、それともここでも作者から離れた作中の魂なのか、その人は夭《わか》いのか、老いているのか、それともこの春の一間から出ることの叶わぬ影とはとうに死んでしまっている人なのか。このあたりの曖昧さは、修辞の危うさでもあるけれど、危うさがそのまま詩の効果としても機能している。どちらも怖ろしい歌である一方、美しい歌である。

第一歌集『びあんか』が編まれるとき、私は水原紫苑と時間をかけて話しあった。どの一首を歌集冒頭に置くか。どの章を最初にもってくるか。それは遊びのような楽しい時間だったが、その時の話の一つに、私が題材や素材の似たものを並べることをすすめたとき、彼女はやさしくかげろうような微笑を浮かべていたけれど、どうも賛成ではなかった。そして私が深く理解したことがある。それは、水原は物語作者ではない。ストーリーテラーではなく、歌一首のうちに魂（思想と言ってもよいかもしれない）を放りこむ。遊びながらにも砕身のはげしさをもって歌に没入する。だから、たとえ似た題材や素材であっても、一首一首はまったく独立したもので、その一首は、前の歌とも後ろの歌とも切れた何の関りもないものだ、と言うことである。

『びあんか』は平成元年に上梓された。好評だった。そして翌年「現代歌人協会賞」を受賞した。同じ年、私どもの結社の「短歌賞」を受賞した。その折りの彼女のことばを引用しよう。

「情、なさけ、おもい、こころ、そうしたやわらかいものがあふれ出るのが、何とも悲しくはずかしく、それを必死にせき止めようとして選んだのが短歌形式だったような気がする。せき止めるからと言って、誰にも何も伝えないわけではなく、定型の器の中でたわめなだめて、やっとてのひらに載せられるまで熱を冷ました心を、こわごわ会う人ごとに渡していたのだ」

水原の繊細な歌のありようが伝わる率直な言葉である。だが、この言葉のやさしさは「かぎろふ滝つ瀬」のやさしさであり、やがては、この情は、心は、歌となってしぶきながら砕けてゆくのだ。せき止められたものはそれを越えるときさらにはげしい。

『びあんか』の作品は謎めいた表現によってその鑑賞を誘うものが多い。もう数首見てみよう。

汚名また美しきかな江青はいかなるひびきの河にありしや

雪降らぬ島々の子に死者の顔覆へる白をいかで教へむ

前《さき》の世のわれは刺客か雪の掌《て》に水仙の茎萎えゆけり

「江青」の一首は、文字に鋭敏な作者が江青一文字から名は体をあらわす態の展開を見せている。毛沢東夫人、あの四人組の一人江青を、汚名また美しきかな、とうたって、黄河や揚子江など大陸を流れる河とはまた別の幻の大河を現出させた。現実を大事にする読者からは非難を浴びそうな気がするが、なまなかな干渉を受けつけない領分で、作者の言語感覚が造型した歌空間である。

二首目も印象ふかい歌である。一読、私は雪白という言葉を思った。死者の顔を覆う布を知らない島々の子にあの冷たい白をどう伝えたらいいだろう。あの子たちは雪を知らないのだから、と言葉どおりに意味をたどっても一首を鑑賞したとは到底言えないだろう。一首は意味よりも、死をめぐるイメージの清浄さを写すために、子供たちも島々も白布もそして雪も使われているのだと思われる。

三首目も面白い。雪の夜のこと、「われは刺客か」と言ったとき、握っている水仙の茎は白刃に変容すべきイメージなのだが、逆に萎える。前の世で刺客はその命をはたし得たのか、得なかったのか。ともかく時空をへだててその罪咎のために水仙の茎は萎えた。

これらの歌は、水原の願いを託されて、それぞれ確実に「ここではないどこか」へ飛んだ作品である。非在の河、非在の白布、非在の白刃が歌の中で息づいている。

もう一つ、水原の作品中、忘れられない領分の歌がある。醒めた官能性とでも呼びたいエロチスムの世界である。

菜の花の黄《きい》溢れたりゆふぐれの素焼きの壺に処女のからだ

に

まつぶさに眺めてかなし月こそは全《また》き裸身と思ひいたりぬ

炎昼のいづこ真白き芯ありて百合をかかぐる乙女のかたち

彼女のこうした無垢にして大胆な歌を読むと、私はピエール・ド・マンディアルグの小説『海の百合』の主人公ヴァニーナを思い出す。彼女は他人の干渉をまったく受けつけないで自分の思うところにつきすすむ。そして水原もまた彼女の表現したいものに向けてまっすぐにつきすすむ。

紙数が尽きた。第二歌集『うたうら』に言及することはもうできない。ただ一つ、この歌集には「歌占」とか、「アンドロマケ——トロイア異聞」といった連作風の形をとった作品が登場しているが、これらも一首一首独立したもので、その砕身の作風は何ら変ってはいないことを記しておこう。

最後になったが、『びあんか』上梓のおり私が書いた帯文「白について」を再録しておこう。ここではないどこかへ飛んだ白の女水原紫苑への私のオマージュである。この帯文を書いたあと、私は歌集再読中次の一首があることを改めて知った。

火のごとくわれは在りたし碧空《へきくう》に天狼燃ゆるそのしろがねや

＊

白について

オールド・ロボに愛された狼はびあんかと呼ばれた。愛されている自信に颯爽と行動する白狼の姿はシートンの動物たちのなかでも際立って印象ふかい。私の知るもう一人のびあんかは、求められなかった傷が白雲母の繊維結晶のように煌めいている欲望という名の電車の主人公である。白は、不穏な発色を重ねて狂気へ向かった。びあんか・まりあ。さらに純潔と光の象徴として聖なるまりあがいる。ドレーパーの法則によれば、すべての物体は高温度になるとみずから光を発するに至るが、その光の色は温度によって変わり、高くなればなるほど白くなり眩しくなるという。そしてここにもう一人、びあんか、灼かれた詩心、白の画像《イコン》を携えてまっさらな歌の領土へ発つ者がある。

（水原紫苑『びあんか・うたうら』雁書館／一九九八年十二月）

遥かかなたを見る歌

蜂飼　耳
Hachikai Mimi

三十一音が射止める、始まりも終わりもない現在。水原紫苑の歌から立ちのぼるのは、そんな時間・空間の奥行きだ。伝統的な〈和歌〉と近代以降の〈短歌〉との断絶を鋭敏に捉えながら、また〈歌〉と〈詩〉との差異を深く感じ取りながら、水原紫苑は歌を詠んできた。〈歌〉の形式にそなわる共同認識をどこか厭わしく思いつつ、それでも〈歌〉というかたちに向かわずにはいられない作者の、逡巡と決断、歓喜と悔恨、そして、いまここに生きているという実感があってこそ捕らえられた景の数々。第一歌集『びあんか』と第二歌集『うたうら』は、水原紫苑の初期のすがたを語るものであり、作者の根本的な姿勢と傾向を伝えるものでもある。

読んでいるうちに、しだいに、なるほどと納得させられ、引きこまれていくこの歌人の世界。それは、ときに驚くほど微細な動きを描き、またときには大胆に、この世の秘密を陽にさらすものでもある。常に典雅であり、言葉の洗練にふれる歓びをもたらす作品世界でもある。そんなことを、もともと三十一音の形式からは遠い体質の私でも感じる『びあんか』『うたうら』だ。

水原紫苑の歌といえば、異世界・非日常という評言が用いられることが多い。それはどういうことなのだろうか。その歌を、幾度も読み直しているうちに、異世界・非日常と呼ばれるものを成り立たせているそれぞれの言葉は、じつは意外と身近で親しみのあるものが多いとも気づかされる。たとえば『びあんか』所収の次の一首。

鳥たちは遊びのやうに北を指しわれにちひさき骰子《ダイス》残れり

鳥、遊び、北、骰子（サイコロ）。それぞれの語は、難解でもなく、受け手を遠ざけるものでもない。つまり、その取り合わせの妙が、異世界・非日常と呼ばれる次元をぐっと押しひろげるのだ。この方法でなければ見ることのできない言葉の次元があることを、遅かれ早かれ、受け手は知らされる。

われらかつて魚《うを》なりし頃かたらひし藻の蔭に似るゆふぐれ来たる

見神の刻に似たらむしづけさに湯浴みて聴くは蜘蛛の足音

足拍子ひたに踏みをり生きかはり死にかはりわれとなるものを踏む

水原紫苑の歌はいつも遥かかなたを見ている。それは、生きていることは、個人の身体が捉えることのできる範囲に留まるものではなく、もっと遠くを、言葉と思いとで引き寄せることでもあると、知っているからだろう。捉え切れない境地を幽玄というならば、その歌は、現代ではともすれば切り捨てられがちな幽玄の境を視界から外さず、そこと対話しようとする歌。この態度は、伝統的な和歌に続くかたちとして三十一音の形式があるのだという自覚によるものだろうと想像する。『うたうら』からも引用しよう。

白鳥はおのれが白き墓ならむ空ゆく群れに生者死者あり

城もまた霧に棲まへばひそやかに飲食《おんじき》なさむ銀の箸もて

すれちがふ風は元雅《もとまさ》、能果てて内耳のごとき廊下ありけり

一首ごとに、ぐっと円環を描いて完結する世界。それ以上でも、以下でもない、ただそこに在る一首だというところに、水原紫苑の歌のすべてが掛かっている。〈歌〉は〈三十一音の詩〉などではなくあくまでも〈歌〉なのだという認識は、三十一音に対する諦観と憧憬を、絶えず影のように携えている。三十一音の外側にいる私は、この形式に迫られるとはどういうことなのだろうかと、ぼんやり思い描いて眺めるほかない。

虚構という言葉があるけれど、虚構こそは、現実と対峙することが可能な想像力のすがたであり、それはめぐりめぐって人を生かすものなのだ。水原紫苑の歌は、そういう方向にこそ実感をもつ世界だろう。「ここではないどこか」もまた「ここ」に発するものには違いない。それを感知してなお、水原紫苑は「ここではないどこか」を言葉で実現することに挑む。ここにある、言葉の想像力と実感の関係を、幾度も見つめ直したい。言葉を通してはじめて可能となる世界の甘露を、受け取り、味わいたい。

（決定版『ぴあんか・うたうら』栞／深夜叢書社／二〇一四年十二月）

水原紫苑の魅力について

歌集『びあんか』を読む

中山 明
Nakayama Akira

目次をひらくと、〈キリエ・エレイソン〈主よ、憐れみたまへ〉〉という一つの章のタイトルが目につく。この言葉はラテン語のミサ通常文の冒頭のフレーズで、それゆえに、バッハのロ短調も、モーツァルトのニ短調も、みなこの言葉に、それぞれのメロディやカノンを振り当てるところから音楽が始まる。つまり、同じテクストにそれぞれの表現者が曲をつけることで、そこに表現者としてのそれぞれの位相が、そして崇高なる精神への祈りの形という普遍性が現出するわけである。短歌が音楽に近い、と僕が思うのはこのような点についてである。一首の歌の意味などというものに外見上のオリジナリティーはない。恋歌などを取り上げてみればわかるように、口語訳すればどれも同じようなものだ。僕が歌集を読むときに切に出会いたいと思うのは、このような普遍性と作者との格闘の在りようではなくて、むしろ悠揚迫らざる形式とのふところの深い親和力のほうである。格闘ならば非力でもできるが、親和してなおかつ溺れぬのは至難のわざであるからだ。

*

・菜の花の黄《きい》溢れたりゆふぐれの素焼の壺に処女のからだに
(10)

短歌という定型詩の持つ仕組みと彼女の表現のニュアンスとの親和性がよく現れた作品だ。一首の「意味」はことさら解釈するまでもない。〈ゆふぐれの素焼の壺〉と〈処女のからだ〉をダブル・イメージさせるためにもっともふさわしい背景として選ばれた〈菜の花の黄〉が生きている。〈きい〉という音の選択も些細なことのようだが非凡だ。こういうことは計算してできることではなく、また偶然の産物でもない。作者の心の中に無意識に蓄えられた表現のフレームというある種の必然が、作者をつき動かすのである。神様の「フォルム」と自分の「ことば」とがこういう幸福な出会いかたをしたとき、その人なりの「文体」が出現する。思うに文体とは、一首の意味を越えた次元に結ばれる、作者の生の在りようのストラクチャーの投影である。この歌集から一首だけ選べと言われたら、ためらわずに僕はこの歌をとる。

この路線上で、僕の気に入った作品を挙げておこう。

・針と針すれちがふとき幽《かす》かなるためらひありて時計のたましひ（8）

・立ちぬれてあかつき若きおとうとを送らむ森は何処《いづく》にあらむ（31）

・レオナルドの描きしヨハネの背に負へる暗闇ほどの夜《よる》は来たりぬ（39）

・浴身のしづけさをもて真昼間の電車は河にかかりゆくなり（66）

・海鳴りにかくも遠くて目ざむれば胸よりかへす銀の汐あり（77）

・まなぶたに冷たく触れて山上の星のひかりをわれに与へぬ（81）

・まつぶさに眺めてかなし月こそは全《また》き裸身と思ひいたりぬ（89）

*

今度は、少し傾向の違う歌について。

・足拍子ひたに踏みをり生きかはり死にかはりわれとなるものを踏む（143）

先に、「ある種の必然が、作者をつき動かす」と言ったが、水原さんはときどき、そのような衝動を抑制の利いた「知性」で鎮めようとすることがある。「ほころびのない、硬質で、うまい歌」、という印象を受ける一群の作品がそうだ。僕はこれらを一般的にいいとか悪いとか言うつもりはない。ただ、感想としてちょっと窮屈かな、と感じることがある、とだけ述べておこう。みずみずしい、ふくらみのある歌にどうしても目が先にいってしまう、ということもあるけれども。

この一首はそれほど窮屈でなくて、「文体」も感じられて、よいのではないか。能とか舞のようなことをしているのだろう。気をつけないと「能とはなにか」という解説的な歌になってしまう内容をリリカルにうまくすくいとっている。〈ひたに〉という叙述がいま述べた知的・客観的な処理の一つにあたるのだが、ここでは調べを整える虚辞に近い使い方なのでそれほど気にならない。

いくつか例を挙げておく。

・雪降らぬ島々の子に死者の顔覆へる白をいかで教へむ（14）

・病《やまひ》とは内なるほのほしづまらぬ白水仙の立ちしまま枯る（26）

・飛ぶ鳥に刃《やいば》なきことさびしとも美《は》しともおもふ暮れぐれにして（34）

・天軍《てんぐん》の羽音近づく家《いへ》ぬちにまひる死に似る眠りあるべし（48）

・あかときを音高まれる時計にて父母なきものはいのちするどし（98）

・革、チェーン、錠剤なべて光りをり人にあらねば待つこと美し

こういう作品群は、一読して心にとどくまでに「論理的な理解」というプロセスがどうしても一枚はさまってしまって、その分だけ、情緒の面で「私」から「遠い」のである。もちろん、それが悪いというわけではないが。

＊

・われ在りてわれならざれば部屋といふさびしきものの内外《うちそと》に居り（128）

もうひとつ、水原さん独特の世界に、「不可思議な歌」というジャンルがある。例えばこの歌。ものを考えている自分がたしかに居るのだが、どうも自分のような気がしない。この部屋も宇宙も、内も外も、混然として私との区別も曖昧である……。こういうところに精神を遊ばせている水原さんはなかなか生き生きとしていて、よろしい。もう少し挙げる。

・断崖《きりぎし》に対《むか》へる牛をおもふなり夜半《よは》かぎりなくおほきく白し（25）

・流れゆく眸《ひとみ》といへどふかしぎのものならざれば魚に与ふる（39）

・夏木立奥処《おくが》の闇の匂ひなど識《し》りたる犬を曳きて歩めり（68）

・聞かれしこころと知りて寄るときを大いなる名が野辺に聞こゆる（82）

・この夜更《よふけ》さくらさくらを歌ひなばいかなる胸にわれ抱《いだ》かれむ（89）

山中智恵子に通じると言うよりは、もう少し近代西欧的教養に裏打ちされた感性のようにもみえる。デカルトを復習してい

るようでもあれば、どことなく荘子のようでもある。とにかく〈ふかしぎ〉で、おおらかである。こういうバック・ウォーターに支えられた、厳密さ、繊細さが水原紫苑の魅力なのであろう。こういう歌というのは、いったいどんな方向につながっていくのであろうか。気になるところである。

註　引用歌の（　）内の番号は収録頁である。

（「フォルテ」第4号／一九九〇年九月）

水原紫苑

『をんな百人一首』より

山中智恵子
Yamanaka Chieko

100
くちびるに鷹生《あ》れいづる秋の日も近しとおもへ銀河炎《も》えたり

水原紫苑　うたうら

立秋の頃の銀河に、くちびるに生れる鷹を思ふ。ふと葛原妙子の再来と思われるような感性である。〈秋の日〉そのものではなく、〈秋の日も近し〉と思ふ。この〈おもへ〉は、前川佐美雄の発見になる特異な係結びであり、この人のたくみな技法の摂取がうかがわれる。

水原紫苑は、昭和三十四年（一九五九）横浜市生。春日井建に師事、「短歌」同人。『びあんか』『うたうら』上梓。

コンソメはかなしきものか夕顔の笑みのごときを掬《すく》はむとしつ

うたうら

第二歌集『うたうら』は、秀歌ぞろいである。この若さで、この技法をいかにして身につけたのであろうか。澄むコンソメの底から、夕顔の微笑を掬う——口寄せの巫女めいた紫苑がいる。〈歌占〉と名づけたのもむべなるかな。能『歌占』は、『花月』とともに、渇食の面を被る遊行者が主題である。渇食にはえくぼが刻まれている。民族学のC・ブラッカーの『あずさ弓』は、能の葵上からはじまる。葵上も夕顔も、六條御息所の生霊に殺された。時として紫苑は、生きながら言葉の霊となる。

すれちがふ風は元雅《もとまさ》、能果てて内耳のごとき廊下ありけり
未刊歌集

能の果てた後の廊下の風に、観世元雅を思ふ。これも紫苑の、霊的資質から生れた感覚である。

魚《うを》食めば魚の墓なるひとの身か手向くるごとくくちづけにけり
うたうら

文句なしにいい歌である。魚を食むことによって、うつしみは魚の墓となる。食むことは、なべて食物への手向け、入念にくちづけられた作品。

窓あらぬひとのからだのさびしけれ病むなる六腑《ろつぷ》月を待ちつつ
うたうら

思えば、人の体に窓はない。窓もなく病む、心を含めた内臓は、ひたすら月を待つ。

うす青き卵の中の星辰をわが思ふなり鶏《とり》のさびしさ
うたうら

卵の中に星辰があるゆえに、鶏はさびしい。秋のうつしみの青い卵の中にも、星辰がある。

けむりぐさ吸へばしづかに啓《ひら》かるる森のこだまの炎《ひ》の娘見ゆ
うたうら

〈けむりぐさ〉、煙草をかく歌う感覚の鋭さ。

（山中智恵子『をんな百人一首』市井社／一九九四年四月）

1996年6月、京都での座談会の翌日に山中智恵子と

私の好きな歌

水原紫苑

谷川健一

Tanigawa Kenichi

さくら食む鳥のあかるさ終はりなき書物を得たる少女のやうに

水原紫苑から『うたうら』（一九九二年刊）が送られてきたとき、歌集のどこを開いても性別のさだかでない歌にいくぶん戸惑いながら、そこに夢幻的で神秘的なたましいの自在な羽ばたきを見て、私の求めていた歌人にやっと出会った気がした。その中でも右の歌は私の気に入っている歌である。この平明な歌のどこが好きかといわれてもうまく答えられない。日本人が詠む桜の歌は、妖しい情念をこめたものが多いのに、この歌はそれから完全にふっ切れた心象風景である。この歌に限らず、歌集全体がメルヘン風で男女の性的なものは極力避けられている。この歌集は抜群の透明度をもっている。たとえば、

白魚のひかりまがなし科《とが》ありて海に咲きたるさくらと思ふ

という歌がその代表である。その一方、どことなく幼女の残酷な眼が働いていることが特徴である。

虎の母虎を生みたる血のしづか　さくらの森が吸ひし夕焼け

郵便の来し夜のさくら蒼かりしゆゑ稲妻ときみを知りたり

この二首は同じさくらをうたったものであるが、先の二首と比べて、その心象風景はがらっと違っている。虎の出産の血になぞらえられるさくらの森の夕焼けや、蒼い夜桜に来訪者が稲妻であったことを知ったという歌には、本質をつかみ出す本能的な野蛮さがある。これを私は幼女の残酷な眼と呼ぶのである。

この歌集で私が好きなもう一首を披露しておく。

白鳥はおのれが白き墓ならむ空ゆく群れに生者死者あり

優美な白鳥はそれ自体が自分の墓だろうというのである。空をとぶ白鳥には現世の白鳥も常世の白鳥もまじっているという。この歌に、私が長年民俗学の上で追求してきた白鳥の主題が詠みこまれているのをみて、些か愕然としたことをおぼえている。私が『白鳥伝説』で言いたかったことも、これ以上のことではなかった。

私は少年期に歌をつくり、半世紀を経て歌を再開したが、哀しいかな、今や年老いて、なかなか思うようにうたえない。そこで『うたうら』の中の次の歌に羨望する。

ゆふべ見し湖水は真夜《まよ》の盃にひそと来てをり　あなたとは誰

このような歌は本来ならば人生が象徴的、神秘的に見えてくる私のような高齢の者が作るべき歌である。これをうたった水原紫苑は『うたうら』を刊行してから五年たった今、四十歳に達していないことに、私は歌の摩訶不思議さ——たとえば初潮をみない幼女が忍ぶ恋の歌を作るような——を痛感し、かつ困惑するのである。

（「新潮」一九九八年一月号、のち谷川健一『露草の青』〔冨山房インターナショナル／二〇一三年八月〕に収録）

しんしんとひとりひとりで歩く

〈わがまま〉について

穂村　弘
Homura Hiroshi

私自身の歌歴のなかでリアルタイムに実感できたことではないが、現在という地点から遡ってみるとき、近年の短歌の質はあるところから大きく変化しているように思う。その変化に関して坂井修一が広義のニューウエーブと呼んで井辻朱美以降説を提示しているが、同感である。その特質を坂井は「明るいニヒリズム」と指摘していたが、私の感覚ではこれを〈わがまま〉と表現したい。いわゆる狭義のニューウエーブが口語や記号使用などを中心とする表現手法の面から捉えられるのに対して、この広義のニューウエーブから感じられるのは、乱暴な言い方になるが、何よりも表現する人間の側の質の変化とそれに直結した表現の多様化、極端化である。井辻朱美に関していえば、ほぼ同年齢の栗木京子や松平盟子や小島ゆかりといった作家に共通する、それぞれの個性以前の世界の空気のようなものから、大気の成分が異なるように彼女の作品世界は切れている。

　井辻朱美、紀野恵、水原紫苑などをはじめとして、私自身の裡《うち》にもあるこの〈わがまま〉の感覚は、同世代の歌人にある程度共通するもので、相互影響というよりも同時発生的なものに思われる。彼らの表現は、従来の短歌が根ざしていた共同体的な感性よりも、圧倒的に個人の体感や世界観に直結したものとなっている。彼ら自身の中にある、自分よりも大きな何かに対する憧れや敬虔さや愛の感覚は、従来の歌人に比べてもむしろ強いものだが、それはあくまでもひとりの信仰なのである。〈わがまま〉とは、この信仰心の強さにほかならない。その結果、ひとりひとりの表現の方向性は、ほとんど同一のジャンルとは思えないほどに多様化して、しかし同時に語彙の偏りや文体の過剰さに関しての印象にはどこか共通性が感じられる。彼らの〈わがまま〉が、手つかずの世界を自在に組み替えて表現を極端な場所へ向かわせたのである。

海賊とその肩にゐるオウム欲し　冬夜を航《わた》る硝子窓にて
井辻朱美

不逢恋《あはぬこひ》逢恋《あふこひ》逢《あふて》不逢恋《あはぬこひ》ゆめゆめわれをゆめな忘れそ
紀野　恵

殺してもしづかに堪ふる石たちの中へ中へと赤蜻蛉《あかあきつ》　ゆけ
水原紫苑

例えば、紀野恵や水原紫苑は文語を駆使するという点で〈新古典派〉などと呼ばれることがあるが、彼女たちの言葉は、従来の短歌的な文体をそのまま受け入れたものではなく、自らの個人的な必然から選びなおしたものだと思う。それが結果的に従来の短歌の言葉とオーバーラップしてみえるということに過ぎない。ここで従来の短歌の言葉と呼んでいるのは、共同体的感性に根ざしたそれのことであり、彼女たちの言葉はそのようなものへの自然な同調性を大きく欠いている。そのことと関連して、彼女たちの作品には、オーソドックスな短歌の文体をまず身につけて、それから少しずつ個性を開花させたという痕跡がないように思う。彼女たちは、ほとんどはじめからあのように言葉を遣えたのではないか。

　また、その作品の特質として、〈私〉意識の希薄化を指摘する声もあったが、創り出す作品世界の全体がインナースペース化しているために、敢えて〈私〉を打ち出す必要がないというのが真相だと思う。このような作品空間のインナースペース志向は、井辻朱美の宇宙や恐竜を扱った一連に始まり、『フムフムランドの四季』、『水晶宮綺譚』、『架空荘園』といった紀野恵の歌集名にもっとも端的に現れている。言葉で〈私〉を描く必要はない、なぜなら言葉で創り出した世界の全体が〈私〉なのだから、ということになるだろうか。先に述べた同世代同性作家のなかでの井辻作品の異質性も、その本質をここに求めることができるだろう。

　口語主体の作家に目を移してみると、初期の俵万智作品のなかに「吾」「君」の語が迷いなく多用されていたことが印象に残る。「迷いなく」というのはこちらの感じ方に過ぎないのだが、自分自身の体験に照らしても、実際に歌の言葉を練ってゆく過程で、自然に完全口語体を断念することがあった。あるいは逆に思いがけず過剰な口語体となることも。これは歌を創るという行為が、文語と口語を対立的に捉える意識や定型への口語の導入という表現意識よりも、さらに上位の感覚に統《す》べられているからだと思う。上位の感覚とは前述のひとりの信仰と連動したものだろう。「吾」「君」は従来の短歌的な語彙のなかから作者によって選びなおされた言葉として、作中で全く新しい表情を与えられていた。その他にも、口語文体をベースに意匠として選び取られた旧仮名遣いをミックスして創りあげた山崎郁子作品の例が思い浮かぶ。現在までに、早坂類や東直子など完全口語体に近い文体の作家も現れているが、それぞれに異なる必然性からその場所に辿り着いているのは明らかである。言葉の表面上のバリエーションとは別に、本当に力を出せる文体はひとりにひとつという気がする。文体の選択は信じる神の違いによって自然になされ、その強度は信仰の深さによって決まるのだろう。

陽のあたる壁にもたれて座りおり平行線の吾《あ》と君の足　俵　万智

ひなにんぎやうのかたなのつば　やすらかな眠りにおちるためのおまじなひ　山崎郁子

かたむいているような気がする国道をしんしんとひとりひとりで歩く　早坂　類

え、と言う癖は今でも直らない　どんな雪でもあなたはこわい　東　直子

　このような〈わがまま〉を突き詰めた結果、それぞれの作品は、他の作者のものとは決して取り替えることができない独自の世界を構築している。井辻ワールド、紀野ワールド、水原ワールド、東ワールド、そしてそのようなオリジナリティの強度は、読み手を完全な読者の場所へ押しやることになる。つまり読み手はその作品世界の全体を受け入れるか、あるいは全く手を伸ばさないか、という二者択一を迫られる。「フムフムランド」は、そこを訪ねたい人だけが足を踏み入れる世界である。

作者と受け手の間のこのような関係は、商業的成立を前提とした他の表現ジャンルにおいては一般的にみられるものであるが、現在の短歌の世界における作者／読者／評者間の、一種の互換システムとは本質的には相容れないものであろう。

　加藤治郎や荻原裕幸などの男性歌人について考えてみると、彼らはやはり〈わがまま〉な体感を持ちつつも、短歌史的な認識や他ジャンルとの比較の意識がその作品に強く反映しているために、前述の歌人たちほど純粋に〈わがまま〉を行使している感じはしない。口語や記号の定型への定着努力や、さらにそれらの表現技法の共通資産化への意識の持ち方に、女性歌人との明らかな違いを感じる。彼らの特徴というよりは、自己の表現に力を与えるためのスタンスのとり方に性差があるのかも知れない。

　にぎやかに釜飯の鶏ゑゑゑゑゑゑゑゑゑひどい戦争だった
　　　　　　　　　　　　　　　　　　　　　加藤治郎

　ハインラインの死のみづみづしい短調にこの遊星を編曲したい
　　　　　　　　　　　　　　　　　　　　　荻原裕幸

　私は短歌の進化論を信じておらず、この詩型に様々な新しい表現要素が付加されて総体として前へ進んで行くというヴィジョンを持つことができない。その一方で、共同体的感性のなかに万人に共通する願いのような普遍性を実感できたこともない。先人が見い出した大切なものを見失わずに経験を重ねれば誰もが等しく豊かな境地に達する、などという考えは悪だと思う。ひとつの歌と出逢うことはひとつの魂との出逢いであり、言葉の生成も変化も、すべては魂の明滅、色や温度の変化に連動しているように感じる。魂を研ぎ澄ますための定まったシステムなどこの世になく、その継承は時空間を超えた飛び火のようなかたちでしかあり得ない。ひとりの夢や絶望は真空を伝わって万人の心に届く。

　だが、このような考えはほとんど妄想に近いもので、実際的には役に立たない。そのために現実的な試行の局面で迷うことの連続であるが、夢の透徹性とはそのような迷いと表裏一体のものだと信じたい。次の一首を生み出すものは経験でも言語感覚でもなく、無色透明のひとりの信仰であり、極彩色の夢への憧れだと思う。先の〈わがまま〉については、魂の色や温度と言語表現との直結性をその最大の特徴として想定してみた。

　以上のような考えに基づいてみるとき、現在、新感覚派というものがあるとすれば、それは従来の短歌にはみられなかった新しい表現要素を共有する人々のことではなく、その共有性自体と全く相容れない〈わがまま〉さを持った歌人のことであろう。井辻朱美と紀野恵と水原紫苑の文語は全く違うし、俵万智と早坂類と東直子のそれぞれが用いる口語間の差異には、従来の文語派と口語派の間の断絶とは別の意味で大きなものがある。それぞれの言葉の謎を解き明かすことは、ひとりひとりの実存の根拠を問い直すことと同義である。

（『短歌』一九九八年九月号、のち『短歌という爆弾』（小学館／二〇〇〇年四月）に収録。初出時の原題は「〈わがまま〉について」）

ミイラ製造職人のよう

違和の感受とその表現（抄）

穂村　弘
Homura Hiroshi

違和の感受とそのデジタル変換的な表現の例として、大滝（和子、編集部註）のほかに水原紫苑の歌を挙げることができる。

きらきらと冬木伸びゆく夢にして太陽はひとり泪《なみだ》こぼしぬ　水原紫苑

われのみにきこえぬ鐘にふれにしがふるへゐたりき鳴りてゐにしか　同

これらの歌からは、先の「目覚めれば又もや大滝和子にてハーブの鉢に水ふかくやる」に匹敵するような、世界に対する強い違和感と孤絶感を読みとることができる。この感覚を起点として展開される水原の作品世界は次のようなものである。

嬰児期のあなたが月に映るやうな夜《よる》をかさねてわれはパピルス　水原紫苑

シャンパンを運河にそそぐおこなひのきみとし見えてわれは火の鳥　同

夢のきみとうつつのきみが愛しあふはつなつまひるわれは虹の輪　同

いずれも特異な作品であるが、その印象の中心にあるのが、作中に頻出する「われ」の転移ともいうべき現象である。「われ」は「パピルス」であり「火の鳥」であり「虹の輪」でもある。だがここから感じとれるのは、遊び心にみちた自在さではなく、不思議な切実さとそれに対応する裏返しの達成感のようなものである。一首の内部に、「われ」はなぜこのような姿で現れ続けるのか。

　前掲の作品では、不思議な「われ」の転移に対応して、一首のなかで必ず「あなた」「きみ」が詠われていることに注目したい。そしてそれらの「あなた」「きみ」は、いずれも触れ難く遥かな存在として描かれている。「嬰児期のあなたが月に映るやうな夜《よる》」に示されるものは、時間的かつ空間的な二重の距離感である。「嬰児期のあなた」は遠く、「月に映る」あなたも遠い。そのように考える時、「われ」の転移とは、「あなた」「きみ」への絶望的な距離を超越するための、願いの切実さが生み出した奇蹟のようにみえる。

　だがそのような切実感を無視して表現面のみに目をやるとき、「われはパピルス」「われは火の鳥」「われは虹の輪」という結句に共通するのは、極めてデジタルな「われ」の変換という印象である。水原の作品世界において、「われ」が反射的かつ無限反復的に様々なモノと結びついてゆく様子は、先の大滝作品との類似性を強く感じさせるものだ。

　みづいろの革手袋のわれなりし　チェロなるきみにすがらむとせし　　水原紫苑

　羽毛とぶ秋の大気へ恋人を放ちてガラスのピラミッドわれは　　同

　空間を馬のかたちに変へしひと　われはやさしき鞍ならなくに　　同

　黄金《わうごん》の梨と成らばやふたたびをわが客人《まらうど》にまみえむとして　　同

「われ」は未遂も含めて限りない転移を繰り返す。同時に多くの歌のなかで、「きみ」の姿にも測り難い変化が生じている。さらに両者の生きる時空感そのものの変容。こうした関係性のダイナミズムは、「きみ」との出逢いの位相を求めて止まない心が生み出したものであろう。そしてその根底には、この世界で決して真に出逢うことのない生身の「われ」と「きみ」に対する耐え難いまでの違和感が存在しているはずだ。

　違和の感受とその表現に関して、大滝和子と水原紫苑の歌をみてきたが、彼女たちの作品に共通するのは、世界を異化する感覚の強さである。オートマティックな奇蹟が連続的に発生するその異形の世界は極めて個性的で魅力のあるものだが、同時にそこは張りつめた均一性に支配された一元的な世界でもある。強すぎる違和の感受がその表現世界からゆとりや遊びの感覚を奪い、多様性の成立を困難にしているのだろう。

（穂村弘『短歌という爆弾』小学館／二〇〇〇年四月）

横糸の見えない織物

水原紫苑論

荻原裕幸
Ogihara Hiroyuki

　やや大雑把な言い方になるかも知れないが、現代の歌人たちの多くは、作品を「縦に読ませる力」と「横に読ませる力」との構成に腐心している。縦に読ませる力というのは、直立する一行の詩を文字通り縦に読ませる、つまり一首として読ませる力であり、作品のまとまりをより重視する者はいるとしても、これにまったく無頓着な歌人はいないと言っていい。対して、横に読ませる力というのは、まとまった作品として読ませる、あるいは歌集のページを先へ先へと繰らせてゆく力である。実は、こちらにはあまり関心のないといった風情の歌人たちがいる。たとえば井辻朱美であり、紀野恵である。そしてここで少し考えてみようとしている水原紫苑も、作品を横に読ませる力にあまり関心のない典型的な歌人の一人だと思われる。良い悪いを言うわけではないが、武川忠一が問題提起した「近代歌集の構成意識」とか、岡井隆の「主題制作と連作」といった近代短歌の歴史にまで関わる問題意識が、彼女（たち）の歌集にはすっぽりと抜けているのだ。高野公彦は、第一歌集『びあんか』（一九八九年）の解題で、水原のこうした作品質を称して、〈樹木〉型に対する〈泉〉型、また「成熟とは無縁の湧出」と指摘していた。高野はそこで、似た作品質を持った先人の例として葛原妙子等をあげたりしていたが、『びあんか』『うたうら』『客人』と三冊の歌集が刊行されてみると、作品を横に読ませる力への水原の無頓着ぶりは、もはや葛原のレベルでもない異常なもののようにも感じられる。まるで横糸のない織物のようだ。

＊

　水原紫苑の歌集を読むとき、ぼくはまず物理的に制作されたページ順に読む。次に少し時間をおいて最後のページから逆に読み進めてみる。それからまた少し時間をおいてアトランダムにページを開いて読んでみる。普通この読み方をすると、はじめの読みで見落としていた作品が、二度目三度目の読みであらわれたりするものなのだが、水原の歌集の場合、ほとんどあらわれない。三通りの読み方でも歌集の印象はほとんど変わらないのだ。読み終えるといつも、ああやっぱり水原紫苑だなあと、不安のような安堵のような不思議な気分を味わいながら、この「横糸のない織物」について考えはじめることになる。

こぼれたるミルクをしんとぬぐふとき天上天下花野なるべし　『客人』

椎の木の梢に女優ひとりゐて死にゆくときにひかる椎の実　同

去勢されし犬のくるしみしんしんと天の琴座をかき鳴らすかも　同

人気《ひとけ》なき元日の街けぶるがに美《は》しきピラミッドをわれは見しかど　同

祈るときみづうみとなる部屋ぬちに耐へがたき数の白鳥棲まふ　同

　前述の方法で第三歌集『客人』（一九九七年）を読み終えて、強く印象に残った作品である。一首目の「こぼれたるミルク」にある底抜けの明るさは何に由来するのだろうか。覆水が盆にかえらぬことに対する後悔とかあるいは強がりといったものがこの作品にはない。生前か死後のように時間に追われない空間が広がっている。「天上天下花野なるべし」とは、実際の少年少女にも持てないほどの稚気だろう。二首目の「椎の木」に見る女優の生涯も、もう少し現実的な活躍や零落ぶりに具体的な関心が傾いてもよさそうなものなのに、「ひかる椎の実」以上のものとして何も感受していない。「椎の実」がメタファーとして具体的な何かを暗示しているようにも読めない。三首目の「去勢されし犬」にも、人間的な尊厳を見るようなはっきりしたそぶりもなければ、生物学的に理解しようとする様子も感じられない。ここでは「苦しみ」が作品世界での美に変質させられてしまっているのだ。四首目の「美しきピラミッド」、また五首目の「みづうみとなる部屋」も、いかにも幻を見ている様子だが、それがあまりにもまっすぐピュアに違和感のないものとして描かれている。この作者は一体何者なのかという逆説的な関心は生まれるに違いないけれど、歌集を構成する世界観を追ったり、共有したりするという行為がここから生まれる可能性は低いだろう。

　しばしば水原の作品を評して、幻想的とかメルヘン的とかいった言葉が使われるのを聞くが、つまるところ彼女の作品は、幻覚に対する実直なリアリズムなのだと思う。作品にあらわれる言葉や感覚には、ひずみ・ゆがみ・ねじれのようなものが頻出しているけれど、文体はいつもまっすぐに何かを指示しているのを感じる。シュールリアリズムの作品が持つ、共有された世界観に対する違和の提示でもない。どこかここではない世界での法則に準拠して書かれた作品なのだと考えざるを得ない。むろん読者はその法則の存在を感じることはできても、決して読み取ることができない。それが作品を横に読ませる力の欠落としてあらわれているのだろう。「横糸のない織物」は、少し正確に言えば「横糸の見えない織物」であるのかも知れない。

*

ところで、横に読ませる力の欠落をつらつらと思いながら、前述の考えを反芻しているうちに、いくつかの興味深い言葉に出会った。一つ目は、水原のエッセイ集『星の肉体』（一九九五年）に収められている。「空白の器」と題された葛原妙子論の冒頭の文章である。

> いま、短歌に何を満たすべきかというのは、つくづく皮肉な問いだと思う。短歌は、何かに満たされた時ではなく、内に空白を抱きこんだ時もっとも強く美しい調べを作る楽器ではないのか。

この一文に続き、葛原論が展開される。この秘密を熟知していた歌人が葛原である。人間と等身大の「われ」のレンズで対象をとらえる写実派とは異なり、「われ」をも他の対象と同じレベルに置くもう一人の「われ」の複眼的な操作があって、事物のエロチックな実存的感覚が作品にあふれた。「美のために作中の「われ」を存在感ある空白とした時に、彼女の表現は頂点に達した、と思う」と結ばれてゆく。葛原論と言うよりは、水原自身の歌論に近いものだろう。あらためて読んで、う〜んと唸らされた。水原の歌論を否定する材料をぼくはまったく持たないが、これは作者と読者の関係のみを支持する態度、つまり鑑賞というかたちで作品に接することは許容するが、批評というかたちで作品に接することは峻拒するといった宣言に読めなくもない。水原の言う「もっとも強く美しい調べ」は、作品を縦に読ませる力、「歌に満たすべき何か」は、作品を横に読ませる力に相当しているからだ。

二つ目は、加藤治郎『昏睡のパラダイス』批評会（一九九八年十二月）の席上で、パネリストだった水原の発言として聞いた。できるだけ正確に再現してみると「加藤治郎さんの作品は嫌いです。いい作品とは思えません。もしこれが現代短歌なら、自分の作品は現代短歌じゃないと思います。倶に天を戴くことのない歌人だと思います」というような内容だった。発言によるパフォーマンスだと思われたのか、加藤治郎を含めた参加者のほとんどは笑っていたが、水原の作品・文章を読み直していたぼくとしては、あまり冗談めいては聞こえなかった。むろん加藤の作品だけが嫌悪や憎しみの対象ではないと思う。横に読ませる力を求めている現代短歌全体が彼女の敵なのだ。間違いなくぼくの作品も入るし、これを読んでいるほとんどの人の作品が対象になると思われる。誤解を招かないように言い添えておくが、彼女は作品だけを問題にしていて、他人の考え方は広く柔らかく許容している歌人である。

三つ目は、穂村弘が最近書いて話題になっている「〈わがまま〉について」（角川「短歌」一九九八年九月号）である。穂村は、現在から遡って短歌を見ると、近年のあるところで質的な変化が生じていることを指摘し、水原紫苑を含んだ同世代の特性を〈わがまま〉という語で捉え、以下のように語っている。

この〈わがまま〉の感覚は、同世代の歌人にある程度共通するもので、相互影響というよりも同時発生的なものに思われる。彼らの表現は、従来の短歌が根ざしていた共同体的な感性よりも、圧倒的に個人の体感や世界観に直結したものとなっている。彼ら自身の中にある、自分よりも大きな何かに対する憧れや敬虔さや愛の感覚は、従来の歌人に比べてもむしろ強いものだが、それはあくまでもひとりの信仰なのである。〈わがまま〉とは、この信仰心の強さにほかならない。

同世代のどこまでをこうした見解で括れるかはわからないが、少なくとも水原紫苑に関しては、何かを的確に言い当てているなあと思わず頷いた。一首一首という観点からはやや強引だが、作品世界全体の持っている「横糸の見えない織物」という特性が見えやすくなる視点だった。

＊

水原紫苑は、作品世界で、共有よりも断絶を目指している、とまで言ってしまうと言い過ぎだが、縦に読ませる力によってのみ他者とつながり、横に読ませることつまり世界観の共有を峻拒している、とは言えるだろう。水原の作品は鑑賞できても、水原の世界は共有できない。他者との徹底した断絶によって自己の存在が確立されるという論理かと思う。それでほんとにいいのかという疑問はつきまとうが、従来目指された通りの、横に読ませる力を水原紫苑に求めても、つまらない結果にしかならないだろう。

永遠に待てとふごとくうつくしき林檎きらきら匂ふばかりぞ　『客人』

永遠に匂うなら、いつまでも美しい林檎であっていいと思う。さくっと割ってほしくないわけじゃないけどね。

（「短歌」一九九九年三月号／角川書店）

存在をめぐる思索の詩

馬場あき子
Baba Akiko

　水原紫苑の現実は詩的に構成された場面や情景の中にしか存在しない。したがって読者との了解はある読み解きのわざや感覚の流通をもってされることが多く、じかにわかることだけを求める読者には敬遠される場合もある。しかし、その感覚のふしぎな印象はそうした読者をも捉えて放さないだろう。

　水原の作品は歌の質において葛原妙子の系譜として評価される。たしかに、発想、文体、構成や物言いにも近いものがあるが、主題や本質においては全く異なる歌人だといえる。

　葛原はその身辺の日常的ディテール、旅や知識や体験しつつあるさまざまな事柄を、みずからの独特の現実として捉え直し、客観的な距離をもって、未知の現実として発見することに敏い人だ。ただその客観は、世にいうリアルからはよほどの距離がある客観である。いわば葛原の知的な世界は独自の詩的宇宙の中で混然として混りあい、突如としてふしぎな現実として現われる。現われた時の着地はじつにみごとに、ゆるぎないリアリティを発揮する。

比べると水原の観念はもう少しソフトに水上も歩き、地上も少し上がったところを歩いている。水原の詩質を最も早く評価したのは高野公彦らしい。高野は『びあんか』の解説の中に、昭和六十二年度の「短歌研究新人賞」の選考で水原を発見した時の言葉を引いているが、ここでももう一度引かせていただく。

「現実と幻想の、どちらともつかぬ、そのあはひの薄明にあそぶたましひの歌、といへるであらう。この世に生まれ出たことに対する否定のこころが、多くの歌の中に息づいてゐる。だが作者は、現実に対して歯をむき出して逆襲することはせず、薄明の境にひそんで淡い毒のある抒情歌をつくり出す」（昭和六十二年九月「短歌研究」）というものだ。これは今日の水原にも一貫して当てはまる批評の言葉であり、作者の性別もわからぬ段階での卓見である。

　高野はさらに『びあんか』の解説で、この「毒」にふれて、「――日常的な感覚では知覚できない世界、それを言葉の力で開示し、読む者に一種の眩暈《げんうん》を起こさせる――そんな意味合ひで毒といふ語を使つたのだつた」と述べている。高野のいう「現実と幻想」の「あはひの薄明」それはまさに水原の現実を言い当てているだろう。

　球体に暫時宿りてあはれあはれ稚き神が毬をつくころ　『びあんか』

　殺してもしづかに堪ふる石たちの中へ中へと赤蜻蛉《あかあきつ》　ゆけ

　歌ののちよみがへりける白鳥の羽色おもほゆやすからなくに

　梨の実の匂ひなきこと妹の一生《ひとよ》あらざるうつしみに似る

　これらの歌には、その後『うたうら』（一九九二）『客人《まらうど》』（一九九七）『くわんおん』（一九九九）と上梓されたどの歌集にもうたいつがれた、水原キーワードともいうべき言葉が含まれている。はじめの歌は「稚き神」という、あるいたいけな無気味さをもった、目に見えぬ存在が、「球体」に宿っているという歌だ。ほかに「ゆふぐれは息づきはじむ心臓とならむ卵を手に載せしより」というように「卵」の歌もよくうたわれるが、「卵」も「球」も生命を宿す閉じられた神秘の場でもあり、守られやすい球体という逃避の場に、ひとり遊びをする稚い神の明るく澄んだかなしみを感じさせる。そしてまた、その稚い神こそ、毬との遊びしかもてなかった孤独な心と、その孤独の澄んだ空間を子供心にも愛していた水原その人の姿を復元させるものだ。

　そして、こうした弱者の純一な存在を守ろうとする方向で素材化されてくるのが「石」である。石はもう死ぬことはない。廃墟に残る石の存在の断片も、風雪とあらがいながら自己消滅を果たすまで、石は石でありつづける。そんな永遠に近い時間に立ち向かえる究極のかたちとしての「石」を、水原は信頼しようとする。民俗的な視点からも世界的に石の伝説は広がっているが、水原はより感覚的にこの「石」の完璧性に依存したい思いをもっているのだろう。「殺してもしづかに堪ふる石」の中に、秋の茜色のひよわな生命を守ろうとする祈念のような結句の命令形は、やはりかなしい弱者の自覚である。そうした自覚から求められる存在への希求、そこから紡ぎ出される詩のことば、それが水原の歌の原点の一つである。

　たとえば「白」、「びあんか」は第一歌集の題名でもあるが、水原にとって、「白」の概念はいわゆる色彩としてのそれではない。ここでは、「白鳥の羽色おもほゆやすからなくに」とうたっているが、そのやすからぬ心とは何だろう。歌があってよみがえりを得た白鳥のことを思っているのだ。この歌の近くには、「雪降らぬ島々の子に死者の顔覆へる白をいかで教へむ」という歌がある。ここでは「雪」の白さが、「死者の顔覆へる白」とイコールで結ばれており、「雪」の白さは死を包む悲しさとやさしさのイメージを与えられている。白鳥の羽の「白」

は、歌という心の色の中によみがえったとしても、この世の存在の色としてはまことに危うげな、不安なまでの優雅な生の色である。その純白の生が侵されずに存在しうるのかを思うとき、「やすからなくに」という動悸するほどの憂いが生まれる。じつに繊細な、あえかな憂いであるが、決してそれが情緒ではなく、水原にとっての措《お》くことのできぬ現実の思いであることを理解しなければならないだろう。

死ぬるまで愛しあふ鳥　死を越えて愛しあふ鳥　白ふかきいづれ

『客人《まらうど》』

これは白鳥ではない。ある観念をうたうために白い鳥のイメージが使われている。「死ぬるまで愛しあふ鳥」はあるかもしれないが、「死を越えて愛しあふ」ことが可能なのは、もはや鳥のことではないだろう。テーマとしているのは「愛」であり、その「愛」の深さを「白」という色ではかろうとしている。この「白」を純潔というように言いかえてしまってはいけない。「白」は不透明な深い色なのだ。白と白との葛藤もあり、歓びもあり、死もあるだろう。それらを淘汰したのちの色としての「白」なのである。

水原の歌集から「白」を抽出することはむずかしいことではない。しかし、「白」は決して単純ではない心の記号の一種だ。それが『くわんおん』では巻頭に「青ぎつね」の一連が据えられている。この「白」から「青」への関心の移ろいも魅力があるものだ。

青ぎつね青き妻待つゆふぐれを神の子拾ひ藍ふかく居り

『くわんおん』

「青ぎつね」には「青い妻」がいて夫の帰りを待っている。白ぎつねでも、狐色のきつねでもなく「青ぎつね」であることが何とも悲しい。「青」という色は使いどころによってみずみずしくも、うらさびしくもなるものだが、この「青ぎつね」はどうも後者のようだ。愁ふかく、存在として世間からはずれてしまったさびしさをもっていそうであり、その妻もまた悲しそうだ。青と青との絆だけが支えのような青ぎつねが、帰り道に「神の子」を拾ってしまう。そのことによって、存在の色である「青」は精神の色としての「藍」へと移っていく。「藍」は深い彩をたたえたかがやきをもって、さびしい豊かさと困惑の黙が読者の心にも広がってゆく。こうして一首の中で物語が膨らんでいくのが、近年の水原の歌の特色である。登場者が動きはじめたのである。

『びあんか』の頃はモノローグの面白さが魅力だった。実体は見えることなく、言葉だけで生きているような、肉体感の稀薄さが美として生きていた。はじめにあげた『びあんか』の四首のうち、最後の歌は「梨の実の匂ひなきこと」を歎いた歌だが、そのさびしさの比喩として工夫されたのは、「妹の一生あらざるうつしみ」という、はじめから肉体を消去された存在のかなしみである。「うつしみ」がない架空の妹の存在、それでも、その「ない」ものを「妹」と名づけている作者があるかぎり、妹はうつしみをもたず存在するのだ。「梨の実の匂ひなき」さびしさの感覚から生まれた身辺の孤独感が、肉体をもたぬ妹の存在をそっと浮上させてみせたのである。

　このうつしみをもたぬ妹も、感覚的な登場人物に数えてもよいと思うが、水原の歌に登場する人物はどれもふしぎな肉体感で表現される。

魚《うを》食めば魚の墓なるひとの身か手向くるごとくくちづけにけり　『うたうら』

深秋《ふかあき》のエレベーターに入り来たりきみのすがたの夕雲《ゆうぐも》ひとつ

夢のきみとうつつのきみが愛しあふはつなつまひるわれは虹の輪　『客人』

海鳴りのやうなるをみなわれに来て帝王の身体は貝なりといふ

雪となりて降り来るまことのうつしみよわがくちづけしきみはまぼろし　『くわんおん』

みづうみ、と呼びかけしなり名をもたぬみづうみわれらを抱《いだ》かむと来つ

　はじめの歌では人間の体は「魚の墓」である。水原の犠に対する侵しの意識はここまでやさしい。だが、人間の肉体が一人一人食のための墓場を抱えていなくては生をとげられず、墓場もろともいつか、「死」という滅びを迎えるであろうことを考えるのは、いかにも今日的な課題といえる。肉体を通して思う「滅び」への歩みの意識が、現実としての肉体をうたうことを拒ませるのか、水原の肉体の歓びもまたふしぎなものだ。

　しかしたとえば「深秋のエレベーターに入り来た」った「きみのすがたの夕雲」は、ただ肉体をもたぬ美意識だけかというとそうではない。天空を支配するユピテルは美しい娘イオをみて、雲となってイオと交わった神話もある。だが水原のエクスタシーはつねに肉体を伴わない。「夢のきみ」と「うつつのきみ」が愛しあう幻覚の中で、みずからはその歓びを讃える「虹の輪」となって充たされている。あるいはまた、「海鳴りのやうなるをみな」という、底ごもる激しさを秘めた「をみな」を創出する。これはめったに登場しない、露悪的な囁き女だ。この世を支配する威厳に満ちた「帝王」の出自を、そしてその肉体の秘密を明かす。帝王の肉体は「貝」でしかない。本当は脆く、こわれやすいものだ。そのことはある悲しみをよぶが、水

原にとって、この世の支配権をもっている「帝王」という存在があること自体が幻なのだ。それが「貝」であることはほとんど詩である。人間はすべて仮象として存在しているのではないか、と水原は思うのだろう。だから本当の肉体はないのである。

雪の降る場面での接吻がある。しかしそのあとすぐ、口づけした愛する人の肉体を否定しなければならない。本当に自分が愛したと実感できる「うつしみ」は「雪」なのだから。仰向いた唇にふれて、すぐに溶けてしまう、存在自体が夢のような、あの美しい冷たさこそ愛なのだ。そのあえかなふれあいのやさしさに比べると、「きみ」との口づけこそ実体のないもののように思えるのである。このように『くわんおん』の中には、自然の現象に肉体をもたせ、その交感にしずかな哀歓をみようとする水原がいる。

ここにあげた「みづうみ、と呼びかけしなり」という歌もその例だが、呼びかけられた「みづうみ」は直ちに立ってやってくる。ただ、「われ」でなく「われら」を抱くためにやってくるのだから、「みづうみ」は二人を祝福し、抱擁するためにやってきたのか。よくわからないが、人と自然神との交感の場面といえよう。

『くわんおん』にはこうした自然の中にいる精霊を人格化した方法のほかに、仮象と仮象は自在に境界を侵しあい、擬人的な行為に遊ぶ場面がひらかれている。

をみなごはグラスの中に遊ぶかも大き泪《なみだ》をわがこぼししに

あかねさす昼の父と子澄みわたる水晶の人となりてわらふも

あめはゆきをふかく羨《とも》しみ愛《かな》しみて純白の肉打ちつつあらむ

うすべにのけだものなりしいにしへのさくらおもへばなみだしながる

じつにふしぎな場面である。しかし、表現の面白さの向こうをみれば、どれも複雑なものではない。はじめの歌は下句から読めばいい。泪をこぼしたグラスの中に、泣いたのちに静かに遊びうる思いになった女性がいる。第二首は「水晶の人」という透明なかがやきによって表現された、無垢な愛を受け止め合っているある日の父と子がいる。内容は平凡に近い。だからここでは内容は問題にならない。問題として楽しめるのは、「をみなごはグラスの中に遊ぶかも」という場面の中にある。自在で、奔放で、自由を好む少女の姿態のイメージや、感情のさざなみだちが面白く、そのみなもとにある「大き泪」のちからが一首を支えているのをみればいいのであろう。それは「水晶の人」となる父子の場合も似ている。「あかねさす」という古い枕詞の色彩投影を受けた「昼」でなくて、どうして架空の「水晶の人」になることができよう。水原は「場」を用意することが巧みになっただけ、歌がわかりやすくなった、いや、わかりにくくなったのかもしれない。
「あめ」と「ゆき」の葛藤をうたう。これは童話のような世界だが「純白の肉打ちつつあらむ」で、きっちり一首が緊り、童話を脱出している。また「うすべに」の歌は特異なものだ。『くわんおん』のⅢには、「ものがたり」として、五首の歌に五つのものがたりを添えた部分がある。その冒頭がこの歌だ。桜は太古「うすべにのけだもの」だったという、桜の古老のものがたりである。

――うすべにのはなびらをゆさゆさ揺らしながら、野や山を駆けまはつて、黄金の狐をとらへたりしたものさ――太陽は私たちの巨大な身体を隈なく愛撫してくれたし、泉はこんこんと湧いて永生の水を与へてくれたよ。
春は終はることがなかつた。時といふものは流れはせず、泡立つのみで、ゆきてかへらぬ者は誰ひとりなかつたのだ。

ここには水原の現実への否定があり、倫理以前の大きな宇宙的倫理に生き、生かされていた自在自由な、みんな平等なけものとしての樹や、人や、魚鳥が交感し合っていたユートピアへの夢がある。桜はなぜ春しか咲けなくなったのか。それは「夜」を逃がれてこの世にやってきた「黒い星」を、「うつくしい」と感じた時からだった。すさまじい風が吹き、樹の四肢は地に縛りつけられ、歩くことができなくなった、と結ばれている。

水原が作り上げた現代神話の「なみだ」は「ものがたり」の域をはみ出し、少しまじめである。
もう一首最後にあげたい歌がある。

盗人《ぬすびと》はなかぞらに問ふ　あたたかき飯《いひ》に落とせる卵の笑まひ

二句の切れ目に置かれた空白は、読者にどんな空想をよびさますだろう。盗人は空を仰いで何を問いかけたのだろう。宮沢賢治の詩に「中尊寺」がある。大盗は金色堂に踏み入りそこに尊い光を見てしまった。「手触れ得ぬ舎利の宝塔／大盗は礼《らい》して没《き》ゆる」と結ばれている。
しかし水原の「盗人」はもう少し人間的な愛に飢えている。「盗む」こと自体が精神の飢えをあらわしている。この「盗人」は、幼い日のあのひとときを思い出していたのだ。母があり、食卓があり、そこに愛があった日のことを。「あたたかき飯《いひ》に落せる卵の笑まひ」の幸福なかがやきを。「盗人」が本当にいまほしかったものはそれだったのである。喪ったそれを自問する盗人のかなしい姿は、水原が描いた人物像の中でもっともくっきりしている。そして『くわんおん』に登場するふしぎなものたちのすべてが、問いと、求めに誠実であることが、この歌集への信頼を深めさせる。

（「現代短歌　雁」第四十六号／二〇〇〇年二月）

裸身の旅人

水原紫苑の短歌

佐藤弓生
Sato Yumio

わたしは好きだった、あの乾いた音、あのもちあげた腕、ひるがえしたり巻いたりするヴェール、あるときは雲にあるときは鳥に、また波にガレー船になるために女であることをやめるあの踊り子を。

（マルグリット・ユルスナール『ハドリアヌス帝の回想』多田智満子訳）

バレエ・ダンスの類が好きで、以前ほどではないが今もときどき観に出かける。モーリス・ベジャールの演出・振付によるいつもながらの坩堝式バレエなど、もう卒業するすると言いながら、TV放映があればやはり懐かしく見入ってしまう。昨秋は久しぶりにベジャールの「ルナ」を観る機会を得た。アントナン・アルトーの『ヘリオガバルス』から発想された「ルナ」は、これといった舞台装置もなく、白のシンプルなレオタードを着けたシルヴィ・ギエム（いつぞやは「世界最強の美女」のコピーを冠されただけあって、この人の肢体や技術はいささか女性離れしている）がバッハの静かなヴァイオリン曲を背景にほんの数分間踊るだけの、いたって素気ない小品だ。ギエムが女性的でもなく、タイトルに反して女神的でもなく、むしろ獣、というより昆虫に近い非人間的な動きを続けるあいだ、私の脳裏では、

まつぶさに眺めてかなし月こそは全《また》き裸身と思ひいたりぬ

という一首がずっと回転していた。水原紫苑の歌である。

このように世俗的で即物的な紹介がなされることを、水原氏本人は望まないかもしれない。ただ、即物性、物に即く姿勢、というのが水原短歌を読むうえで重要な視点になることは夙に指摘されている。物とはここでは月であり裸身である。月は真裸だ、というだけのことを告げるために、「まつぶさに眺めて」「思ひいたりぬ」といった主体の行為を周囲に配して、ゆったりと幅を持たせつつ焦点を絞っている。短歌の丈が過不足なく生かされていると言えよう。

「まつぶさに……」の歌は、自選の折には必ず採られているので、作者の自信作であり代表歌と考えてよいだろう。この「裸身」のモティーフ、およびそれに類するモティーフが見られる歌をもう少し引いてみる。いずれも第一歌集『びあんか』（雁書館）より。

水槽の魚運ばるるしづけさを車中におもへばたれも裸体なり

菜の花の黄《きい》溢れたりゆふぐれの素焼の壺に処女のからだに

浴身のしづけさをもて真昼間の電車は河にかかりゆくなり

よく知られた菜の花の歌も含む上記作品において、裸身なのは誰か。魚、車中の人（を含む生物一般）、壺――「素焼」を裸身のシノムニとして――、河にかかろうとする電車。詠う主体にではなく、さまざまな事物に裸身が投影されていることに注意したい。これらの裸身には性別がないため、他者の欲情、欲望を招きえない。「処女のからだに」というフレーズにナルシシズムの響きを感ずることは可能かもしれないが、「壺」と同格に並べられることで処女の身体も壺と同様の物質感を帯びる。同時に壺は処女の身体のような生命感を付与される。処女という語が誘い出す官能性はここではぐらかされてしまう。あるいは逆に、壺の質感・花の色といった広汎な世界へと官能性が拡大・分散する。

こうした事物への投影は実は作者の自我意識の強さ、というより高さを示すものではないか。作者自身は、世界に一方的に従属し、搾取・消費される非力な存在であってはならない。世界のさまざまな事物と対等に向き合い、交感・交換を行う存在でありたい。交感するためには感度が良くなくてはいけないので、互いに裸身であることが好ましい。その条件下では、作者もまた裸身である。人間の裸身を持つ作者は、月の裸身、魚の裸身、壺の裸身、電車の裸身と、裸身を次々に交換し、着替え、乗り継いで行く。物質性へのこだわりは、自我を支えて運ぶ堅固な乗物を求める心の証左だろう。

唐突だが、私はここで大原まり子の『ハイブリッド・チャイルド』『吸血鬼エフェメラ』といったＳＦ小説を連想する。いずれも精神体、あるいは魂と言ってもよい存在がさまざまな器（生物の肉体だけでなく、機械などの無機物も対象となる）を渡り歩く旅の物語である。自我そのものはひとまず確立されており、容易な侵蝕を許さない。しかしひとたび恋を知ると、自我は何らかの変容を始める。この自我の揺らぎから大原ＳＦのドラマは展開する。

水原紫苑の歌における自我もまた、何者かを恋うところから変化を見せる。ただ彼女は基本的に散文作家ではないので、自我の遍歴を小説のようにリニアーに記すことはない。短歌作品を読む限りその印象は混沌としており、拡散的で、時として迷子のように痛々しい。読者はこの痛々しさに惹かれるのかもしれない。ともすれば分裂しようとする自我を意志のもとにつなぎ止めた結果としての短歌、と評されることもあるとおり、水原紫苑の短歌は読者を安心させてくれない。しかし近年は、エッセイや掌編小説といった別の器、別の衣服を得て、自我が不遜さを——と言って悪ければ逞しさを増したように思われる。

*

第二歌集『うたうら』(雁書館)の後に出版された『星の肉体』(深夜叢書社)は、エッセイ集とは言いながら、小説あり歌論あり自選歌ありの水原紫苑カタログとでも呼ぶべき本である。中村歌右衛門や江夏豊などへの思慕に関するエピソードは、恐れを知らない子どもを思わせて意外であるとともに微笑ましい。『星の精神』『星のたましい』といったタイトルでないことにはとても納得がゆく。星のように抽象化されやすいものにも肉体という物質を見ずにはいられない著者の認識がよくあらわれているからだ。

とりわけ冒頭の「人とモノの宇宙」は、筆者の思想とそこに至るまでの履歴を手短に知ることができる好エッセイだと思う。著者は「飛行機でもテーブルでも花瓶でも、すべてが人間と同じように魂をもち、愛や憎しみや喜びや悲しみを知っていて、他のさまざまな物象と引き合ったり突き放したりしてこの世に在るように思われるのだ」と述べ、そうした発想にもとづく自作の短歌について解説する。続いて「こうした現代のモノたちの声に耳をすますようになったきっかけのひとつに、歌舞伎や能との出会いがある」とあり、舞台上の実例が示される。

私は本邦の伝統芸能に疎いので(そのために、この本の八分の一くらいは残念ながらぴんと来なかったが)、このエッセイにおける水原氏の丁寧な筆致はたいへんありがたかった。仕舞を学び始めた著者が、摺り足という特殊な歩き方について「もしかしてこれは、現実に決して歩くことのない者、歩くことを許されない者の形ではないだろうか。たとえば樹木、たとえば塔である」と考察するくだりが興味深い。こうしたアニミズムの発見や実感がおそらく後の掌編小説に生かされているのだろう。

また、犬が登場する文章、特に「犬神」というエッセイも短いながら忘れがたい。水原氏は物心ついた頃から犬を友人として育ってきた人らしく(同じ一人っ子でも、私は集合住宅暮らしで動物とともに暮らした経験がほとんどないので、この点でも共感を分かち合えず残念に思う)、人間語では意思の疎通を図れない生きものの心理や天界について黙考を巡らせることを読者にも促しているかのようだ。「かつて両手に載せてもらって来た子犬が、目に角たてて私を叱る老婆犬にまで変わったのも、考えてみれば不思議である」という把握は、泉鏡花かジョージ・マクドナルドあたりが描く、人ならぬ女人像とも遠く響き合うような気がする。

ちなみに犬に関するエッセイとしては、『新星十人』（立風書房、共著）という短歌アンソロジーに収められたものもかなり面白い。こちらは人間と掃除機とショッピングカーと犬とが偶然に形状を同じくしていた――犬に尻尾があるように、掃除機にホースがついていたり、著者が着物の帯を垂らしているなど――話に触れ、いったいそれらに区別などあるのだろうか、という犬の側からの（といっても犬の擬人化などという趣味の悪い書き方はされていない）疑問が展開されている。後半、葛原妙子の歌を中心とした歌論が続いた後、文章は次のように結ばれる。「犬のことから妙子のことまでを考えた。余談だが、妙子は犬よりも猫を好んだという。詩人は多く猫を好む。私は骨の髄からの犬派で、犬を愛することが詩人の資格を失わせるなら、失ってもいいと思っている」。そんなことで詩人の資格を失するはずもなかろうが、いささか狂信的な口吻にたじろぎ、また心の真実を感じる。

掌編小説については、『星の肉体』にもフィクショナルな作品が若干含まれており、エッセイと見まがうかたちでさりげなく配されているが、第四歌集『くわんおん（観音）』（河出書房新社）では散文のために独立した一章が設けられている。正確には短歌一首とそれに付随したごく短い神話的物語の並列で構成されており、本人はあとがきで「歌から派生した詞書のような物語」と記している。たとえば次の一首、

うすべにのけだものなりしいにしへのさくらおもへばなみだしながる

の後には、桜の木が野山を駆け回っていたころの回想と、それらが地にくくりつけられる契機となった事件が、一定のリズムを湛えた文章で語られる。不死の星となる少年の物語も不気味で印象深い。少年は次第に肥り、球体に近づく。これがイタロ・カルヴィーノの小説ならば笑って読めるが、水原紫苑の表情はあくまで真面目でパセティックだ。人面花の物語、海の舞台の物語。そして、高層階から犬を誤って落とした……と思ったら自分が落下して行く物語の生々しさには、もしや作者が見た悪夢そのままを書き留めた、ある種の〝実話〟なのではと思わされる。悪夢というのは見ている最中は苦しくても、目が醒めると妙にときめくような別れがたいような気分が残る場合もある。水原紫苑の歌物語は、そうした悪夢に近い。夢も一つの現実であるとは誰の言葉だったか。水原紫苑においては夢もまた交換可能な物質であるようだ。

物語はいずれも変身譚である。歌人の小島ゆかり氏はそのこ

とを指摘して「ああ、そうだ。水原紫苑ははじめから変身譚の歌人だった」（「現代短歌　雁」四十六号）と嘆息した後、それを実証するように水原紫苑の変身に関わる短歌を列挙する。さらに、

　こんなにいろいろに変身する人も珍しい。（中略）現世の時間認識・空間認識から離陸しようとする強い志向はおそらく、そこで規定される自分自身から自由になりたいという希求でもあるだろう。それゆえ彼女の変身譚は常に内側からの力によって遂げられる。

と述べている。慧眼であろう。「自由」、これは自我意識を高く保つ人には大切なキーワードのはずだ。

＊

　ふたたび水原紫苑の短歌に戻りたいと思う。水原作品における「われ」が多彩な肉体・物質の姿をとりやすいことに言及している人は少なくない。歌人の穂村弘氏は、水原紫苑の次のような歌、

　嬰児期のあなたが月に映るやうな夜《よる》をかさねてわれはパピルス

　シャンパンを運河にそそぐおこなひのきみとし見えてわれは火の鳥

　夢のきみとうつつのきみが愛しあふはつなつまひるわれは虹の輪

を例に挙げ、直截かつ明快な読みを示している。

　いずれも特異な作品であるが、その印象の中心にあるのが、作中に頻出する「われ」の転移ともいうべき現象である。「われ」は「パピルス」であり「火の鳥」であり「虹の輪」でもある。だがここから感じとれるのは、遊び心にみちた自在さではなく、不思議な切実さとそれに対応する裏返しの達成感のようなものである。一首の内部に、「われ」はなぜこのような姿で現れ続けるのか。

　前掲の作品では、不思議な「われ」の転移に対応して、一首のなかで必ず「あなた」「きみ」が詠われていることに注目したい。そしてそれらの「あなた」「きみ」は、いずれも触れ難く遥かな存在として描かれている。

（穂村弘『短歌という爆弾』小学館）

「裸身・肉体の交換」「変身」という説明と「転移」という説明とでは微妙な、いや大きな差異がある。後者は何といっても語の抽象性が高い。これまで私は水原紫苑が肉体性にこだわる

人であるように書いてきたが、それは彼女にとって肉体性が自明だからではなく、逆にあらかじめ失われたものだからなのかもしれない。願いは肉体の交換や変身にあっても、実際になされているのは転移という形而上的な営為なのかもしれない。

　また、上記の引用部分において注目すべきは「あなた」「きみ」の存在がクローズアップされていることだろう。ここで水原作品は恋愛の文脈に分け入って行く。主体が人間とは限らないように、相手もまた人間とは限らない。神仏といった超越的にして具体的な姿が指定されているわけでもない。その結果、至高の存在、としか名づけようのないものへの強い恋心、憧憬だけが突出して見えてくる。恋情の性質として、「相手を自分のものにしたい、または自分が相手のものになりたい」という二者対立的な欲望と、「相手のようになりたい、相手そのものになりたい」という同一化への願望があるとすれば、水原紫苑は後者に立つ人なのだろう。そこで読者は初めて、さまざまな肉体によって大切に守られ運ばれてきた自我の揺らぐさまを目の当たりにし、動揺させられることになる。

「夢のきみと……」の歌は、よく読むと登場人物が三人——夢のきみ・うつつのきみ・われ——であることが知れる。これは第三者の出現という単純な話ではなさそうだ。このほかにも、たとえば第三歌集『客人（まらうど）』（河出書房新社）における一首、

　　太陽を犯せし遠き兄おもふめざむればひとと湖底に居りつ

また、『くわんおん』の中の、

　　みづうみ、と呼びかけしなり名をもたぬみづうみわれらを抱《いだ》かむと来つ

など、近年では三つの生命体が交錯する歌が散見され、重層的で複雑な印象が強くなった。等身大の「（われ）ひと」「われら」に対して、「太陽を犯せし兄」（ここに水原紫苑の師・春日井建の面影を見る説もある）や「みづうみ」が高次の恋人として新たに設定されているようでもある。ここには幻視というより奇想と呼ぶべき力の増大がある。奇想とは人間の強い思考の一側面だ。水原紫苑の短歌は往々にしてよく分からない。だが、その内包する幻想性が、人間らしい強い感情という現実性に支えられていることは分かる。自我意識が高くともどこか危うげな裸身の持ち主だった作者は、事物から事物へと旅を重ねて思索・認識を深めることで肉体の安定を得つつある一方、その代償に、孤高をもいっそう深めているように見える。「われ」は独りである。自我を持つことは寂しい。

*

近年の水原氏は仕事の幅を広げ、昨年は新作能の脚本を初めて手がけている。私はその舞台を観ていないが、題材が『ジゼル』と聞いていたく納得した。『ジゼル』は狂女の物語だからだ（本家バレエの世界でも精神病院に舞台を設定した露骨な演出がある）。水原版ではヒロインが狂気に陥るまでの過程はカットされ、超自然的な存在＝精霊を通じて魂が浄化されて行く描写にウェイトが置かれていたと聞く。狂気の救済を願う心もまたとても人間的なものであろう。狂気に憧れているうちは、まだ自分が人間であることの寂しさ恐ろしさを充分に知っているとはいえない。水原紫苑は知っているのではないだろうか。そして、幻想世界をクリアーに描写することで、人間としての心の闇を照射し俯瞰しようとしているのかもしれない。

（「幻想文学」第58号／二〇〇〇年六月）

世界は一曲の能に

水原紫苑『世阿弥の墓』

黒瀬珂瀾

Kurose Karan

世阿弥の墓と称されるものは、京都の大徳寺真珠庵に実在する。かつてこの寺の住職を務めた一休宗純が、佐渡に流された世阿弥が都に帰還できるよう尽力したため、その地に墓が伝わっているのだという。非公開なので一般客がその墓を見ることはできないし、それが本当の「世阿弥の墓」であるのかどうかの確証も乏しいように思うが。

水原紫苑の第六歌集は題を『世阿弥の墓』という。無論、著者が「あとがき」で記すように「墓」とはオマージュの意として使われており、実際の墓とは関係がない。むしろ、世阿弥に墓など存在しないことを逆説的に訴えかけているようにも思える。

今までも能をテーマした短歌や、世阿弥を詠み込んだ短歌は数多く生まれているだろう。しかし、一巻を通してひたすらに世阿弥に向き合い、その宇宙との感応を繰り広げた本書は空前の試みと言える。百首の内、十首余を除いたすべてを書き下ろしたこの歌集は、一冊の歌集であると同時に、ある主題に基づく一つの連作とみなすこともできるだろう。

本書において、百首はいくつかの連に分けて構成されている。その中には「花伝」のように十数首からなるものもあれば、「みづ」や「春」のように一首からなるものもある。一、二首のみの連が続くときも交えて、それらの短い連が並び行くさまは、まるで謡いが緩急をつけて繰り広げられるような印象を与える。歌の外部からの演出による繊細な緩急が、一巻をリズムよく読み進めることを可能にさせる効果を及ぼしている。

恋の座は乞食《こつじき》の子が奪ふなり心せよとぞ花はうたへる

元雅を失ひしのちきみが手のあふぎに憩ふ白き鳥はも

この歌集は「序歌」十首によって幕を開ける。世阿弥の生涯を時間列的に追った一連であり、得難きものをふんだんに得て、そして失っていく世阿弥の姿が描かれる。

〈白鳥、花をふふむ〉一瞬にして白鳥はもつとも蛇に近づくならめ

世阿弥曰く「白鳥花を含む、これ幽玄の風姿か」。その一瞬において白鳥が「蛇」に近づくとは、正反対の解釈のようでありながら、「芸」の持つ深淵を実に上手く言い当てているように感じる。「序歌」にあるこの一首こそが、『世阿弥の墓』一巻の底を流れる意識のごとくに思えるのだ。

「序歌」においては世阿弥を遠く眺めていただけだったが、「花伝」では世阿弥に向き合う「われ」の様相が浮かび出ている。

申楽にあらずも非道を行じをり壮年世阿弥に打たれむとして

ただ世阿弥を眺めていて済む領域から遠く来てしまった「われ」の像を描くことにより、本当の意味で舞台は始まる。

童形の幽玄くらきひびきもつ新世紀にて犬生みにけり

序破急はなべてに在るも交合の序破急こそは根源ならめ

世阿弥との交感を経て「われ」は犬を生む予感を得る。それは、女性の性の目的と見なされる出産を転化させることであり、その根源としての性の序破急を見定めることでもある。

その後、舞台は世阿弥の残した能曲の世界へと続く。

筒井筒差し入る月は何見けむ想ひ欠けゆくおのがいのちか

手におもき砧よ砧　衣《きぬ》を打ち　きみ打ちませばやすからましを

前者は「井筒」、後者は「砧」から。能曲の世界と直接的に繫がっているからであろうか、歌としての力はいささか弱いように思える。構成上、能曲に言及した歌が必要であることには同意するので、これらの歌の飛翔力の乏しさは惜しむべき点ではないだろうか。

『エロディアード』囚はれの水よ世阿弥知らばいかに舞ふべし／無文《むもん》の能を

〈世界なす書物〉のごとき一曲の能、いまだ世阿弥の／書
きつつあるらむ

そして、「われ」の夢想を仲立ちとして、フランスの詩人マラルメと世阿弥の出会いが描かれる。マラルメが「世界は一冊の書物に到達するために存在する」と言ったように、世阿弥も「世界は一曲の能に到達するために存在する」と述べるのかもしれない。世阿弥との交感ののちに世阿弥の曲を巡り、そしてここまで来たのを見て、読者は世阿弥が「われ」にとって一つの小宇宙に止まらず、時空を越えた存在として「歓喜」と「絶望」を体現するものであることに気づくだろう。それはとりもなおさず水原紫苑自身の世界観・芸術観を示していることとなる。ここに集中の一つの絶頂がある。また、この二首のみ二行書きとなっている（／にて改行）。これは単なる書籍制作上の処理だけではないように思うのは深読みだろうか。東西の芸術家への呼びかけが、改行によりより印象深くなっているように感じるのだが。

これより後、世阿弥の生誕から死を辿る形の構成となる。そして、世阿弥の「死」の謎へと心を寄せる「われ」が物語に介入してくることで、本書は一気にクライマックスを迎えている。最後、「佐渡」の一連は本書前半の「花伝」一連と照応することで、世阿弥への敬慕から始まった「われ」を巡る旅から、また世阿弥への旅に繋がる円環を成している。『世阿弥の墓』は帯にあるように「〈人間〉世阿弥の足跡に挑む」というよりは、世阿弥に託して「われ」の存在を問い直す歌群であると読むことができないだろうか。

世阿弥恋ふる旅にしあれど金山の枯れしこがねの独白きこゆ

面《おもて》ひとつたづさへ来たる配流とは月を抱《いだ》ける常世の旅か

時鳥わがまだ知らぬ夏の声禁ぜしうたを解きし世阿弥は

世阿弥を恋いて彷徨う旅にありながら、枯れた金の輝きを秘める山々の囁きを聴かざるをえない「われ」。「枯れしこがねの独白」は滅びながらも時空を越えて連綿と存在しつづけるものたちの苦しみに他ならない。その苦しみを心中に秘めつつ旅上に思うことは、現世を旅する「われ」と常世を旅する世阿弥の対比であり、その常世から「われ」に対して禁呪を解く世阿弥の姿である。

不死ならむ世阿弥とたれか言はざらむ佐渡の同行二人恋ほしも

しかして、世阿弥から解かれた「夏の声」はいまだ遠い境地にしか響かない。その声を求めんとして、「われ」は同行になりえぬ同行を、女として永遠に求め続けるのである。それは苦しみの現世を旅するある歌人が舞う姿そのままでもあったのだ。

（「短歌」二〇〇四年九月号／中部短歌会）

植物的な発想へ

戦争の木

古橋信孝
Furuhashi Nobuyoshi

最新の歌集『あかるたへ』（河出書房新社、二〇〇四年）に「戦争の木」と題された一連がある。全二十四首と、集中最大の数の歌が並べられているから、とりわけ作者の想いが深いものといっていいだろう。

「戦争の木」というものを知らなかったので、インターネットで検索したところ二〜三件あった。一件はこの水原の歌集。もう一件は、南イタリアのアルベロベッロ市の郊外にある樫の木がそう呼ばれ、市の名の起源になっているという。具体的に戦争の悲劇があったというが、詳しいことはわからない。そしてもう一件は、田口犬男の詩集『モー将軍』（思潮社、二〇〇〇年）の「平和の木・戦争の木」という詩である。この詩では、「だからおれたちにも／戦争の分け前をよこせ／戦争の木にたわわに実った／戦争の実をおれたちにもよこせ」と、果実つまり利益から木を連想している。水原の一連の歌とは発想が異なる。

　水原の戦争の木とは、

これの世の戦争の木をつかさどる老婆ありけりわが街の果て
戦争の木なる常磐木さやさやと心臓形の葉の乱《さや》ぎはも
花咲くは四季と聞きたり薔薇色にぼかし入れたる戦争の花
空爆はこの木のこずゑほの紅き生まれたての芽のひとつなるらし
ヒロシマ・ナガサキの大枝、オウムの小枝、それぞれのみどり目に立つものを

とあるから、街の外れにあり、老婆が管理している。四季ごとに薔薇色にぼかしの入った花が咲く。空爆は薄い紅の、梢に出た芽であり、大枝は原爆、小枝はオウムのテロだということがわかる。いつからあるかといえば、

まづ見しはトロイ戦争の花なりと老婆晴れやかにほほゑみにけり

と、トロイ戦争が最初の花だという。そして、

この木こそ老婆の若き日のあかしただ一度逢ひしひとの呉れたる

そのひとはまことに人か神にてはなかりしかと問ふわが声昏《くら》し

あたたかき飯《いひ》を食みたる青年のいかで神ならむ老婆泣きける

とあり、老婆が若い頃に一度だけ逢った男のくれたものという。その男は神か人かわからないが、老婆は人だといっている。

というくらいのことがわかる。木のさまを語り、由来を語るなど、この二十五首は神話を彷彿とさせる。その神話を再構成してみれば、若い女がただ一度男と寝て、翌朝、食事をし、去るときに木をくれた、それが戦争の木の起源であるということになる。こうして地上に出現した戦争の木は、

〈戦争の木と契りつつあまたなる男《をのこ》と寝たり養はむため〉

とあるから、ずっと女が多くの男と寝ることで養なってきた。そして、

かれ死なばたれに譲らむこの木かも不意に背《そびら》におそれの兆す

望むならばわれに譲るといふ声に一目散に駆け出だしたり

とあり、戦争の木は女に継承されていくことがわかる。

このようにみてくると、戦争の木とは、男と寝ることで植え付けられた女の心だとわかる。しかし、どのような心かははっきりしない。嫉妬や独占欲や性欲や、などと考えてみても、歌には詠まれていないからわからない。ただ、男は戦争を好み、女は平和を願うというような通俗的な理解を否定していることは確かである。そして、戦争を個人の心の問題としてみている。

水原が戦争の木を幻想したのは、

ビンラディン、ブッシュも知らぬ戦争の木はここにしてはぐくまれける

とあるように、あの九・一一テロ以降の状況によると思われる。世界秩序がアメリカ的なものに一元化されようとしているなかで、われわれを圧迫するこの秩序に抵抗するにはテロしかないかもしれない状況だ。こういう状況のなかで、平和を叫ぶことはほとんど意味をなさなくなっている。一人一人が、自分が他

人を圧迫していないかなど、それぞれの心において権力の問題として考えねばならない。そういう意味で、水原の「戦争の木」は評価されていい。

　私の関心はそれだけでない。なぜ、木として表現化されたのだろうか。世界の中心に天まで届く宇宙樹があるという神話的な幻想があった。たぶん、連想されているに違いないが、それだけではあるまい。『あかるたへ』には植物がそうとう多く詠み込まれている。それらには、

　　拒絶とはきみが内なるしらべかも雪のあしたの朝顔の耳
　　桜島火口近くにくれなゐの花の象《かたち》の見えし罪の世
　　植物はおそれざりけり柿の木は井戸のかたへにうらうらと在り

のように、植物そのものが詠まれているわけではないものがいくつもある。「朝顔の耳」など、身体と花が重ねられてしまう。こういう認識をよく示すのが、

　　戦ひを知らねば覗く古井戸の底ひ乱《さや》げり青人草《あをひとくさ》われ

である。「青人草」とは、古代にみられる人民をさすことばだ。つい最近西郷信綱が『日本の古代語を探る』（集英社新書、二〇〇五年）で、「木は大地の毛だった」と書いている。高天の原から追放されたスサノヲの髭から杉が、胸の毛から檜が、尻の毛から槇が、眉の毛から楠が生まれ、地上に広まったという木の起源神話がある（『日本書紀』）。大地を身体とみなす発想があったというのである。ならば人は、と考えてみれば、青人草という言い方はよく分かる。人は大地に生えた草になる。もしかしたら、スサノヲの体毛から人が生まれたという神話があったかもしれない。日本の神話には、人の起源は語られていないのだ。

　人は動物とする考え方は、動物学からいっても普通である。植物だと考えるとどうだろうか。人間は四季とともにあるというのが、前近代の日本の基本的な考え方だが、和歌はその具現だと、一応みていい。人の心は折々の外界の変化に対応して動き、歌を詠むというのが『古今和歌集』仮名序の語る和歌の本質論である。そしてその変化は植物を中心にして感じられている。

　西行の、

　　願はくは花の元にて春死なんその二月の望月のころ

は、まさに大地に帰り、桜と同体になることを詠んだものかもしれない。この歌集にも、

吉野山険しき道は西行のうつしみ踏めるこころこそすれ

という歌もある。次の歌が、

吉野山さくらはきみをわすれつつきみのいのちを咲かせやまずも

とあり、西行が桜の花となって咲くという幻想を詠む。その桜の花びらの散り敷く道を歩いているのが前の歌だ。

水原はそういう古代日本にあり、和歌を支えていた発想をふまえているということになる。水原の名「紫苑」は植物だ。水原の歌の独特のエロティシズムは、この植物的な発想とかかわるのではないか。

しかし、ほんとうは、私もまだ植物的ということがよくわかっているわけではない。ただ、生命についてその考え方、感じ方がずいぶん違ってくるのではないかと思う。少くとも近代は人間の生命だけを重くみすぎている。そして人間の次に動物、最下層に植物の生命を置いている。

それにしても、戦争やテロは終わることがあるのだろうか。

この木切らば戦界に戦《いくさ》は絶えなむか老婆答へず木を抱きしめぬ

（「短歌ヴァーサス」第7号／二〇〇五年十月）

全身、これ霊山

城戸朱理 Kido Shuri

不易と流行といえば、松尾芭蕉の俳論として広く知られているが、私たちは詩歌をめぐる諸問題を、しばしば、このような対立する二項として考える。

古典と現代、文語と口語、伝統と革新、本質と表層――。語る者の視座によって、項目は変化するものの、このような考え方は、およそ、松尾芭蕉のそれの変奏であると言ってよい。そして、こうした考えは、私たちを誤った結論へと導いていく。

　対立する二項というものが、不易と流行に集約されるものであるとしたら、そのさまざまな変奏は、結局は、不易と流行の属性として考えることができる。つまり、古典という伝統に根差すものは文語的であり、詩歌の本質もそこにあるという考え方や、真に現代的なものは口語的であり、それは表層的な今日の風俗を反映することによって革新性を担いうるといった、ともに誤った考え方に、私たちは陥りやすい。伝統的なものがたんに古めかしく時代遅れに映り、現代的なものがたんに表層の風俗しか描けないといったことは、よく目にすることだが、私が語りたいのはそのようなことではない。

　詩歌というものは、形式が即自的に内容であるような言語のありように与えられた名である。たとえば一篇の詩を取り上げて、その内容を説明しようとすると、説明としての散文は、すでに対象となった詩からは隔った別のものになってしまう。その意味では、詩歌というものは決して語り直すことができないものであり、詩歌としての本来の姿そのままで、美しさや思想であるもののことなのだ。

　たしかに、詩歌には、不易といった部分もあれば、流行に即したところもある。しかし、それらは、本当に対立するものとしてあるのだろうか？

　誤解を恐れずに言えば、真の詩歌においては、形式がそのまま内容であるわけだから、流行がそのまま不易であり、不易がそのまま流行であるのではないだろうか。

　こうしたことを、現代においてこよなく開示する驚くべき仕事が、水原紫苑の短歌なのだと思う。

　しかし、結論を急ぐ前に、語っておくべきことがある。それは、短歌という形式そのものについてなのだが、自由詩や、あるいは俳句にくらべてさえ、日本の詩歌のなかで、もっとも古い歴史をもつこの形式は、およそ翻訳不可能であり、海外では意識されることが、ほとんどと言っていいほど、ない。別にそれは短歌の欠点ではなく、むしろ、その形式が、どれだけ深く日本語という固有性に根差したものであるかを物語っている。もちろん、短歌は短歌として発生したわけではなく、その前史として長い和歌も歴史をもっているわけだが、では、和歌と短歌を分かつものとは、何なのだろうか。

　ごく簡単に要約するならば、それは「私」という主体が世界に対してどのような位置を占めているかによっている。和歌は、その生成の過程で、信じがたいまでの洗練に到達したが、比較文学の川本皓嗣氏は、和歌とは、必ずや季節をモティーフとし、内容的には、詩的主体が季節を前にして詠嘆を語るものであることを指摘し、それは形式に先立って内容が決定されている世界にも例がない詩の形式であることを論述している。この和歌的な主題としての季題という問題は、たんに内容の形式性を語るものではない。そうではなくて、むしろ、そのことは、和歌という詩的世界においては、「私」という主体が現実の世界に対峙するように存在しているのではなく、変化して止まぬ世界の諸事象のなかに、心身ともに織り込まれるようにして共存するものであることを意味しているのだと考えることができるだろう。

それに対して、正岡子規から始まる近代以降の短歌とは、日本人が西欧的な思想から学んだ近代的自我としての「私」が、世界の諸相に対して、どのように存在しているのかを語るものだと言ってもよい。その意味では、ある短歌が文語で伝統を踏まえたものであり、別の短歌が軽やかな口語で今日的な感情を歌うものであったとしても、両者の間には、本質的には見かけ以上の違いはないということになる。何のことはない、どちらも一首の短歌である。

おそらく、塚本邦雄や岡井隆以降の、現代短歌の問題とは、こうしたところから始まるものなのだろう。

形式における定型性と内容における定型性に、二重に規定されているのが、短歌という詩歌のジャンルであるとしたら、その形式を選びつつ、内容の革新をはかることは、どのようにして可能なのか?

このような問いに、葛原妙子以降、驚くべきかたちで、ひとつの回答を示したのが、水原紫苑だった。

誤解がないように言っておくならば、ここで、私が言うところの「内容」とは別に、一首の短歌が何を語っているのかという個別のことを意味しているわけではない。実際のところ、水原紫苑という現代の閨秀歌人の短歌を一首ずつ検討していくならば、そのモティーフは伝統的であり、言葉遣いは文語体であり、ぜんたいの印象は擬古典的でさえある。また、その印象は、本人がエッセイなどで表明している歌舞伎や能など伝統芸能への嗜好などと相まって、水原紫苑という歌人を、伝統志向の人と思わせるところもあるのではないかと思われる。

こうしたことは、事実ではあるのだが、必ずしも本質的なものではない。つまり、このような考え方こそが、私が最初に語ったような、不易と流行を二項対立のものとして措定する「誤った考え」にほかならず、ごく単純に語るならば、次のようになる。

私たちが生きている「現代」とは、何によって構成されているのか。私たちは、現代の特徴的な事象として、アニメーションや携帯電話を思い浮かべるが、しかし、アニメやケータイだけで「現代」が成立しているわけではない。今日の歌舞伎や能もまた、伝統的なものであるとともに、「現代」のものとして現われ、「現代」を構成する要素のひとつとなる。そう、短歌もまた、そうであるように。

このようにして考えていくと、水原紫苑もまた、彼女なりの方法でもって現代と対峙していることが理解できるだろう。水原紫苑が詩的モティーフとしているものは、伝統的なものではあるが、同時に現代のものでもあり、そのことによって、自らの詩的世界のなかに、そうしたものが生成、変化しながら今日にたどりつくまでの長い時間を透視することになるのだと言ってもよい。

　そして、それは水原紫苑の短歌の際立った特徴になっているわけだが、しかし、この歌人の卓越は、決して、そこにあるわけではない。

うすずみのさくらが雪に咲くよるは祖父《おほちち》と眠る乳房ふふませ

蒼天ゆ非在のさくら落ちにけり鋼《はがね》のごとく魚《うを》のごときか

さくらさくら桜抱《いだ》けばゆく道のふと蛇《くちなは》に似つるさびしも

さくらさくら桜生みたる父母《ちちはは》をわが父母といつかおもへる

さかのぼる水の一生《ひとよ》か　わが妹、姉、叔母、大叔母かくて犬神《いぬがみ》

　ここではあえて、第一歌集『びあんか』と第二歌集『うたうら』の初期作品から五首を引いた。すでに、その出発から水原紫苑は水原紫苑以外の何人《なんびと》でもなかったことが明らかだが、その短歌が実現している詩的世界は、実に驚くべきものだと思う。

　まず、これらの歌には、近代以降の短歌に刻印のように埋め込まれている「私」という主体が、むしろ、家系や自然の一部に解体されていくように現われる。主体は、世界と対峙するよりは、むしろ、「水」や「さくら」といった世界の諸相と同化するものとして語られているのだと言ってもよい。その意味では、「和歌」的であると言えるだろう。

　ところが、水原紫苑においては、和歌的なモティーフを多用しているにもかかわらず、主題的には決して和歌的な定型性を踏襲しているわけではない。その歌は、季節を前にした詠嘆などではなく、むしろ、世界を構成する諸相がどのように存在しているのかを語るものであり、その主題系を成すのは、そのなかで「私」という主体がどのように存在しうるのかということにほかならない。その意味では水原紫苑の短歌は、むしろ、近代以降の短歌を特徴づけた近代的自我としての「私」の解体と再生を生きるものであり、真に現代的なものだと言うことができる。

　こうしたことが、私が水原紫苑の卓越と呼ぶところのものなのだが、ひと言で言うならば、それは「和歌を志向する短歌」

であり、和歌的な世界観を背景にしながら、現代の容器としての短歌を新生させるような道行きが生きられていると言えるだろう。

数年前、水原紫苑氏と吉野山を訪れたことがある。西行が庵を結んだ奥千本が満開のころで、彼女は、私の目の前で、地霊にうながされるように、次々と短歌を詠んでいった。その姿は、もの狂おしいほどで、彼女自身、「ここに何日もいたら気が狂ってしまう」と語っていた。

そのことを前登志夫氏にお伝えしたら、氏は深く納得し、次のように語ったものだった。「そうでしょうね。全身、これ霊山、という方ですから」。

全身、これ、霊山。それは、水原紫苑と、その短歌の世界を、こよなく明らかに示す言葉であるかも知れない。

（「短歌ヴァーサス」第7号／二〇〇五年十月）

永遠のジェラール

水原紫苑——エッセイ

桜が咲いても世の中は真っ暗である。そして私は、日々家でひそかな楽しみに耽っている。一人ジェラール・フィリップ祭りである。惚れっぽい私は、突然恋に落ちてしまったのだ。

言うまでもないが、ジェラール・フィリップは、一九二二年、フランスのカンヌに生まれ、気品溢れる美貌と卓抜な演技力で、世界を魅了した伝説の名優である。一九五九年、ちょうど私が生まれた年に、三十六歳の若さで肝臓ガンのために世を去った。

昔から好きではあったのだが、ここまで夢中になるとは自分でも思っていなかった。初期作品や監督作品を含めて、ほとんどすべての出演作を観た。

代表作の『肉体の悪魔』『悪魔の美しさ』『赤と黒』『モンパルナスの灯』などの、水もしたたる色男ぶりはもちろんいいのだが、自分のベストスリーを選ぶとしたら、『白痴』と『輪舞』と『熱狂はエル・パオに達す』かも知れない。

『白痴』のムイシュキン公爵が、朝の公園で将軍令嬢アグラーヤを待っている間にベンチで眠っている。そのジェラールのすらりとした長い脚が、実に神々しく美しいのだ。

『輪舞』では伯爵士官を演じていて、彫りの深い顔に片眼鏡がよく似合う。娼婦と一夜の別れを惜しんだあと、長身に豪華な帽子とマントを着けて、朝の道を犬と共に歩いてゆく姿が夢のようだ。

遺作となった『熱狂はエル・パオに達す』は、評判の悪い映画らしいが、南米の強烈な陽光のもとに、ジェラールの繊細なはかなさが際立つ。

いずれにも共通するのは、高貴と無垢という特質だと思う。どんな濡れ場を演じても肉欲とは程遠く、むしろ馥郁とした香気が漂うのはそのせいだろう。

だからこそ、神はジェラールに老いることを許さなかったのだ。永遠に若い彼を見つめながら、自分自身の老いをしみじみと感じる。

若い日の私は、ひたすら美しいものを正面から受けとめることができなかった。私が大好きだったのは、野性的なエネルギーに満ちた三船敏郎である。『用心棒』がベストワンだ。

三船は一九二〇年生まれで、私の父と同い年である。三船敏郎とジェラール・フィリップは同世代なのだ。

負け尽くして焦土となった日本の戦後のヒーローは、既成の秩序を荒々しくぶち壊す三船だったが、ドイツの占領から解放されたフランスの戦後のヒーローは、女の膝枕がぴったりの、優雅な貴公子ジェラール・フィリップだったというのが面白い。

三船は軍隊生活を経験して、戦争の悲惨さを知っていた。対独協力者だった父を持つジェラールは、反対に、パリでレジスタンスに参加した。それぞれの心の傷が見えるようだ。

ジェラールは、よく通る声と発音を生かして、レジスタンスの活動では、メッセージの伝達役をつとめていたという。一方で、戦後、死刑宣告を受けて亡命した父とは、最後まで交流し、妻や子どもたちを連れて会いに行っていたというのも、彼の人柄を偲ばせるエピソードだ。

ジェラールが生きていたら、きっとローレンス・オリビエのようになっただろうと、彼の娘アンヌ＝マリー・フィリップに、ジーナ・ロロブリジーダが語っていた。それが叶わなかった無念はファンにとっても大きい。

死の床でジェラールは、自分の病の重さを知らずに、ギリシャ悲劇を読んでいたという。何の役を演じるつもりだったのか。また、ピーター・ブルックによる『ハムレット』の企画もあったという。実現していたら、歴史に残るものになっていたことだろう。

しかし、すべてが幻だからこそ、一層の魅惑があるのかも知れない。

彼の忌日は十一月二十五日である。偶然、三島由紀夫と同じだ。一九七〇年の三島の死は、私の意識の原体験だった。

ジェラールのロマンチックな容姿が、三島の美学に合うものだったかどうかはわからないが、若く美しいまま伝説となる運命は、三島が渇望していたものではなかっただろうか。

いつかフランスに行くことができたら、ぜひ南フランスのラマチュエルで、コルネイユの『ル・シッド』の衣裳をまとって眠っているジェラール・フィリップに、一輪の薔薇を捧げたいものである。

（「日本経済新聞」二〇二〇年四月五日付朝刊）

Everywhere is out of the world　水原紫苑試論[1]

菅原百合絵
Sugawara Yurie

●はじめに――無限／夢幻世界の眩暈

水原紫苑の歌集を有機的に読むことは難しい。多くの人が評するように、どの歌も一首で読ませるだけの強度を備えており、連作単位、歌集単位で読ませるために作られた歌ではないように見えるのだ。歌によって次から次へと新たな世界が花ひらき、（「透明伽藍」ならぬ）ライプニッツの可能世界を想起させるようでもある。したがって必然的に、水原紫苑の歌を読むことは何百もの世界を旅することでもあるのだが、かといってどの世界にもやすやすと入り込めるわけではない。これらの歌は時として読み手を選び、その世界の奥義に触れえなかった者たちを拒む。

　これも多くの人が語ることだが、水原作品における作中主体は、神秘的なまでに多様な姿をとる。いわく、〈「われ」の転移〉（穂村弘）、〈美しい空虚〉（川野里子）、〈カテゴリーを自在に飛び越える想像力〉（東郷雄二）、〈変身譚の歌人〉（小島ゆかり）。もとより、作中主体という括り自体がほとんど意味をなさないのかもしれない（そうした神経質な物語論のカテゴリーを持ち込むのは、水原作品の場合ほとんどナンセンスなようにも思える）。歌における「われ」は、あらゆる禁忌を越え、いかなる世界にも越境できる。

　ボードレールは、『パリの憂鬱』に収められた散文詩「この世の外ならどこへでも（*Anywhere out of the world*）」の中で、「この世とは各々の病人が床を変えたいという願いに取り憑かれている病院である」と言う。語り手は己の病める魂に、どこならばお前は居心地がよいのか、と話しかける。美しいリスボン、憩いのオランダ、死と闇の土地、北極……。詩人の提案に対して頑なに沈黙を守り続けた魂は、最後に、「どこへでも！　どこへでも！　それがこの世でない限りは！」と絶叫するのだが、そこに見えるのは、自らの物理的存在そのものに耐えがたさを覚えている、ひとりの人間の自我の叫びである。この世界、この身体、この自己がすでに桎梏として魂を耐えがたく締めつけている。
ところが水原紫苑という歌人は、歌によって魂をこの桎梏からあざやかに解き放つ。水原作品を読んでいると「この世の外ならどこへでも」などという魂のじれったい叫びは、もはや意味をなさないのではないかとすら思われてくる。そこには無数の世界がひらけており、彼岸／此岸の境目もない。というよりむしろ、「あらゆる場所がこの世の外（Everywhere is out of the world）」なのである。こうした軽やかさは、作者の能や古典和歌への造詣の深さとも少なからず関わっているだろう。神と人と動物の境目が今よりずっと希薄だった時代の神話や中古の説話のような感覚が、歌に息づいている。

こうした無数の世界の眩暈を、いったいどのように語ればよいのか。全てを汲みつくすことは不可能である以上、見えるものを書くしかないのだが、ここでは、せめての試みとして、特に印象深かったモチーフをとりあげてみたい。そのひとつが「水」である。

◉1　本稿は、「本郷短歌」第五号（二〇一六年）の特集「アプローチとしての作家論」に寄せた拙稿を加筆・訂正したものである（なお旧稿は安田百合絵名義で寄稿）。二〇一六年という執筆時期の都合上、『光儀《すがた》』（二〇一五年）までが主な分析対象であることを申し添えておきたい。

●水——水妖／滝

雨、川、海、水面、湖、噴水……水原作品には、さまざまな水が見いだされる。わけても最初の三歌集（『びあんか』、『うたうら』、『客人《まらうど》』）には、ほかの歌集と比べても顕著に水の歌が登場する。

水槽の魚運ばるるしづけさを車中におもへばたれも裸体なり　（『びあんか』）

死者たちは方舟《はこぶね》に乗りてゆくものか彼岸の入りに雨降りしきる　（同）

天窓にしろき女の脚を見しゆゑわが死後も水漬《みづ》けりヴェニス　（同）

『びあんか』の世界の「水」は、人間が日常生活のなかでごく普通に触れている水とは少し違うものとして現れる。というより、水を媒介として、この世とあの世の区別が溶解してゆくのだ。「水槽の魚」を思うと車はたちまち水槽に変わり、人間はそこを泳ぐ裸体の魚と化す。水槽と車のあいだの、魚と人間のあいだの区別が消失するかのような眩暈にわたしたちは誘われずにはいない。あるいは、彼岸に降りつづく雨によって、死者と生者の世界はシームレスな、継ぎ目をもたないものとなる。死者たちは雨のなかを方舟に乗ってこの世へと送り戻されてくる。あるいは春日井建の雨に煙るヴェニスを強く想起させる「水漬くヴェニス」。天窓に見たとされている「しろき女の脚」は、生身の人間のそれではないだろう。ヴェニスという現実を幻視が支配する。そして、「わが死後も」という三句によって、現実と幻視と死後が分かちがたく結びあわされる。

彼岸と此岸がつなげられるだけではない。『びあんか』の水の歌は、しばしば濃厚な死の香りを漂わせ、滅びというテーマとも結びついている。先に挙げた三首の歌からも既にその様子は伺えるが、

方舟《はこぶね》のとほき世黒き蝙蝠傘《かうもり》の一人見つらむ雨の地球を　（『びあんか』）

顔おほふ花束持ちて来る者は水上《すいじやう》をゆくごとく歩めり　（同）

といった歌を読むと、いっそうそのことが納得される。地球を眺めているのは、神、あるいは神の使者であるだろう。その神的存在がさしている「黒き蝙蝠傘」は、過剰な水で覆われた死の世界を象徴的にあらわしている（黒はむろん死と喪の色である）。先の歌で「方舟《はこぶね》に乗りてゆく」ものが、ノアや動物たちではなく彼岸に帰ってくる死者だったことも思い出される。花束をもつ人間も、「水上をゆくごとく」という比喩によってただの人間であることをやめている。顔を覆ってしまうほどの花束をもった人は、弟子たちを怯えさせたあのイエス[2]のような「水上をゆく」歩みによって、やはりこの世ならぬものの相をまとわされ、くきやかに浮かび上がる。

水というモチーフには原初的な生命感が付与されることが少なくないが、水原作品の水はおそらくそういった水ではないのだろう。この世の命を産む水ではなく、あの世をこの世へと接続し、滅びと死に親しむ水。読み手はこれらの歌の作り手のうちに、水妖を見てみたい誘惑に駆られる。それも、セイレーンやオンディーヌのような、死と滅びをもたらす妖精を。だからこそ、作者は死者たちを運ぶ方舟を感じとり、雨の地球を見つめる者を幻視できるのではないか。

『びあんか』以降の歌集でも、水は死と強い結びつきをもってあらわれる。

喪にあらぬ黒衣を着けて川渡る裾くろぐろとみづを染めつつ　（『客人』）

回廊のごとくにをのこ並びゐる水底《みなそこ》ゆかむ死の領布《ひれ》もちて　（『さくらさねさし』）

さくらばなおのれは知らず忘却の河にながるる水鏡はや　（『光儀《すがた》』）

これらの歌にあらわれているのは、冥府に流れている川、死者の川であり、おそらくはいずれも現実の川ではない。川の水は裾によってくろぐろと染められている。打ち消されてはいても、喪という文字が歌の最初に刻印されることによって、川を渡る黒衣の主体は死の使いのような存在に変えられる。そのあとの二首に登場する川は死者の渡るものであり、生きている人間には越えることができない。「死の領布《ひれ》」を携えてゆく水底には、「をのこ」が並んでいるという。この「をのこ」も当然生身の人間ではなく、冥府の者であろう。忘却の河は、オルフェウスやペルセポネの渡った川、あるいはイザナミの渡ったそれと同じものであるかもしれない。そこを「さくらばな」が流れてゆき、水に花びらがうつしだされるのである。

　こうした水のテーマの諸特性を考えるならば、水原作品のなかに鮮烈な「滝」が多く詠まれるのは意義深いことだと言えよう。

◉2　「ところが、逆風のために弟子たちが漕ぎ悩んでいるのを見て、夜が明けるころ、湖の上を歩いて弟子たちのところに行き、そばを通り過ぎようとされた。弟子たちは、イエスが湖上を歩いておられるのを見て、幽霊だと思い、大声で叫んだ。皆はイエスを見ておびえたのである。」(『新約聖書　新共同訳』マルコによる福音書、六章四八―五〇節)

かぎろへば滝つ瀬やさしみづからを滝と知りつつ砕けゆくなり　(『びあんか』)

滝の背後はつね鏡なるかなしみをニーチェのごとき人に告げたし　(『客人』)

天界にえにし在るゆゑ地に恋ふる滝のまことをさくらにぞ見る　(『あかるたへ』)

をみなごの直《す》ぐなる髪の滝壺にこの身投げなばけがれならむか　(『さくらさねさし』)

　滝は自らを滝であると知りつつもその運命を肯い、引き受けて、おのずから砕けてゆく。滝は落ち、そのたびに砕かれ、瞬間ごとに新たな滝として生まれ変わる。そうであれば、滝とニーチェがともに詠み込まれることはある意味では必然なのかもしれない。断崖と滝の間にある空間を滝の背後と呼ぶなら——滝が擬人化されているかのような表現でもある——、そこにあるのは、水によって外の世界から隔てられ、滝がまるで巨大な姿見のようになって、滝と「われ」だけが対峙する不可思議の空間である。「ニーチェのごとき人」は他者として示されているが、滝によって自己を見つめる存在そのものが、ある意味ではそのままニーチェのような人である。さらにさくらの樹が、「をみなごの直ぐなる髪」が、そのまま滝となる。地にありながら天界に縁を持つさくらである滝も、そこに身を投げる滝壺としての髪を持つ女も、いずれも現世にはあってはならない存在であろう。

こうした滝は、海や川とは違い、自らをたえず身投げし、死んでは生成する烈しい水である。そして滝はそのことによって魂や生命を与えられ、時にはさくらに生まれ変わったり、女の髪に化身したりしてこの世へと現出するのだ。滝としての水こそ、水原作品における水のエッセンス、すなわちこの世ならぬ水、二つの世の媒質としての水、死と滅びとしての水、を凝縮したものであるように思われる。

●炎――幻視と焼尽

「水」のモチーフの対極をなすもののひとつとして、「火」のモチーフがあるが、水原作品にもやはり「火」が数多く登場する。そしてそれらも、前半の歌集、とりわけ『びあんか』にもっとも多く見られるようだ。「火《ひ》＝炎」――「緋《ひ》＝くれなゐ」――「陽《ひ》」は、集中で大きな系列《セリー》を形成していると言ってよい。

ただ、火にまつわる歌を見てみると、そこに現実の炎がほとんど登場しないということに気づく。そこにあるのは、純粋な心像としての、魂や言葉のなかの火である。

病《やまひ》とは内なるほのほしづまらぬ白水仙の立ちしまま枯る　（『びあんか』）

〈火《ひ》〉と言ふも〈梢《コズエ》〉と言ふも古人《ふるびと》の憂ひの声ゆ生まれたる名か　（同）

きさらぎの花に灼かれて死ににけるをとこありせばまこと西行　（同）

炎昼のいづこ真白き芯ありて百合をかかぐる乙女のかたち　（同）

白水仙を枯れさせる内なる病が、西行を焼きつくしたかもしれない花が、火として表現される。あるいは「憂ひの声」から、言葉としての火が生まれる。つまるところ、現前する何かが燃えているわけではないのだ。燃えているのは、病気によって立ち枯れつつある水仙の内部であり、桜に魅せられすぎた西行である。四首目の「炎昼」は、一般的には「炎えるように暑い昼」という意味しか持たず、火そのものとは関係がないと考えるのが妥当であろう。しかし、この歌においては「炎昼」の「炎」はたんなる慣用表現ではない。炎昼のどこかに「真白き芯」がある、とされている。この芯とは蠟燭の芯のような、燃えるものの中心あるいは熱源なのであって、炎えるように暑い昼はなにものかによって燃やされているのだ。そしてその芯は、百合をかかげた「乙女のかたち」――体が燃えているともされる天使《セラフィム》の姿を思わせずにはいない――であるとされている。こうした歌からは、卓越した幻視者としての水原紫苑という歌人のありようが浮かび上がって来るだろう。

完全な断定はできないが、おおよそ以下のように言えるのではないだろうか。つまり、『びあんか』の、そして水原作品の炎とは、まず「内なるほのほ」であり、それはいにしえの「憂ひの声」から生まれたものでもあるのだが、自らの身体や声や眼までもを焼灼する強さを備えた炎である、と。この病としての「内なるほのほ」は、情念と言い換えてもよいのかもしれない。焼尽する激しい情念、これは水原作品全体をつらぬく特性でもあるだろう。ただ、表層のレベルではその烈しさが示されることはなく、あくまでも歌はその端正なしらべを保ちつづける。それゆえにこそ、内なる炎を孕んだ歌は苛烈な強度を保ってもいる。

『びあんか』以降の歌集においても、現実の火というよりは言葉や像としての火が多いことは変わらない。その歌に内的な烈しさが秘められていることも、同じように指摘できる。

冬火事に遠きさくらも目ざむるをいまだ闇よと告ぐるすべなし　（『うたうら』）

言の葉をことごとく焼き滅ぼさむことだまの火を人と呼ばむか　（『さくらさねさし』）

舞ふさくらいつか炎となるものを知らで未生の罪に焼かるる　（『光儀』）

一首目の冬火事は、じっさいにどこかで起きたのかもしれないし、あるいはこれも幻想としての、想像のなかで燦然と輝きながら全てを焼きつくす冬火事なのかもしれない。しかしそれは本質ではなく、問題となっているのは「遠きさくら」である。冬の火事によって、ここから遠くにある桜の木が目を覚ます。この炎は、燃やし尽くす火でありながら、季節を飛び越えて桜を目覚めさせてしまうという魔性を帯びている。「言の葉をことごとく焼き滅ぼ」すという表現も強い印象を残す。言の葉をことごとく焼き滅ぼさずにはいない「ことだまの火」、それが人と呼ばれうる存在なのだ。人間がロゴスをもつ生き物であるがゆえに、この「ことだまの火」は人間そのものなのであり、言葉を支配し、言葉によって生かされている人間が言葉を焼き滅ぼしてしまうという意味では悲劇的な真理がここでは示されている。あるいは「未生の罪」に燃えさかる桜。炎に灼かれるのではなく「なる」ということは、それ自体が炎と化し、自ら燃えることを意味していよう。なにが焼かれるのか（桜の花弁だろうか？　桜の木だろうか？　作中主体だろうか？）、なぜ桜が「未生の罪」に焼かれるのか、こうした細部を想像することは読み手に委ねられているのだが、いずれにしてもこの炎は幻の、この世ならぬ世界の火であり、やはりおそらくは幻の桜を焼尽するものとしてあるのだ。

ところで、炎のモチーフは植物と密接に結びついているが（初期歌集から現在に至るまで、桜、薔薇、水仙、杉、椿など、じつに多様な植物と火が一緒に詠まれる）、もうひとつ見逃せないのは、「炎」と「水」の像が融けあう瞬間があるということだ。相反するこの二つの要素は、歌のなかでほとんど撞着語法的に結びつき、神秘的な世界を垣間見させる。

落日の海燃えにつつ戻りゆく藍の深さに魚眠るべし　（『びあんか』）

しづくする日輪のこと語りしが眉晴れやかに詩へ帰りゆく　（『うたうら』）

太陽を犯せし遠き兄おもふめざむればひとと湖底に居りつ　（『客人』）

シャンパンを運河にそそぐおこなひのきみとし見えてわれは火の鳥　（同）

くちびるに迫る夕日のつめたさを海に告げたり海はわらふも　（『さくらさねさし』）

ここまで見てきたのが、水の系列と火のそれであるとすれば、こうした歌にあらわれているのはこの二つの系の稀有で幸福なマリアージュである。落日の海は陽に照らされて燃えるようであるが、海そのものが燃えているわけではなく、水じたいは色をかえないし、太陽が沈めばすぐに海は暗い藍色に染められてしまう。太陽と海が邂逅する瞬間（「燃えにつつ戻りゆく」）を、太陽と海の両方の色と視点からとらえたところに歌の美しさがある。あるいは「しづくする日輪」という表現。本来ならば太陽が「しづくする」はずがないのだが、ここでも水と火という相反するはずのものが意図的に調和させられている。三首目で一緒に湖底にいた「ひと」とは、あるいは「遠き兄」本人であるだろうか。折口信夫の『死者の書』で「天の日に矢を射かけ」たとされる天若日子《あめわかひこ》をどことなく思わせるこの「兄」は、まさしく神話的な世界の住人だが、この歌からも太陽――湖底というコントラストが鮮やかに浮かび上がってくる。さらに、「運河」「シャンパン」と「火の鳥」という対比。「きみ」には水の系列《セリー》のモチーフが割り当てられ、それに対して「われ」は火の鳥となる。水と火とが融けあう歌については、色もコントラストの重要な部分をなす。全体を通して、赤や紅といった色と、青や藍といった深い色どうしを歌のなかに導き入れるということがしばしば行われているのである。ここでも運河の青と火の鳥の赤とがみごとに結び合わされているが、さらに「シャンパン」が歌の色彩にアクセントを添えている。（例を引けばきりがないが、特に初期の歌集、『びあんか』『うたうら』においては、水の歌のあとに火の歌が、火の歌のあとに水の歌が隣りあう確率がかなり高く、この二つが対として意識されているかのようであることも書き添えておこう。）
　この二つの系列《セリー》の融合は何を意味するのだろうか。たとえば、「白萩は夕べの運河　漕ぎくだる若き舟人ガストン・バシュラール」と『うたうら』にも詠まれた、バシュラールのことを考えてもよいのかもしれない。バシュラールは火・空気・水・土という物質の四元素のなかでも、とりわけ火と水を対としてとりあげていた。あるいは、「落日の海燃えにつつ戻りゆく藍の深さに魚眠るべし」の歌は、ランボーの有名な詩「永遠」を思い出させずにはいない。

Elle est retrouvée!
Quoi ? l'éternité.
C'est la mer mêlée
Au soleil.

再び見出された！
何が？——永遠が。
それは、太陽と溶けあった
海のことだ。

Mon âme éternelle,
Observe ton vœu
Malgré la nuit seule[3]
Et le jour en feu.

とわなる我が魂よ、
お前の誓いを守るのだ。
孤独な夜と、
燃える昼をものともせず。

　ただし、水原紫苑の作品においては、この融合を「永遠」というテーマが保証しているわけではないのだろう。さきに挙げたような歌は、そうしたある種の形而上学的な概念を基底にして作られたわけではない。たとえば「夕日のつめたさ」を海に訴えると、太陽を日々受けとめている海はそれを「わらふ」のである。しかしなぜ笑うのかは、普通の理屈では説明しきれまい。この笑いの理解不能性は、読者を拒みながらも魅了する。
　最初に述べたところに戻るならば、二つの系列《セリー》が融けあって不可思議な世界を作りだすのは、水原紫苑という歌人の可塑性のようなものとも関わっているのかもしれない。それは世界から世界へと自由に飛翔でき、あの世とこの世を自由に往還できるしなやかさである。

旅知らぬ大樹にわれは問はれゐつ落葉《らくえふ》ゆきし火や水の界
（『びあんか』）

『びあんか』に収録されたこの歌では、大樹に「われ」が問いかけられていた。自分が落とした落葉は、火や水の世界を旅してきたはず。それはどんなものなのか、と樹は問いかける。問いかけられた「われ」は、樹の言葉を聴きとることができ、落葉のさまざまな行路を知っている者として樹に選ばれている。「われ」にとっては火の世界も水の世界も木々の世界も、同じ

◉3　Rimbaud, *Poésies, Une saison en enfer, Illuminations*, Gallimard, 1965, p.196.

ように親しく行き来できるものとしてあるのだろう。そうであれば、たとえば作者が舞扇と夢で自由に交流したり、あるいはセーヌ川になったりすることさえも、ごく自然に納得しうることなのかもしれない。

舞はぬ日の扇さびしも夢に来てみづからひらくその身紺青

（『うたうら』）

ノートルダム寺院の歩むしづけさをわが身セーヌと化《な》りて知るべう

（『さくらさねさし』）

●花――さくら――犬

水と火のテーマから離れて、最後に、「さくら」の歌について軽く言及しておきたい。このテーマに触れるのは、これらが特権的な主題ということもあるが、それ以上に、こうした歌が不気味に感じられるからという理由による。花の「桜」、愛犬「さくら」、いずれもただならぬ妖味を帯びている。時として水原作品における〈桜〉は、『あかるたへ』の「戦争の木」のような魔の樹木に、また〈さくら〉は、まるで陰陽師の形代のような存在のようにも見える。もはや犬はイヌであることをやめている。

単なる思いなしかもしれないが、〈桜〉の歌には愛の欠如を、〈さくら〉の歌には愛の過剰を、見いだせるような気がする。

水原は桜の歌を多く詠んでいるが、いずれも凄味をたたえた歌であり、そこに無邪気な花への愛を見いだすことは難しい。近年上梓された『桜は本当に美しいのか　欲望が生んだ文化装置』（平凡社新書）を読むと、この歌人がいかに桜に魅了され、惹かれている（あるいは、取り憑かれているのだろうか？）かよく分かるが、その興味の源泉にはおそらく愛というよりむしろ、違和感や畏怖の感覚がある。何より、著者本人が、桜が好きではなかったことを告白しているのだから。

そして、いわゆる相聞歌がきわめて少ない作品群全体のなかで、師弟愛があらわされているいくつかの美しい歌を例外とすると、作者本人が何らかの具体的な存在への「愛」を直接に表現しているのはほとんど〈さくら〉へ愛を向けるときのみである。だがその愛は、一般的な愛玩動物への素朴な愛情からは大きく逸脱している。

花の奥にさらに花在りわたくしの奥にわれ無く白犬棲むを

（『あかるたへ』）

ははそはがわれに爲せしを犬に爲す愛もて魂《たま》を縛りゆくかも

（『光儀』）

わが犬を女優となさばフェードルをまづは見まほしその告白を

（『えぴすとれー』）

「わたくし」の深部に棲みつくというこの「犬」は、いったいどのような存在なのだろうか。「わたくし」の魂のかわりに詠まれるのは、愛によって縛められた犬の「魂」である。母から「わたくし」へ向けられた呪縛的な愛が、今度は「わたくし」から犬へと流れ込む。この愛を〈さくら〉がどのように受け止めているかは、「わたくし」が母の愛をどのように受け止めたのか分からないのと同じように描かれない。「女優」となってフェードルの最期の長台詞を発する犬というモチーフに垣間見られるかすかなおかしみは、この愛の非対称性のさびしさと危ういバランスを保っているように思われる。

川に散るさくらはなびら　人に散るさくらはなびら　われのほとより

（『えぴすとれー』）

「ほと」から桜を舞い散らす存在は、神秘的な（あるいは「女性」的な）地母神的形象を帯びている。この「ほと」は、アクセントとしてはたらきながらも、決してどぎつい印象を与えないが、それはこの歌にも〈さくら〉へのまなざしに見られたのと同じすぐれた均衡感覚があるからである。このバランスも、おそらく水原紫苑という歌人の可塑性によってこそ保証されているのだろう。

● 補遺：薔薇の棘としてのポリティーク

テマティックという論の性質上本論では扱うことができなかったが、とりわけ二〇一一年の東日本大震災を詠った連作から始まる『光儀』以降、暗く脅威を深めてゆく世相に呼応して、水原作品において政治的な諸問題への警告が比重を増してゆくことになる。このことは重要な要素として指摘されるべき点であろう。

フクシマや山河草木鳥獸蟲魚砂ひとつぶまで選擧權あれ

（『光儀』）

「選擧權あれ」という力強い言葉は、福島のみならず地球規模で自然が環境破壊によって危機に瀕している現状を、わたしたちに忘れがたく思い出させずにはいない。だが本稿筆者としてはむしろ、アクチュアルなメッセージ性を帯びた歌群が、一見政治的なところからは程とおく見える夢幻的な歌と驚くほど調和していることに着目したい。

薔薇咲けど哲人知らず共和國憲法になき棘のくれなゐ

（『えぴすとれー』）

この棘を蔵した「薔薇」に、わたしたちは水原作品における政治性の喩を見て取ることもできるだろう。棘は薔薇の美しさと不可分であり、可憐な花の奥に秘められることによっていっそう強い力を放つ。すべてが政治的な批判性を帯びているようにも見えてくるが、同時に、政治的に見える歌のうちにも水原作品の夢幻性の詩学が惜しみなく注ぎ込まれている。
もとより水原作品においてメッセージが暗号のように隠されていることは稀ではない。一例を挙げよう。

呪ふべきいくたり在りてたましひのほの明りせり　ジルベルト・ド・サンルー　（『光儀』）

ここで作者はプルーストの『失われた時を求めて』のヒロインであるジルベルトの名を何気なく出している。しかしなぜジルベルトなのか？　その答えはおそらく「サンルー」にある。語り手の初恋の相手ジルベルトは、語り手の友人である貴族のサン＝ルーと結婚して以来、ユダヤ的出自を示す「スワン」という名、その名を持つブルジョワだった亡き父を恥じて、自身の出自を頑なに隠す。この忘恩的行為ゆえに、サン＝ルーは後ろ暗い名前なのだ。「ジルベルト・スワン」ではなく、音を増やしてまで「ジルベルト・ド・サンルー」を選んだのはそのためだろう。「呪ふべきいくたり」という言葉や「たましひのほの明り」の意味も、この文脈を踏まえることによって初めて見えてくる。むろん、ジルベルトの複雑な出自やサン＝ルーとの恵まれない結婚という背景のみからこの歌の魅力を汲み尽くすことはできないが、サン＝ルーという名が解釈の「はずみ déclic」になることは間違いない。こうして随所に隠された暗号は、読者に読み解きの愉しみや一定の解釈格子を与えると同時に、ある種の選別装置としてもはたらく（冒頭で、水原紫苑の歌が時として読み手を選ぶ、と書いたことの理由のひとつはここにある）。
ある面から見ると、この韜晦は読者を当惑させるものでもあるだろう。しかし作品の政治性という側面から見ると、この難解さや秘儀性は更なる魅力と重要性を帯びて現れる。

天皇に憑かれし数多《あまた》とりわきて折口、三島、色ふかきかも　（『光儀』）

教皇はなにゆゑつねに老いびとかみどりごにても愉《たの》しからむに　（同）

天皇制へのこの微妙な距離感（この点については『光儀』中の詞書で水原本人がめずらしく自身の出自との関係について触れてもいる）は、ここできわめてデリケートな深部にまで食い込んでいる。男色と深い関わりをもつ折口、三島という名だたる文人が「色ふかし」の表現とともに「天皇」に取り憑かれた存在として選ばれていることに、わたしたちはある種の批評性を感じ取らずにはいられない。そして一見素直にすら見える詠み振りで提示されている「教皇」も、こうした鋭い視線のもとに捉えられていると考えてみなければならない。

梅香る力の源何ならむ獅子にも非ず虎にも非ず　（『えぴすとれー』）

ソクラテスとソフィストのあはひ生と死のきりぎしならめ葡萄實れる　（同）

匂やかに香る梅は、本当の「力」の所在が、人間同士を殺し合わせてきた権力とは違うところにある可能性を示唆している。同時に、人間には不可視の力を漂わせるこの「梅」は、もしかすると『光儀《すがた》』以降しばしば言及される原発の問題の謂でもあるのかもしれない、と読者は想像を誘われる。

「共謀罪」や「亡命」という緊迫した文字列とともに、『えぴすとれー』には何度かソクラテスの名が登場する。「究極のソフィスト」であり、だが同時に「真理に命を捧げた」哲学者でもあるソクラテスは、「生と死のきりぎし」から引きずり出され、死を与えられた。もちろん水原紫苑の視線はソクラテスから現代へと直接向けられている。

二〇世紀の政治哲学者であるレオ・シュトラウスは、その重要な論考「迫害と著述の技法」において、「迫害が生み出す特殊な著述の技法」として「あらゆる決定的に重要な問いへの答えがつねに行間にのみ提示される」[◉4]ことを挙げた。水原作品に見られる政治的な示唆ととれる表現も、ある意味では「著述の技法」に重ねうる可能性を秘めたものだろう。だがやはり「棘を蔵した薔薇」という表現を使いたいと思う。これらの政治的示唆が、作品世界全体の構造と地続きのところにあることにこそ、水原作品の魅力があると感じるからである。作品世界という「透明伽藍」は、時に「ジルベルト・ド・サンルー」ほどの隠微な符号を読者に送る。「行間」に隠されたこの目配せは、届かないことも、誤配されることもあるだろう。しかし美しい薔薇に秘められた棘というかすかなメッセージは、「虎や獅子」の爪や牙のようなむき出しの威嚇よりもはるかに、その魅力によって読み手の心に長く忘れがたい印象を残すのである。

（本稿の初出については一三五ページの◉1参照）

◉4　Leo Strauss, « La persecution et l'art d'écrire », dans *La persecution et l'art d'écrire* (traduit par O. Sedeyn), Paris et Tel-Aviv, Éditions de l'éclat, 2003, pp. 23-42.

恋・おぼえていますか

寺井龍哉
Terai Tatsuya

水原紫苑『えぴすとれー』

私はどこから来たのか。私はどこへゆくのか。そう問いなおすことは、いまここの生そのものへの疑いにつながる。過去の記憶や僻遠の地を去来させつづける歌集だ。題名はギリシャ語で「手紙」の意味という。

山霧《き》らふさくらのまひるわたくしが雨の言葉にかたられゆくも

言葉を操るはずの私を、逆に「雨の言葉」の主体的な動きの対象としてとらえる。雨が降ってはじめて明確になるほど淡い自己の輪郭が再び美観に溶出する。

コスモスのみだれ咲く野にわたくしを忘れて來たり死にあへぬかも

秋の景色に触れた忘我の境のまま、生がさだかでないゆえに、死ぬこともかなうまいと思う。転身譜がはじまる。

金木犀、死後も香るや忘られし傘となりても汝が香を聞くや

私は死後、「忘られし傘」に変ずるらしい。生前の感官の残存が発想されるのは、すでに直覚が肉体の束縛を超越しているからだ。「や」の押韻に執心が宿る。

風なりしわれを呼びとめ銀の笛に變へたるひとよ母には非ず

想念はやがて未生の自己へ至る。「風」も「銀の笛」もその鳴る音を思わせ、「母」でなき「ひと」の神性を示唆する。現在の「われ」もまた歌う存在なのだろう。

水銀《みづがね》となりたるわれは愉《たの》しきろ富貴《ふつき》の喉《のみど》に忍び入るかも

もののすきま光りてみゆるこの朝《あした》カエサル暗殺われがなせしか

くちびるに神いますゆゑ冬の夜の全天星座わがくちづけす

時間と空間の制約を脱すれば富裕や権力を標的とする残酷な欲望が顕在化する。左の一首目は、かくも自在な身にも越えがたい、沖縄の地との巨大な懸隔を強調する。

生きかはり死にかはりても沖縄の傷にわれらはふるるあたはず

夜のいづこ父の軍馬のよみがへり敗戰記念日のワルツを踊る

戰爭は殺人にしてさあらずとケロイドに告げ山河に告げよ

不穏な社会状況の影も濃い。戦争への憎悪と「父」を持つ事実を抱えた苦渋、「戰爭」を「殺人」と換言する強硬さに、歴史の内奥へ潜入する意志を見た。

死後の戀つららのごとし劍《つるぎ》よりするどく闇をつらぬけるかも

瀧の母みづなき天のさくらなりさくら散るとき瀧はめつむる

現在の自己が曖昧になると、誰かを恋い慕う情念の行方はどうなるか。関係の構築を希求する「戀」は、生命の有限性をも超越して強烈な威力を持つ。「天」に色づく桜花を「瀧の母」と見て、その散り際に「瀧」は瞑目する。散花の美しさに奔流がなめらかさを失い、ぎこちなく波立つような光景を読みたい。死の背面に恋はある。

ボリス・ヴィアンに心臓抜かれてかへり來る坂道、教會なべてくれなゐ

蟲の音のはつかに狂ふゆふぐれをローゼンクランツ、ギルデンスターン

小説『うたかたの日々』の作家は哲学者の身体から血を滴らせながら心臓を引き抜いて見せ、「ハムレット」の従者二人は王子の復讐劇に巻き込まれて落命した。見ぬ世の死者が、孤独感に拍車をかける。古代壁画に材を得た連作「ポンペイ展」も楽しいが、「春の日の呉服店にて帯買へば天竺までもとどく長さや」のような底抜けに明るい作の僅少から、歌人の憂悶を推すべきだろう。

わたくしを取り戻すべく國家とふまぼろしを射む銀の矢もがも

あかときは永遠の泉絶ゆるなき連續殺人おもほゆるかも

巻末の「夏鳥」から二首、連作冒頭の詞書には「二〇一七年六月十五日共謀罪法案超強行採決」とある。現状の打開を志しつつ災厄の予感に苛まれる顔貌は今、見ておこう。矛盾や分裂を包摂して歌がある。

世紀病めりしろつめくさの首飾り編みつつ呪ふすべ知らなくに

「暴力のかくうつくしき世に住みてひねもすうたふわが子守うた」（齋藤史「魚歌」）を思わせる。「すべ知らなくに」は韜晦らしい。呪能を確信しつつある一冊である。

（「歌壇」二〇一八年四月号）

眼をみひらいて、時代を

水原紫苑『えぴすとれー』

睦月 都
Mutsuki Miyako

帰《かへ》りたるわれのそびらに瀧流れ白犬さくらつめたしと言ふ

秋刀魚焼きて人間界にかへるかな昨日は雲と葡萄酒飲みき

水原紫苑はかつて和泉式部を「あくがれ」の歌人と呼んだが、水原自身もまた、現代のあくがれの歌人ではないかと思う。その魂は千々に乱れ飛び、過去世も来世も、天も地も、変幻自在に姿を変えて遊びまわる。それは第九歌集『えぴすとれー』に至っても変わらず、いやむしろ、イマジネーションはどんどんと自由に、軽やかになっていっているようである。

だが、その魂のやがて帰るべき肉体は、私たちと同じく、この時代の危機におかれている。

白椿〈都鳥〉咲き永遠に言問はむ者けがれやすきを

二〇一五年四月から二〇一七年六月までの歌が収められる本書には、現代日本の政治や世界情勢が多く詠みこまれている。この世ならぬ、美しくも禍々しい世界を志向してきた水原の歌に、政治は暴力的に迫りくる。政治を詠むか詠まないか、歌人には二つの選択が許されているが、水原は肉体がけがれることも、傷つくことも覚悟の上でそこに立ち、声を上げることを進んで引き受けた。

藤棚の下《もと》にあふぎを開くとき数かぎりなき藤の眸《め》が見つ

かの斎藤茂吉の〈沈黙《ちんもく》のわれに見よとぞ百房《ひやくふさ》の黒き葡萄に雨ふりそそぐ〉を彷彿とさせる一首。昭和二十年、第二次世界大戦終戦直後に詠まれたこの歌には、かつて翼賛的な歌を多く詠んだ自らへの沈鬱なる思いが込められている。掲出の水原の歌では、秋の葡萄ではなく春の藤棚に、「見よ」とも言われず、今はただ無言で見つめられている。この対応に、作者の内に〈今〉を戦前と捉える心があるように感じるのは、少し読み過ぎだろうか。

日本死せりさあれ夏鳥《なつどり》よみがへれ青人草《あをひとくさ》の繁き叫びに

『えぴすとれー』を締めくくる連作「夏鳥」冒頭の一首。「二〇一七年六月十五日／共謀罪法案超強行採決」という詞書をもって始まるこの連作に、私は鼓膜が痺れるほどに力強い声を聞いた。名もなき無数の眸《め》に見つめられながら、歌人はすでにその大きな眼をみひらいて、この時代を、この世界を見つめている。

（「短歌」二〇一八年五月号／角川書店）

たましひの泥をぬぐへば

今月の歌

盛田志保子
Morita Shihoko

鳥歩む春を生きつつ日本語を超え得ざること怒りのごとし

沖縄戰に死にたる伯父よ一生《ひとよ》われにきみがうらみをうたはせたまへ

ゆけと言ひかへれと言へる虹色のインコ一羽がわが心かも

たましひの泥をぬぐへば見知らざる旅人ひとりいぶかしげなる

地下へゆく電車ははつかはにかみつつ陽《ひ》と別れたり　コスモス

（水原紫苑歌集『如何なる花束にも無き花を』本阿弥書店より）

声に出して読み、書き写したくなる歌集。歌いたいことがある、それが歌人なのだと思う。戦争のこと、日本への眼差し。「鳥歩む春」という始まりから導き出される「怒り」。「虹色のインコ」は他の何物にも代えがたい。泥まみれのたましいを拭いてやればそこに見知らぬ旅人がいたという四首目。涙が出る。地下鉄が地上の光と別れて潜る一瞬をとらえる五首目。一字空けのコスモスのまばゆさ。八月十五日が発行日の第十歌集。誰のまねもしなくていいのよ、とはかつて氏から頂いた言葉。ずっと大切な道標である。

（「未来」二〇二〇年十一月号／未来短歌会）

歌言葉の明度と暗度

水原紫苑『如何なる花束にも無き花を』

栗木京子
Kuriki Kyoko

二〇一七年九月から二〇二〇年五月までの四七二首を収める第十歌集。作者は現代歌人の中で屈指の文語の遣い手である。単に古典の知識が深いとか古語のボキャブラリーが豊かというのみでなく、みずからの心身をくぐった表現として文語を操っているところがじつに見事である。水原の歌は修辞や文法に縛られるということがない。だから読者も堅苦しさを少しも感じることなく、作品世界に心を遊ばせることができるのである。

卵黄に春の曇天あふれつつ死に死に死にてあかるきものを　82

風の音《と》のとほきわたくし見えわたる水の折口信夫もぢずり　89

一首目は空海「秘蔵宝鑰」の一節「死に死に死にて死の終りに冥し」を踏まえているが、孵らなかった命の形としての卵黄にあかるさを見つけたことに注目した。一首を構成する言葉の明度と暗度の対比が印象深い。二首目は「折口信夫」の「信夫」から「しのぶもぢずり」を導き出す手法が鮮やかである。初句の枕詞「風の音の」の情趣と相俟って、理屈や整合性を越えたのびやかさが伝わってくる。音の響きが心地よいのである。

イチローを見しよりつばさきららかにたれも歩めり黄昏《くわうこん》を知らず　105

白萩に幽《かく》るるをとめテレーズと名づけたりけりたまかぎる夕《ゆふべ》　181

人名の出てくるこの二首にも惹かれた。一首目はイチローファンの面目躍如たる歌。ここまでうたい切る作者の純粋さこそがきららかである。結句を否定形で収めたことで歌に錘が付いて余韻が深まった。二首目のテレーズはモーリアックの『テレーズ・デスケルウ』の主人公であろうか。あるいは自伝『小さき花』を遺して夭折した修道女テレーズかもしれない。「名づけたりけり」の格調高い韻《ひび》き。それに続く結句「たまかぎる夕」のうるわしさ。両者が歌の空間に重層性を与えている。

意味としらべの蜜のような融合を楽しめるこうした歌がある一方、本歌集には戦争や天皇制や国家などに寄せる確固とした眼差しを感じさせる歌もある。

沖縄戰に死にたる伯父よ一生《ひとよ》われにきみがうらみをうたはせたまへ　24

不可解のものとして視る皇后のなみだ百重なすポリスの彼方　27

大和歌の源ゆきて裁くべしたまきはるわがうちなる天皇制　28

ヘレネーの胸よりしろき白藤《しらふぢ》の沈默ひかり國とは何ぞ　39

一首目、陸軍中尉であった伯父（母の兄）への思いはこれまでの歌集でも詠まれてきたが、首里城が火災で失われた嘆きの中で下句の祈りが強く甦るのである。二首目は元号が令和に変わり即位式が行われた折の歌。厳重な警護体制の向こうの「皇后のなみだ」に注視しているのが作者独自の天皇制へのアプローチと言えよう。三首目の「裁くべし」には大和歌につながる者としての気迫がこもっている。さらに「わがうちなる天皇制」からは山中智恵子の「昭和天皇雨師《うし》としはふりひえびえとわがうちの天皇制ほろびたり」へと呼応する声が聞こえる。四首目の白藤の沈默には斎藤茂吉の「沈默のわれに見よとぞ百房《ひやくふさ》の黒き葡萄に雨ふりそそぐ」の葡萄の沈默が重ね合わされているような気がする。ただ、ここで白藤の花にギリシア神話の乙女の胸を幻視したのがまことにつややか。作者ならではの美意識が戦争や国家の歌にも縦横に息づいていることに圧倒される。

また、本歌集に詠まれた歳月の中で、作者は愛犬さくらを失うという悲しみに遭遇した。

もののふの八十《やそ》白犬のその中ゆわれに來たりし言靈《ことだま》さくら　148

瓜《うり》食めばましてしのばゆ亡き犬はわれにあらざる人を愛しき　170

さくらと出会って十八年余りの歳月をともに暮らしたことは、まさに奇跡であった。ただ、無償の愛を注いできたさくらは「われにあらざる人を愛しき」というのである。さくらが愛したのは、象《かたち》をもたない存在だったのだろうか。深い。そして切ない。こうした謎が仕掛けられているのも、本歌集の大きな魅力と言えよう。

（「歌壇」二〇二〇年十二月号）

リルの老犬

水原紫苑——エッセイ

大学四年の夏から秋に三カ月フランスに行った。一九八一年である。

日本の高度成長期で、日本人がエコノミックアニマルと呼ばれて、世界中で忌み嫌われた時代である。今の中国の勢いを何十分の一かにして、想像してみてほしい。

円高で、海外渡航には好都合だったのである。

しかし、私自身は、世界情勢も知らず、親がなけなしのお金で行かせてくれたことも全く考えず、脳天気だった。若くて元気で、怖いもの無しだった。

まず八月はフランスでいちばんきれいなフランス語が残っているというトゥールの町で、ホームステイをして語学学校に通った。ロワール河のほとりのお城巡りもしたし、ホームステイ先の北欧人の少女たちと仲良くして、それなりに楽しかったが、私は早くパリに行きたくてたまらなかった。白い家が並ぶ静かな町は、好奇心の塊だった私には、刺激が無さすぎて物足りなかったのである。

九月になって一人でパリに行き、最初はホテルに泊まっていたが、運良くロータリークラブのジュニア組織を紹介してもらい、パリのブルジョワ家庭の若者たちのアパルトマンに一週間ずつ泊めてもらえることになった。

これは望外の幸せだった。ブルジョワ家庭といえども、子どもたちは自分で生計を立てているから、ルームシェアをしたりして、それなりに慎ましい暮らしをしている。そうした若いパリジャンたちの生活に入り込ませてもらった私は、プチットジャポネーズ（小さな日本の女の子）と呼ばれていた。今から考えてみれば、キリスト教的な慈善活動の一環だったのかも知れないが、実にありがたいことだった。

共同生活をしていたマリエルとアニック、新婚のフランソワとヴェロニック、そしてプジョーに勤めていたディディエ、この三組のアパルトマンにお世話になった。昼間は一人でパリの街を歩き、夜は劇場に行ったり、家で夕食を共にしたりした。そして、それぞれの実家にも連れて行ってもらったのである。

マリエルは北部のリルという町の出身だった。彼女はとても真面目で誠実な人柄で、自由奔放なルームメイトのアニックとはうまく行っていなかった。言い争いの現場に立ち会うのは、居候の身としても気まずいので、マリエルと二人だけの小旅行はいっそ気楽だった。

パリのアパルトマンはエレベーター無しの屋根裏部屋だったが、実家は立派なお屋敷で、やはり背の高い気難しそうなお父さんと、太って優しい感じのお母さんが迎えてくれた。大きな犬が部屋にいたのが何よりうれしかった。身体の毛色は忘れたが、茶色の耳が垂れていたのを覚えている。真っ先に近づいて撫でさせてもらった。

どうもこの犬は庭で飼われていたのだが、もう老犬なので家に入れてもらったらしく、お父さんが、犬を外に出せと言うと、お母さんが、「だってもうこの犬は来年はいないんですよ」と庇っていた。もう来年はいない、という言葉の意味が、当時の私にはわからなかった。

だが、それから何十年も生きて、最後の愛犬さくらを失った今だと、しみじみとよくわかる。あのお母さんはきっと今の私よりも若かっただろうが、命というものを知っていたのだ。

プチットジャポネーズの私は、お母さんの美味しい料理をご馳走になった。マリエルもすっかり家の娘に戻り、お母さんはいとしそうに、お前はもうパリジェンヌだからねえ、と洋服などについての意見を求めていた。

だが、お父さんは食事が終わると、暖炉の傍で葉巻を吸いながら、「われわれのフランスは、古い国だからもう疲れている。日本は新しい国だから日の出の勢いだな、結構なことだ、ワッハッハ」と、私を睨みつけた。この成り上がり者めらが、という口ぶりである。

私はびっくりして言葉もなかった。日本がフランスに比べて新しい国だとは考えたこともなかった。いいえ、日本には千年以上の文化がありますなどと言えたはずもない。

結局これが、三カ月の旅でいちばんの苦い記憶になった。それでも翌日は、マリエルと車で国境を越えて、ベルギーに入り、フランスとは違う整然とした街並みを眺めた。まだＥＵの無い時代だったのだ。

最後はお父さんも、もう嫌味は言わずに送り出してくれた。

あれからもう四十年近い時間が経ってしまった。あの老犬は、本当に翌年までは生きられなかったのだろうか。お父さんやお母さんはご存命だろうか。

そのあと二回パリに行ったが、いずれも短期間である。フランス留学の夢も叶わなかった。両親の介護もあって、フランスは遠ざかる一方だった。

けれど今年、もし健康が許せば、もう一度パリに行こうと思っている。パスポートは取った。しかし、心身虚弱なので、ぎりぎりまでどうなるかわからない。

さくらはフレンチプードルなので、フランス原産の犬だった。その故郷を訪ねるというのがひとつの目的である。

もし本当にパリに行かれたら、そして、さくらにそっくりの犬たちに出会ったら、私はいったいどうなるだろう。うれしいような怖いような、不思議な気持ちだ。

また、もしリルの老犬の生まれ変わりがいたら、会ってみたい。そして言いたいのだ、プチットジャポネーズを覚えていますか、あの時はありがとうと。

（ウェブサイト「うたとポルスカ」二〇二〇年一月二十七日）

水原紫苑——論考&エッセイ

山中智恵子私論

山中智恵子の言葉でとりわけ心に残っているものがいくつかある。

「私の歌はすべて恋」

「葛原さん、あの方は天才ね」

「私は理性が強すぎるから」

幸いにも晩年お目にかかる機会に恵まれて、直接耳にした言葉である。

すべての歌が恋であるというのは、一九九三年の川崎での三枝昂之との公開対談の言葉で、聴衆の一人として疑いなく受け入れられる気がした。このあと三枝家に私まで厚かましくお邪魔させていただき、山中智恵子に初めてご挨拶をした。大変素っ気なかったのも印象深い。

この言葉は本論の鍵でもあり、あとで述べる、晩年の傑作昭和天皇誄歌《るいか》にも関わって来る。

二番目の言葉については既に砂子屋書房刊の全歌集の栞でふれたし、晩年の山中智恵子の作品の葛原妙子との類縁も指摘した。

とはいえ葛原妙子は不世出の大歌人だが、むしろ愚直なまでの努力の人であって、天才というイメージではないのではないか。いいえ天才はあなたでしょう、と私は山中智恵子の巨大な存在を見上げながら心の中で呟いたものだった。繰り返されたあの言葉は本当だったのか。

理性が強すぎるという言葉は新鮮だったが、真実であろうと思った。幼い日に死のうとして洗面器に顔を浸したとも聞いたことがある。研ぎ澄まされた理性の極致に一首の冴えた狂気は訪れるものだったのに違いない。

逆説的だが、だからこそ、真の危機に遭って、歌人はひとたび激しく狂ったのであろう。

いつお目にかかっても、山中智恵子は正気を超えて正気だった。定宿の山の上ホテルでよく一対一で天ぷらをご馳走してくださったものだが、何を質問しても答えは一言で返って来た。歌人についても作家についても、「あの人はいいわね」あるいは「駄目ね」と言われたあとには一切の説明がなかった。関西風の上品なお好み天ぷらのコースで、必ず百合根を注文された。

そして私の歌に気に入ったフレーズを見つけると、「それはいいわね」と言われ、あっという間にご自身の歌の一部にされていた。たとえば「あかねさす狂女」もそのひとつである。

山中智恵子にとって、若かった私そのものがご自身の一部であったのかも知れない。四十を迎えたと告げると、微笑んで「あわれ」と言われた。自他の区別などない玄妙な領域に、あるいは辿り着いていたのかも知れない。

山中智恵子の歌人としての生涯は大きく二つに分けられよう。『空間格子』『紡錘』『みずかありなむ』『虚空日月』『青章』『短歌行』までの前半と、『星醒記』『星肆』『神末』『喝食天』『鶺鴒界』『夢之記』『黒翁』『風騒思女集』『玉蜻』『玉萎鎮石』『玲瓏之記』に未刊歌集『青扇』を加えた後半である。

戦後短歌の金字塔として、人口に膾炙した作品の多くは前半に成されている。特に歌集の名を挙げるなら塚本邦雄が認めたように、『紡錘』『みずかありなむ』『虚空日月』であろう。

後半は伴侶を亡くされたのちの心の病により、ほとんど自動筆記に近い膨大な『星醒記』『星肆』の一対の歌集に始まるが、徐々に癒えて、『夢之記』では昭和天皇誄歌を含む晩年の老木の花と言うべき境地に達している。そして最終歌集とみずから記した『玲瓏之記』に至るまで、前半の絶唱とはまた異なる神韻縹渺とした世界が立ち現れている。

正直に言えば、私は晩年の作品の真価を充分理解することができずにいた。次々に刊行される歌集を傍らにしながら、『紡錘』や『みずかありなむ』の幻を追い続けていた。

しかし今回全歌集を読み返してみて、それがいかに偏狭な見方であったかを痛感した。実は後半にも、韻律内容共に素晴らしい秀歌がいくらでもあるのだ。

だが、矛盾するようだが、前半の超弩級の名歌の連続には抗することができず、三十首のうち実に二十首までは前半の作品となった。それも前半の名歌の数々を泣く泣く落とした上のことである。万が一山中智恵子が冥界でこの結果を見たとしても、おそらくは許していただけると信じている。

山中智恵子の歌が他の歌人とは全く異なる秘密は何か。全歌集下巻の解説で、樋口覚はそれを星と天文を中心に読み解いている。

内容から見ればたしかにそうだと思うが、私には全歌集上巻の馬場あき子の解説が、実作者の生理として納得できるものだった。

馬場あき子が指摘しているのは、山中智恵子の文体の独自性である。


いづくより生れ降る雪運河ゆきわれらに薄きたましひの鞘　『紡錘』

たとえばこの一首で、馬場は、「運河ゆき」に傍線を引いて、この部分が歌に不可解かつ妖しい魅力をまとわせていることを看破する。

「運河ゆき」の主語は誰か。「雪」かあるいは「われら」か、全く明瞭ではない。

古典和歌においては、序詞や掛詞の機能によって、一首の主体を複雑にすることで、三十一音という短い詩型に多くの詩的情報を盛り込む方法が異常なまでに発達した。現代の私たちにとって古典和歌が読みにくい一因である。山中智恵子の文体は、それとも近く感じられるが明らかに別のものだ。

「運河ゆき」の主体は、言ってみれば言葉の生まれた古代と現代とを自在に往還できる、顔の見えない他者ではないのか。それこそが山中智恵子の歌のひそかな恋の相手であるのかも知れない。


わが生みて渡れる鳥と思ふまで昼澄みゆきぬ訪ひがたきかも　『紡錘』

この歌はどんな場面だろうか。光の眩しい昼の空を鳥が渡っている。だが、その鳥は自分のうつしみが生んだのではないかと思うほど宇宙は澄んでいるのだ。ここまではわかる。結句の「訪ひがたきかも」とは何だろうか。目を閉じて恍惚と漂っているような調べの最後に、私はその他者を訪ねることができないという切羽詰った言挙げが突然入って来る。この他者とは誰か。

ここでそれは神、と言ってしまうことはたやすい。しかし、本当にそうだろうか。

無辺際の落下にあればためらはず神と垂直にわが身を投げむ　『空間格子』
柿の枝の黒きをみれば神にすら見せぬ素顔となりてゆくらし

このような慄然とする歌も初期にある。ふともこぼれた魂の肉声であるかも知れない。「神と垂直に」とはいかなる角度か。「神にすら見せぬ素顔」を見る者はいるのか。

「巫女」「神妻」とものちに呼ばれた山中智恵子は、少なくともこの時点では神とは冷徹な距離を保っていたのではあるまいか。とりあえず私は神よりも他者という言葉を用いておきたい。

うつしみに何の矜恃ぞあかあかと蝎座《さそり》は西に尾をしづめゆく
『空間格子』

この歌は、『空間格子』巻末に置かれていて、いまだ生硬な習作の文体から、山中智恵子の「紋章」が現れる瞬間を示しているとも言えよう。

ここには不明瞭な他者は一見いないが、三句目の「あかあかと」は他者である「蝎座」の描写でありながら、微妙に上下に掛かっている。すなわち「うつしみに何の矜恃ぞ」自体が、「蝎座」の孤独におのれを重ね合わせて、契り合う、死に向かう恋の言葉のようにも感じられるのだ。

水甕の空ひびきあふ夏つばめものにつかざるこゑごゑやさし
『紡錘』

この歌では、「水甕の空」「ひびきあふ」「ものにつかざる」「こゑごゑやさし」がすべて謎である。

水甕に映った空を飛んでいる夏つばめの声なのか。それが何と響き合うのか。「こゑごゑ」であるから夏つばめ同士の声か。あるいは「われ」とであろうか。

「ものにつかざる」とは現実世界の「物」すなわち物質物体から自由であるということか。そして結句の「やさし」は「羞し」でもあろうから、いったい誰が羞じらうのか。これもまた「われ」か。夏つばめの自由に対して人間のわが身を羞じらうのか。

ただ直感できるのは、この「夏つばめ」もまた、山中智恵子の恋すべき他者の表象にほかならないだろうということである。「ひびきあふ」のは魂の契りであり、それゆえの「やさし」である。

大事なのは、ここにはいつも見えない他者がいるということである。それこそが「存在」であったのだ。

たまかぎるほのかに瞼あはせたる存在の扇流れゆくはや
『虚空日月』

『みずかありなむ』では、いよいよその他者の存在が顕現して来る。

塚本邦雄が「うたはこころざしのみならず」と『みずかあり

なむ』を厳しく裁断したのも、その顕現を畏れたのではあるまいか。それはおそらく記紀万葉以前に遡って、久しく封じ込められていた「怪力乱神」を三十一音を以て呼び出すことだったからだ。

乱神を語らぬ掟脱けたりし抒情詩よわがゆくへしらずも
『虚空日月』

そして馬場あき子が歌の同志として指摘するように、ここには現実の安保闘争の敗北が濃い影を落としている。

その問ひを負へよ夕日は降《くだ》ちゆき幻日のごと青旗なびく
『みずかありなむ』

この問いとは、紛れもない戦後日本社会への問いであるが、同時に、言葉以前の「存在」がどこからどのように訪れて来るのかという古代への根源的な問いでもあるのだ。その両方の文脈が交わる決定的な頂点が『みずかありなむ』であり、続く『虚空日月』ではより流麗かつ妖艶に文体が円熟する。

詩歌としての美しさなら『紡錘』には既にすべてがあった。だが、たとえば『みずかありなむ』における、崇神紀を詞書として、未然の事柄を識る巫者の言葉それ自体に成り代わった主題制作「會明」の、天の極と地の極が呼び交わすようなポリフォニーの底深い迫力は、『紡錘』における、ギルガメシュ叙事詩をおのがものとした主題制作「塔」の、たおやかな高音のアリアをはるかに陵駕する。

青き旗なびくこころに水を乞ふひたぶるこへばわが髪くらし
夕まぎる水際のみのあかるさに殺《と》らしむ眼《まなこ》なほ洗ふかな
鳥あそぶ鳥にたぐひて逆立てる空とほく神はわが背にいます
「會明」『みずかありなむ』

一首目、「水を乞ふ」のは「われ」であろうが、「青き旗なびくこころに」とは誰の心か。他者そのものではないか。ここで他者は山中智恵子と声を重ねるように、水を乞うているのだ。だからこそ結句の「わが髪くらし」と「われ」は最後に省みられる。自分の中に入って来る他者との交信を締め括る七音である。憑依した魂がふと離れたのかも知れない。

二首目、「殺《と》らしむ眼《まなこ》なほ洗ふかな」の他者に眼を殺される準備の澄みきった静けさは、「夕まぎる水際のみのあかるさに」の中に既に他者が来ていることを匂わせる。これは他者の声なのだ。

三首目、初句でまず切れ、「空とほく」で切れ、「神はわが背にいます」という尋常ではない事挙げがやって来る。「鳥にたぐひて逆立てる空とほく」とは何か。鳥が羽根を逆だてるように他者である空は今、「われ」を遠く拒もうとする、その声だ。しかし怖くはない。「空」の分身の他者である「神」はみずから見えない「わが背にいます」のだから。

こうした読みが良いかどうかは全くわからない。しかし、ここでまさに「われ」は原初の「言葉」そのものの混沌を身に受け、そのうつしみで他者とたしかに交わっている。

その舌を抒《の》ぶるに明《あか》き瀑布みえウルはつなつの哀歌は過ぎむ　「塔」『紡錘』

こちらでは言葉が他者とは切り離されて外側から出ているのが明らかである。「その舌を抒《の》ぶるに」に他者の影は垣間見られるが、主体の声は一人でそのままに保たれている。

ポリフォニーとは言葉の綾ではない。『紡錘』には暗示されていただけだった他者の存在が、「われ」と共に歌い始めるポリフォニーの主体の複数性が『みずかありなむ』の本質だと思う。代表的な名歌を見ていこう。

行きて負ふかなしみぞここ鳥髪《とりかみ》に雪降るさらば明日も降りなむ　『みずかありなむ』

巻頭に置かれたこの一首は『みずかありなむ』の本質を余すところなく表している。

「鳥髪《とりかみ》」が、古事記の須佐之男が初めて降り立った地だということは無論重要だが、歌を味わう上ではひとまず忘れてもいいだろう。飛ぶ鳥に地上の人間の髪が生えているような、天と地が交わる、悲傷に満ちたイメージの地があり、そこに行って「かなしみ」を背負おうとするものがいる。

普通に考えれば主体は「われ」だが、「かなしみぞここ」の強調の「ぞ」をはさんで息をつめた接続の切迫感から、「かなしみ」そのものが行く主体であるような錯覚をもたらす。

しかもそこには「雪」が降っている。「雪降るさらば明日も降りなむ」の「なむ」は、推量ならば「明日も降るだろう」だが、ここで意志と読んだらどうか。「明日も降ろう」とする雪の言葉と読んだらどうか。

ここで作中主体は解体して、「かなしみ」「鳥髪《とりかみ》」「雪」という他者に次々と身を投げ出している。それでいながら、「さらば明日も降りなむ」は決して受け身ではない、うたびと自身の意志の声を響かせているのだ。

青空の井戸よわが汲む夕あかり行く方を思へただ思へとやなむ　『みずかありなむ』

これは私の最も好きな歌のひとつだ。

まず上の句は天上のイメージの提示である。青空に光の井戸があり、そこから「われ」は「夕あかり」を汲む。「よ」は呼びかけではなく、「ゆ」と同義であって、「から」の意味である。

興味深いのは下の句である。「行く方を思へ」と命ずるのは誰か。自分であり他者であり、またリフレインの「ただ思へとや」は単なるリフレインにとどまらず、あたかも青空の井戸からの反響のようにはるかに響く。

そして口ずさむと、さかしらな読みを超えた韻律の魔力に圧倒される。

さくらばな陽に泡立つを目守《まも》りゐるこの冥き遊星に人と生れて　『みずかありなむ』

これも有名な歌だが、実は私はこの歌が好きではない。端的に言ってここにはいつもの妖しい他者の影がない。いや、「目守《まも》りゐる」や「この冥き遊星に人と生れて」の辺りに匂いが無いとは言わないが、とにかくこの歌は山中智恵子としては普通すぎる。

そしてそのために人気があるのだが、無限の宇宙と有限の人間との乖離が桜を通して歌われているということならば、古今集の紀友則の名歌、

久方《ひさかた》のひかりのどけき春の日にしづ心なく花のちるらむ

でじゅうぶんだろうと不遜にも最近まで信じていた。

しかし、「この冥き遊星に人と生れて」の「冥き遊星」が、核戦争を経た現代の地球であることを思う時、やはり山中智恵子三十首には欠くことのできない一首であると気づいた愚かな自分である。

三輪山の背後より不可思議の月立てりはじめに月と呼びしひとはや　『みずかありなむ』

この歌も山中智恵子としては普通すぎる文体で、しかも上の句では詩歌の禁じ手である「不可思議の月立てり」と言ってしまっているのが驚きなのだが、下の句の凄さを見ると、やはりこれも名歌と言わざるを得ない。

「はじめに月と呼びしひと」こそ、山中智恵子が生涯追い求めた、古代の他者の一人であろう。言葉が言葉として生まれ出る始原の瞬間を生きようとして歌人は命をかけたのである。

その意味でこれは最も明らかな恋の歌であろう。

水くぐる青き扇をわがことば創りたまへるかの夜へ献《おく》る
『みずかありなむ』

これは作者の自讃歌であり、塚本邦雄も絶讃した一首である。「水くぐる青き扇」に、水鳥のように水をくぐって彼方へ向かう他者としての扇が青々と浮かび上がる。しかも扇が向かうのは「わがことば創りたまへるかの夜」であり、まさに古代と現代を往還する独自の文体を創造した、これまた他者としての「夜」なのだ。ここに人間界の恋を重ね合わせることも不可能ではないが、これ自体が高次の「わがことば」であることを考えると、そのような解釈は大した意味を持たないだろう。「献《おく》る」という誇り高い言挙げがそれを示している。これは言葉から言葉への相聞歌なのである。

わが額《ぬか》に時じくの雪ふるものは魚と呼ばれてあふるるイエス
『みずかありなむ』

これもわが偏愛の一首である。難解を極めるが、調べはすっと通り、「額《ぬか》」「雪」「魚」「イエス」のイメージが次々に連鎖して心に入って来る。

まず「額《ぬか》」とは、山中智恵子にとって、「髪」や「眼」と並んで、異次元の他者が降りて来る身体の聖地である。「時じくの雪」すなわち季節を問わず降り続ける雪は、例の鳥髪の雪を連想させる。受け身の立場で見れば、人間と生まれた悲苦を感受させる雪であるが、これは能動的な他者でもあって、「ふるものは」という掛詞の両義性で、一気に年を経る世界の実相となり、そこにもう一人の他者、永遠に夭いイエスを立たせることになる。

「魚と呼ばれてあふるるイエス」は、ギリシャ語の魚「イクテュス」がイエスキリストを示すこと、そのイエスがわずかな魚とパンを溢れるほどにして群衆に分かち与えた奇跡の双方を、ダイナミックに繋いだもののように思われる。すなわち魚と呼ばれる客体であったイエスが主体となって自身の表象である魚を溢れさせるのだ。それはまた溢れる雪でもあろう。

ともしびの明《あか》き樹氷を思ふにぞゆふべは越えむ鳥の道みゆ
『みずかありなむ』

これは前川佐美雄についての文で書いたことがあるが、

萬緑《ばんりよく》のなかに獨《ひと》りのおのれゐてうらがなし鳥のゆくみちを思《も》へ
前川佐美雄

の本歌取りであろう。

「ともしびの」は「明《あか》き」にかかる枕詞である。まず、荘厳に輝く森の樹氷を思う時、その上を飛んでゆく鳥の道がありありと見えて来る。

しかしその道をさらに越えようというのは何という苛烈な意志だろう。前川佐美雄の歌の上に渾身の力で新しい歌を見ようとする、まさに「こころざし」の歌なのだ。

玄冬の森の抽象の花のような樹氷を「思ふにぞ」という三句から、前シテと後シテが入れ替わって、他者である真の主体がぐっと姿を現すような恐ろしさがある。鳥よりも高くその魂は飛ぶのである。

『虚空日月』の世界は『みずかありなむ』をより優雅に磨き上げて、古代から王朝の香りまでを漂わせている。

さくらびと夢になせとや亡命の夜に降る雪をわれも歩めり　『虚空日月』

「さくらびと」は桜を愛する人であり、爛漫の花の情景から、「亡命の夜」と「雪」が想起されている。ここで考えられるのは、「花」を「雪」にたとえた王朝の美学だろう。

散り敷かれた落花の上を単数あるいは複数の「さくらびと」と歩みながら、それを非在の他者の「亡命の夜に降る雪」と感じる「われ」は、おそらくは古代から現代までの政治の敗者の存在を背後に感じているのだ。

「夢になせとや」は、「さくらびと」に向かって放たれる怨嗟の声であり、現実への呪詛である。

ここにも戦後社会の歴史的文脈が作用していると思われるが、歌の水深は具体的事象を沈めて限りなく深い。

たまかぎるほのかに瞼あはせたる存在の扇流れゆくはや　『虚空日月』

もう一度この歌を読んでおこう。

「たまかぎる」は「ほのか」「夕」にかかる枕詞だが、特に山中智恵子が好んだ言葉のひとつである。「ほのかに瞼あはせたる」の主体は「われ」であると同時に「存在」であり、すなわち「扇」なのだ。「水くぐる青き扇」とは違って、「献《おく》る」のではなく、かすかに目を閉じておのずから流れてゆく「存在の扇」は法悦に近い妖しさで読むものに迫って来る。この時他者は、自分自身とひとつになっている。

他者の存在との合一のエクスタシーはこの『虚空日月』が、生涯のうちで最も高みに達しているかも知れない。言葉の真の意味でエロティックな歌集であろう。

星空のはてより木の葉降りしきり夢にも人の立ちつくすか

な　『青章』

続く『青章』巻頭のこの一首は忘れがたい名歌だが、それまでの濃密妖艶な異次元の他者の存在との交わりに比べると、「人」の姿が淡彩であることは否めない。それゆえに星空と夢を歌いながら、幾分かはうつつの恋の歌に近くなっている。

全歌集の黒岩康の解題によれば、芭蕉の「おもひなし木の葉の落ちる夜や星の数」の本歌取りであるという。山中智恵子が芭蕉と向かい合った集なのだが、一方で「夢にも人の立ちつくすかな」は、そのまま夢のうたびと小野小町の歌にあってもおかしくないような下の句である。

この上なく美しい。しかし前半の極点は既に過ぎたと思う。では、山中智恵子の後半の作品をどう読むべきか。

冒頭に述べたように、大輪の花は『夢之記』であろう。この一冊だけでも、神々の黄昏とも言うべき晩年は凄絶に輝いた。

その前に転機となった『星醒記』『星肆』にふれる。水沢という心の場から溢れ出した、おびただしい正述心緒の歌たちである。

きみなくて今年の扇さびしかり白き扇はなかぞらに捨つ　『星醒記』

さやさやと竹の葉の鳴る星肆《ほしくら》にきみいまさねば誰に告げむか　『星肆』

ある意味で、ここにはたしかに歌というものの神髄がある。

釈迢空が「たとへば雪――雪が降つてゐる。其を手に握つて、きゆつと握りしめると、水になつて手の股から消えてしまふ。其が短歌の詩らしい點だつたのです。」（「俳句と近代詩」）と述べたような、古来の短歌の特質を見事に体現しているのだ。

この二首のそれぞれの巻頭歌は、山中智恵子という個人を超えた、いわば詠み人知らずに近い歌の清らかな悲しみを湛えている。

だがこの言葉に続いて釈迢空が、「ところが文學といふものは決してこんなものではない。とにかく文學である以上、永遠に近い價値がなくてはならぬ。」と宣言しているのも読み落としてはならない点である。

近代の文学としての短歌は、手のひらの雪のようであってはならないということなのだが、古典においてもたとえば、『星醒記』『星肆』が対比された和泉式部の師宮挽歌が、あとに何も残らない水のようなものであったかと言うと、少し違うのではないだろうか。

捨てはてんと思ふさへこそ悲しけれ君に馴れにし我が身と思へば　和泉式部

を思い出してみてもそうである。

「さやさやと」の歌は解題で黒岩康の挙げる万葉集の大伴家持の挽歌「遠長く仕へむものと思へりし君いまさねば心神《こころど》もなし」の本歌取りであると共に、和泉式部の、

竹の葉にあられ降るなりさらさらに独りは寝《ぬ》べき心地こそせね

をも連想させる。この一首にしても古代的な霊感が込められてはいるが、同時に和泉式部といううたびとの現代にも通う「紋章」が読み取れるのではないだろうか。

それに対して『星醒記』『星肆』の多くの歌は、作品のモチーフは同じでも、前半において山中智恵子が築いて来た独自の文学とは明らかに異なるものであると言えよう。

瓜の星菱星といふ民ありき耕して耕して無名に逝きぬ

全世界にひらく飛鳥の杏仁《きやうにん》のまなこおもへば眠らざりけり

『星醒記』

その中で、改めて山中智恵子の前にひれ伏す思いになったのはたとえばこの二首である。

「瓜の星菱星」については、無学な私は、いるか座の星の名であるらしいと初めて知った。天文を農耕の指針とした古代の民への心寄せであろうが、下の句の「耕して耕して無名に逝きぬ」の「耕す」には、カルチャーの語源であることが深く響いている。数学者であったという伴侶への痛恨の挽歌としても読むことができる。

「全世界にひらく飛鳥の杏仁《きやうにん》のまなこ」とは、飛鳥寺大仏を指すものかと思われるが、結句の「眠らざりけり」の息の強さで、ほとんど山中智恵子自身が仏像となって、らんらんとみひらくような迫力である。これは有無を言わせない名歌だろう。

ではいよいよ、晩年の核心であり、あるいは山中智恵子生涯の核心であるかも知れない昭和天皇誄歌を考えよう。

「雨師すなはち帝王にささぐる誄歌」の初出は、河出書房新社のアンソロジー『〈同時代〉としての女性短歌』（一九九二年）である。十首だった一連が『夢之記』では十六首に増えて、歌そのものにも異同がある。

雨師《うし》として祀り捨てなむみはふりに氷雨は過ぎて昭和終んぬ

『〈同時代〉としての女性短歌』

という一連の最初の歌が、

雨師《うし》として祀り棄てなむ葬り日のすめらみことに氷雨降りたり
『夢之記』

と推敲のうえ、巻頭の「夢之記」の一連に移されている。

そして、『夢之記』の「雨師すなはち帝王にささぐる誄歌」では、初出になかった決定的言挙げとして、

昭和天皇雨師《うし》としはふりひえびえとわがうちの天皇制ほろびたり
『夢之記』

という一首が、一連の最後から二番目に置かれている。ここには「昭和天皇」という明確な名指しがある。

青人草《あをひとぐさ》あまた殺してしづまりし天皇制の終を視なむ
『夢之記』

は初出から変わらない。

塚本邦雄さえも歌い得なかった、昭和天皇の罪と来たるべき天皇制の終わりを、歌人の中でただ一人、真っ向から歌ったことの意義は言うまでもなく大きい。この二首があるだけでも山中智恵子は短歌史に不朽の名を刻むだろう。

しかし、その声はどのように発せられているのか。これは政治的なメッセージではない。山中智恵子としてはこれ以上ないほどの散文的な文体だが、自身の歌の本質は外していない。すなわち恋である。

いつしかに統《すめら》を捨てて春の筏とうとうたらりあそぶ黒翁《くろおきな》
『夢之記』

翁とはすめらなりける氷雨降り誄歌ながるるきさらぎのはて

氷雨ふるきさらぎのはてつくづくと嫗となりぬ　昭和終んぬ

いざわれも終り速めむ小面に氷心とどめゆきし人はも

立つことのさびしさありて人は立つ死者よりここにたまひしいのち

深き夜を深沓《ふかぐつ》の音歩みゆく世紀果てなむ夜までのこと

同じ一連から引いてみた。一首目二首目でわかるように、山中智恵子にとっての昭和天皇は、「翁」とりわけ次の歌集の題名ともなる「黒翁」であったのだ。能の世界で黒い翁といえば狂言方による三番叟であるが、山中智恵子の用いる意味は正確にはわからない。その死と共に、老いた自身も「終り速めむ」と言う。紛れなく死を悼む心が在る。

「翁」とは、金春禅竹の「明宿集」によれば、宇宙開闢以来の「存在」である。すなわち山中智恵子が追い求めて来た「他者」

に他ならないのだ。

ついに生涯の「他者」が正身《むざね》を現したと言ってもいいだろう。斎宮研究をライフワークとした山中智恵子だが、斎宮こそ天皇制を補完する女性の犠牲の制度であり、天皇制への骨がらみの愛憎が山中智恵子の根幹にあったことは忘れてはならない。『夢之記』で多くの挽歌を捧げられた、師の前川佐美雄もまたこの歌集で「翁」と呼ばれた。

永遠に童子《わらは》なるもの翁とこそ　思ふときすでにきみは過ぎ
ます　『夢之記』
美しき翁とぞ思ふたちまちに修羅三日月となりませるはや

これらは挽歌であると同時に敬虔な恋の歌としても読めるだろう。

その文脈で考えてゆくなら、昭和天皇誄歌もまた、恋の歌に違いない。

但し常凡の恋ではない。敵将と交わったのちに相手の首を切り落とす、ユディトのような、日本の根源的な闇と共寝して刺し違える恋なのだ。

「「日本」と刺し違えた人」と川野里子が山中智恵子を呼んだこと（『七十年の孤独』）は、その意味で完全に同意できる。

だが、短歌とは共寝してのみ刺すことが許される詩型なのか。それを思うと私は絶望感に襲われる。純粋に詩歌として、なぜまっすぐに「存在」を、「他者」を刺してはならないのか。たとえば、短歌形式の源に存在する天皇制そのものをである。

ここで思い起こされるのが、冒頭に述べた、最晩年の山中智恵子の既に亡き葛原妙子への接近である。葛原妙子随筆集『孤宴』からの想像だが、自身の歌を相手に向かって歌いかける相聞ではなく、常に独詠であるとした葛原妙子には、恋に拠らず、純粋に「他者」を、「存在」を刺すことのできる言葉が具わっていたのではないか。あるいは山中智恵子は、天与のうたびと同士の直感でその秘密を悟ったのではないか。

なにわざをわれはしつつかキリストによりて緑髪の童子を
得たり　『黒翁』

この歌は、葛原妙子の歌集に見出されてもおかしくあるまい。しかし、山中智恵子は最後まで恋のうたびとであった。

うつろはぬものこそ恋とささやきし若草の眉忘らふべしや
『玉菱鎮石』
李賀の月さしのぼるときしろがねの憂愁涌くは恋のきざし
か　『玲瓏之記』

万葉集以来、歌の根本原理は、五穀豊穣万物盛栄を祈る、宇宙の交合としての恋であった。前世紀までそのひそかな伝統は続いたが、今世紀に入って、世界の変化と共に歌の様相は大きく変わりつつある。

若者たちは必ずしも恋を歌わなくなった。生殖の歴史と切り離された恋は、一般的な主題のひとつに過ぎなくなっている。千年に余る古代詩型である短歌は今、三十一音の現代文学として確実に変容しようとしている。その是非も論じられなければならないが、これから、山中智恵子そして葛原妙子という前世紀の巨大なうたびとたちの歌はどう読まれてゆくのか。どう伝えてゆくべきなのか。

百年に一度の人類の危機の時代を生きながら、「その問ひを負へよ」と自分自身に命じたい。

（「歌壇」二〇二〇年十一月号）

「若い定家」のそののち

『春日井建』解説

春日井建の歌を今、どう読むか。

かつて建の歌には「悪」や「背徳」や「禁忌」といった言葉が、枕詞のように貼り付いていた。それらは甘美な官能を誘った。しかし、二十一世紀を生きる私たちには、その魅惑は既に色褪せてしまった。すべては普通のことになった。

建の歌は、実はそのような数々の形容を超えた、歌本来の強度を持っている。本書（『コレクション日本歌人選073　春日井建』、編集部註）に挙げられなかった歌を引いてみよう。

空の美貌を怖れて泣きし幼児期より泡立つ声のしたたるわたし　『未青年』

白球を追ふ少年がのめりこむつめたき空のはてに風鳴る　同

青嵐はげしく吹きて君を待つ木原に花の処刑はやまず　同

いずれも、少年の激しく純粋な抒情である。「空の美貌」「つめたき空」「花の処刑」といった強い言葉は、少年の震える魂の比喩であって、特別な観念の呪縛は必要ない。

そのことを何よりも的確に述べたのは、三島由紀夫が『未青年』に寄せた序文である。初期の歌については、未だにこれを超える春日井建論はないと思う。

序文は、建を前衛歌人と見なす歌壇に対して次のように宣言する。

「歌とは昔からこのやうなものであつたので、今後もこのやうなものであらう。春日井氏の表現は独創的であつても、発想そのものは古典と共に独創的ではない。」

そして、藤原定家が十九歳で、「紅旗征戎非吾事」の一句を記したことから、当時二十一歳の建を、「一人の若い定家」と呼ぶのである。

定家が「初学百首」で歌壇にデビューしたのは二十歳、代表作の「見わたせば花も紅葉もなかりけり浦のとまやの秋の夕暮」を含む「二見浦百首」を詠んだのは二十五歳の時だった。早熟の天才歌人として、定家に擬せられる以上の讃辞はあるまい。

「又一つ言ふと、歌には残酷な抒情がひそんでゐることを、久しく人々は忘れてゐた。古典の桜や紅葉が、血の比喩として使はれてゐることを忘れてゐた。月や雁や白雲や八重霞や露や、さういふものが明白な肉感的世界の象徴であり、なまなましい肉の感動の代置であることを忘れてゐた。ところで、言葉は、象徴の機能を通じて、互《かた》みに観念を交換し、互《かた》みに呼び合ふものである。それならば血や肉感に属する残酷な言葉の使用は、失はれた抒情を、やさしい桜や紅葉の抒情を逆に呼び戻す筈である。春日井氏の歌には、さういふ象徴言語の復活がふんだんに見られるが、われわれはともあれ、少年の純潔な抒情が、かうした手続をとつてしか現はれない時代に生きてゐる。」

序文後半のこの部分は、三島由紀夫が歌というものの本質をいかに深く理解していたかを示している。まさに、古典和歌の優雅な景物は、人間の根幹に存在する、なまなましい血や肉の象徴だったに違いない。そうでなくては、気が遠くなるような類想歌の山に、さらに一首を加えて行った、歌人たちのひたすらな営為の意味がわからない。

そして、逆説的に、建の残酷な言葉には、王朝のみやびがよみがえっているのだ。「斬首」も「童貞」も「怒濤」も、美しい花や紅葉の表象なのだ。

建は、何かと戦うために歌ったわけではない。ただ、宿命のように血に流れて来る歌を体現したのである。

これは、同時代の塚本邦雄や岡井隆や寺山修司と決定的に異なるところだろう。

しかし、「若い定家」に戻ると、若くして歌の最高峰を極めたという讃辞は、反面、恐ろしい未来の呪言ともなろう。この先にどのような展開が待っているのか。

　余情妖艶の美の世界を創出した不世出の大歌人定家の後半生は、むしろ国文学者に近かったと言っては言い過ぎだろうか。源氏物語などの古典研究の基礎を築いた業績は偉大だが、父の俊成のように、最晩年まで花を散らさずに保った歌人とは、いささか趣を異にするだろう。

『未青年』の上梓後、建は、由紀夫に、君が今死んだら素晴らしいという意味のことを言われたという。それを語る建の顔はかすかに上気していた。

　幸か不幸か、建に夭折の運命は訪れなかった。『未青年』を超えて生きるならば、生きるための方法論が必要になる。

『夢の法則』にはそれはない。ある意味で、『未青年』より純粋で美しい歌がそのまま、鳥のように放たれている。

『行け帰ることなく』には、生きるための試行錯誤の跡がうかがわれる。

　建が見出した一つの道は、主題制作による連作だった。

『未青年』にも「血忌」「洪水伝説」などの連作はあるが、『行け帰ることなく』になると、「アメリカ」「人肉供物」「燕のため悲哀のため」「鬼」など、より構成的な主題制作が中心になる。

　特に「人肉供物」は、それだけ読んでも素晴らしい連作で、『未青年』の世界が発展的に継承されている。その道を進んで行くこともできたかも知れない。


石杭に繋がれし死の列みれば雲刺して顕てりアウシュビッツ　『行け帰ることなく』「人肉供物」

飼猫にヒトラーと名づけ愛しゐるユダヤ少年もあらむ地の果て　同

しかし、建は三十歳で歌と別れた。

「私の歌は、それを叙す作者に悠長な時間があってはならない種類のものだった。明日ではなく、昨日でもない。今の今、一瞬ごとに消え去る切迫した青春のひとときを写す宿命を荷っていた。（中略）

　三島由紀夫は、『豊饒の海』の主人公松枝清顕に青春の絶巓で死を選ばせた。いささか面映ゆいけれども、言ってしまおう。私の歌も青春の絶巓で終るべきだった。」

歌を再開したのちの歌集『青葦』のあとがきで、既に壮年の建はこのように語る。こうした詩歌が確かに存在する。その才能を与えられた書き手には、むしろ災厄のようなものかも知れない。

　歌と別れた建は、アメリカを放浪したり、ラジオドラマを執筆したり、あるいは演劇集団を作って自作の劇を上演したりした。歌人たちとの接触は絶えていたわけではなかったが、歌からは自由に生きていた。

建が歌の世界に帰って来たのは、本文中にも記したように、父、友、三島由紀夫という三人の死のためである。
「三つの死は、私に生を見ることを強いた。目をつむることはできなかった。見ることは書くことにつながった。」（『青葦』あとがき）
『青葦』は静謐だが、内に深くこもった生への決意を感じさせる歌集である。

夏嵐すぎし暁ひろげ読むギリシャの古詩の尾根晴れわたる　『青葦』

仰向けの額に晩夏の陽は注ぎ微笑まむ若年といふは過ぎきと　同

文体が「歌の別れ」以前とは変わって、直線的に死へ向かう時間を内包していることが注目される。以前の歌は、老いることのない現在を歌っていた。より正確に言えば、全き現在を生きていたのは、『未青年』の世界のみで、『行け帰ることなく』には、少しずつ死へ向かう時間の浸食が始まっている。

太陽が欲しくて父を怒らせし日よりむなしきものばかり恋ふ　『未青年』

雪尾根をすべる光の行方しれず無常迅速にわれは年経し　『行け帰ることなく』

時間の質の違いが明らかである。『未青年』の世界には終わりがない。『行け帰ることなく』には既に出口が見える。

とどめようのない時間に気づいたことが、「歌の別れ」のきっかけであったかも知れない。壮年の建は、死へ向かう時間に犯されるのではなく、みずから時間を受け入れる決断を下したのである。

『青葦』以降の建の歩みは、きわめて意志的であった。父から受け継いだ「短歌」の主幹を務め、歌人集団「中の会」を岡井隆と共に牽引し、大学に勤務する等々の、現実に深く関与した日々だった。

私は八六年に入門したが、明るく温厚な建に出会って、これが『未青年』の歌人かと驚いた。実に勝手ながら、あの修羅はどこへ行ったのかという、半ば失望に近い感情もあった。

しかし、師弟として会ううちに、建の胸に深く何かが秘められているのを感じた。この世のすべてが虚妄であるかのような、見るべきものを見尽くした人の恐ろしさもまた伝わった。

建の心奥の修羅は、もう一度爆発するに違いないと私は傲慢にも夢見ていた。その時こそ、化身であった能の前シテが、後シテになって霊の本体を現すように、建の本当の姿を私たちは知るだろうと思っていた。

今、私は自分の不明を恥じている。建の修羅の能は最後まで目の前で舞われていたのだった。ただし、霊の顕現しない化身のみであった。前半生に『未青年』として霊の本体が激しく出現し、後半生は静かで張りつめた化身となったのが、建の歌人としての生涯だったのである。時に化身は霊の本体よりも怖い。もっともっと目を凝らして現実を見つめるべきだった。『未青年』においては、あくまで美意識のフィルターを掛けて歌われていた同性愛の主題が、生々しく表現されるようになるのも、建の後半生の特色である。そのことに私が気づいたのは建の没後だった。愚かであったというほかない。

その若さ嬲《なぶ》りたりしをかなしむに青年はただに安けく微笑《ゑま》ふ　『水の蔵』

性別《ジェンダー》の領分を知らず生きこしを透れる月のひかりにおもふ　同

二首目の表白が重い。
とりわけ『友の書』は、その意味で大切な一冊である。

降りつのり湿る暗夜は若者の股にイグアナ這はせやりたし　『友の書』

のどの反り踵のふくらみ思ひいづるなべては躰の若き片々《へんぺん》　同

異様な迫力をもって、愛する者の肉体がリアルに歌われている。

それと同時に、建は老いた母も詠むようになる。『白雨』の世界である。現実に対して常に距離を取って劇を構築して来た建は、ここでその距離を縮め、新しい歌の方法を摑んだ。近代短歌以来の写実とはいささか角度が異なる、日常のとらえ方が新鮮である。

こののちの母にいちばん若きけふ宴の席に微笑みてゐる　『白雨』

患《や》む患まざる差異くきやかに青年は暗し老いたる母は明るし　同

母は老いてなお健やかだが、愛する青年は病を得た。そして、建もまた、誰もが予期しなかった病に襲われる。『井泉』の苛烈な世界である。

急患にてありし日危ふ一夜経て白みくる空を見てゐたりしか　『井泉』

井泉に堕ちしは昨夜《よべ》か覚めしのち生肌すこし濡れてゐたり

き　同

咽頭腫瘍を発病してからの建の歌人としての充実は、凄まじいものだった。自身の病を相対化し、大きな世界の一部としての個人を毅然と表現してやまなかった。どれほど苦しい日々であったか、思えば言葉を失うが、それもまた賜物であったと今にして考える。

本文中にも述べたが、『井泉』そして最終歌集となった『朝の水』は、『友の書』『白雨』で開かれていた新しい境涯詠をさらに押し進めて、形而上学的に屹立するものとした。ある意味で『未青年』を超える世界が、初めて現れたと言えるだろう。

きららかに隕石降りしは昨夜《よべ》のことメタセコイヤは醒めて見てゐし　『井泉』

告げ足りぬ言ひ足りぬこと羽閉ぢて冬の孔雀がうづくまりゐる　『朝の水』

外に向かう修羅の爆発ではなく、内なる修羅を、死に相対しながら見事に生き抜いたのである。人間としての完成が歌を創り上げた、稀な例の一つであろう。

三島由紀夫がこの晩年の建の歌を読んだら、どのような言葉を発しただろうか。

眠られぬ夜を占めゐる外を吹く風と内なるモナリザのこゑ　『朝の水』

見染めるといふは劇《はげ》しきことならむ色の兆しを得ることなれば　同

死が迫った状況で、不思議なエロスを湛えた歌が見出されるのが胸を打つ。「内なるモナリザのこゑ」はジェンダーを超えて美しい。そして、「見染める」とは、少年の昔を想起したのだろうか。

少年に戻れとならば戻れるは微罪のごとし夕星《ゆふづつ》見つつ　『井泉』

歌に見染められた六十五年の生涯は、まさに「劇《はげ》しき」ものであった。「若い定家」は鮮やかにそのいのちを生きたのである。

（水原紫苑『コレクション日本歌人選073 春日井建』
笠間書院／二〇一九年七月）

あらかじめ断念された夢

佐藤佐太郎小論

◉佐藤佐太郎三十首　水原紫苑選

一日《ひとひ》はたらきて疲れたる我の眼のまへに踊子の脚は並びて動く

『軽風』

さまざまの鳥の標本を舗道より吾は見たれば生ける鳥も居り

『歩道』

わがこころ昼も怖《おそ》るるときあれど私《わたくし》にしてかかはりはなし

連結《れんけつ》をはなれし貨車《くわしや》がやすやすと走りつつ行く線路の上を

薄明《はくめい》のわが意識にてきこえくる青杉《あをすぎ》を焚《た》く音とおもひき

はなやかに轟《とどろ》くごとき夕焼《ゆふやけ》はしばらくすれば遠くなりたり

今しばし麦うごかしてゐる風を追憶を吹く風とおもひし

『帰潮』

夕映《ゆふばえ》のおごそかなりしわが部屋の襖《ふすま》をあけて妻がのぞきぬ

戦《たたかひ》はそこにあるかとおもふまで悲し曇のはての夕焼

みづからの光のごとき明るさをささげて咲けりくれなゐの薔薇《ばら》

耳搔《みみかき》をもつ妻の膝《ひざ》にゐる吾に外の月夜《つきよ》は智慧をもたらす

キリストの生きをりし世を思はしめ無花果《いちじく》の葉に蠅が群れゐる

金《きん》の眼《め》をしたる牝猫《めねこ》が曇りつつ寒き昼すぎの畳をあるく

魚のごと冷えつつおもふ貧しきは貧しきものの連想を持つ

旧教の寺院がみえて歩み来《こ》し一分《いつぷん》未満にて寺院大いになる

桃の木はいのりの如く葉を垂れて輝く庭にみゆる折ふし

わが来たる浜の離宮のひろき池に帰潮《きてう》のうごく冬のゆふぐれ

階《かい》くだり来る人ありてひとところ踊場《をどりば》にさす月に顕《あら》はる

『地表』

白藤《しろふぢ》の花にむらがる蜂の音あゆみさかりてその音はなし

地下道を出で来つるとき所有者のなき小豆色《あづきいろ》の空のしづまり

『群丘』

冬山の青岸渡寺《せいがんとじ》の庭にいでて風にかたむく那智の滝みゆ

『冬木』

夕光《ゆふかげ》のなかにまぶしく花みちてしだれ桜は輝《かがやき》を垂る

すさまじきものとかつては思ひしか独笑《ひとりわらひ》をみづからゆるす

『形影』

夢なかに漢詩を作りゐたりしがふかく思ひて現実《うつつ》にかへる

菊の花ひでて香にたつものを食ふ死後のごとくに心あそびて　『開冬』

冬の日の眼に満つる海あるときは一つの波に海はかくるる

生死夢《せいしむ》の境は何か寺庭にかがやく梅のなか歩みゆく　『天眼』

ひとところ蛇崩道《じゃくづれみち》に音のなき祭礼《さいれい》のごと菊の花さく　『星宿』

杖ひきて日々遊歩道ゆきし人このごろ見ずと何時人は言ふ

むらさきの彗星光る空ありと知りて帰るもゆたかならずや　『黄月』

*

　佐藤佐太郎の歌は最初からどれも巧い。

　師の斎藤茂吉のような、度外れたわけのわからない歌がなく、時折りはっとするようなきらめきがある。方法論的には、リアリズムには違いないが、むしろシュールなスーパーリアリズムに近い。そして、格調高い調べだが、茂吉のような万葉調ではなく、重過ぎない文語である。

　この歌人は現代に生まれていたら、きっと口語を駆使してシャープな歌を作っただろう。今の若い世代にも人気がある所以だと思う。私も大好きだ。

　三十首では到底足りないほど、超弩級の名歌が多くて困ったが、せっかくの機会をいただいたので、あえて人が選びそうもないマニアックな歌も入れてみた。そのために落とさざるを得なかった名歌には文中でふれたい。

　たとえば最初に入れたこの歌だ。

　一日《ひとひ》はたらきて疲れたる我の眼のまへに踊子の脚は並びて動く　『軽風』

　これは、大岡信が『折々のうた』で引いていた歌で、私の発見ではないが、最初見た時はびっくりした。仕事の後で、ミュージックホールのようなところに行ったのだろうか。それにしても、全くエロティックでないところが奇妙だ。踊子の脚が、心情を交えず、端的に物としてのみとらえられている。そこが非凡である。

『軽風』は、第一歌集『歩道』より前の作品を集めたものだから、出発点で既にこれほど巧かったのである。

『歩道』では、まず次の二首に注目した。

　さまざまの鳥の標本を舗道より吾は見たれば生ける鳥もあり　『歩道』

　わがこころ昼も怖るるときあれど私《わたくし》にしてかかはりはなし　同

二首は、実際に、歌集の中でも並べられているのだが、いずれも鋭敏過ぎる神経が狂気に近づいたような歌だ。

鳥の標本の中の「生ける鳥」とは何だろう。生きたまま、ガラスケースにでも入れられている鳥がいるのか。あり得ないだろう。それは「舗道より」という距離を置いて初めて可能な、おそらくは幻の視覚なのである。

そして、「わがこころ」と「私《わたくし》」の関係はどうなっているのだろう。「こころ」に公と私があるのか。自分の心なのに、「かかはりはなし」とはなぜだ。自我が幾つにも分裂する青春の精神の危機を暗示するような歌である。こうした狂気が、合理的に短歌形式の中で整理されると、

　薄明《はくめい》のわが意識にてきこえくる青杉《あをすぎ》を焚《た》く音とおもひき　『歩道』

のような、玄妙な名歌になる。

歌の元になった、青杉を焚く音という事実は存在したのかも知れないが、それを超えて、自分自身を焚いている音のような響きである。あるいは焚かれているのは、「かかはりはなし」と切り捨てられた「私《わたくし》」なのかも知れない。

その一方で、面白いと思ったのは、妻の膝枕で耳掃除をしてもらっている歌だ。

　耳掻《みみかき》をもつ妻の膝《ひざ》にゐる吾に外の月夜は智慧をもたらす　『帰潮』

これは見つけて目を疑った。何だ、これは！

　夕映《ゆふばえ》のおごそかなりしわが部屋の襖《ふすま》をあけて妻がのぞきぬ　『帰潮』

これも面白い歌なのだが、佐太郎の妻の歌と言えば、このように、美を志向する自分と、それを理解しない俗人の妻というパターンが多い。男尊女卑と言うより、芸術家至上主義という感じだ。

その佐太郎が、手放しで妻に甘えているばかりか、「外の月夜は智慧をもたらす」と子どものような全能感を剝き出しにしている。しかも歌として実にバランス良く美しくさえある。さすがだ！　このぬけぬけとした一首はいただきである。

これは発見したと喜んだのが、「旧教の寺院」の歌だ。

　旧教の寺院がみえて歩み来《こ》し一分《いつぷん》未満にて寺院大いになる　『帰潮』

カトリックのカテドラルが向こうに見えて、歩いて来たら一分未満でそれが大きくなるという。だが、「旧教の寺院」という言い方も物々しいし、何より「一分《いつぷん》未満にて」が可笑しい。そんなにはっきりと計測できるものなのか。カテドラルが目の前で、急に出来上がったようではないか。佐太郎以外には絶対に作れない一首だ。

この歌は、時間と運動の相関関係がモチーフになっているが、佐太郎の名歌は、時間と運動の相関関係及び、光と音が交錯するいわゆる共感覚によって出来ているものが多い。

はなやかに轟《とどろ》くごとき夕焼《ゆふやけ》はしばらくすれば遠くなりたり
『歩道』

ひとところ蛇崩道《じやくづれみち》に音のなき祭礼《さいれい》のごと菊の花さく
『星宿』

これらの歌は共感覚の代表的な名歌である。「轟くごとき夕《ゆふ》焼《やけ》」は一度読んだら忘れられない比喩だし、「音のなき祭礼《さいれい》」は見せ消ちの手法で無いはずの音を響かせている。有名な白藤の歌は、共感覚と、時間と運動の相関関係の両方が融合している。

白藤《しろふぢ》の花にむらがる蜂の音あゆみさかりてその音はなし
『群丘』

咲き誇る白藤の美しさが、群がる蜂の音で表され、その音が歩みと共に消える。何でもない日常の光景でありながら、美的凝縮度の高さのために、あたかも花の蜜にたかる蜂の音が、儚い人間の一生の暗喩であるかのような象徴性を獲得している。凄まじい名歌である。

「光」の多用も佐太郎の特徴である。

店頭《てんとう》の小豆大角豆《あづきささげ》など並べあり光がさせばみな美しく
『歩道』

秋分の日の電車にて床《ゆか》にさす光もともに運ばれて行く
『帰潮』

三十首には入れられなかったが、これらの歌も良く知られている。「光がさせばみな美しく」は、佐太郎美学をみずから開示したような下の句だ。

ここで歌われているのは現実の光だが、「くれなゐの薔薇《ばら》」の歌はそうではない。

みづからの光のごとき明るさをささげて咲けりくれなゐの薔薇《ばら》
『帰潮』

この「光」は抽象であり、内的な生命感とも言うべきものである。

それがさらに極まると、次のようになるのだ。

夕光《ゆふかげ》のなかにまぶしく花みちてしだれ桜は輝《かがやき》を垂る
『冬木』

「輝《かがやき》を垂る」でむむむと唸り、表現の迫力にはたじろぐものの、ここまで言い切って良いものなのかという疑問も浮かんで来る。だが、置き換えはできない。佐太郎だからこそ成り立つ名歌なのだ。

佐太郎における「光」とは、無意識の生命の象徴なのではないだろうか。それを意識的に構成するところが独特の方法論である。

夢なかに漢詩を作りゐたりしがふかく思ひて現実《うつつ》にかへる
『冬木』

佐太郎が漢詩を好み、蘇東坡に傾倒していたことは良く知られているが、自身も漢詩を作っていたようだ。夢の中で漢詩を作っているうちに、深く考え始めると、目覚めて現実に返ってしまうというのが、無意識を意識的に構成するむずかしさを示している。その面白さで採った歌だ。

「光」の美的生命感による魂の救済が、宗教的法悦に至る一歩手前で、ぎりぎり現世に踏みとどまっているのが、佐太郎の歌だと思う。そこに近代歌人としての佐太郎の独自の魅力もあり、あるいは限界もあるのかも知れない。

　キリストの生きをりし世を思はしめ無花果《いちじく》の葉に蠅が群れゐる　『帰潮』

　桃の木はいのりの如く葉を垂れて輝く庭にみゆる折ふし　同

これらの歌には、明らかに宗教的関心が窺われるが、超越者、絶対者の存在は、次の歌に見るように注意深く否認されている。

　地下道を出で来つるとき所有者のなき小豆色《あづきいろ》の空のしづまり　『冬木』

佐太郎の世界には神は存在しないのだ。

　すさまじきものとかつては思ひしが独笑《ひとりわらひ》をみづからゆるす　『形影』

「すさまじきもの」は枕草子と同じく、美意識に反することである。そう思って来た独り笑いを自身にゆるすのだ。冷え冷えとした、神なき世界の人間の孤独が、一種の虚無にまで突き詰められている。

　菊の花ひでて香にたつものを食ふ死後のごとくに心あそびて　『開冬』

　生死夢《せいしむ》の境は何か寺庭にかがやく梅のなか歩みゆく　『天眼』

ここにもその虚無は流れている。有名な「青岸渡寺」の歌にも根底には同じものがあると思う。

　冬山の青岸渡寺の庭にいでて風にかたむく那智の滝みゆ　『冬木』

「庭にいでて」と自己を主体として歌い出しておきながら、下の句で「那智の滝みゆ」と主体を他者に預けてしまうのは、その虚無のなすところではないだろうか。この不思議なねじれゆえに一首は超絶的な名歌になり得ている。

佐太郎は純粋短歌を提唱したが、人間中心の近代社会の枠組みの中で、短歌形式を極限まで純粋に突き詰めて行くと、歌人はこの虚無に出会わないではいられないのではないか。

佐太郎の歌は、短歌形式の極北に在る恐ろしいものである。私はこの虚無の前に戦慄する。

たとえば、三十首には入れられなかったが、次の美しい一首もそうである。

　あぢさゐの藍《あゐ》のつゆけき花ありぬぬばたまの夜あかねさす昼　『帰潮』

「ぬばたまの夜あかねさす昼」という、枕詞を付けた名詞だけで、豊かな紫陽花の花を巡る時間と宇宙が荘厳されている。これ以上、短歌形式に何を求めようかという見事な一首だが、この「あぢさゐ」は世界の中で、しんしんと虚しく独りなのだ。

佐太郎の歌は、この上なく美しい。だが、その美しさにはあらかじめ断念されたものがある。自分を超える希望であり夢である。「私《わたくし》にしてかかはりはなし」という自己の捨て方が、夢見ることを許さないのだ。

佐太郎は大好きだ。でも、私は希望も夢もほしい。「私《わたくし》」を捨てたくはない。

希望の無い現代に生きる若い歌人たちが、佐太郎をどう読むのか、ぜひ聞いてみたい。

（「現代短歌」二〇一九年九月号）

「鳥の道」をめぐって

前川佐美雄と山中智恵子

萬緑《ばんりよく》のなかに獨《ひと》りのおのれゐてうらがなし鳥のゆくみちを思《も》へ
『大和』

前川佐美雄は最も敬愛する歌人の一人である。特に『大和』は最高の歌集だと思うが、同時に短歌形式の根源的な悪のようなものも感じさせずにはおかないところが恐ろしい。短歌の美が純粋に極まった時、それはいったいどこへゆくのか。

しかし、それはあまりにも大きな問いなので、今回は代表作のうちから、門人である山中智恵子の歌と比較できる一首を取り上げてみたい。

前川佐美雄歌集『大和』

ともしびの明《あか》き樹氷を思ふにぞゆふべは越えむ鳥の道みゆ
山中智恵子『みずかありなむ』

これもまた良く知られた歌である。当然、山中智恵子は前川佐美雄の歌の「鳥のゆくみち」を踏まえているだろう。

だが、両者には決定的な違いがある。佐美雄はあくまで「鳥のゆくみち」を思おうとするのであり、智恵子は「ゆふべは越えむ鳥の道」と歌う。

佐美雄の一首では已然形の「思へ」は、命令形とも取れるし、「こそ」を省略した強調の係結びとも考えられる。

新居の居間でさくらと。撮影＝四方田犬彦

智恵子の「ゆふべは越えむ」の助動詞「む」は、推量か、あるいは意志か。意志とすれば、おのれ自身が「鳥の道」を越えようとすることになる。

佐美雄は「萬緑のなかに獨りのおのれゐてうらがなし」と人間である身を詠嘆した。そして遥かな「鳥のゆくみち」に魂を運んだ。この歌意はよくわかるし、「うらがなし鳥の」という四句に句割れを含む韻律の憂愁がこの上なく美しい。まさにうらがなしいほどの調べである。

智恵子はその歌境を畏れたか、あるいは超えようとしたのか。

智恵子の一首には、歌が歌であることの限界を超えようとする現代の人間の営為が感じられる。

それは師である佐美雄が、『植物祭』で短歌を革新し、『大和』で短歌形式と融合して頂点に達したのちの、長い苦しみを知るゆえではなかったろうか。もちろんそこには戦争という時代状況が大きく働いている。

しかし、前川佐美雄という近代最高の歌人の一人が、なぜ状況に翻弄されたかという問題自体に、短歌形式の罪業が潜んでいるように思われるのだ。

歌が美しくあればあるほど、一首は近代的認識の彼方に飛んでしまう。その意味で佐美雄は、短歌形式の殉教者であったとは言えないだろうか。

（「短歌往来」二〇二〇年七月号、初出時の標題は「佐美雄の一首」）

大岡信『折々のうた』選　短歌㈠　解説

日本の文藝を代表するアンソロジーである、大岡信『折々のうた』の短歌選の二巻を編むという重責をいただいた。そこで古今和歌集と紀貫之の再発見者とも言える著者への敬意を表するために、古今集に倣って、四季の歌、恋の歌、そして雑歌、哀傷歌などに代わる人生の歌という三つの部立を採用した。

　本書に収められているのは四季の歌で、配列は原著『折々のうた』の通りである。歌として優れていることと同時に、著者の注釈の面白さを本書に選ぶ基準とした。

　さて、編者の弁としてはこれ以上付け加えることはないのだが、末世の貧しい一歌人として、この機会に改めて巨人大岡信を仰ぎ見た私的感慨を記させていただく。

　大岡が古典詩歌を論じた代表的な書物と言えば、まず一九七一年に筑摩書房から、「日本詩人選7」として刊行された『紀貫之』であり、そして一九七八年に集英社から刊行された『うたげと孤心』が挙げられるだろう。現在では、『紀貫之』はちくま学芸文庫、『うたげと孤心』は岩波文庫で読むことができる。

　冒頭に述べたように、『紀貫之』においては、正岡子規の痛罵以来、一般歌壇にはほとんど顧みられることのなかった紀貫之と古今集の名誉回復を果たし、『うたげと孤心』では、日本の詩歌の集団性と個人性の、遠心力と求心力の二つが絡み合う独自の構造を見事に読み解いて見せたのである。

　いずれも歴史的名著であることは言うまでもない。だが、それゆえにこそと言うべきか、読み味わうごとに著者の肖像がありありと浮かび上がって来るのである。

　万葉集の一人称から転じて、三人称の抽象性を獲得した詩人紀貫之の知性が、文章の肉体的な実感で立ち上がる。そして瞬間の短歌が、運動性と共に永遠に向かう時間を内包することになる、大きな転換点に立ち会う緊迫感が、著者の若々しい鼓動を伴って聞こえるのだ。

そこから、個々の歌人の垂直な「孤心」が歌合や勅撰集という場に水平に開かれて「うたげ」を支える、日本の詩歌に独特のダイナミズムが導かれることになる。そして和歌の七七というエモーショナルな共鳴装置が他者に渡されて連歌が生まれて来るのだ。

だが、注目すべき点がある。『うたげと孤心』の「公子と浮かれ女」の章の興味深い記述を引用してみよう。この章は、あたかも短編小説のようにも読める。平安中期、一条天皇の時代に、和歌詩文管弦すべてに秀でた最高の文化人であった藤原公任と、恋愛遍歴で名高い多情多感の天才歌人和泉式部との歌のやりとりを、公任の心の内側から描き出しているのである。

> (前略) 何よりも、和歌には心と姿の一致した美しさが必要で、それを生みだすものは個々の歌人が体得した伝統の力にほかならない、という彼〔公任〕の信条を、すぐれた作品を引合いに出しながら簡潔に語ってみようと思っている。(中略)
>
> ただ公任が悩ましく思うのは、彼の定義する秀歌の範疇にうまくはまってこないのに、しかも到底無視できないというような歌を作る人間がいることで、もとよりそんな作者は稀れなのだが、その稀れなひとりがあの和泉式部であるのが、何とも居心地わるく思われる。
>
> (中略)
>
> 公任はここまで考えてきて、ふいにぞっとした。こんな風に歌うほか、どんな歌い方も知らない歌人が、現実に、身近に存在しているということを、今までただの一度も真面目に考えたことがなかったことに気づいたからである。自分は歌についてなら何でも心得ている、と彼は思っていた。けれども、和泉のあの暗く輝く夜の火山の頂きのような歌は、ほんとうは、自分の知っている歌の世界と、ほとんどまったく縁のない世界で、噴きつづけ、燃えつづけている恐ろしい炎なのではないだろうか。
>
> (『うたげと孤心』「公子と浮かれ女」)

この公任の内的独白は重要である。無論、これはそのまま著者大岡信の言葉ではない。だが、これに近い切迫した感情を、大岡は和泉式部の歌について抱いたであろう。ここにはエロティックな渇望さえ透けて見える。

その前の「贈答と機智と奇想」の章で大岡は既に、「うたげ」を支える歌人たちの磨き抜かれた「孤心」から逸脱した、例外的個人として、和泉式部に対する畏怖と讃嘆を述べている。

> (前略) 彼女はおのれの肉体と魂にあくまで執着したが、

その結果、肉体や魂の間断ない動揺、不安に、たえず直面することとなり、それらを、おそろしく細分化され抽象化された局面において実感することによって、なまなましい抽象性としか言いようのない、力ある表現に定着した。

（『うたげと孤心』「贈答と機智と奇想」）

そして、一方で近代以降の短歌を次のように総括するのだ。

和歌が近代短歌として再生するためには、一般性ではなくて特殊性へ、普遍的情趣ではなくて個人的述志へ、連歌的拡大ではなくて一首独立の凝縮へ、機智にみちびかれた遠心性ではなくて調べに集中する求心性へと、飛躍的な転換をとげることが必要だったし、事実それがなされたことによって、それ以後の近代短歌の歴史が始まったのだった。それが全体としておそろしく生真面目な性質を短歌にもたらしたということは、ごく当然の成行きだったのである。多少の揺れはあっても、この大筋は今にいたるまで変っていない。近代という時代がそれを要求し、短歌という形式がそれにふさわしい変化をみずからのうちに用意したのである。

（同）

近代以降の短歌は「うたげ」を捨てて自我を表現する一行詩に変貌した。と同時に、「うたげ」のダイナミズムに拮抗する、伝統に磨き抜かれた歌人の「孤心」も同時に失われた、ということではないか。

これは、和歌史の伝統から隔った近現代の短歌に対する、厳しい批判とも読めるだろう。

では、とここで私は大いなる故人に問いたいのだが、大岡は、自身の普遍的価値観を脅かすただ一人の和泉式部も、現代短歌に見出すことはなかったのか。「うたげ」と「孤心」の往還システムから自覚的に逸脱した、苛烈な個人というものが、同時代に存在することはなかったのか。

大岡の答えはノーであろう。だからこそ公任の暗い灼けつくような独白があったのだ。

しかし、たった一人で全和歌史に叛逆する新たな個人であろうとした作家は、たしかに大岡の眼下にいた。

塚本邦雄の『定型幻視論』（人文書院、一九七二）の中に、一九五六年に行われた大岡信との論争が収められている。

その論争中で大岡は「そもそも詩としての短歌の独自性はどこにあるのか。ぼくにはその秘密が、調べによって肉化された対象のヴィジョンの、瞬間的にして総体的な実現の中にあると思われる。歌人はこの時何を表現したのかと問われるなら、答えよう。時間を超えた意識の純粋な持続を表現したのだ」（『抒情の批判』晶文社、一九六一）と述べている。この短歌観は、のちの『紀貫之』で示されるものと極めて近い。

塚本はこの大岡の明快な言挙げに鬱屈した情念で応じている。

> 老いた冠鶴である短歌はその満身創痍にも拘らず、驚嘆すべきしぶとさでながらえ続けている。「伝統」の力は彼女の嘴から蹴爪までの不可視の頑強な支えとなっている。そしてその為に彼女は決して死ぬことは無いだろう。然し「死なない」ことは「生きている」ことと全く同一ではない。（中略）
>
> 僕は自らが短歌作家であることを自覚した日から遺言状の作製にとりかかった。短歌への憎悪で始まるその遺言状は彼女の呪術の源である韻律への挑戦の文字で飾られて行った。同時にそれは自らの内部の、精神構造、認識力の脆弱性、曖昧性の絶えざる告発という諸刃の剣となり、血の文字で埋められつつある。僕のこの挑戦と告発が、短歌のルネサンスに如何程関り得るかは全くの未知数だ。恐らく賭けは遠い未来にわたって継承されつづけられねばならぬだろう。
>
> （『定型幻視論』「遺言について」）

この若き日の塚本の絶望的な未来への賭けは私の胸を打つ。まさに現代短歌はここから始まったのだ。現代の短歌の言葉はこの憎悪の鬼子として生まれた。

作家の資質として、和泉式部の自在な肉体性と抽象性の対極にいる塚本邦雄が、極めて愚直に、意識的な方法論によって、和歌史と刺し違えようとしたのである。

だが、その闘いは、大岡の眼には、あくまで「閉ざされた世界」（『抒情の批判』）と映ったのだった。

しかし、二人の巨匠は芸術上、終生交わることがなかったかと言えば、そうではない。塚本自身も古典和歌や歌謡のレトリックを豊かに用いて、「うたげ」の遊び心を生かしており、晩年では、むしろ新古今集を中心とする、歌の伝統の守護神ともなっていた。

さて、大岡も塚本もいない二十一世紀の今日、短歌をめぐる状況はどうであろうか。

時代はまた大きく一周回った。

古今集のみならず古典和歌は、特に意欲的な若い歌人たちにとっては、近現代の短歌に等しい財産となっている。題詠や歌合などの「うたげ」も、インターネットやSNSという新しい場を得て、日常の作歌の営みに加わった。

そして、「うたげ」を支えるそれぞれの「孤心」も、近代の一人称とは異なる共同性を含んだ口語主体の文脈によって、日々この世界の暴力の中でしんしんと研がれている。

　その意味で、大岡は未来を予見したと言えるだろう。「うたげと孤心」は、皮肉にも塚本の叛逆を契機として、全く意匠を変えて現代に復活したのである。

　短歌は隆盛でめでたいか。表面上はうれしいことではある。

　しかし、歌人たちは忘れてはならないだろう。現代短歌には依然として、冥界の大岡信を戦慄させるに足る、一人の和泉式部も存在してはいないことを。塚本邦雄が渾身の力で刺してもなお蘇るほど、「うたげと孤心」の伝統は不死身の魔物であることを。

　かつて遠く見た大岡信の澄んだ眼差しを思い起こして、この拙い稿を捧げたい。

（『大岡信『折々のうた』選　短歌㈠』岩波新書／二〇二〇年二月）

大岡信『折々のうた』選　短歌㈡　解説

大岡信『折々のうた』短歌（二）は、「恋の歌」と「人生の歌」を収めた。

　短歌（一）のあとがきに述べたように、この分類は、著者が現代に復権を果したとも言える、古今集の部立に倣ったものだ。

「四季の歌」「恋の歌」そして、それ以外のすべてを「人生の歌」とした。

　恋の歌は、古今集のみならず、万葉集以来、近現代の短歌に至るまで、まさに歌の華であった。柿本人麻呂から俵万智まで、歌人たちは飽くことなく恋を歌い続けて来たのである。とりわけ代々の勅撰集には、常に数巻が恋のために割かれており、季節の歌にもひそやかな恋の匂いがあった。

　人類の歴史の中で改めて見れば、これはかなり特異な現象なのではないか。人間の心は恋だけで満たされているわけではない。神々や戦争や貧困や友情や自然など、地域や時代により、様々なテーマの文藝があり、詩があったはずである。

なぜ極東の島国の三十一音の古い定型詩は、この世界の成り立ちや、人間の存在する意味を問うことよりも、恋という限定された人間関係の局面に格別な情熱を注いだのか。恋が性愛を通じて、生命の神秘や宇宙の生成に関わることができるという共同幻想があったためか。

もちろん山上憶良のような古代の思想歌人もいたし、勅撰集の中でもたとえば西行や慈円の思弁性などを忘れるべきではないだろう。

だが、恋の歌の圧倒的な実例を『折々のうた』から見てみよう。

　　しら露も夢もこのよもまぼろしもたとへていへば久しかりけり　　和泉式部

逢瀬の短さを振り返るこの一首の美しさの前に、世界が音もなく崩れ落ちるような気がする。「げにも和泉は恋の歌びとであった」と著者も感嘆の声を上げている。

　　はかなしとまさしく見つる夢の世をおどろかで寝《ぬ》る我は人かは　　和泉式部

これは、本来挽歌すなわち哀傷歌だが、恋の歌として評されているので従った。和泉以外の誰が詠むことができようかという凄艶な一首である。

「和泉式部は恋歌作者として古今に冠絶していた」という著者の、この上ない賞賛がここにもある。恋の歌は、和泉式部の天才によって、宇宙の中の人間存在の意味を問う究極の場となり得たのである。

そしてほかにも、在原業平や小野小町や式子内親王や藤原定家などの超絶的な恋の名歌がある。近代では、当然与謝野晶子や山川登美子や若山牧水などを恋の歌人として挙げることができよう。

戦後も前衛短歌の先駆けとなったのは、中城ふみ子の苛烈な捨身の恋の歌だった。また、古代の言葉の起源に遡って独自の詩的言語を切り開いた山中智恵子は、「私の歌はすべて恋」と晩年に告げた。

しかし、今世紀に入って、恋の歌は翳りを見せている。『折々のうた』以後も二十世紀までは、穂村弘も東直子も、後進に大きな影響を与えた歌壇のスターたちは、恋の代表作として登場していた。

だが、その後の若い歌人たちは違う。新しい方法論で現れた斉藤斎藤や石川美南や永井祐や平岡直子は、いわゆる恋の歌人とは言えないだろう。例外的に大森静佳には切迫した恋の歌が多いが、その恋は死を媒介にしたような他界性を帯びている。

そして、川野芽生になると、まだ全貌はわからないが、おそらくは恋という制度自体の否定というラディカルな次元にまで詩想が及んでいるのだ。


この問題は、短歌にとどまらず、文学全般に共通している。生と性の多様化で、恋と生殖は切り離され、性愛が宇宙の根本原理と結びつくという幻想は終わった。そして今問われているのは、いかにして人類が、未来にわたってこの星に存続することが許されるのかという喫緊の課題なのである。

現代の若者たちがあえて恋の歌を詠む時、そこには一度死んで蘇った者のような哀切な切迫感がこもり、肉体を持たない魂同士の交感が求められている、と私は感じる。

一方、人生の歌は今日においても、ますます盛んである。今や、ほとんどすべての歌が人生の歌だと言ってもいいほどだ。


古代の人生の歌と言えば、まず思い起こすのは柿本人麻呂の良く知られた一首である。原著の『折々のうた』では正編の一巻で採られていた。

淡海《あふみ》の海夕波千鳥汝が鳴けば情《こころ》もしのに古《いにしへ》思ほゆ　柿本人麻呂

近江廃都に赴いての感慨だが、この悲傷には、現代でも全く違和感を覚えない普遍性がある。すべての人間が、過去からの旅人なのだ。

また、西行の次のような一首にもはっとさせられる。


うらうらと死なんずるなと思ひとけば心のやがてさぞと答ふる　西行

「思索者の内的対話が時に生き生きと詠まれているのが、西行の歌の魅力である。」という著者の言葉通り、死についてのダイナミックな心の劇が、短歌定型の中で展開されているのだ。

近代以降は、社会的な個人としての自己を見つめる歌が、急速に浮上した。そうした人生の歌の作者の代表的な一人が、石川啄木であろう。

こころよく／我にはたらく仕事あれ／それを仕遂げて死なむと思ふ　石川啄木

啄木の短い生涯を思う時、この歌は胸に沁みる。啄木は仕事を仕遂げて死んだのか否か。王朝の貴族たちの持ち得なかった抒情である。

夜おそく／つとめ先よりかへり来て／今死にしてふ児を抱けるかな　石川啄木

おそ秋の空気を／三尺四方ばかり／吸ひてわが児の死にゆきしかな　同

ここには慟哭はない。茫然とした若い父の自画像だけが、私たちのすぐ近くにありありと見える。

ある日、ふと、やまひを忘れ、／牛の啼く真似をしてみぬ、――／妻子《つまこ》の留守に。　石川啄木

これはよく知られた歌だ。「歌で自画像を描く時、彼はわが境遇を一気に客観化して笑いで包む真の詩人の力を示した」という著者の言葉が温かい。

もし長い生命が与えられていたら、啄木は戦争とどう向き合ったであろうか。近現代の短歌史が抱え込んだ最も大きなテーマは、何と言っても戦争である。

果てしなき彼方に向ひて手旗うつ万葉集をうち止まぬかも　近藤芳美

亡骸に火がまはらずて噎《む》せたりと互《かたみ》に語るおもひ出であはれ　宮　柊二

沈黙のわれに見よとぞ百房《ひやくふさ》の黒き葡萄に雨ふりそそぐ　斎藤茂吉

たゝかひに　しゝむら焦げて死にし子を　思ひ羨む　日ごろとなりぬ　釈　迢空

畳のあひより古新聞のいできたりかの日の高官らしんと立ちゐき　葛原妙子

近藤芳美と宮柊二の歌では自身の兵士としての体験から、最も切実に戦争の現場が歌われている。また斎藤茂吉は戦争協力

の慚愧の念から、釈迢空は戦死したわが子への愛執から、そして、葛原妙子は、独創的な見者の視点から、それぞれの敗戦を定型にとらえた。

塚本邦雄、岡井隆、寺山修司を中心とする前衛短歌が勃興したのも、敗戦による伝統定型詩への疑念からである。

馬を洗はば馬のたましひ冱《さ》ゆるまで人戀はば人あやむるこころ　塚本邦雄

蒼穹《おほぞら》は蜜かたむけてゐたりけり時こそはわがしづけき伴侶　岡井　隆

きみが歌うクロッカスの歌も新しき家具の一つに数えんとする　寺山修司

塚本と寺山は恋の歌だが、前衛短歌の達成として、『折々のうた』から挙げてみた。いずれも輝かしい言語美の結晶である。

この基盤に、口語という新しい要因を加えて現代の短歌はあるわけだが、短歌がいわゆる「奴隷の韻律」から完全に脱して、自由な一行詩として生まれ変わったと考えることは、少なくともまだ今の私にはむずかしい。

どれほど中身が新しくとも、三十一音の短歌定型自体は、千三百年前から、抒情に濡れた七七の共鳴装置で、共同体の意志に唱和し続けて来た権力の器である。夥しく作られた戦争協力の歌は言うまでもない。一首の歌を詠むごとに、私たちは、その器の根源的な闇を自覚して抗わなければならないのだ。

そしてまた、近代日本の植民地主義の傷痕と共に、在日韓国人の李正子や台湾人の孤蓬万里などの優れた歌人たちが生まれたことも、『折々のうた』が鋭く掬い取った通りである。

短歌を「悲しき玩具」と呼んだ啄木の孤独は、今こそ顧みられるべきだろう。その悲しみがこれ以上付け加えられてはならないという願いを込めて、『折々のうた』短歌編二巻を送り出したい。

（『大岡信『折々のうた』選　短歌㈡』岩波新書／二〇二〇年三月）

実は苦手な塚本邦雄

塚本邦雄は、実は苦手だ。

この人がいなければ、私たちは言葉を持たなかった。歌に向かっていなかった。そのことはわかる。

尊敬の念は死後ますます強い。

しかし、歌としては、葛原妙子や山中智恵子の方がはるかに好きだ。

何に惹かれるかと言えば、第一に韻律である。歌が歌であるところの最大の特質は、意味ではなく、直接無意識に訴えかける韻律の魅力だと思う。

塚本はそれを十全に知りながら拒絶した。拒絶して、全く新しい世界を開いた。塚本の歌は、徹頭徹尾、荒々しい意味の戯れである。私はそのメカニックな世界が怖い。

選んだ十首は、人口に膾炙したものばかりだが、塚本の作品の中では、比較的歌らしい歌だ。塚本独特の体言止めや、一字空けの技法も、なるべく避けた。

とは言っても、避けようもなく、たまらなく好きで選んだものもある。

「金木犀　母こそとはの娼婦なる」の一首。あれこれ言っても、これは大好きだ。フランス映画そのものであり、バタイユの『わが母』を想わせる。

「しかもなほ雨、」の歌は、偶然手にして塚本邦雄を知るきっかけになった、笠原芳光の『塚本邦雄論』で読んで以来忘れられない。『水葬物語』の中でいちばん好きな歌だ。静かで、イエスを囲む人々の息遣いが聞こえるようだ。

塚本らしくない歌として真っ先に思い浮かぶのは、「馬は睡りて亡命希ふこともなきか」である。「夏さりわがたましひ滂沱たり」の痛切な調べが、塚本の世界では異質だろう。

晩年の歌で忘れられないのが、「涙骨《オス・ラクリマーレ》」の一首。死の予感を深く感じさせる。

塚本ほど偉大な革命者も、最後にはここに辿り着くのかという感慨が胸に迫る。歌人とは何だろう。

◉塚本邦雄が切り拓いた十首

しかもなほ雨、ひとらみな十字架をうつしづかなる釘音きけり
『水葬物語』

「火の鳥」終る頃に入り來て北狄のごとし雪まみれの青年は
『日本人靈歌』

金木犀　母こそとはの娼婦なるその脚まひるたらひに浸し
『水銀傳說』

馬は睡りて亡命希ふことなきか夏さりわがたましひ滂沱たり
『綠色研究』

金婚は死後めぐり來む朴《ほほ》の花絶唱のごと蘂そそりたち
同

固きカラーに擦れし咽喉輪のくれなゐのさらばとは永久《とは》に男のことば
『感幻樂』

ほほゑみに肖てはるかなれ霜月の火事のなかなるピアノ一臺
同

すみれ咲く或る日の展墓死はわれを未だ花婿のごとく拒まむ
『星餐圖』

イエスは架《かか》りわれはうちふす死のきはを天青金《あをがね》に桃咲きみてり
『青き菊の主題』

おそらくはつひに視ざらむみづからの骨ありて「涙骨《オス・ラクリマーレ》」
『約翰《ヨハネ》傳《でん》僞《ぎ》書《しょ》』

（「歌壇」二〇一九年五月号）

稲葉京子先生のこと

一九八六年、春日井建先生に入門を許された時、横浜在住の私は、同じく横浜にお住まいの稲葉京子先生の歌会に参加するように電話で言われた。

まだ私は、稲葉京子という歌人について何も知らなかった。

マンションの中の静かなお住まいをお訪ねすると、優しい先生と先輩方が迎えてくださった。先生は、どこか霊感があるような方で、普通の人には見えないものが見えたり、聞こえない魂の声が聞こえておいでのようだった。瞳に不思議な光があっ

た。全くの初心者の私の歌を、丈高いと過分に褒めてくださり、のびのびとうたわせてくださった。

でも、申し訳ないことに、若くて好奇心に溢れていた私は、同世代の仲間たちとの世界が見たくなって、いつか先生のもとを離れてしまった。先生は決して咎めることはなさらなかった。以後も同じように優しくしてくださった。

そして、二〇〇四年に春日井建先生が亡くなると、一代限りの弟子と決めていた私は、中部短歌会を退会して一人になった。その時も稲葉先生は何もおっしゃらなかった。

二〇一六年に稲葉先生が亡くなったことを、私は知らずにいた。当然お別れにも行かれなかった。

忘恩に忘恩を重ねた私に、先生はいつもお年賀状をくださっていた。だが、その年の暮れは夫君からの年賀欠礼のご挨拶状が届いたのである。愕然とした。お詫びする機会は永遠に失われてしまった。今の私にできることは、稲葉京子という優れた歌人の歌を伝えてゆくことだけである。

いとしめば人形作りが魂を入れざりし春のひなを買ひ来ぬ
『ガラスの檻』

白鳥を美しからぬといふ吾子よわが裡の何を罰するならむ
『柊の門』

頰に指手触るるまへの弥勒像おもへば仄かにみだれ給へり

羽毛も鱗ももたざるゆゑに春の夜の宴に絹を纏きて群れゆく
『槐の傘』

わが青年よ若かりし日のわれもまた天道を焦げ落ちたる雲雀

かつてその熱を計りし母の手は若き憂愁をはかることなし
『桜花の領』

百年の椿となりぬ植ゑし者このくれなゐに逢はで過ぎにき
『しろがねの笙』

たゆたへる思ひのなかに別れゆく夢の雨にも傘をさすなり

みどり児の重さをかひなは記憶せり赤枇杷一枝宙に撓めり

人を恋ふ心なかりせば須佐之男は流るる箸を見ざりしならむ

いずれも美しく繊細で、歌人の魂の傷が見えるようだ。

稲葉京子先生、本当にありがとうございました。

（未発表）

『稲葉京子全歌集』

憂愁の光

米川千嘉子歌集『牡丹の伯母』

米川千嘉子の第九歌集である。

社会や世界に向き合うことを通して、自己の内面を深く見つめる思索の姿勢がいよいよ深まり、独特の憂愁もそこから発している。

　千人針手伝ひつついのち絶ゆるばかり恋ふとうたへり岡本かの子

　比喩としてさまざまな乳房はゆたかなりと読むときわれの乳ふさ涼し

　デモをゆくひとりひとりよ母親はみどりごの髪の匂ひをかぎて

　野次が好きつよい国家も好きなのだ飾られならぶ女の大臣

　女子トイレに小さな男の子の便器遊具のやうな春のかがやき

女性と社会との関わりというテーマは、初期の代表作のひとつ〈〈女は大地〉かかる矜持のつまらなさ昼さくら湯はさやさやと澄み〉(『夏空の櫂』)以来、米川が追求して来たものだ。本歌集でも根幹を成すが、その先見性はもっと評価されるべきだ。

かの子の激情と戦時の体制順応に対する違和感。乳房信仰と言うべきものに涼しく訣別する「われの乳ふさ」。デモをゆく群衆の中に個を見出す母の属性。「女の大臣」の危険な暴力性。女子トイレの小さな男の子の便器の愛らしさ。

いずれも通念ではなく、自身の心に照らして対象を再発見する。この知の働きがやわらかな情感と結びついているのも、初期から変わらない。

　激怒して出でゆきし夫が買ひ来たる二頭の馬の絵むかしの絵となる

米川千嘉子歌集
『牡丹の伯母』

改札を出でくる背広の子に遇へり裸で産み何になれと育てし
子を産みし三十の春椿にくる目白を鶯と指さしたこと
問ふたびにかならずしづかに返事して息子はわれの感傷を
生きず

家族に向けられる眼差しにも、愛と共に憂愁が色濃い。夫も息子も不可思議な他者である。

かつて夫はなぜ激怒の果てに馬の絵を買って来たのか。裸で産んだ息子はなぜ背広を着る大人になったのか。目白を鶯と教えた母の羞恥を、嬰児の息子はどう受けとめたか。母の感傷と無縁な息子はどんな人生を送るのか。

　そして、痛烈な一首がある。

今日歌集読めば人なき壮麗な比喩の部屋にてぺたんと坐る

これは誰の歌集だろう。

（「短歌」二〇一九年三月号／角川書店）

もうひとつの死者の書

東直子の作品世界

廃村を告げる活字に桃の皮ふれればにじみゆくばかり　来
て

東直子『春原さんのリコーダー』

ももづたふ磐余《いはれ》の池に鳴く鴨を今日のみ見てや雲隠《がく》りなむ

大津皇子『万葉集』巻三　四一六

今回は歌人・作家として大活躍の東直子（一九六三―）の初期の代表作を取り上げる。穂村弘（一九六二―）と並んで現代短歌に計り知れない影響を与えている歌人である。

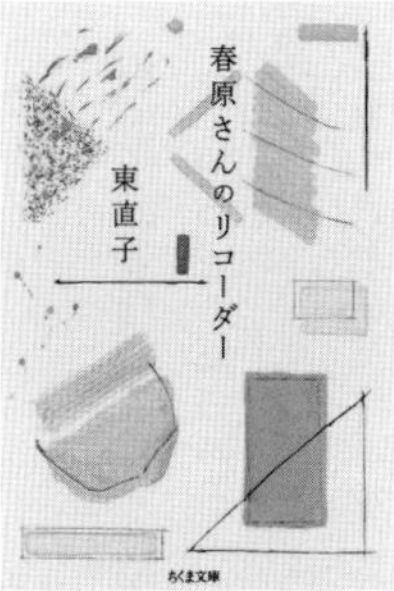

東直子『春原さんのリコーダー』『青卵』

特にこのほどちくま文庫から、第一歌集『春原さんのリコーダー』、第二歌集『青卵』が刊行されたのを記念して、東直子の作品世界を改めて味わってみたい。

組み合わせた相手は、『万葉集』の大津皇子である。わが子草壁皇子を皇位につけたい持統天皇の政略によって、自死を余儀なくされた悲運の皇子だ。釈迢空折口信夫の小説『死者の書』の冒頭に、大津皇子の霊が蘇る場面が描かれていることでも名高い。その皇子が死を前にして自らを傷む歌が掲出の一首である。なぜこの人のこの歌なのか、東の歌を読み解いてから述べよう。

「廃村を告げる活字に桃の皮ふれればにじみゆくばかり」は、どんな情景なのか。まず「廃村」が気になる。ひとつの村が廃される。そこに住む人々はどこへ行くのか。あるいはもう死に絶えてしまったのか。それを告げる「活字」とは新聞であろう。新聞紙に「桃の皮ふれればにじみゆくばかり」なのだ。「桃の皮」であって「桃の実」ではないのだ。作中主体は、新聞紙を広げて桃の皮を剝いているのかも知れない。その生々しい桃の身は見えないままに、「廃村を告げる活字」だけが果汁に滲んで行く。

人々の共同体であったひとつの村の死と、隠された桃という濃厚なエロスが、驚くほど自然で柔らかな感触で交わっているのだ。ひとつの世界の終わりか、あるいは始まりのような象徴的な情景である。そこへ「来て」と呼ばれているのは誰なのか。

これは恋の歌であって恋の歌ではない。呼ばれているのは恋人ではなく、もっと不可思議な生の謎そのものではないのか。だから、私たちは、誰もが「来て」の誘いに乗ってしまいそうになる。そして、誰がやって来ようと、この歌は拒むことはないだろう。

東直子の歌は、決して読者を拒まない。常に諸手を挙げて私たちを招いてくれている。少し懐かしく少し恐ろしい不思議な場所へ。

　　そうですかきれいでしたかわたくしは小鳥を売ってくらしています　『春原さんのリコーダー』

この歌では、「そうですかきれいでしたか」と「わたくしは小鳥を売ってくらしています」の論理的な繫がりが全くわからない。誰が「きれい」だったのかも、その人物と「わたくし」との関係もわからない。読者はこの世の果てに連れて行かれたようだが、一首の雰囲気は決して冷たくはない。そこはすべてを失っても生きられるような、優しい場所なのである。

　　好きだった世界をみんな連れてゆくあなたのカヌー燃えるみずうみ　『青卵』

これは恐ろしい歌だが、呪いではなく祈りだと思う。私の好きだった世界をみんな連れて行ってしまうあなたのカヌーは湖で燃えている。あなたは死んだのか。そうかも知れない。だが、好きだった世界はきっと湖上で生きている。世界が生きていれば、あなたはいつか帰って来る。

「来て」と呼んだ時に、死の迫った大津皇子がやって来ても、束は、いや作中主体は、たじろぐことなく、良くいらっしゃいましたとあたたかく迎えてくれるだろう。

大津皇子の歌を読んでおこう。「ももづたふ」は「磐余」にかかる枕詞である。「磐余」は皇子の邸宅があった土地だ。そこの池の鴨を今日限り見て死んでゆく自分なのである。訣別と悲傷の言葉だ。「雲隠りなむ」の高貴さが眩しい。

人物才能共に秀でていたという皇子が、「来て」という言葉に誘われてやって来てくれたら、あるいは魂の蘇りによって、全く新しい世界が始まるかも知れない。それはもうひとつの『死者の書』となるかも知れないのだ。

（「三田文学」二〇二〇年冬季号、連載コラム「千年を隔てた恋の歌のやりとり」第十四回／二〇二〇年一月）

和歌という不死身の生きもの

久保田淳『「うたのことば」に耳をすます』

和歌文学研究の泰斗による、万葉から現代までの歌の言葉を追求した書物である。

とりわけ心に響いたのは、「西行と定家」の章で、定家は好きとすぐ言えるが、西行はそう言えないのはなぜかという理由として挙げられた、「定家の歌は酔わせてくれるが、西行の歌は迷いから覚醒させようと心に働き掛けるからだろう」という著者の真率な一言である。

著者による定家の全歌集に陶酔した経験は無上のものだった。

久保田淳『「うたのことば」に耳をすます』

定家はいつも裏切らないが、西行はおいでおいでと言いながら、近づくとくるりと背を向けてしまうようで切ない。

だが、西行は親しみやすい歌人として一般的な人気が高く、定家は難解ということで敬遠されやすい。

著者はそうした先入観による西行と定家の像から、世俗の塵を払い、二人の歌の言葉を洗い上げて読者の目を開く。西行が嫌いなのではなく、大切に思うからこその距離感なのである。「さほど注目されてはいないけれども西行の心の内奥《ないおう》に触れるのではないかと思われる歌」とされた三首にも強く惹かれた。一首引こう。

み熊野のはまゆふ生《お》ふる浦さびて人なみなみに年ぞ重なる

ここには西行に時々感じる芝居気が微塵も無い。孤独に磨かれた実存の感覚だけがある。

また「魔仏一如」の境地かと評された、西行の虹の歌も慄えるように美しい。

さらにまたそり橋渡すここちしてをぶさかかれる葛城《かづらき》の峰

幻想的なイメージがまるで定家のようだ。

定家については、ほとんどすべての歌の制作年代が特定できると言い、さらに新しい作品が発見されないかと胸をときめかせる碩学が、西行と定家は対照的であると共に、非常に接近している面があると述べることの意味は大きい。

定家の歌では「きさらぎやよひ」の項の次の一首が特に印象的だった。

あはれ知れ春のそなたをさす光わが身につらききさらぎの空

建久四（一一九三）年二月十三日に母を失ったことが詠まれている。それゆえ事実として、きさらぎは置き換えられないわけだが、歌の韻律の中でも「きさらぎ」以外の言葉では成り立ちようがないことが、哀しくもあり、恐ろしくもある。人間を凌駕する芸術の力に魅入られた歌人の運命を感じるのだ。

これからの歌がどこへ向かうのかわからないが、和歌という不死身の生きものは必ずまた、思いがけない形で蘇るような気がする。それをぜひとも著者に見届けてほしいものだ。

（「短歌往来」二〇二一年二月号）

歌舞伎座わが愛

私にとっての銀座といえば、一にも二にも歌舞伎座である。四十年以上通いつめているのに、方向音痴の私は、ほかには新橋演舞場と鳩居堂と資生堂と和光くらいしか行くことができない。今年（二〇一七年）から観世能楽堂が銀座に移ったので、これは必死で覚えた。

歌舞伎座に初めて行ったのは昭和五十年九月で、十六歳だった。テレビで六代目中村歌右衛門の政岡の目玉が裏返るような顔を見たのが小学生のときで、なんて気味が悪くておもしろいんだろうと思い、本物の歌舞伎が観たくてたまらなかったが、歌舞伎を娘時代に観ていた母は、必ず一等席で観るものと信じていたので、今のうちにはそんな贅沢をする余裕はないと止められていたのだった。その代わり、母は昔観た十五代目市村羽左衛門や六代目尾上菊五郎の話を聞かせてくれた。鉛毒で動けなかった五代目中村歌右衛門も、母は観たらしかった。それで私は歌舞伎への憧れをいっそう募らせていた。

母には三人の妹がいて、一人は開業医の奥さんだった。つまり、サラリーマンのわが家とは違って裕福だったのである。太っ腹なその叔母が、姉妹と姪たちを揃って歌舞伎座に招待してくれたのだ。私は小躍りした。たしか、学校のある日だったと思う。帰ると早々に母と駆けつけたが、夜の部はもう始まっていた。

私は舞台の明るさに目を奪われた。花道に昆虫のような頭をした巨大な人物がいた。それが当時の市川染五郎、今の松本幸四郎（現・二代目松本白鸚）の演じる、『暫』の主役鎌倉権五郎景政だった。本舞台から花道にやってくる、すらりとした美しい女に見とれていると、「玉三郎よ」と叔母がささやいた。

駅でポスターが盗まれる玉三郎ブームは少し前だったが、美しいものになんでも玉三郎と名づける時代だった。その玉三郎の女鯰《おんななまず》が、実は善人方のスパイだったのも印象に残った。近代の弁慶役者、七代目松本幸四郎の追善興行だったので、口上も観ることができた。

私たちは夜遅く、興奮して帰途についたが、実はこの日はお目当ての歌右衛門は一座にいなかったのだ。だが、味をしめた私は、母にねだって毎月歌舞伎座に通うようになり、歌右衛門の舞台も心ゆくまで堪能できた。

当時の日記を読むと、歌右衛門の八重垣姫に、「お姫様がこんなに色っぽくていいのだろうか」と書いているから笑ってしまう。色っぽいということが私にもわかったのだろうか。歌右衛門の八重垣姫は何度か観ているが、これは最初の感想である。

歌右衛門の役はどれも好きだが、特に八重垣姫と八ツ橋と阿古屋と玉手御前と『仮名手本忠臣蔵九段目』の戸無瀬が好きだ。お姫様と傾城《けいせい》のどちらもいいのがさすがである。もちろん政岡も揚巻も好きだが、八ツ橋が一太刀で殺されるときの哀れさや、雪の花道をしずしずと歩いてくる戸無瀬の風情が忘れられない。

歌右衛門の舞台の緊張感は大変なもので、客席もじっと息を詰めて身じろぎもしない感じだった。能楽堂の雰囲気に近いかもしれない。それを広い歌舞伎座で実現してしまうところが歌右衛門の凄さである。

当時の歌右衛門は壮年の精気溢れるころで、若盛りの美貌は既になかったが、芸の毒がこもったもの凄い形相だった。熟成しきったチーズの味というのだろうか。十代でその醍醐味を知ることができたのはほんとうに幸せだった。

もちろん歌舞伎座で観たのは歌右衛門だけではない。二代目尾上松緑、七代目尾上梅幸、初代松本白鸚、十七代目中村勘三

御簾の中で演奏する歌舞伎座の囃子方（1993年10月）

郎、十三代目片岡仁左衛門などの戦後歌舞伎の名優たちの舞台が胸に刻まれている。

いっぽう、若い役者の出立にも出会った。昭和五十一年四月の猿若祭での、弱冠二十歳の十八代目中村勘三郎（当時勘九郎）の『春興鏡獅子』の初演には、特に感銘を受けた。

この猿若祭は寛永元年、初代猿若勘三郎が猿若座の櫓《やぐら》を上げ、江戸で歌舞伎興行を創始して以来、江戸歌舞伎三百五十年という歴史を寿《ことほ》ぐ盛大な行事だった。勘三郎の名跡を襲《つ》いでいる十七代目勘三郎が中心になり、新橋演舞場に出演中の松緑も掛け持ちで、人気役者が顔を揃えた。両花道を使って男伊達、女伊達が登場する『弥栄芝居賑　猿若座芝居前』の華やかさにはぞくぞくした。

そのいちばん最後に演じられたのが鏡獅子だったのだ。一点も揺るがせにしない品格高い踊りだった。十八代目勘三郎の鏡獅子は以後何度も観たが、初演ほど感動したことはない。今にきっと、初演を上回る最高の鏡獅子を見せてくれるだろうと期待していた勘三郎の早世は、あまりにも悔しい。

人柄の滲み出たスケール大きな芸の十二代目市川團十郎、踊りの名手だった十代目坂東三津五郎も、惜しまれつつ旅立ってしまった。

歌舞伎座の三階に、故人となった役者たちの写真が飾られている。私はいつも、両耳のぴんと大きい「花の橘屋」十五代目市村羽左衛門にうっとりするのだが、左のほうに行くにつれて、近年のまだ若い物故者を見るのが悲しい。

いつも一緒に歌舞伎を観ていた母ももういない。母は、私に感化されて三階席でも観るようになり、旧歌舞伎座のおでん食堂で茶飯のついたおでん定食を私と食べていた。新しい歌舞伎座には、おでんやカレーがないのがちょっと寂しい。

しかし、今度の歌舞伎座はエスカレーターがあり、お手洗いが見事にたくさんあってありがたい。文字どおり一生通う場所なのだから、年を取っても安心してこられることが大切だ。

私はたいてい月一回、昼夜通しで観ることが多く、昼夜の間の時間は喫茶店「檜」のお世話になる。最近になってアイスクリームがメニューに入ったのがうれしい。

ただし、ここは役者の奥さま方も見えるので、うっかり芝居の感想など大声でいえないのがつらいところである。私はよく危ない発言をして友人に注意される。

いつの日か私も死者になったら、ふわふわとすきとおった姿で歌舞伎座にやってくるのだろうか。それを思うと、母や叔母も大成駒の歌右衛門も、勘三郎も團十郎も三津五郎も、すぐそこにいるに違いない。

歌舞伎座よ永遠なれ。

（「銀座百点」二〇一七年十一月号、
初出時の標題は「歌舞伎座よ永遠なれ」）

水原紫苑——講演録

山崎方代とわたし

水原紫苑でございます。本日はよろしくお願いいたします。

「山崎方代と今」という題名を申し上げたんですが、いろいろ方代さんの歌を読みながら考えましたら、これはどうやら「山崎方代さんと私」というタイトルがふさわしいのではないかと思いました。

と申しますのは、私は方代さんとは義理の義理の義理の親戚なんです。それはどういうことかと言いますと、年譜にもございますお姉様のくまさんという方が関さんという歯医者さんに嫁いでいらっしゃいますね。

その関さんのいとこが私の母の妹の夫でございました。ですから、ほんとに義理の義理の義理のご縁なんです。でもそれが嬉しいことかと言うと、実はそうではなくて、世間の人々の反応というものはぜんぜん違うものでして、叔母が言うには、「困った親戚がいるのよ。いつもお金をせびりに来て、ほんとに迷惑してるの」という話だったんですよ。

年譜を見ますと、お亡くなりになったのは一九八五年ですね。私は八六年に春日井建先生に入門しましたから、まだ歌は始めておりませんが、亡くなった時にここ瑞泉寺様の葬儀に、叔母は義理で来たそうです。「もう大変だったわよ。あんな人、親戚に持つものじゃあないわ」という話でした。

叔母は、医者の奥さんで、小金持ちで、プチブルジョワの価値観と申しますか、世間様でお金が入り、仕事もでき、そこそこよく思われる人がいい人だという普通の価値観を持っておりました。私は生意気な娘だったので、「まあ、叔母ちゃまにはわからないわ」と思っていたんですね。でも私にとっては、貧乏なうちの家族を歌舞伎座に連れて行ってくれたりする、いい叔母さんだったんです。

そういうことがあって、山崎方代さんに関心を持ったかというと、そういうわけでもありませんでした。私が入門した春日井建先生はまったく正反対のような歌人なんですよね。

歌はかっこよくてなんぼ、というそういう歌なのです。とにかく死んでもかっこいいという歌なんです。方代さんの歌はそうじゃないですよね。それで、私はずっと春日井先生のかっこいい歌で来まして、先生が亡くなってもずっとそれで来まして、歌ってそういうものだと考えてきたんですね。

でも私のことを年齢不詳と大下さんはおっしゃってくださいますが、私もけっこういい年になりまして、今年こういう機会をいただきまして、気持ちのいい瑞泉寺様でお話しさせていただくことになって、方代さんの歌をあらためて読みましたら、打ちのめされたんですね。

私にはこういう世界はとってもかなわないと思ったんです。なんていうか、歌のいい、悪いじゃないんですよ。ここまで人生を投げ出して、自分を投げ出して、自分は歌を書いたことがあるかというと、そういうものではなかったんですね。

自分は自分なりに、命しぼって書いているつもりですよ、ですけれどもそれは違う。何と言うか、方代さんのことを無用の者と岡部桂一郎さんが書いていらっしゃいますよね。方代さんは仕事もしない、家庭も持たない、社会のお役に立たない人なわけです。自分はどうかというと、私自身も定職についたことはほとんどなく、家庭も持たず、一生親がかりの社会的に無用の人間なんですよ。でも、同じように無用の人間であっても、こんなに違うんだなあということを思って、方代さんという人に私はお目にかかる縁はこの世ではなかったですし、どんなふうにしゃべる方かわかりませんが、もし会ったら「まあ、お嬢ちゃん、きれいな歌を作ってねえ」と言われるんじゃないかと。「きれいごとばかり歌っていいねえ」というふうに言われるんじゃないかなと思って、なんて言うんでしょうか、ショックを受けたのです。

方代さんの歌が好きか嫌いかというと、ものすごく正直に言えば嫌いなんです。でも「すごいなあ」ということを認めざるを得なくて。

全歌集に栞が入っていて、いろいろな方が書いていらっしゃいますけど、詩人の飯島耕一が書いていて、東大仏文で、自分は同じ時に鈴木信太郎先生に直接ヴィヨンを習っていたと書いていました。でも方代さんの歌に、すごく押してくるようなものを感じると書いていましたよね。

飯島耕一のような本当の知識人の感じとはぜんぜん違うんですけれども、私は何かそういう感じで、方代さんにすごく押されるような感じがありました。

ごめんなさい、さっき嫌いですと言ったけど、嫌いじゃないです(笑)。なんて言ったらいいのか、ものすごく押される感じ、圧倒される感じ。これが歌ならば、これが素晴らしいならば、自分のやっているものは何なのだろうということなんですよね。そういうふうに考えざるを得なくなる、そういう力を持っているのが方代さんの歌だと思うんです。

四つ歌集がありますね。第一歌集の『方代』、それから『右左口《うばぐち》』『こおろぎ』『迦葉』ですね。作家は、処女作ですべてが現れると言いますけれど、本当に第一歌集ですべてできあがっているなあと私は読んで思いました。

汚れたるヴィヨンの詩集をふところに夜の浮浪の群に入りゆく

詩人のヴィヨンの詩の字面ではなくて、ヴィヨンの人生を方代さんは生きていたということですよね。そして、夜の浮浪の群れの中に入ってゆく。

　おから寿司水と一緒にのみおろし売られゆく娘にマフラを投げる

売られゆく「こ」かもしれませんが、「むすめ」と読んでおきます。娼婦に売られていく、吉原みたいなところに売られていく娘にマフラーを投げる。しかも、お寿司がおから寿司だという。こういう生活って、ただの生活ではないですよね、もう本当に、方代さんは戦争にも行っているし、視力をほとんど失っていることもあるし、本当に地面を這い回るような、そういう生活の中から出てきたこの行為、売られゆく娘にマフラーを投げる。寒かろうと思って娘にマフラーを投げてやろうという、その心ですよね。

その次も好きな歌なんです。

　せきれいの白き糞より一条の湯気たちのぼるとき祈りなし

せきれいはきれいな鳥ですよね。でも生き物ですから糞をするわけで、その白い糞から湯気が立ち上る。人間でもそうなんですけど、その時に祈る言葉というものは何もない、これが存在だということですよね。

　白い靴一つ仕上げて人なみに方代も春を待っているなり

靴直しの職人をやっていらしたということが書いてありました。だから白い靴を仕上げたのでしょうけども、白い靴を履くのはどこのお嬢さんかわからないけれども、自分は履くこともないだろうような靴を仕上げて、人並みに春を待っていると。

「白い手紙がとどいて明日は春となるうすいがらすも磨いて待たう」という齋藤史の歌がありますよね。そういう春となんて違う春なんだろうなあと思って。その春の美しさ、モダニズムの虚構の美しさなんですが、それと戦後のこの本当に地を這い回るような生活の中の存在の美しさというもの。どちらも歌なのだろうなあと思って感動するわけなんですね。

　ばらの木に返り咲くばらの花あればくやしき涙にじみ来るなり

これも不思議な歌なんですよ。ばらの木に返り咲くばらの花がなんで悔しいのか。それは命って一度きりだからじゃないですか。一度きりの命だと思ったのに、花はもう一度咲く。自分はもう一度咲かない。その涙じゃないかなあと思いました。

　皿の上にトマトが三つ盛られおるその前におれがいる驚きよ

これもね、お皿の上にトマトが三つ盛られている。そのトマトの全存在に向かって自分の全存在があるってことですよね。このように生きるというのは、そういうことであって、その自分に驚くということですね。

このわれが山崎方代でもあると云うこの感情をまずあばくべし

山崎方代っていうのは、歌の名前ですが、本当の名前でもあるわけで、それはここに生きているこの自分が山崎方代だっていうこと。それはいったいどういうことなのか。その自分が生きて存在して名前を持っていることがどういうことなのか、という問いかけですよね。その次の歌もとても好きでして。

茶碗の底に梅干の種二つ並びおるああこれが愛と云うものだ

梅干しの種二つ。愛し合っているみたいですよね。人間がしゃぶったあとの梅干しの種が二つ並んでいる。こんなふうに存在と存在が愛し合っている。そういう、この世の生というものの愛おしさですね。

誤って生れ来しわれが新橋の鋪道の右側をおされてゆけり

方代さんは間引きそこねて生まれたとか言っていますけど、本当なのかどうかわかりません。が、そういうふうに間違えて生まれてきたような自分が、新橋の人ごみの鋪道の右側を押されて、目も悪いのに、押されて歩いていくよという歌ですね。

すてられし下駄にも雪がつもりおるここに統一があるではないか

これも面白い歌ですよね。雪が一面に降っています。そうすると捨てられた下駄の、おそらく片っぽうがあって、そこにも雪が積っている、世界の統一、宇宙の統一というものが、ここにあるじゃないか、というような感じかなと思いますね。

柚子の実がさんらんと地を打って落つただそれだけのことなのよ

本当にそれだけなんですよ。柚子の実がただ美しく輝いて地面に落ちる、地面を打つ、ただそれだけの一生をみんな生きる、柚子の実も生きる、俺も生きる、ということなんでしょうね。

ゆえしらぬ涙は下る朝の日が茶碗の中のめしを照せる

これも本当に人間存在ということで、朝日が茶碗の中のご飯を照らしている。それだけのことなのに、涙が流れてくるというのですね。理由のない涙、どうしてかわからないけれど涙が溢れてくる、涙がこぼれ落ちてならない、ああ、今朝のご飯を自分は食べる、そのご飯に朝の日が照っている、生きているってこういうことだということですね。

『方代』は方代の世界で全部できていると思うんです。詩人・歌人・俳人もそうかなと思いますが、みんな同じだと思うんですが、第一歌集で全部出ちゃっている、そのあとどうするのかなと思うと、もちろんいろいろ変化していったりするわけですが、あとは本当にどんどんうまくなっていくんですね。

次の歌集『右左口』ですが、

それはそれは山の獣も知らざりし寒き夜ふけを母は死にたり
行く先をもたざるわれも夕方になればせわしく先をぞ急ぐ
これもまた幻なるか水甕の肌にぼんやり日が当りおる
あくる日のたそがれのころ一枚の木の葉が枝をはなれゆきたり
幸せは捨てた子猫よわれよりも先に帰りているではないか
かたわらの土瓶もすでに眠りおる淋しいことにけじめはないよ
こんなところに釘が一本打たれいていじればほとりと落ちてしもうた
ああここはこの世の涯かあかあかと花がだまって咲いている
こんなにも湯呑茶碗はあたたかくしどろもどろに吾はおるなり
そこだけが黄昏れていて一本の指が歩いてゆくではないか
ろうそくも切れてしもうた後はもう存念もなく寝るばかりなり

これ、いくら読んでも、本当に極まっていくばかりというか。「あくる日のたそがれのころ」とかうまいんですよね。何のあくる日かはわからないんですが、自分がおそらく木の枝を見つめていた、その翌日、その日何かがあって、そして木の葉が枝を離れていった。それは運命だということですよね。

自分のそばの土瓶ももう眠っていて、淋しいことにけじめはない、土瓶も自分も同じように淋しい。

そして釘が一本打たれていたけれども、いじればほとりと落ちてしまった。自分と縁を受けたことによって、釘が落ちて死んでしまったんですね。

「花はこの世の涯で黙ってあかあかと咲いている」とかこの歌もああ、ここがこの世の涯かあ、あかあかと黙って咲いているとか、悟りみたいですよね。もうこうなっちゃうんだなあと思って。

このあとって、言葉はないのじゃないかなあと思うんです。あとも、方代さんは詠うんですね。

『こおろぎ』です。

ある朝の出来事でしたこおろぎがわが欠け茶碗とびこえゆけり
こんなにも赤いものかと昇る日を両手に受けて嗅いでみた
あかあかとほほけて並ぶきつね花死んでしまえばそれっきりだよ
卓袱台《ちゃぶだい》の上の土瓶に心中をうちあけてより楽になりたり
約束があって生れて来たような気持になって火を吹き起こす
間引きそこねてうまれ来しかば人も呼ぶ死んでも生きても方代で

ある

かりそめにも妻子なんぞは持つまじき椽の垣根の枝折れている

声をあげて泣いてみたいね夕顔の白い白い花が咲いてる

赤子のような詩を書くひとがおりまして覗いてみると寐そべっている

笊の中に茗荷の花が咲いているゆきたる人はもう帰らない

山椒の実は色づいてたわわなり方代さんを待っているのだ

かさかさになりし心の真ん中へどんぐりの実を落してみたり

「ある朝の出来事でした」、欠け茶碗を飛んでいくこおろぎ、もうなんて言うのか、仏様みたいですよね、方代さんの歌って。

「こんなにも赤いものかと昇る日を両手に受けて嗅いでみた」そうしたらどんな匂いがしたんだろう。

「ほほけて並ぶきつね花死んでしまえばそれっきりだよ」、それっきりなんです。だけど、こう言われるとそれっきりではないような気がしますよね。何かが残る。実際にこうして歌が残り、方代さんは心に残っていくわけなんです。

「卓袱台《ちゃぶだい》の上の土瓶に心中をうちあけてより」、打ち明けると楽になる。たとえ相手が土瓶であっても。人間よりもむしろ素直に話を聞いてくれる、お前が俺の心を知っている。そう思うと楽になる。

「約束があって生れて来た」、前世の約束でしょうか。この世に生まれてきたのは偶然じゃない、自分が生きていることは意味があるんだってことですよね。

「間引きそこねてうまれ来しかば」、だから人も呼ぶ。「死んでも生きても方代」。こうやって死んだあとも、みんな方代、方代と言うわけなんですよね。こういう歌を読むと、本当にかなわない境地だなと思うんです。これをなんというのか。嫌いだと言おうと思えば言えます。通俗だなとも言えます。だけど通俗っていうものを越えたものがありますよね。それが何なのか、今日私は仏縁をいただいて、この鎌倉の瑞泉寺様で方代さんのお話をさせていただいたことで、考えていきたいと思っています。

「赤子のような詩を書く人」これは自分のことですよね。自分のことをこんなこと言ってはいけないはずです。覗いてみると寐そべっている。この自意識過剰は何なのだろうと思います。でも、ここまで自分を捨てられるということですよね。それが自分にできるかっていうことを問われていると思います。

「山椒の実は色づいてたわわなり方代さんを待っているのだ」、本当に待っているんでしょうね。そう思います。

そして最後の歌集『迦葉』は、これを読むとちょっと違ってきているなと思うんですね。老いというものと死というものが、すごくこの人を捉えているなという感じがするんです。

六十になればなればとくり返し六十歳を越えてしまえり

くちなしの白い花なりこんなにも深い白さは見たことがない

この歌、好きです。くちなしってそうですよね。花びらが厚くて透き通らない白ですよね。どこまでもどこまでも強い白、深い白、その白に向かって言う言葉ってないはずです、普通の人間には。ないけれども、この人はこう言うんですね。「こんなにも深い白さは見たことがない」。「こんなにも深い歌は見たことがない」と、ここでお返事しておきたいと思います。

「塩壺には塩をみたして置きたいね」父の怒りも遠くなりたり

お父さんは怖い人だったのかなと思いますが、塩壺の大事さって私なんかの世代にはよくわからないのですが、塩って人間が生きるために必要なものなんですよね。だから、「塩壺には塩をいっぱいにしておきたいね」とお父さんは言った。生きるってことはそういうことだ。塩をいっぱいにしておくことが生きるってことなんだっていうことだと思います。

ここ過ぎてうれいは深し西行の歌の秘密はいまも分からない

「ここ過ぎて悲しみの市《まち》」というのが太宰治の『道化の華』にあって、それがダンテの『神曲』の地獄篇に出て来る言葉をふまえているんですね。そういうものの引用かなと思いますが、そういうのをちらちらと読むと、方代さんって「なんだ、インテリじゃないか」と思うんですよね。で、ちょっとなんか気持ちが安心したりもするわけなんです。本当に地面を這い回っていたわけではない。ヴィヨンを読んでいたし、いろいろな教養があって詠んでいるんだなって思うわけです。

そして西行なんて、実は好きなんだな、自分のことを西行みたいだなと思っていたんじゃないかなと思うんですよね。だけど、西行さんと方代さんはちょっと違うなと思っていて、何が違うのか分からないんですが。西行の歌のてっぺんが持っていたものと、方代さんの歌のてっぺんが持っていたものと、それはやっぱり峰の高さが違うんじゃないかという気がするんですね。

でも、高いからえらいということではないと思うんです。そこはこれから私の宿題だと思います。

何ゆえかわからないけど明方の寝床の中で笑い出したり

これは面白いですね。人間て、なんか、こういう不条理な生き物です。なんだかわからないけれど、朝、明け方の寝床の中で笑い出したりするものですよね。

一丁の豆腐の前の人生を窓の外から覗きたもうな

お豆腐一丁あれば、その日のおかずになるんですよね。お豆腐と納豆があれば生きていけると、宮本信子さんだったか、書いていましたが、本当にそうなんですよね。貧乏人のお助けというのがお豆腐なんです。そういう人生の窓の外から覗かないでくれ、自分はここで生きているんだから、覗かないでくれよ、ということですよね。

ほんとうに泣けば涙が出でてくる雪割草は白い花なり

この歌を詠むと本当に泣きたくなります。本当に泣くと涙が出てくる。それまで嘘泣きしていたのかっていうことなんですけど、たぶんそうだと思うんです、私は。それまでの歌って嘘泣きだったかもしれないなと思うんです。演技だったかもしれないなと思うけど、『迦葉』になるともう本当にどん詰まりまで行ってしまった、本当に涙が出てくるんだなってことが、わかるんです。

日に透けるうすきみどりの一房を掌にのせて立つベアトリーチェよ

ベアトリーチェはダンテの永遠の恋人ですね。こういう人が方代さんにいたのかどうかはわかりませんが、この葡萄の美しさ、葡萄とはどこにも言っていないけど、葡萄ですね。薄い緑の葡萄、手にのせて立っているベアトリーチェ。永遠の女性、憧れの心。この方代さんの憧れの心。なんだ、方代さんもインテリじゃないかと、ここで私は笑う気持ちになれないんですよ。本当に心底から生まれた言葉だと思います。

大切に一日ずつを暮しおる年をとっても遅生れなり

年取っても早生まれ、遅生まれは変わりません。人間はもって生まれてきたその人生を生きるしかなくて、一日ずつを暮らし、それしかない、その存在の、なんか、秘密に触れてしまった人という感じですよね。

次の歌が切ないんです。

なるようになってしもうたようである穴がせまくて引き返せない

これを読んで、そうだろうと思ったんです。「もうあなた、はまっちゃったよね」と思ったんです。「自分で好きではまっちゃったんだから引き返すことなんてできやしないよね、でもそれでいいでしょう、満足でしょう」っていうふうに思ったんです。

方代さんはここで自分の穴を見つけた。それは例えば、「幻視の女王」と呼ばれた大歌人、葛原妙子の歌に「わがうたにわれの紋章いまだあらずたそがれのごとくかなしみきたる」というのがありまして、自分の歌に歌の紋章がまだないといって悲しんでいる歌ですが、方代さんは紋章が初めからあって、最後にその紋章で縛られて、穴の中に落ちているけれども、その穴で生きて死んだということですよね。

格安の墓地を買うたという便り一字一字のかなしかりけり

お墓ですね、格安の墓地。私も今日、瑞泉寺様に来る時、考えたんですよ。うちは市営墓地でして、私が死んだら誰も見る人がいないんですね。墓地がほしいなと思って、今日、大下さんに相談しようかなと思いましたけど、瑞泉寺様の墓地は高いんだろうなあと思って、本当に切実にそういうことを思うので、「格安の墓地を買うたという便り」これは悲しいよねと。でもこの「一字一字のかなしかりけり」というのが、本当に普通の「かなしかりけり」ではないではないですか。これ、方代マジックといえばマジックですが、マジックが全存在になっています。

　桑の実が色づいておる少年は初めてのキスにまだ酔うている

これは珍しい他者に対する、若い人に対する美しい歌ですよね。

　実をもてる藪柑子これを亡き母は西行法師と呼んでおりたり

また西行さんが出てきました。

　何処かできっと一人ぐらいは待っている水仙の葉が土をはみ出る

これもいい歌ですよね。どこかできっと一人ぐらい、自分のことを待っている。こういう歌って本当に人間を励ます歌で、どん底まで絶望した人でないと詠めない励ましの歌です。間引きそこねて生まれてきた、間違えて生まれてきた人生、何の役にも立たない人生、ひとりぼっちの人生なんだけれども、どこかできっと一人ぐらいは待っている。ほら見ろ、水仙の花が土をはみ出て生まれてきたじゃないか。この水仙が自分を待っているじゃないか、ということですね。

次の歌、有名な歌なんですが、

　このようになまけていても人生にもっとも近く詩を書いている

これ、寅さんじゃないですけど、「これを言っちゃあ、おしまいよ」と私は思いましたね。これ、すごい歌なんですよ。本当に人生に最も近いところで詩を書いたんだろうなと思います。だけど、自分で言うかなあと思って、そこがなんか……「方代さん、好きだけど、でもなあ」と私が思うところですね。

でもはじめの話に戻ると、叔母が困った人だと言っていた方代さん、その困った人の側に私はこれから立って生きて歌を作っていきたいと思います。

こういう貴重な機会をいただいて、方代さんにも皆さまにも、大下さんにも瑞泉寺様にも、本当に御礼申し上げます。

拙い話で失礼いたしました。

（第三十三回方代忌基調講演／二〇一九年九月七日、鎌倉市・瑞泉寺にて。「方代研究」第六十六号（二〇二〇年二月）、第六十七号（同八月）に分載）

水原紫苑——エッセイ

ヘクトール頌

薔薇の指の曙来たりホメーロス以前の詩人きみは羞ぢらふ

今は東京古典学舎という私塾のオンライン講座で、究極の憧れのホメロスを習っている。入門からずっと手ほどきしていただいた先生なので、いまだに初級文法も怪しい私だが、何とかクラスに入れていただいている。

「薔薇の指の」というのは、曙の女神にかかる枕詞で、初めて読んだ時、美しさにときめいた。古代の叙事詩で使われた定型句らしい。

ホメロスは私たちの知っている古代最初の詩人だけれど、きっと彼以前に無数の詩人たちがいたに違いない。その顔の見えない詩人たちに逢いたいものだ。

翼ある言葉をもちてたづねたきたまきはるわが死後の恋はも

「翼ある言葉」もよく出て来る定型句である。それに「われ」にかかる万葉集の枕詞「たまきはる」を組み合わせてみた。「翼ある言葉」という言葉を生み出した最初の詩人は誰なのだろう。

今読んでいるのは、『オデュッセイア』の十三巻で、トロイア戦争のあと放浪したオデュッセウスが、やっと故郷のイタケーに帰って来たドラマティックな巻である。オデュッセウスを守るアテーネー女神も登場する。

でも、オデュッセウスはとても現実的な英雄で、正直なところ歌にするのはむずかしい。イタケーの浜辺で目覚めて、お土産にもらった鍋や釜を数えている場面などは、面白いけれど、恋する気にはなれない。

私が恋しているのは、『イーリアス』の、ギリシャの英雄アキレウスに討たれてしまうトロイアの総大将ヘクトールである。妻を想い、子を想い、トロイアの人々を大切にするヘクトールが、なぜ攻め込んで来たギリシャ軍に殺されなければならなかったのか。

間違った考えかも知れないが、私はここに、どうしても現代の戦争の悲惨さを重ねずにはいられない。

ヘクトールの枕詞は「きらめく兜の」であるらしい。その魂の安からんことを。

ヘクトールの枕詞のかがやきをかなしみうたふ秋の蝶在り

（UCカード会員誌「てんとう虫」二〇二〇年十二月号）

この人に聞く

春日井建 Kasugai Ken

聞き手＝水原紫苑 Mizuhara Sion

あやかしの世界

水原　最近はお忙しいですか。

春日井　忙しくないふりをする余裕がないくらい忙しいですね。

　でも、そういう中で、映画とか芝居とか好きですから、大急ぎで観に行きます。芝居や映画を大急ぎで見るというのは、不謹慎なことで、いけないですよね。本当は見たいものだけ見て、書きたいものだけ書いて、学校もなにもやめちゃうのが一番いいんだろうと思います。最近は『カストラート』という映画を観た。三オクターブ半の音域をもつオペラ歌手の話ですが、実際にオペラもいくつか楽しめて、伝説のカストラートの話も面白く仕上がっていました。バロックの絶頂期だった十八世紀をロマン派の手法で撮ったものです。

水原　面白そうですね。映画の方が芝居よりお好きですか。

春日井　芝居は母が好きで、母と観に行きます。寺山さんがやっていたみたいに自分でも、グループ鳥人という演劇集団を持っていたこともあって、遊んでいた時期がありますから、そういう意味では映画よりは芝居の方が身近なものだけれども、今は映画の方が観る機会が多いですね。母と観たのは歌舞伎でした。

水原　お小さい頃からですか？

春日井　ええ、記憶のある頃から。父がお能に連れていってくれたこともあります。特に印象に残っているのは、これは一人で行ったんですが、伊勢湾台風の時。御園座の切符を持ってたんです。水に浸かっている友人の家があったりするときに、どうしようかと思ったんだけど、一枚の切符が捨てられなかったんだろうね、観に行ったんです。そうしたら、ほんの少しの観客だったけれど、歌右衛門の「お客さまが一人でもあれば、どんな時にも芸をするのが役者でございますから」という口上があって、「道成寺」などを演じたんです。

水原　良かったでしょうね。

春日井　良かったですよ。観るほうも緊張していただろうけど、歌右衛門も緊張してたと思います。伊勢湾台風というのは、名古屋にとっては今度の阪神大震災みたいなので、家をなくした人たちはもちろん、死者もたくさんいましたから、そんな中で舞台を観るということは、やはり不謹慎なことですよね。その不謹慎と思う倫理は僕の中にあるんだけれど、そういう一種の禁忌が逆に、「今僕はみてはならぬものをみてるんだ」という興奮になりましたね。

春日井建氏。2002年ごろ

水原　それは興奮しますね。

春日井　その後で、飛鳥村という、水に浸かった村へ、おむすびや洋服などを持って出かけて行ったんです。普通だとちょっと歩くだけの距離のところが、水に浸かってしまっていて、田舟でこちらから向こうへ渡す人がいて、「一人千円だよ」なんて言ってるんです。泳いだら泳げる季節でしたけれど、お金を払って舟に乗っておむすびを届けた。花の舞台と、水の現実と。その落差にびっくりした。

水原　『未青年』に洪水の歌がありましたね。

春日井　そう、その頃のことです。子供のときの話をしてしまったけれど、その頃から芝居が好きだったんですね。

水原　お母様と玉三郎の楽屋にいらした写真などもありますね。

春日井　僕は玉三郎の最初の後援会の一人だった。大平首相が後援会長さんだったのかな。

水原　最初からお好きだったんですか。

春日井　三島由紀夫の歌舞伎時評か何かで、名前は知っていたんです。女形としては足を、何寸だったか、切ってしまいたいと、そんなことを書きながら玉三郎を讃えている文章でした。その後友人が楽屋へ案内してくれたんです。

　あの母と三人で撮った写真は、もっとずっと後です。玉三郎のことを雑誌に書いたら、切符を送ってくれて、終わったら楽屋に来てくれと言われてたんです。その時のだしものは「唐人お吉」でした。楽屋でお吉姿の玉三郎に会うのかと思っていたら、ずっと待たされて、ずいぶん経ったあとお風呂に入って着がえもした素顔の玉三郎に会ったんです。「お吉の姿では悪いから、お風呂に入ってさっぱりしてきました」って言われて、長く待たされていた気分が、どこかへふっとんでしまった。思い出の日でしたね。

水原　素顔でわざわざ自分のために出てきてくれたという方が、感じるものがありましたか。

春日井　お吉姿の玉三郎に会うというあやかしの世界も面白いかも知れないけど、その方が、楽屋にたずねる時としては普通でしょ。その普通を超えた感じが僕には印象深かった。役者でなければ、素顔で会うということは普通なんだけど、役者の場合で、楽屋に来てくれということから言うと、思いがけなくもう一つの世界に連れて行ってくれたという感じがして、その思いがけない世界が素顔の世界であるという、二重のあやかしが面白かった。

水原　それはそうですね。

意識の変化、肉体の変化

水原　古典和歌では定家など、女になりかわって歌っていますが、今の短歌では、男が女を演ずるというのはないですね。

春日井　寺山修司の歌に、「女優にもなれざりしかば冬沼にかもめ撃たるる音聴きてをり」というのがありますね。あれは寺山が女優にもなれなかった一人の女を描いている、見ているという読み方を人はするけれど、一首だけを取り出してみれば、女優にもなれなかった一人の女自身の作品としても読めますね。作中人物イコール作者という短歌の約束事というようなものがあるけれど、それを軽くはずして読むことができるから、大衆性みたいなものが生まれるのかな。

　あの歌は、トランス・ジェンダーで書いているとも言える。やっぱり寺山修司には、歌っていうものは作者の位置、男性性、女性性をもはずして私をどこへも置くことが出来るという気があったんじゃないかな。

水原　先生は、そういう感覚よりもむしろ、ご自分を基軸にした連作などが多くないですか。

春日井　前の歌ですが、「つばめのため悲哀のため」というショパンを描いた作品では、どこかでショパンの位置に自分を置いています。抒情詩人ショパンと自分との同一化。ショパンを歌いながら、作者からは外れていないという方法でした。

水原　それに連作が多いですね。

春日井　ええ、ストーリーが好きだというのもあるし、一首の屹立する緊張感から歌を解放したいようなところがあります。

水原　『未青年』の頃はまだ一首一首という感じがありました。

春日井　息を詰めた作品ばかりでは窮屈だと思うでしょ。息を抜いた作品も欲しいし、緊張した作品も欲しい。息を抜いた作品を活かすためには、その前に息を詰めた作品も欲しい。そういう意識が、五首なら五首、三十首なら三十首の中で、同じモチーフの中で展開してみせるとか、ストーリー性を持たせてみるとかするわけです。

水原　昔、歌をよく見て頂いたときに、私は構成が下手だと、先生に言われたんですが、それが私にはわからないんですよね。

春日井　それは今でもあなたはわからないと言うし、わからなくて結構なんじゃないかな。あなたが歌に対してこうだと見ているものと、僕が見ているものは違う。僕の言うことをまったく聞かなかったあなたは正しかったと思いますよ（笑）。

水原　そうですか（笑）。感覚が違うんでしょうか。

春日井　共通分母はもちろんあるとは思いますよ。でもあなたは一首で完全な世界を作りたいでしょ。僕はどこかで窓が開いていて、隣の窓とやあ、といえるところが欲しいと思うんです。そしてもっと大きな空間が欲しいと思って、短歌をやめていた頃があるわけです。

水原　結局、大きな空間よりも、短歌の方が良かったんですか。

春日井　今は、どちらの空間も結局同じだという気持ちになっています。マンディアルグの小説に、ほんの小さな空間なんだけど、そこにうまく目をあてると全世界が、過去も未来もみんな見えちゃうという空間があって、それがアレフだというのがあるんですが、そのアレフのようなものが俳句であり、短歌であり、もしかすると小説だって結局同じことであるわけですね。そこから見るものは、どこにもリミットがなくて、どこまでも広がるものだから、見かけの器の大小などは関係ない。それが表現の世界だと今は思っています。

水原　再開なさってからも、意識は変わっていらっしゃるようですが？

春日井　どうかなあ。そこには肉体の変化があるだけかもしれない。肉体の変化が意識の変化に通じている。それだけ。

　三島由紀夫が、人は二十歳くらいで進歩は終わると言っているんです。あとは肉体の変化によって、変わるだけだと。谷崎潤一郎は、体も意識もシャープだった若い時には『神童』や『刺青』を書いた。中年の堂々とした時には『細雪』や『少将滋幹の母』を書いた。晩年には、肉体の老いにともなって、だらしなくなった。そしてだらしない『鍵』や『瘋癲老人日記』を書いた。誰が見ても、『神童』から進歩して『瘋癲老人日記』があるとは思えない。ここに思想の進歩があると思うのはおかしい、そこにあるのはただ単に肉体の変化だけだというんです。三島は自分には『瘋癲老人』はいらないと言っていた。僕の場合ももしかしたらそのような肉体の変化が意識の変化に通じていて、それ故に微妙に変わっているかもしれないけれど、本質的には同じじゃないかと思います。

水原　歌に見える意識はあまり変わっていらっしゃらないと思いますが、『青葦』のあとがきなどを読むと、今の感じとは、お会いした感じでも、だいぶ違うんじゃないかなと思います。肉体の変化というのは、先生の場合、三島みたいに拒絶するということではないですか。

春日井　ないですね。トランス・エイジというのは僕の割に好きな世界だけど、年齢を超えて生きたいという夢はあっても、そんなことは無理なことだというのは最初から承知していますから。

水原　でも、いつまでもお若く見えるのは、意識じゃないでしょうか。水泳で鍛えたりなさってるでしょ。

春日井　泳ぐことが好きだというだけで、何か目的があって鍛えてるとかいうんじゃないんです。僕は欲望には忠実な男だけど、目的意識のためにがんばるというタイプではないですよ。意志が強かったらいいんですが、残念ながら。あるいは残念ながらと口では言いながら、好きなことだけに溺れる自分というものを、自分で肯定してしまっている部分があって、だから生きられるとも思っているのかもしれない。

ドライブと読書

水原　水泳、映画、芝居のほかにお好きなことはありますか。

春日井　旅が好きですね。ドライブも好きです。前には東京へも車で来ました。今でも、時間さえあれば新幹線で来るよりも、自分で運転して来たいですよ。

水原　大塚寅彦さんが、「僕より先生の運転の方が安全だとみんなは思ってるけど、それは大きな間違いで、先生の方が危ないんだ」と以前言っていましたが……？

春日井　大塚君は正しいと思います（笑）。でも、僕は彼の運転する車には乗ったことがない。たいてい彼と一緒に行動するときには、僕の運転だったり、お互い自分の車だったり。

水原　お二人の微妙な関係が出てますね。師弟で、似ているようでも資質は微妙に違いますものね。今の私たちの年で、先生のような感じの男の子っていませんよね。穂村君なんかどうですか？

春日井　似ているかどうか、答を出すほど知らないけれど、遠目に見ていて、似ている部分もあるだろうなとは思います。

水原　私は先生を存じ上げていて、同世代のいろいろな男の子を見ている中で、彼が一番近いかなと思ったんです。クリスタル的な感じというか、普通の温かい体温の感じとは違うところがありますよね。

春日井　僕は温かいですよ（笑）。

水原　寺山修司なんかだと、血生臭い感じがするんですが、先生の場合は、歌を最初に知ったせいなのか、硬質な感じがします。

春日井　好きなことを聞かれて、「本を読むこと」と子供時代は言ったけれど、今は本を読む事は労働に通じてしまっているところがあるから、好きと一言で言えないようなところがありますが、純粋な読者として、今でもマルグリット・デュラスは好きです。クリスタルと言っていただいたけど、好みの世界は、透明感のあるものだけではないようにも思いますよ。

　デュラスはどこかでやけになっている。ああいうところが好きですね。アル中になってもう駄目かと思ってたら、また立ち直ったわけでしたけれど、ヤン・アンドレアという自分の息子の友達でしたか、ホモ・セクシャルの青年だというけど、若い恋人がいて、彼が瀕死のデュラスを書いている。あのヤン・アンドレアのデュラスを見ている視線が僕は好きだな。

水原　何か重なりますか。

春日井　重なりますね。デュラスの側にも、ヤン・アンドレアの側にも自分を置く事ができます。

水原　プルーストもお好きでしたね。

春日井　若い時は大変好きでした。もちろん今も好きですけれど。デュラスも、プルーストが好きですよ。

水原　そういうところから考えると、三島が好きというのは不思議な感じがします。

春日井　若い時には、やっぱり好きだったと思う。自分の中に三島的部分というものを感じる事もあった。今はデュラスに対してファンだというような気持ちは、三島に対してはないですね。

水原　挽歌の一連をお書きになった頃とはだいぶ違ってきたということですね。

1990年8月、春日井政子、建とともに

春日井　ある呪縛からは抜けたのかもしれませんね。

若い時は生命力が溢れているから、生が濃いだけ死も濃い。日差しが濃いと影も濃いみたいな意識があった。僕だけじゃなくて、多くの若いものが感じるものでしょうが、そのようなものを書く三島に共感した。しかし、晩年の三島は、ずいぶん自分とは違うと思う。三島は自分を超えた大義みたいなものを持つ人でしょ。僕は大義なんてないもんなあ（笑）。僕は三島の『瘋癲老人日記』が読みたかったですね。三島は自分に対しては『瘋癲老人日記』はいらないと言ったけれど、読者である僕は、瘋癲老人の三島を見たかったし、読みたかった。でも、そういう思想と別のところにあって完結した三島の世界は少し遠くなった。デュラスはアル中になって、あれだけぼろぼろになって、やけになっても魅力があるものね。

水原　先生は、ぼろぼろになりたいですか？

春日井　どこかで強烈になりたいと思っているのかもしれない。むしろ、ぼろぼろになったものを見守っていきたいね。見守れる自信はあります。

水原　それは、特に最近の作品などを拝見しているとわかります。『青葦』にも出てきていますが、まだ、ハードな感じです。今の方が、もっとデュラス的な自暴自棄ってありますね。

歌と自己維新

水原　先生の作品には水とか青とか友という言葉が多いですね。

春日井　自分の言葉とか、自分の語彙というものが、作家たちにもっとあってもいいという感じが僕はします。短歌は機会詩として、目の前にあるものなら何でも歌えるというところがあるから、どちらへレンズをむけても一応写真は写るという風に、何でも出来てしまうけれど、たとえば画家だったら、東山魁夷だったらこういうものを描くとか、ピカソならこういうものを描くとかありますね。ルドンが黒と白からのちに色彩を加える時に、すごい自己維新があったことなどを考えると、友と青と水を自分の素材とするというように、絵の具や形をこれで書きたい、あるいはこれならば他人とは違うものが出来るというものを、もっと選び取ってみてもいいと思うんです。

水原　そういうことは初めて伺いました。とても新鮮ですね。

春日井　鳥なら鳥で、「私はカラスは自分の作品にうまくいかせるけれど、白鳥は描けない」とか、その逆などもあるでしょう。カラスの得意な人が白鳥を作品の中に描く時は、すごい自己維新があっていいと思うんです。でも、カメラをどこへでも向けるみたいに、カラスも白鳥も出てくるというのは、僕は雑然として猥雑だと思います。

　僕の従兄に創画会会員毛利武彦がいます。彼は若い頃はちょっと文学的すぎたところがあって、檻やサーカスのテントの中にいる動物や人物を描いた。ある時期、その囲いが取り払われたんです。表現者を縛っていた何かを取り払ったんでしょうね。その頃から僕は従兄の絵が自由になったと思います。

　武彦はその友人が戦争で死んで、家の人から彼が描くべきだった絵の具をいただいて、いつかこの絵の具で桜を描きたいと思っていた。それまでは桜を描いたことはなかったけど、鎮魂の桜も描けるようになった。今は、滝を、水を描いているんです。絵をみると、これは何年代のものだ、とわかるわけです。それは、ピカソだってマチスだって、誰にだって共通することだけど、歌人の場合は、あまりそういうことがないですよね。

水原　むしろ猥雑であるほうが価値があるみたいなところがあります。

春日井　意識して、機会詩としての短歌を作ろうとしている人はそれでいいと思います。でも、僕は違う。『未青年』時代から、父や母のことを描く場合、役割がたいてい決まってたんです。父は敵、母は大事。これは現実生活の中では微妙に揺れ動くとしても、歌空間の中では、自分の思想を反映させるものとして、決まっていた。だから父親にしてみれば、困った息子だったかもしれないけれど、作中人物の父はそういう運命を担っていたわけです。そういうような形で、大事である母を、小事として描くとなると、これは自分の中の一つの維新が必要なわけです。素材は、受け身であればいろいろ何でも入ってくるけれども、自分の作品にする時には能動的に、描くものと捨てるものを選びたいと思っています。

水原　その意見は素敵ですね。

　今日はありがとうございました。

（十一月二十六日、東京丸の内ホテルにて）

インタビューを終えて

　さて、わが師春日井建。こんなふうにゆっくりお話しするのは、入門以来何回目だろう。お会いするたびに不思議なうたびとではある。何の隔てもなくやすやすとご自分の花園に導き入れて下さるのだが、咲き乱れる花々は不意の客人である私など、相手にもしないで豊かな香りを放っている、という風情なのだ。デュラスに深く心を寄せる春日井建の老年の歌が読みたいけれど、トランスエイジの夢もこのうたびとにこそ祈りたい。

（「歌壇」一九九六年二月号）

◉インタビュー

式子と定家をめぐって

山中智恵子
Yamanaka Chieko

聞き手＝水原紫苑
Mizuhara Sion

定家のメタフィジック

水原　この度は、式子《しょくし》内親王と藤原定家との関係をテーマにした能「定家」の上演にちなんで、山中さんに式子について伺うことができて、とても嬉しいのですが、以前に、和泉式部とかいろいろな歌人の中でも、やっぱり式子が好きだとおっしゃっていらしたのを、伺ったことがございました。現代歌人の中で、式子の系譜につながる方というのは山中さんだけじゃないかと思うんですけれど、山中さんの作品には非常に式子的な形而上的な高みに飛翔するところがあると同時に、和泉式部の存在のあたたかさみたいなのもあると思うんですね。式子の方が歌がもっときりきりしていませんか。

山中　それはそうです。

水原　それはやっぱり境遇のせいでしょうか。

山中　境遇のせいもあるし、やっぱり寂しさもあるけれども、すごくりりしいでしょ。ああいうところはひかれますね。和泉式部というのは、案外順境に育った人じゃないかと思うんですよ。それで幾つか恋もして、余り失恋していないみたいですしね。

水原　そうですね。人に愛されて。式子でも、「ほととぎすそのかみ山の旅枕ほのかたらひし空ぞ忘れぬ」とかのように、音楽がぱあっと流れていくような、何とも言えない歌とそれから「恋ひ恋ひてよし見よ世にも有るべしと云ひしにあらず君も聞くらん」とか、ああいうぎりぎりした歌とございますよね。どっちの系列もお好きですか。

山中　「旅枕」の系列の方が好きは好きですね。「恋ひ恋ひて」なんていうのもいいけど、余り悲痛でね。それも現実の恋じゃなくて、ああいうのを歌っていたかと思うと、ちょっとかわいそうみたいでしょう。

水原　式子は定家の歌をどう思っていたんでしょうね。

山中　やっぱり良経の方が自分とは近いとは思っていたんじゃない？

水原　良経はやっぱり天翔けるというところがございますよね。定家はそこのないところがよさですよね。

山中　定家のメタフィジックというのは、つくられたメタフィジックでしょう。良経と式子の方は、やっぱり資質としてそういう要素があったんじゃないかしら。

水原　特に式子はそうですね。だけど、定家の天翔けることのできないメタフィジックの努力というか人間のぎりぎりの力というのも、それはそれですばらしいものだと思うんです。

山中　それはそうです。定家はすごい努力家ですね。

水原　定家もお能になっているわけですけれども、定家の作品の中に恋の巷説みたいなものがつくられてしまうような要素はございますでしょうか。

山中　あるんでしょうね。

水原　何か相聞みたいになっているとおっしゃっていますね。

山中　定家の恋は大抵遂げられない恋でしょう。歌でもね。

水原　待つ恋ですね。

山中　『拾遺愚草』の初期の歌に恋の歌がいっぱいあるんですよ。直接法の贈答の歌でね。

水原　本当の恋人がいたころですね。

山中　あれは二十歳前後のころでしょうね。

水原　定家も結構みずみずしい歌もありますね。あと、子供を思った歌なんかもありますね。式子の歌というのは、技巧を凝らしているわけではなくて、結構女の生身から発しているんですけど、でも、高いところに行きますね。

山中　そうですね。

水原　例えば「はかなくて過ぎにしかたをかぞふれば花に物思ふ春ぞへにける」なんて、これは何でもないことみたいですけど、どうしてもこうは歌えないですよね。

山中　そうですね。それに、いい歌ですね。式子を易しくしたのは永福門院ですね。

水原　易しくしたのはですか。

山中　ええ。私は永福門院、好きですけどね。それは伏見院なんかよりずっとうまいですよ。

詩人であること

水原　『「明月記」をよむ』をお書きになったわけですけれども、定家に一番ひかれたというのはどういうところなんでしょうか。

山中　やっぱり歌ですよ。

水原　歌ですか。新聞にもお書きになっていましたけれども、日常は歌をも空無化していたという……。

山中　それは彼は日常、すごく小心にくよくよしているでしょう。いろんな人に昇進を頼み込んだりして。

水原　ゴシップを気にしたり。

山中　ああいう自分の嫌な部分が自分でわかっていて、そして歌をつくることによって、それを昇華したんだと思うんです。

水原　歌をつくることによってですか。

山中　ええ。

水原　そうするとその歌が非常に技巧を凝らした歌だったということは、そこに何か秘密があるんでしょうか。

山中　そうですね。やっぱり新古今時代の歌がそうでしょうね。

水原　では、逆に構築の度がレベルダウンしていたときは、精神そのものが衰弱して空無化をもはや望まなくなったときということでしょうか。晩年に至っては。

山中　そうでしょうね。晩年はすごく自然な人間になったんじゃない？　為家*を一生懸命出世させたりね。

＊為家……定家の嫡男。

水原　あとつぎとして育てて。

山中　楽しみにして。甘いでしょう。

水原　自然体になっちゃったんですね。詩人というものは一生自然体になっちゃいけないものでしょうか。

山中　自然体になったらいいものはできないと思う。詩人である限りはね。やめちゃったらもうどうでもいいけれども。

水原　式子は死ぬまで詩人なんでしょうか。

山中　一番詩がある人でしょうね。五十三で死んじゃうでしょう。いいとき死んでいるわけですよ。だれだって、感覚は衰えますしね。六十、七十になればね。だから、良経も式子もいいとき死んでいるわ。良経に至っては三十八ですか。

意識家・式子

水原　定家が詩人だとすると、式子の場合は、自分自身がもっと詩そのものというか、そんな感じもするんですけれども。以前、山中さんがご自分のことを非常に意識家だというふうにおっしゃっていたような意味では、やはり式子という人も意識家なんでしょうか。

山中　そうだと思います。

水原　やはり作家主体というものが別にあって、このように……。

山中　そうだろうと思いますよ。歌人が自分を意識するというのは、万葉のころからありましてね。家持あたりからじゃないかと思うんですよ。家持は、万葉の因幡の、玉の緒の玉箒、あれの歌以後、もう載せていないでしょう。つくらなかったとは思わないんですけれど。

水原　では、それは自分の判断で削ったということですか。

山中　やっぱりつまらない歌だと思ったんじゃないかな。贈答歌なんかだったらいっぱいつくっていたと思うんですよ。とにかく平安朝の初めまで生きていたんですからね。

水原　そこに作家的意識が働いたということですね。

山中　そうです。

水原　以前、山中さんは、天から降ってくるようにさーっと書けるというふうにおっしゃっていたと思うんですけれども、違いましたか。

山中　さーっと書くというの？

水原　ええ、歌を作られる時に。でも、そうすると、それは意識はどこに入るんでしょう。どこかで何か自分でないものと合体して、そこからまた戻ってきますよね。それがとても早いということなんですか。

山中　言葉の出る瞬間にもう意識化しちゃうんじゃない？　あなたもそうじゃないの。

水原　いえ、私そんなことありません。私、ぐたぐた考えます。

山中　私『紡錘』までは、本当につくってつくって、ぐだぐだ考えたのよ。

水原　『紡錘』もそうなんですか。

山中　うん。それから『みずかありなむ』になって、これじゃ行き詰まると思って、つくり方を変えたの。

水原　どう変えたんですか。

山中　やっぱり自然な発想になったわけ。自然な発想と言っても、私のことだから、そばから見たら自然じゃないわね（笑）。

水原　それは憑依するような自然体ということですか。

山中　うん。そうそう。自分の言葉に任せちゃったところがあるわけ。

水原　それは自分の言葉の中にいろいろなものが入ってくるのを待つということなんですか。

山中　そうですね。今はまるっきりそうですね。

水原　今の方がそうですか。

山中　今もそう。

水原　今はそうなんですけれども、むしろ一本きちっとした意識の筋が通っていらっしゃるような感じもします。私、『みずかありなむ』のころに変わられたということについてもう少し伺いたいんですけど、何か内的な契機があってお変わりになったんでしょうか。

山中　あのとき、結局、記紀を一生懸命読んだわけ。そうしたら、どうしても変わりますよ。記紀の言葉からね。言葉に憑依しなきゃどうにもならないところがあるでしょう。「とりかみ」*からですよね、変わったのは。あれは私の三十七歳ですよ。

水原　『みずかありなむ』を出されたのはお幾つでしたか。

山中　あれは四十過ぎてからですけどね。

水原　記紀、万葉以前の古代に帰るというふうにおっしゃったことがありますよね。

山中　そうですね。縄文前から帰れればね。なかなかそれは難しくてできないけれども。

水原　結局、歌の発生の地点に帰るということですか。

山中　そうです。

水原　そうすると、かえって言葉はなくならないんですね。発生の地点というと。それで、みずからの言葉であるというふうになっていくわけなんですね。今はそれともまた違っていらっしゃる。

両性具有の詩人

水原　同時代で意識されていた歌人といえば、山中さんとはタイプはちがいますが、やはり形而上的志向をもった葛原妙子さんですか。

山中　そうですね。あの人は凄いですよ。百年に一人という人です。

水原　昔の人だと、式子をはじめとして、永福門院とか……。

山中　良経とか。

水原　やっぱり良経なんですね。

山中　定家。

水原　良経の方が先ですか。定家より前に良経……。

山中　うん。俊成卿女ももちろんそうですけどね。

水原　良経は本当に天賦の才はすごいなと思うんですけれども。この人、式子と違って、男だから、定家よりもぽろっと折れちゃうような感じがすごくするんですけど。でも、やっぱり良経の方が上ですか。

山中　うん。

水原　それは歌の品と言うんでしょうか。

山中　そうね。気品が高いわね。だけど、粘り強さというのは全然ないわね。

水原　ないですよね。

山中　言葉に粘着力が全くないでしょ。定家にはありますよね。

水原　すごくありますね。二重にも三重にも絡みつくような言葉の粘着力がありますよね。特に女になりかわって詠んだ歌の持っている感じがすごいですね。

山中　すごいですよね。

水原　「あぢきなくつらきあらしの声もう

＊とりかみ……『みずかありなむ』所収の歌「行きて負ふかなしみぞここ鳥髪に雪降るさらば明日も降りなむ」を指す。

しなど夕暮に待ちならひけむ」なんて言って、怖いですね、そんなこと言われたら（笑）。涙が滝になるとか、凍るとか。良経は、イメージがあるせいか、夭折する人の歌だなという感じがすごく……。

山中　良経って恋なんてしたことないんじゃないかな。

水原　そうでしょうか。

山中　あの人はお兄さんが早く死んだでしょう。良通が急死しているわね。そうすると夢に出てくるわけですよ。それを『玉葉』にお父さんが書いているわけね。あれを読むと、兄弟の恋みたいなのがあったんじゃない。私は詩人というのは両性具有でなきゃいけないと思うのよ。紫苑さんなんかもちろんそうだけどね。

水原　山中さんも半分は男ですか。

山中　半分男ですね（笑）。七三ぐらいで、七が男じゃないの。

水原　山中さんの文体は、たおやかだけど、強いんですよね。普通の女の文体と違うんですよね。

山中　そうですかね。

水原　式子なんかは、文体的にも完全に女ですよね。

山中　そうです。

水原　やっぱり俊成から学んだというところが出ていますか。

山中　出ていますね。

水原　何か艶麗な感じとかですか。

山中　そうです。

水原　俊成もまた不思議な人で、本当に年を取るまで華が失せなかったんですね。

斎宮の境涯

水原　斎院というのは、斎宮と大分意識的には違いますか。そんなことはございませんか。

山中　そんなこともないけれども、斎院は都に近いでしょう。やっぱり伊勢まで行くと大分違うんじゃない？　心細いですよ。

水原　それはそうでしょうね。神のそばに行くといっても。

山中　あんな寂しいところで、幾らたくさん女房たちがいたとしても、親と離れているんですからね。

水原　斎院にしても、斎宮にしても、どんな暮らしをしていたんでしょうか。

山中　やっぱりふだんは普通の内親王の暮らしでしょうね。琴を弾いたり、貝合わせしたりね。

水原　今はもちろんそういう制度というのは実質的にはないわけですけれども、それは、本当に残酷なことなんでしょうか。

山中　そうでしょうね。あれはやっぱり天皇のかわりに行っているわけですからね。

水原　天皇制を支えたものとして、裏側としてあるわけですね。

山中　しかし、徽子とか式子とか、ああいうすぐれた歌人が出てきたのは斎宮、斎院制度の功績でしょうね。

水原　そこで養われた精神があるんでしょうか。

山中　孤絶の精神に支えられているというところがあるんじゃないかな。

水原　必ずしも、神との一体感というものはないわけですか。

山中　あったんだろうと思うんですけどね、初期はね。でも、だんだん薄れていくんじゃない？

水原　式子なんかは、あとはすごく仏教に帰依していますけれども、そうすると、彼女の時代においては神を実在と感じるということはなかったんでしょうか。

山中　なかったでしょうね。恐らく。

水原　では、むしろ権力のシステムの一部として機能しているということですね。

山中　そうですね。

水原　その後も、式子は政治的な事件にも巻き込まれますね。陰謀の主謀者みたいに思われたり。

山中　後白河法皇の託宣者とか、いろいろ巻き込まれるけど。謹慎したりしていますね。

水原　そういうことは自分の一層の孤絶化に役立ったということだけで考えてよろしいんでしょうか。

山中　そうですね。

水原　そんな式子にとって死後の世界というのはどう映っていたんでしょうか。

山中　私はあの人は、きっと死んだら死に切り、終わりと思っていたと思う。

水原　浄土はなくてですか。

山中　来世なんて考えなかったと思う。すごく聡明な人ですね。

水原に遺された山中智恵子愛用の櫛

水原　そういう意味でですね。山中さんもそう思われますか。

山中　私もそうです。

水原　来世はないですか。

山中　ないですね。

水原　死んだら終わりですか。

山中　終わりです。

水原　輪廻転生はないですか。

山中　さあ。そこまで余り考えないけどね。結局、自分が再生するならば、自分を今まで知っていた人が生きている間はそういうことがあるんじゃないかと思う。思い出してくれる人がいる限り。

水原　では、その人たちが死んだら終わりなんですね。

山中　終わり。だから、私、紫苑さんが死んだら終わり（笑）。

水原　いえ、山中さんのことはみんながいつまでも思い出しますよ。だから大丈夫です。私は死んでも、また犬になったり魚になったり。

山中　そういうものに転生する?

水原　そのつもりなんですけど。でも、式子内親王も山中さんも、随分合理的なんですね。

山中　式子は、近代的な感じですね。

水原　定家はもちろんそうですよね。

山中　定家もそう。あの人も七十一で出家したかな。

水原　結構早いんですね。

山中　七十七だった。ぎりぎり、それで八十まで生きるわけよね。だけど、定家が出家したというのを後鳥羽院が聞いてびっくりしたというのね。

水原　妄執のかたまりですものね。でも、そういう人ほど、本当は仏は救ってくださるんだと思うんですけど。救われないのかな。じゃ、詩人とかそういうものは救われちゃいけないということですね。来世などがあって。

山中　救わない方がいいでしょう。

水原　じゃ、死んだ後、こういう歌人に会おうとか、そういうお気持ちもないんですか。

山中　大体不可能でしょ。

水原　本当にそう思っていらっしゃるんですか。

山中　会えるわけないじゃない。それより、今会っているわよ。

水原　今って？

山中　今、歌を読んでいたら会っていることになるじゃない。

水原　それはそうですね。なるほど。考えると、能の精神というのも、意外というか、合理的な精神ですよね。歌舞伎の方がむしろ夢幻的ですね。能は過去が再生されるといっても、生き直すだけで、別に神秘ではないですからね。

定家葛

水原　能の「定家」についてはどんな感じをお持ちになっていますか。

山中　あれは定家が自分でつくったんじゃないかと思う（笑）。

水原　それもおもしろいですね。

山中　定家自身は歌にしか執心ないからね。

水原　女に対しては執心はないですね。

山中　だから、こうありたいと、定家なら思うんじゃない？

水原　自分が定家葛になったらうれしいですよね。

山中　そうですよ。

水原　これは、よく言われていることですけれども、クセのところは、どちらが思っているのかわからないですね。女が思っているようでもあり、男が思っているようでもあり。そして式子は葛城の神様となっちゃうんですね。そうしたら、定家の呪縛の中に帰りたいわけです。その気持ちって、おわかりになります？　呪縛されたいという……。

山中　いや。私なら呪縛されたくない。

水原　されたくないですか。

山中　うん。

水原　私はされてもいいかなと思います。山中さんはずっと定家葛なんかなくて自由にいらっしゃりたいですか。

山中　うん。あんなに人の妄執に縛られたくないですよ。

水原　おもしろいお話をたくさん聞かせていただきました。山中さんのお言葉でずいぶん式子や定家がはっきり見えて来たような気がします。ありがとうございました。

（二〇〇〇年九月九日・速記〈澤速記事務所〉佐藤悦子）

（「橋の会第六十二回公演『定家』パンフレット」二〇〇〇年十月、資料提供＝松岡心平）

歌舞伎を語る

中村雀右衛門〔四代目〕 Nakamura Jakuemon ＋渡辺　保 Watanabe Tamotsu ＋水原紫苑 Mizuhara Sion

歌舞伎、三つの世代

渡辺　こんど、岩波講座《歌舞伎・文楽》を鳥越文蔵さん、内山美樹子さんと一緒に編集しました。つい先だって、その第一巻が出ましてね。

水原　拝見しました。

中村　私も……。

渡辺　恐れ入ります（笑）。私ぐらいの世代まではかろうじて菊・吉（六代目菊五郎、初代吉右衛門）を見て育ったわけですが、これから歌舞伎がどうなっていくのかということになると、だんだん感覚が変わってきているように思うんです。そこで現代の美学を後世に残したいという気持ちで、この岩波講座《歌舞伎・文楽》を計画しました。時代の曲り角には必ずこういう書物が世に出ますね。

水原　と、おっしゃいますと……。

渡辺　たとえば、能がこの先どうなるかという危機感があって、自分の行く末を世阿弥が考えたときに『風姿花伝』を書いています。それから坂田藤十郎や芳沢あやめの芸談が入っている『役者論語《やくしゃばなし》』。これは元禄時代の終わったときの出版と誤解されていますが、実は、もっと後の時代、安永年間に歌舞伎が危なくなったときに出ています。

水原　危ないというのは、どんなことでしょう。

渡辺　時代の曲り角には、危機感が出ますね。そういう時に必ず原点をもう一度見直そうという動きが出てきます。『役者論語』もそういう時代に出版されたわけです。危機は、歌舞伎のような俳優中心の演劇では、直接的には名優たちの死がきっかけで現れますね。

　明治三十六年、九代目団十郎と五代目菊五郎が死んだときも、大変な危機だったと思います。

中村　そうだったでしょうね。

渡辺　その危機的状態に、三木竹二の雑誌『歌舞伎』が発刊されていますね。それから終戦後には、戸板康二先生たちが中心になって、『歌舞伎全書』が出ています。歌舞伎の美学がそのまま次の時代の感覚に移行できるかどうかという曲り角には、必ずこういう集大成ともよぶべきものが行われています。

雀右衛門さんのもっていらっしゃる感覚が次の世代に伝わるかというと、なかなかそうはいきませんね。そこでこの講座は前代の大事な感覚を集約して、後世に残したいという企画なんです。雀右衛門さんの体験なさってきた歌舞伎と、私どもの時代の歌舞伎と、水原さんの時代の歌舞伎と、それぞれ時代が違うわけで、これから歌舞伎がどうなっていくのかということをここでちゃんと考えよう、というわけです。

四代目中村雀右衛門氏

水原　私たちの時代も一つの節目に位置づけていただき、光栄です（笑）。
渡辺　まさに大切なジェネレーションだと思いますよ。
中村　ほんとうに。
渡辺　最近、「太功記十段目」の雀右衛門さんの操《みさお》を拝見したのですが、ストーリーに沿って、ここはこういう人物だからこういやり方だというのは伝わると思うんです。だけど、感覚はなかなか伝わりにくい。息子の十次郎が出陣したあとに、操役の雀右衛門さんが嫁の初菊の手を引いて暖簾口に入るところがありますね。十次郎は特攻隊ですからもう死ぬことがわかっている。操は十次郎の去った方に思いをのこす初菊を連れて入る。あのときに雀右衛門さんが初菊を引張って暖簾口に入るところの味というのか、感覚というのが言うに言えない。他の人の操とは大変な違いなんです。
中村　おそれ入ります。手を引いて入るときに、心が残っていなければいけませんし、同時に、無理のように、無理でないように、娘を引張って連れて入るということですね。
渡辺　あの感覚は見た人間にしかわからないし、後世、雀右衛門はあそこが大変よかったのだということを言葉で伝えても、どこまで伝わるか。おそらくもっと若い人がやると、あれとは異なった形のものに……。
水原　もっと若い福助さんや、雀右衛門さんの息子さんの芝雀さん（現・五代目中村雀右衛門）がおやりになるのも拝見したいですね。

渡辺　それが水原さんの時代の美学になるのでしょうね。教科書には、歌舞伎は出雲の阿国から今日までストレートにつながっているように書いてあるけれども、実は元禄時代からどんどん変わってきて、全然つながってないわけです。だから、おそらく雀右衛門さんの体験から言うと、五代目歌右衛門、六代目梅幸、十五代目羽左衛門などを相手にしていらした時代の感覚と、その次の時代の感覚と、そしていまの感覚とは大違いになるでしょう。そこが問題だと思いますね。

　同じようなことを三月の雀右衛門さんの「執着獅子」のときも感じたんです。あの踊りは別に複雑な振りがついているわけではないが、雀右衛門さんのを拝見していると、見ていて実に味わい深くて面白い。そういうなんでもないところでやっぱり年輪が出る。そしてそれが水原さんたちの世代にどう受け取っていただけるのだろうか。両世代の中間点として、この講座の編集責任者として、それができればこの講座は成功するという感じをもっているのです。

水原　そういうお話をうかがうと、読むのに随分緊張しますね（笑）。第一巻を拝見して渡辺先生の「寺子屋」論でなぜ菅秀才が劇の中心にいるのか初めてわかりました。今まではこの子のために小太郎が犠牲になって憎らしいという単純な現代感覚で見ておりましたから、歌舞伎のドラマの本当の意味をこうして教えていただくと、舞台の動きのひとつひとつが別の陰翳をもって受け取れますね。雀右衛門さんは来年一月の仁左衛門襲名の「寺子屋」に園生の前でお出になるそうで、きっと劇の中心の菅秀才の母にふさわしい、本当の園生の前を見せていただけると楽しみにしております。

渡辺　そのように読んでいただけて、うれしいですね。

渡辺保氏

芸の感覚、感覚の芸

水原　さっき「執着獅子」のお話が出ましたが、「鷺娘」の雀右衛門さんにも、やはり渡辺先生のおっしゃる感覚というのはこのことかな、と思われるものがありますね。

渡辺　そう。「鷺娘」という踊りは、最初のうち、綿帽子を被って鷺が動いているというところを見せるわけですが、ほんとに鷺そのものみたいにも見える。娘——つまり人間にも見える。その間になんとも言えない味わいがあって面白いんです。どこに秘密があるのか、あれだけ単純な動きが見てて飽きないものね。

水原　人間で留まっていて、だけれども鷺であるというのは、その間のたゆたいみたいなものがさっきの感覚というものなのでしょうね。その秘密は……。

中村　いえ、秘密などというものは……。厳しく教わったことでございますから、それを守っているということでしょうか。鷺足はほんとにむずかしゅうございましてね。鷺自体はそんなことやってないんでしょうけれども、それらしく足取りができているんです。

渡辺　雀右衛門さんのを拝見していると、鷺を真似しているけれども、あくまで女なんですよね。

中村　そうなんです。

水原　人が鳥に即物的に変身する感覚というのは私たちの世代にはよくわかります。けれども、それだと、なにか鋭角的な不毛なものを感じるわけなんです。雀右衛門さんの舞台や前の世代の役者さんの舞台を拝見していると、そのあいだに時間の堆積みたいなものを感じます。年輪がございますね、それでなにか自分自身が癒されるような気がしまして。そうそう、「重《しげ》の井《い》子別れ」も拝見いたしました。

中村　あれもぶざまなことで申しわけございません（笑）。

渡辺　素晴しい舞台でしたね。

　あの舞台、あれはまだ伝わる可能性があると思うんです。というのは、雀右衛門さんの重の井は他の人のと違って、奥でもうひとつの子別れが進行していることを、ちゃんと観客にわかるようにやっていらっしゃる。つまり、われわれが舞台で見ている子別れだけでない。奥ではもっと悲惨なことが起こっている。つまり乳人《めのと》の重の井は息子の三吉に会おうと思えば、誤魔化してちょっと会うことができるかもしれないけれども、調姫《しらべひめ》は政略結婚で、母と別れるともう二度と会えないんだから、ほとんど永久の別れですね。二つの子別れが奥と舞台で同時に進行している。だから奥に常に気がいっているというところがはっきりしていらっしゃいます。これはすごいと思う。しかし雀右衛門さんの息子さんがなさるときにも「おまえ、奥に気をやらなければだめだよ」といえばその設定は伝わる。

　ところが「執着獅子」や「鷺娘」の感覚は伝わらないのじゃないかという気がする。それでは、歌舞伎も文楽も味もそっけもなくなってしまう。そういう感覚を水原さんの世代とも共有したい。これが伝われば、この岩波講座《歌舞伎・文楽》の意義は大きいと言えるでしょう。

　昔はちゃんと芸の概念が成立していて、俳優が芸をやるというのがはっきりしていたと思うんです。例えば、看板に「歌舞伎十八番『鳴神』市川団十郎相勤め申し候」と出ていて、それをお客は芝居のあいだ中ずっと見ている。つまり、観客は、鳴神上人であると同時に市川団十郎を見ているわけですね。それで市川団十郎がときどき鳴神になって、ときどき市川団十郎に戻るという、出たり入ったりしているところの、このスタンスが芸ですね。だけど、テレビや映像で慣れているせいか、いまの観客はそういうものはあまり楽しまない。鳴神上人という男が出てきたら団十郎はもう陰に隠れて、鳴神だけがいればよい、という観方のようです。しかし、それは芸ではない。

そういう意味では芸の概念が衰弱しているから、この講座では、歌舞伎でなければ成立しない芸という概念を明確にしたい。それが出てくると、水原さんのおっしゃった年輪といいますか堆積が理解しやすい。その堆積がひとつの面白さになるという構造ができると思うんです。若い俳優にも若い観客にも、ぜひその構造を理解してもらいたいと思うのですが……。

中村　歌舞伎の世界では、いまの若い人たち、みな聡明です。それに厳しい環境で育ってきていますから、取捨選択も上手ですし、覚えることも速い。けれども、感覚的なものになると、なかなか伝わりにくいですね。

水原　その感覚を私たち観客のほうからいいますと、ごく若いところでは、アニメを見ているようなつもりの世代もあると思うんです。

渡辺　そうですね。ところが、今評判の「もののけ姫」のキャラクターはけっこう単純なんですけれど、それでもやっぱり空間的に大きく広がる。神話の世界に半分突っ込んでいるわけだから、空間の奥行きが違うでしょう。そこの作り方ですよね。歌舞伎だって、神話的な部分も非常にもっているわけだし。

水原　「関《せき》の扉《と》」ですとか、「妹背山」の「御殿」など、ストーリーだけ追えば、歌舞伎から離れた普通の童話としても受け取られてしまいますね。でも、いまおっしゃった芸というのは、ストーリーが童話的な魅力だけで出来ていることにあるのではない、その奥にあるものですよね。

渡辺　「関の扉」では、墨染《すみぞめ》という女がほんとに桜の精なのか、伏見の廓での墨染という遊女なのか。これは、さっき水原さんがおっしゃったように、両者の間が大事なんですね。歌右衛門、梅幸、雀右衛門という方々だと、人間の女なんで、植物の精だけではない。

水原　そうですね。人間の女で踏み留まるということは、かえってむずかしいことなんですね。また、そこに踏み留まることにきっと意義があるんですね。

渡辺　そこだけに留まると具合悪くて、両方なければいけないのでしょうね。その両面性が歌舞伎の面白さだと思うんですよ。僕らの学生の頃は、あんな不合理な話はないと思って、そのことにずいぶん苦しみましたよ。そういう体験がもともとないと、おとぎ話として、すんなりいけちゃうのかもしれませんね。

俳優、舞台

水原　雀右衛門さんに私はじめてお目に掛かれて、うれしくって。よい機会なので、芸や役者のお話、少しうかがってよろしいですか。

渡辺　私もぜひ聞きたいですね。

水原　うかがいたいことは一杯あるのです。初舞台はおいくつの時ですか。

中村　六つと何ヵ月か、昭和二年でございます。

水原　お父さま（六代目大谷友右衛門）の舞台ですか。

中村　父と六代目菊五郎さんでございました。

渡辺　そのあとが名子役時代。

中村　名子役時代というわけじゃないんですけれども、そのころは子役がおりませんでね。当時の子役は、私ともう一人、市村太郎という子役と二人でした。だもんですから、歌舞伎座と演舞場と明治座と帝劇とたくさんの歌舞伎に出ていました。

水原　人に見られるのはお好きでいらしたのですか。

中村　さあ、どうでしょう。初舞台をいたしました頃は、いまのお子さんと違って、まことに幼稚でしてね、成長が遅れているというのか、環境が違うというのか。六つでしたけれど、二つか三つぐらいの感じでしたね。なにか覚えさせると覚えるんですけれども、大人の世界のことは全く知りませんでした。子供の頃は、うちで母親とまわりの人に囲まれてやっていた生活と、学校へ行って先生と友だちといる環境と、それから芝居へ行って父親と周囲の人たちがいる環境と、この三種類のところを行ったり来たりしていて、世の中のことは全くわかりませんでした。

渡辺　相手になって下さった名優がいっぱいいるわけでしょう。

中村　五代目歌右衛門、十五代目羽左衛門、二代目左団次、初代鴈治郎、六代目梅幸……。五代目歌右衛門のときには「先代萩」の千松で、二代目左団次のときは、鼠小僧次郎吉だったでしょうか。また六代目梅幸のおじさまのときは、しょっちゅう出していただいたように思うんですが、「お夏狂乱」の里の子なんかもありました。黙阿弥のお芝居にも出していただきました。初代吉右衛門のおじさまと初めてご一緒したのが「安達原三段目」。

水原　どのおじさまがお好きでいらっしゃいましたか。

中村　父親は私を立役にするつもりで教育しておりましたので、自然に自分もそのようなつもりになっておりました。だから、舞台で見得を切っているおじさまばかりが好きでして、女形のおじさまたちのお芝居は、綺麗だなとか立派だなとは思ったんですが、あんまり印象にないんです。「先代萩」の五世歌右衛門という方は立派だなと思いました。そのとき、私、千松は死んで、薄目を開けて見てますと、まことに……。

水原　恐いですか。

中村　恐いというんじゃないんですけど、子供心にも、うぉっと大きいものが来たような気がいたしますね。やっぱり立派な方だったんだろうと思います。そうそう、大阪へも参りました。大阪へ行って初めて鴈治郎さんに直にお目にかかりました。

水原　子役の卒業というのはおいくつぐらいなんですか。

中村　これはどなたでも変声期に入りますとやめます。ボーイソプラノみたいなものですから。

水原　子役は死ぬ役が多うございますけれど、あれはどんな気持ちでございますか。

中村　可哀相ですね。子供の頃でしたから夢中でわかりませんでしたね。言われたことだけ一生懸命やっていたという感じでしたから、有名だとか名子役だなんていわれても全然自分でわかりません。

水原　戦争の頃はどうでしたか。

中村　兵隊に行きました。中国、ベトナム、カンボジア、タイ、スマトラ……と。

渡辺　ずいぶんご苦労されて……。おいくつの時ですか。

中村　ちょうど二十歳のときです。まだ、そのときは子役からやっと半分大人の役をさせていただくようになったという程度ですから、立役の修業まではいっておりませんですね。ただ、父が立役にするつもりでおりましたので、何から何まで男らしいようなことをさせられました。ですから、女形になってまず困りましたのは、女の踊りをひとつもお稽古してなかったことです。

水原　お小さい頃から踊りのお稽古をなさいまして。

中村　はい、三つぐらいからしておりました。しかし男の踊りばかりでした。「供奴」とか「越後獅子」とか「槍奴」とか。

渡辺　復員なさったときに、最初に日本の土をお踏みになったのはどこですか。

中村　二十一年、久里浜です。

渡辺　それで芝居は三越劇場が戦後初……。

中村　ええ。もう歌舞伎の役者に戻ることはできないだろうと思っていたんですが、これがまたわりあいと運がよく、早く舞台に出していただくことになりましてね。鳥取の震災で亡くなった父のお礼かたがたご挨拶にお訪ねしたんですけれど、そのときにどういうものか高麗屋の、私の岳父になる七代目松本幸四郎のところへ行って、「お世話になりまして、ありがとうございました。どうぞ今後よろしく」と言いました。押しかけなんですが、それでなんかとても深いご縁になりまして、面倒をみていただくようになりました。

渡辺　「女形になれ」とおっしゃったのは高麗屋……。

中村　ええ、高麗屋ですね、結局は。

渡辺　そのときは、これから立役から女形に転向するのだから、辛いこともいろいろおありになりましたでしょう。

中村　ええ。辛いということは、知らないということですね。女形の土台を知らないわけですから。女形という舞台でやっているお芝居は、これはひとつの形もありますので、それを教えていただければそれなりに出来るんですけど、それ以前のものがあって、まあ、受け皿ですね、そういうところへスタンスが落ち着かないんです（笑）。

水原　高麗屋さんは、手取り足取り教えて下さるのですか。

中村　ええ。そんなことは歌舞伎の世界ではなかなかないことでして、私なんか破格のことだと思います。で、戦争から帰ってきたあとで、二十七歳になって全く初めて役者になったようなものですから。座り方、立ち方、歩き方、こごみ方、すべてにわたって仕込まれました。

水原　女形というのは、生活の中でどういうふうに暮らすものなんでしょう。なにか不自然な形とかございますんですか。

中村　ええ、全部不自然なんです（笑）。ですからその不自然なものが自分の体の中にうまく溶け込んでくれれば女形になれますね。

水原　いつものお暮らしの中でもなるべく足を内股にとか……。

中村　それは、十五年か二十年ぐらいやってましたでしょうか。いまはそんなことはありません。自然になってくるのを待つよりしようがないんですね。

渡辺　一時映画俳優としても活躍しておられましたが、その後に関西歌舞伎にいらしたわけですね。それが東京に復帰なさって、それから、「金閣寺」の雪姫とお三輪で雀右衛門を襲名なすったんですね。三代目雀右衛門のときから女形になるんですね。すごく綺麗な女形ですね。

水原　代々女形のお家ではないんですね。

中村　代々じゃなかったんです。

　ところで、水原さんは何で歌舞伎がお好きになられたのですか。

水原　最初に拝見しましたのが、高校生のときに、ちょうど先々代の幸四郎さんの追善で拝見いたしまして、雀右衛門さんが口上にお出になっているのも拝見いたしました。それで、女形で普段女らしいところを拝見していたのに、口上のときにご挨拶をなさったら、それがとっても男らしくて、ああ、この方は男らしいんだと思ったのがすごく印象にございます。

　歌舞伎というのはなにか日常を超えたような情熱の激しさみたいなのがございますね。生のなかにいて死を越えるような氷の湖を渡る八重垣姫ですとか、そういうところが魅力なんですけれども……。ただ、女形と申しますのは、立役さんより一歩下がってと申しますんですか、それがどうも私たちにはすごく不思議な感じもするんですけれども。

中村　それは、大体男同士でやっている仕事ですから、体格はそんなに違いませんですね、多少の大小はあるにしても。そうすると、同じところに座っていると同じような大きさにしか見えませんでしょう。ですからちょっとでも退いていますと少しは小さく見えるというか、優しく見える、そういうこともあるんです。同時に、気持ちの上ではやはり立役を立てるというか、男を立てるという気持ちでしょうか。

水原　やっぱりそういうお気持ちでなさいますんですね。お年下の団十郎さんや幸四郎さんでも。

中村　ええ、そうです。もちろん向こうからもおっしゃってくれますけど、私のほうからもそういたします。一言も口もきかない、何もしないで、急に舞台に出て、抱きついたり、情熱を燃やそうと思っても、それは駄目なんです。人間ですから、心がハイにならないと駄目なんですね。ハイにするのには前もっての準備がやっぱり要るんです。

水原　そういうものですか。八重垣姫ですとか、玉手御前みたいな役は女形が主みたいな感じの役ですけども、普通の女形のお役、特に女房なんかですと、やっぱり立役さん中心にまわってますね。ああいうことはご自身の中ではストレスになるということはないですか。

中村　女形は、ストレスはないことはないと思いますけどね。もちろん何かありましたらすぐ女形が処理をしなければいけないぐらいの心掛けは必要ですけれども、お思いになるほどではないと思うんです。

水原　「熊谷陣屋」で、たとえば相模が取り残されますでしょう。すごく理不尽な感じがして……。気の毒ですよね。

渡辺　女性のお気持ちからの観方ですね。

世話物と時代物

水原　もうひとつ、きょう伺おうと思ったのは、私どもの世代は時代狂言というのは意外に馴染みやすいんでございます。童話とか神話とかギリシャ悲劇なんかにも近いような感じがいたしまして。けれども、世話物は実は弱いんですね。弱いというのは嫌いというのではなくて、好きは好きなんですけれど、何かリアルでないし、また若い役者さんですと、なさっている側もリアルにつかんでいらっしゃらない気がするんです。黙阿弥物なんかですと美意識で理解できるんですけれど、その奥の人間の実感に手が届かないんです。江戸の感じもわかりませんし、「籠釣瓶」なんかが出ましても、たとえば「椿姫」のような感覚ではよくわかるんですけれども、それがほんとにあった吉原のその体温というものがわからないんですね。「助六」は大好きですけれど、女王様のような揚巻の本当の苦しみはわかっていないんです。そういうものをこれから私たちはどうしていったらいいんだろうかと思うんです。

渡辺　逆にいうと、われわれの時代は世話物から入る人たちが多かったですね。時代物というのは荒唐無稽だから入りにくい。歌舞伎の面白さはやっぱり世話物にあるんじゃないかということを言った人がいっぱいいるんですが、いまは逆転しているわけですね。

水原　ええ、そういう感じがするんですね。

渡辺　でも、「籠釣瓶」だって、ギリシャ悲劇みたいじゃないですか。

水原　ええ、「籠釣瓶」ですと……。でも、「文七元結」みたいなものがやっぱり弱いです。人情的なものとか、「お祭佐七」ですとか、ああいうのがむずかしいんです。

　そして、それではいけないという気が私自身大変強くあるわけなんです。さっき申しました通り、私にとっての歌舞伎の魅力は、第一に日常を越えた大きな情念の表出ということなんですけれど、そうした垂直方向の力のほかにもうひとつ、水平方向に人と人を結ぶいわくいいがたい情みたいなものも歌舞伎を支えていて、それが外れたら駄目なんじゃないかと思うんですね。世話物の存在意義はそれじゃないでしょうか。そのところを含めて、今回の講座でいろいろ教えていただきたいんです。

渡辺　われわれの時代は世話物と客席がつながっていた。だって、家に帰ると、僕たちは世話物に出てくるような部屋に住んでいたのだから。それが、たとえば水原さんの家では、椅子とテーブルの世界でしょう。この岩波講座《歌舞伎・文楽》は、観客の日常と舞台の世話物の非常にリアルな日常というものが断絶した最初の時代の後に出るんです。そこが大事なんです。

　じゃあ、シェイクスピアや、ラシーヌは情が通じないか、「桜の園」は情が通じないかといったら、僕は、もっと普遍的な情というものをあいだに置けば通じるのじゃないかと思うんです。そこらへんのところがつながる答えがこの講座で出るかどうか……。

（「図書」一九九七年十一月号）

歌に内在する息をつかむ

松岡心平＋水原紫苑
Matsuoka Shinpei　Mizuhara Sion

能と短歌

松岡　きょうは、現代短歌の最先端でご活躍なさっていらっしゃる水原紫苑さんをお迎えして、「私と世阿弥」というテーマでお話を伺いたいと思います。どういうきっかけで能をご覧になるようになったのでしょうか。

水原　私はお能は見始めてまだ十年余りでして、もともとは歌舞伎が大変好きだったんです。歌右衛門さんのファンでした。そのころ日本舞踊も習っていたのですが、鈍いので何をやっても駄目で、でも、近所に梅若会の先生がいらしたものですから、そこで仕舞をお習いしているうちに舞台で梅若六郎先生を見て感激して、ああ、お能って何てすばらしいんだろうと思って、それからですね。ご縁あって甥御さんの梅若晋矢先生のお弟子にして頂いて、いよいよ夢中になって行ったんです。

松岡　第三歌集の『客人《まらうど》』の中に、「逢はざりし観世寿夫」という言葉が出てきますね。「みづうみの蛇口光れり逢はざりし観《クワン》世《ゼ》寿《ヒサ》夫《ヲ》が手を洗ふなり」という歌ですね。

水原　十年早く生まれていたら、寿夫先生を見られたのになと残念に思うんです。六郎先生のお舞台は、明るく、大きく、生命力にあふれていて、白洲正子さんも書いていますけれども、本当に世阿弥のころの幽玄はこんな感じにちがいないというような感じの幽玄ですよね。歌舞伎もすべて包含した日本の演劇の根本にあった「ほけほけ」としたものってこうなのかなというような、そういう花だと思うんですけれど、それとは別に、お能というものを磨き上げてつくり出した花だったような気がする寿夫先生のお舞台も見たかったなと思っています。

松岡　短歌をつくっていらして、能と短歌になにか共通性というものをお感じになりますか。

水原　歌舞伎は物すごく好きなのにもかかわらず、そこからは短歌がほとんどできないんです。能もそのまま詠めるわけではないんですけれども、でも、非常に世界が近いと思うのは、先ず端的に言って、前シテ、後シテというのが、上の句、下の句の感覚と大変似ています。釈迢空（折口信夫）の歌なんかでよく思うんですけれども、下の句七七のうちに何か上の句で暗示されたものが顕現してくるということがあるんです。短歌は、初めもなく、終わりもないというか、何もないところから息が出て、そして一つ盛り上がって、またすーっと終息していく、それが能の終息の感じとも似ていると思います。

松岡　能の中にも、和歌はたくさん詠まれているわけですけれども、単に和歌をそれだけで見るのと能の中にはめ込まれた和歌を見るのとでは、またちょっと違うと思うんですが、その辺はどうですか。

水原　これは本当に思いつきなんですが、世阿弥は歌が一番わかっているなという感じが素人考えでもしまして、例えば『桜川』でも、「年を経て花の鏡となる水は散りかかるをやくもるといふらむ」という、あの歌の内在する息というか、魂みたいなものを生き直して、女の成熟していく悲しみのようなものから、物狂いの情念を立ち上げてくるというのは、ほかの作者には全然ないものじゃないでしょうか。それは『井筒』もそう思いますし、『班女』なんかも思うんです。もっと昔のものですと、『通小町』の小町の歌なんて、笑っちゃうような歌ですよね。『草子洗』の歌もそうです。それが世阿弥の息子の元雅になると、同じ使っているにしても、「聞くやいかにうはの空なる風だにも松に音する習ひありとは」なんて宮内卿の歌は、本当に表層の歌ですよね。元雅は歌の中までおりていって、歌を生きようとはしないという感じがするんですね。だけど、結局、私たちの世代は、短歌の中でも、戦争を知らない世代で、ひ弱で、生の根源がわからないからだめだみたいに言われるんですけれども、世阿弥は戦乱の名残りを知っている時代ですね。元雅は、いわば私たちみたいなひ弱な時代の子だったのだと思います。そうすると、元雅にある表層から表層をすくい上げるしかない存在の不安みたいな感じというのは、私にはむしろ世阿弥の豊かさよりもずっと共鳴するところがあるんです。

世阿弥と元雅

松岡　そうですね。水原さんの第二歌集の『うたうら』は、元雅を非常に意識されていますよね。「すれちがふ風は元雅《もとまさ》、能果てて内耳のごとき廊下ありけり」という歌など、いいなと思いました。世阿弥は歌をよくわかっていて、歌の世界をもう一度自分で生き直すようなこともしながら、血肉化して、能の中に引用してくる。それに対して、元雅は表層的に引いてくるようなところもあるというふうなお話でしたけれども、逆に表層的に引いてきて、それが思わぬ効果を生むとか、そういうこともある気がします。例えば『朝長』で二条后の歌が引かれます。「雪のうちに春は来にけりうぐひすの氷れる涙今やとくらん」という……。

水原　あっ、その歌大好きです。それが出てくるんですか。

松岡　『朝長』に出てきまして、『朝長』は元雅と考えていいと思うんですけれども、あれなんか、普通は機知の歌で、一般にはそういうふうに思われているんですが、それが朝長の死を見とどけた前シテの遊女の謡の中で歌われると、朝長の凍死、雪の中で死んだ花の若武者のイメージみたいなものが、僕なんかには非常に感じられるんです。これはすごい。元歌の脈絡とは関係なく引いてくるんだけど、それが逆におもしろい効果になっています。世阿弥は、元の歌の脈絡に精通した歌の引き方ですね。

水原　すごく深いなと思います。和歌的共同体というものをすごく信じているというか、その世界に開かれているなという感じがしますね。だけど、元雅には、共同体というのは感じられないような気がいたします。

松岡　元雅の興味は全部死の瞬間に向かっていくところがあると思うんです。『歌占』にしても『盛久』や『隅田川』や『朝長』にしてもそうです。『重衡』においても死ぬ瞬間の語りに世界が立ちつくしている。世阿弥の場合は死が他界に通じているということが信じられていて、ある種の幻想の共同体というのはあると思うんですけれども、それは和歌の共同体、花鳥風月の世界とほとんど重なり合うような形になっているんではないでしょうか。元雅の場合は、そこのところで現在の我々の側に突き抜けてきていて、共同体が何か信じられなくなっているように思えます。死の瞬間そのものがジッと見つめられることになる。

松岡心平氏

水原　死のリアリティーがありますよね。世阿弥だと、死の中で生のイデアみたいなのが完成するという感じがあって、死というのはどこにもないような感じがします。

松岡　『井筒』にしても、シテの女性の場合、死の側から見た別の生を与えられて、生が全体的に完成するみたいな……。

水原　そういう感じですね。

松岡　それはある種、幸せな完成の仕方ですよね。

世阿弥の古典主義と禅竹

水原　仏文の学生のとき、ラシーヌをやっていて、できない学生だったんですけれども、ラシーヌは古典主義の極北みたいに言われますね。世阿弥もある意味で、お能という日本の古典主義演劇の本当の唯一の人じゃないかという感じがするんですが。でも、二人は近いのかなと思って、ちょっと考えてみたんですけれども、ラシーヌの台詞というのは、渡邊守章先生なんかよく引かれる、『アンドロマック』のトロイ戦争の話で、アキレウスの息子のピリュスという大将が、トロイ側の未亡人のアンドロマックに恋するわけですけれども、そうすると、自分がトロイに放った、その戦火よりも大きな恋の炎が自分を焼くというふうに言うんですね。そこには人間の等身大では全然カバーできない修辞の力があります。フランス古典悲劇は、純粋に言葉の演劇ですから、そうすると、捨象されたところから、かえって逆説的な身体性というのが過剰な修辞の力でわーっと立ち上がる感じがするんですね。だけど、世阿弥はどうかと言うと、世阿弥の場合、純粋な言葉以外に舞と歌と両方に回路をつくっているから、『砧』なんかでも、物すごい閨怨の情を歌っていても、非常に快いし、ある意味で等身大で、身体に吸収されていくという感じがするんですね。だから、それが随分違うなと思います。

『野宮』とかですと、これは禅竹の作としていいのでしょうか。

松岡　それでいいと思います。

水原　妙な感じ方ですけれど『野宮』は、筋立ては別としてエリザベス朝のウェブスターのモルフィー公爵夫人なんかに何か情念のイメージがつながるものがあるなというふうに思いますし、『楊貴妃』でも、ラシーヌの『ベレニス』を思わせるとか、そういうふうに、西洋演劇と通底する要素というのが、ある意味で世阿弥以外のものにはあるように感じられるんですね。だけど、世阿弥は本当に結晶体であって、これが何かにつながっていく世界だなというのがないなというふうに思ったんです。

松岡　そうですね。世阿弥のところで能が一つの結晶体になったというのは本当だと思います。美しいけれど、どこかつるつるしてしまった。その世阿弥を突き抜けていくのが元雅であり、禅竹であったと思います。禅竹作の『定家』にしても、『芭蕉』にしても、特に『芭蕉』は何もない世界で、ほとんど舞台は詩ですよね。純粋にきわまった詩みたいな形で、そういう強度の言葉の世界をシテは身体一つで生きなければならないというのは、本当にすごいと思います。

水原　禅竹の方は詩ですよね。世阿弥は和歌かもしれませんけれども。

松岡　今回の橋の会では、修羅能である『重衡』を観世暁夫さんのシテで上演するのですが、修羅能について少しお話しいただけますか。

水原　少し以前に、『通盛』と『清経』と『忠度』のことをたまたま書いたんですね。私は『通盛』が一番おもしろいなというふうに思いまして、情念と運命とが拮抗する感じで、好きなのが、教経に通盛と小宰相の逢瀬を知られる場面の凄さですね。「わが弟といひながら、他人よりなほ恥づかしや」というのが、本当に古代的な罪を犯したというか、生というものの重みというのが、あんなに深く迫ってくるのはないなと思います。『清経』はそれに比べると、もっと心の闇というか、近代的な心理に近いし、『忠度』になってしまうと、歌の詩情というのと一体化してしまう感じがします。やっぱり世阿弥の修羅能というのは、美しいけれども、戦争のリアリティはあまりないですよね。だから、そういう意味で、

『重衡』はすごく興味のあるお能なんです。
松岡 今日は大変楽しくお話を伺うことができました。ありがとうございました。

（「橋の会第六十回公演『重衡』パンフレット」二〇〇〇年五月、のち松岡心平編『世阿弥を語れば』〔岩波書店／二〇〇三年十二月〕に収録）

◉鼎談

日本人にとって挽歌とは何か

山折哲雄 Yamaori Tetsuo＋上野　誠 Ueno Makoto＋水原紫苑 Mizuhara Sion

死者との対話

上野（司会） まず最初にこの話から始めます。私は学生のとき、薬師寺で管主の高田好胤さんの話を何回か聞く機会があったのですが、そのとき、印象に残っている話があります。

高田好胤さんは、師匠の橋本凝胤さんが生きているとき、まじめな話をしようと思えば師匠ははぐらかすし、師匠がまじめな話をしようと思ったら高田さんは気が乗らないという具合で、一度たりとも師弟で話が噛み合ったことがなかったそうです。ところが、師匠が亡くなった後、初めて素直な気持ちで師匠と話ができた気がすると言われていました。その話が、ずーっと私の頭にありました。でも、高田好胤さんは関西の人なので、そのお説教にも必ず落ちがあるんです。それはこの座談会が終わる時に必ず言いますね（笑）。今、死者との対話ということが大きな問題として、われわれの眼前に浮上しています。

宮沢賢治の「永訣の朝」の山折さんの解釈は、死のほうにいる妹と生の側にいる賢治との対話になっていると言わなければいけない。だから、「あめゆじゅとてちてけんじゃ」のところをどういうふうに読むか、考えないといけないとおっしゃっています。

また、死んだ人と会話をするということが一つの挽歌のありようではないかということを、水原さんの歌集『武悪のひとへ』（本阿弥書店）を読んでいても感じました。

亡くなった後、問いかけがあるのですね。
　僕自身、確かに自分の父親や兄とのことで考えても、生きているときにしみじみと話をしたかなあ、あのとき、もっと話をしておけばよかったなあとか、いろいろ思っています。
　挽歌についてどういうふうに考えたらいいのか、この場でお聞きしたいと思って、お二方にお越しいただきました。

山折　今日は京都を十時発の新幹線に乗って来たのですが、その三、四十分前かな、家にいるとき、ある新聞社から電話がかかってきて、「吉本隆明さんが今朝未明、亡くなった。談話を取りたい」と言うんです。私は吉本さんとはだいぶ対談もしているし、おつきあいもかなりあったほうですが、今、上野さんが言われた話のように、いつもすれ違っていたなという感じがしていたのです。
　ところが、亡くなったということを聞いて、現代と吉本隆明の全体をどう捉えるか、どういう言葉で表現するかということを瞬間的に考えて、あることを言ったのです。それが自然な形での私の吉本さんに対する誄《しのびごと》（「貴人の死を悼み生前の徳などを追憶して述べる詞」）になっている感じでした。今、上野さんが言ったような意味での挽歌になっていたと思います。その中身のことは申しませんが、それで、偶然とはいえ驚いた。

上野　棺を覆ってというか、その人の人生が完結したときに投げかける言葉が別に出てくるということでしょうか。

山折　それとはちょっと違うのですが、去年、3・11の災害があって、一月くらい後に現地を訪れたんです。東松島、石巻、気仙沼でした。もうご承知のあの凄惨な現場ですよ。周辺に数知れない遺体が投げ出されていた。すべての言葉を失った。そのとき突然、喉元を突き上げてきた歌があるんです。それが『万葉集』の大伴家持の〈……海行かば水漬く屍山行かば草むす屍……〉（巻18・４０９４）でした。あれは典型的な挽歌ですね。防人のために歌ったと言われています。あのような状況の中で亡くなった方々に語りかける言葉は、これはもう歌しかない。後からそう思うわけですけれども。
　あの歌には「屍《かばね》」という言葉しか出てきませんけれども、明らかに死者の魂、屍から遊離していった魂に向けて彼は追悼の言葉、誄をしていたと思ったわけです。
　今度の災害のあと、幾人かの歌人の方に会いました。その一人が三枝昂之さんでした。三枝さんは「多くの歌人が言っていることだが、あれだけの災害をいろいろな形で歌にしているんだけれども、それが全部ウソっぽくなる」と言っていて、私もそう感じました。そんなとき、あの家持の歌った古典的な万葉の調べが強いひびきとなって喉元をつきあげてきた。大切な人が亡くなって初めて出てくる言葉というか、歌というか、先ほどの話になる……。

上野　水原さんの歌も、「問いかける」ということがあったと思うのですが。

水原　私は来世も、過去世も信じているので、死者は遍在するという実感があるんです。だから、問いかけているかどうかはよくわかりませんが、万葉のご研究の本を拝読して、万葉の人たちも私と同じように考えていたんだなと思いました。

上野　そうですよね。短歌体という詩型そのものが、生者への恋歌（相聞）、死者への恋歌（挽歌）を表現するために、七世紀の前半の人たちが作った詩型なので、生死を歌う詩の形なんです。

水原　型のあることで大きな悲しみから何か救われるものがありますね。

上野　歌人たちは一生懸命表現するんだけれどウソっぽくなるということですが、歌というものは二つの性格を持っていると思うのです。型に入れてしまったら何となく形になってしまうという側面と、型があるから救われるという側面と。だから、悲しみの生な言葉を出しても、歌にならない時もある。挽歌も一つの型のなかで歌うわけですが、水原さんのお話を聞いて、その両方の側面があるように思いました。

短歌的な挽歌、俳句的な挽歌

山折　例えば先ほどの災害の問題で言うと、あれだけの大災害の現場に行くと自分の感情が揺れるし乱れる。それを整えて、ある言葉にしようとすると短歌という型に頼らざるを得ない。型に頼ると、感情はある程度整理されて流れる。その感情の流れを受け止めてくれる器、その典型的なものが『万葉集』の世界であると思う。だから、自然にそういう歌が浮かび上がってくる。歌人の方々も五七五七七の調べに自分の感情を移しやすい。しかしそうではあるけれどもどことなくウソっぽい。そのジレンマにぶつかるわけでしょう。

　ところが、あれから半年経ち、一年経ち、震災忌を迎えることになった。すると災害の全体像が何となく見えてくるんですね。人間の運命の全体がある程度、見えて来る。そこでまた、ここで言葉に表現するにはどうしたらいいかという問題が出てきて、短歌的抒情だけでは全体を捉えることができないのではないかという感覚が僕にはある。あのすさまじい現場では乱れに乱れた感情が沸騰していた。それを表現するのは短歌しかないのだろうと思ったのだけれども、時が経って、その全体像を構造的に一挙に摑む、鷲摑みにするのはむしろ俳句の方ではないかと感じたんですね。

水原　俳句ですか。

山折哲雄氏

山折　この間、多賀城に住む高野ムツオさんにお目にかかったんですが、あの人の俳句にこんなのがありました〈四肢へ地震ただ轟轟と轟轟と〉（『俳句』平23・5）。感動しました。こういう句は直後の現場ではなかなか出てこないでしょう。圧倒的な現場を前にして全体を摑むことができないから。この時間を置いた経験のなかでふと、抒情から叙事へ、ということを感じたんです。時間が経つことによって自分の心の動きが叙事的なものの摑み方になっている、と。だから、和歌的な抒情のリズムでは、一年前のあの災害を思い出して歌にするということがどうも難しくなるんじゃないかな。と思ったんですね。

俳人の長谷川櫂さんがあの直後に『震災歌集』（中央公論新社）を出しましたね。俳人でありながら、歌を作らざるを得なかった。あえて「歌集」にされた。これは象徴的でおもしろい問題ではないかと思うのです。挽歌というと何となく万葉的であるし、もちろん短歌的な世界が浮かび上がってくるわけですけれども、しかしそれは俳句の世界にもあるわけで、芭蕉忌とか子規忌というのが季語になっている。その俳句的な挽歌の作り方が、ちょっと飛躍した言い方になるかもしれませんが、能の舞台における演出とも近いという気がしますね。

水原さんの『武悪のひとへ』は、今言った俳諧的な味わいの濃い「歌集」と私には映りました。もちろん万葉以来の歌の調べがそこに流れているのですが、そこに私が惹かれたのは、能舞台で演出される死者と生者との硬質な関係と言ったイメージが浮んだ。抒情に流れないもの……。『武悪のひとへ』というタイトルのつけ方がそもそもそうですね。

水原　初めてそういうお言葉をいただいたので、それはうれしいです。

上野　水原さんの歌集の中で、あれは編集を経ているとは思いますが、後半になるほどディテールが出てくるのです。この演出のときに、この人はどうだったとか、こういうようなものをくれたとか。それはある意味で叙事的な思考が水原さんの中で芽生えていく過程が歌集の中にあると、今、僕は逆に山折さんの話を聞いて思いましたね。

水原　あれは時系列順なので、最初に百首ができて、その後、秋と春ですから、おっしゃるとおりですね。

山折　『源氏物語』には、たくさんの歌が挿入されていますね。歌物語と言ってもいいくらい。その中には挽歌的なものもたくさんある。光源氏をめぐる歌には挽歌的な要素が含まれていますね。

ところが中世になると、謡曲で「源氏供養」というのがあります。あそこでは紫式部が亡霊になって出てきて、光源氏も姫君たちもみんな救われていない、それで何とか供養してほしい、成仏させてほしいとかき口説いている。これは和歌的な挽歌から、あるいは抒情的な挽歌から、叙事的な挽歌の世界への展開を示していると、僕は漠然と前から思っていたのです。

水原　能が叙事的挽歌になるとおっしゃるのは、よくわかります。

歌うということは魂を引くこと

上野　今回の鼎談で唯一の短歌の実作者でおられる水原さんが、挽歌を幾つかあげてきてくださいました。これを読むと、全くその背景を相手に示さなかったら、そのほとんどは恋歌として読めるんです。

水原　ええ。全くそうです。

上野　ですから、恋歌と挽歌、すなわち死者に対する恋歌と生きている人に対する恋歌で表現上の差がないというのが、まるでこの一枚の紙で実証されていると思ったのです。水原さんご自身、歌を作られるとき、その差は意識されるんですか、されないんですか。

水原　しません。私の尊敬する山中智恵子さんが「自分の歌は全部、恋の歌だ」とおっしゃいました。私もそう思っていて、歌うということは魂を引っ張ることですよね。死んでいようと生きていようと、人間でなくて動植物、または無生物であろうと、その魂を歌によってこっちへ呼ぶわけですから、全然変わらないと思います。和泉式部は本当にその典型ですよねえ。

上野　日本人にとっての最大の宗教は、歌で語るか、物語で語るか。「語る」ということがある。例えばお盆でも、死者供養でも、基本的に宗教儀礼はあるのですが、その後に、一杯飲もうよといって親戚同士が飲みながら語り合っている時間のほうがむしろ大切で、そのためにお坊さんに来てもらって、短いお経を上げてもらっているということであって、だから、日本人は歌さえ歌っていれば宗教は要らないんだというのは、宗教学者を前にしてすごい暴論なんですが、僕はそう感じています。

　語られなくなるということが死者にとっていちばん辛いことだと思うので、それをずっと語り継いでいく。例えば源氏なら源氏も、その魂すらもさまよっている。それをどういうふうに救うかが能のことになってくるように、日本人はそうやって語り継ぐことが最大の死者供養だということを、水原さんの『武悪のひとへ』を読みながら、また思いました。

短歌的抒情のプラス、マイナス

山折　『きけ　わだつみのこえ』（「第二次世界大戦に学徒出陣した戦没学生七十五名の日記・手記・書簡を収めた遺稿集」）では戦没学生たちの歌が取り上げられていますが、その中には危機的な状況で上官の罪を負って死ななければならない学徒兵の歌も出てきます。そのようなとき、彼らはどのようにして死の識閾を越えていったか。その多くが短歌を作っているんですね。短歌的抒情というものが最後の死の領域に入っていくときの唯一の慰め、励ましになっている。宗教的な意味での重要な機能を果たしているわけです。

　でも、例えば第一次世界大戦後のドイツの戦没学生の手記が、日本でも出版されていますが、詩歌の調べに身を託して最期を迎えるという学生はほとんどいない。だから、これは日本人固有の最期の迎え方なのかもしれません。

　ところが、それをとりあげて「短歌的抒情は奴隷の韻律だ」（小野十三郎）と言い続けたのが戦後ですね。真っ向から否定的に捉えている。それで半世紀経っているのです。しかし、戦後の歌が、歌人たちが、その問題についてどう対処したか。必ずしもはっきりしていない。批判する側の言説の方が大きく取り上げられてきたのではないでしょうか。代表的なのが唐木順三です。『自殺について』という有名な論文があります。死とは何か、戦争とは何か、人を殺すとは何か、そういう究極の問いを問い詰めないままに「短歌的抒情」で逃げてしまう。大事な問題は最後の段階で短歌的抒情で乗り越えてしまう。

　それをプラスと見るか、マイナスと見るか。あるいは独自性と見るか、日本の後れているところと見るか。この論争にまだ決着がついていないような気がします。私は唐木順三のその見方はやはり間違いではないかと最近思うようになっています。青春のころ読んだときはそのとおりだと思ったのですが。これは日本人の自己認識の問題を考える場合、非常に大きな問題だ、と私は思ってますけどね。

水原　それはそうなんですけれども、作っている人間からすると短歌形式は天皇制と骨がらみでしょう。下の句の七七は自己に共鳴する、共同体に共鳴する共鳴装置ですよね。そのことによって、自己肯定が行われて、俳句のように世界に言葉を投げかけるというのではなくて、またブーメランのように戻って、自分を温めるかたちになりますよね。ですから、そうした慰撫する力は害毒にもなりうると。ただ、前衛短歌は、第二芸術論に対するひとつの答えだったと思います。

山折　両面あるんでしょうね。自己救済ということでいうと、これほどいい言葉の使い方はないということもあるかもしれない。だけど、宗教だと言われれば確かに宗教的機能を果たしているともいえる、とくに死の問題に向き合うときは……。

自殺文化と短歌

上野　これ、短歌の問題だけに止まらず、最近、「説明責任を果たしなさい」、コンプライアンスをちゃんとやっていますかということを盛んに、日本社会すべてで言っています。

　ドイツの学生の手記のように、問い詰めて問い詰めて、煮詰めて煮詰めていく。それはコンプライアンスとか説明責任とか、そういうような思想だと思うのです。

　それに対して、最後は一つの自分の美学というものを示して、あとは腹芸のように分かってくださいよという、例えば日本人の責任の取り方、辞職とか切腹とかというようなものにまで広がる一つの思考法の問題になると、今、思いましたけどね。

山折　最近は年間の自殺者が三万人以上が続いている。自殺の問題は重大な社会問題である等々、かしましいくらいいろいろなことが言われている。だけど、日本の歴史とか伝統とかを考えてみると、自殺文化と言ってもいいようなものがどうも内在している感じですね。

　例えば切腹がそうでしょう。源三位頼政から忠臣蔵、乃木大将、三島由紀夫。ずーっと切腹の伝統が続いている。しかもそれは必ずしもネガティブな意味にだけとられてはなかった。それから、心中。近松の文芸世界は心中物を抜きにして語ることはできない。一家心中、無理心中、集団心中、いろいろな心中が現代にもずっと続いている。さらに言えば芥川龍之介も自殺ですよ。でも、芥川賞が社会的事件になっている。そういう形で芥川の人生を祀り上げているわけです。

　一方で自殺を、そういう文学的な死とか思想的な自殺とか言いながら、他方では年に三万人の自殺者がいて、それが十年間続いて、大きな社会的な問題だと言いつづけている。ちょっとおかしいのではないか。そういう形が露わになっている自己認識は分裂していると思いますね。いきおい外国人の目には「自殺大国ニッポン」と映るわけです。

　そういう自殺文化を支えているものに例えば短歌的伝統もある。辞世の歌がそれです。

上野誠氏

水原　それは武士の世の中になってからではないでしょうか。和泉式部の〈捨てはてんと思ふさへこそ悲しけれ君に馴れにし我が身と思へば〉の〈捨てはてむ〉はあくまで出家で、死ぬ気は絶対にない。王朝の人たちは死にませんでしょう。万葉の時代でもあまり自殺ってないですし。

山折　鎌倉以降でしょうね、恐らく。

上野　ある意味で、歌の文化はそのまま恋歌で、そのまま挽歌だという気がするのですが。

『万葉集』がもてはやされる時代とは

山折　『万葉集』の挽歌は行き倒れ人の死の場合であり、非業の死を遂げた人の場合が多い。とにかく異常死がほとんどです。あれは、異常死という死を通して生死の究極の問題が明らかになっていくということでしょう。歌の型式というか、ジャンルの形成もそれとかかわる。この伝統はお能の舞台でまた、その内容を深めていく。だから、能の演出では役者が限りなく自分の体を死体に近づけていく。

　そのテーマは水原さんの『武悪のひとへ』にもずいぶん出てきますね。死ぬことがうつつの世界を映し出す重要な契機になっている。万葉的な挽歌に対して中世的な挽歌、抒情的な挽歌に対して叙事的な挽歌だなと私は受け取ったのです。

水原　中世に何が変わったのですか。

山折　つまり死の思想というか、つまりメメント・モリ（死を想え）の意義が深まったということでしょうか。

水原　その段階で自殺も出てきたんですね。

山折　そうだと思います。

上野　専門的な用語で言うと「行路死人歌」とわれわれは分類してしまうが、行き倒れの人をなぜ詠むのか。それは『万葉集』に特異な歌の形だと説明していたのですが、今、私は自分があまりにも愚かなことに気づいた。考えてみたら、能のあの形式は行路死人者を慰めて歩く、そういうことですよね。非業の死を遂げた人のゆかりの場所を歩くことも供養なんだけれども、それを能の中で演じることも供養で、それは『万葉集』の行路死人歌というようなものがいったん潜って、また中世に噴き上げてきた。そういうふうに考えたほうが文学史の説明としては合理性が高いと、今、思いました。

水原　万葉の時代にあった、王朝文化で抑圧されていた古代的なエネルギーが能に出てきている気がするのです。今夜、私は国立能楽堂で「砧」を観るんです。それは震災の死者を悼むイベントです。そうやって、生きていたときが再現されることによって死者が救われるんですよねえ。能に出てくる死者はみんな、普通の死に方をしてませんから。

上野　万葉的な挽歌、行路死人歌や異常な死者に対する手向けの歌のようなものがもてはやされる時代は多くの死者が出た時代で、一つは明治維新。その明治維新から短歌の革新運動が起こったとすれば、子規の万葉尊重。もう一つは太平洋戦争のときに茂吉の『万葉秀歌』を持って戦争に行った人々。そして、実は今、もう一度、空前の万葉ブームです。私は万葉学者ですから『万葉集』が盛んになることはうれしいのですが、『万葉集』が盛んな時代は決して、いい時代ではないのかもしれない。

山折　昭和十年代に茂吉が国民詩人、万葉詩人と言われた。戦争が深刻化し大量死がつみ重ねられていく時代の中で、初めて彼は万葉詩人になる。だから、国を危うくするのが短歌だという批評にもつながっていく。

上野　また、国が危ういときに救済するのが短歌だという全く逆のことも言えるかもしれないのです。今、もう一度、万葉の時代が見直されている。逆にそれから何をわれわれは学ばなければいけないのか。何を予測的に考えることができるのか。考えなくてはならない。

『武悪のひとへ』の悪とエロス

山折　水原さんの今度の『武悪のひとへ』は反語的な歌集になっているようにも思う。なぜ挽歌集に対してこういうタイトルをおつけになったのですか。

水原　特別な訳はなくて、「武悪」という曲を得意とされた狂言方の能楽師に捧げた集だったので。ただ、「武悪」と漢字で見たときのイメージにすごく惹かれました。

山折　水原さんの一首〈悪源太・悪七兵衛はた武悪《ぶあく》　悪を支ふる心ゆかしも〉——あれは「悪」に焦点を当ててますね。

水原　はい、そうです。

山折　その「悪」はどういうことですか。

水原　「悪」はエネルギーだと思います。歌舞伎の荒事に通じるような始原の力。

山折　そういう視点は万葉にはありませんね。

　私の印象に残ったのがもう一首あるんです。〈狂言に生きたる君のひたおもて中将の面かけくちづけなむを〉。面を通してのエロスですね。悪とエロスのテーマが重要な主題になっていると読んだのですが。

水原　そうですね。狂言は直面《ひためん》ですけれど、能の直面とは違うにしても、生の顔ではないわけです。面《おもて》を掛けたとき、特に中将なんて修羅ものの公達なんかにも使いますが、エロチックな官能的な表情をしてますね。

山折　面からはみ出る肉、これはものすごく官能的でエロチックですね。能の最大の魅力の一つだと思ってます。それが悪にも通ずるかもしれない。

水原　ああ、そうですねえ。

山折　挽歌とはいえ、中世的な能の世界で初めて出てきたような感覚、美意識かなという感じがしたのです。それで先ほどのようなことになるわけです。抒情から叙事へということにかかわるし、自分自身を限りなく死体に近づけていくという演出ともかかわる。そういう意識が水原さんの内部におありなのかどうか。

水原　自分を死体に近づけていく、ですか。

山折　あるいは「死」に。

水原　生きているのか死んでいるのか、あまりはっきりしないという感じがありまして、境界がおぼろということはあります。

山折　それは西行が桜を見て、自分の魂が抜け出ていって、そのまま戻ってこない、——あの不安と恍惚の矛盾した感覚ですね。歌の世界にもあるものでしょうけれど。西行のあたりから中世にかけて深まっていく、そんな感覚。法然や親鸞などの浄土への涅槃願望とも関連しますからね。挽歌というと、万葉という常識的な感覚がありますが、それを引っ繰り返しているのかな。そういうことを気づかせてくださったんです。

水原　ありがとうございます。

上野　それは逆に、今までの国文学者があさはかだったんですよ。つまり、挽歌はこれ、何々はこれというふうに、表札だけ見て、中身をよく見ずに考えていたわけです。万葉的なものに浄土思想が加わったとき、日本人はどういうふうな表現形式を求めたかというふうに、重ねて見たらよかったんです。けれど、流れで、ここはこう、ここはこういうふうにやっていた。行路死人歌でなぜ死者に訴えかけるのかということと、能の形式を結び付けて考えることができなかった。でも、今回、実作の水原さんともお話しできて、そういうことに気づかされました。ああ、これは狭かったなあと。

水原さんの『武悪のひとへ』もそうですが、挽歌の大きなテーマはエロスですよ。天智天皇が亡くなったとき、「玉だったら手に巻いていることができたのに」、「下着だったら私は脱ぐこともなく」と、肉体と肉体との密着感を表すわけです。そうすると、水原さんの歌の、例えば「面とのくちづけ」は、強い密着感をそこに読者は想定してしまうのです。

『万葉集』の挽歌は天智天皇の挽歌群から始まるのですが、その最初から、エロスがテーマなんですよ。何とかそういう世界を描きだしたかったというのが、今年、『万葉挽歌のこころ』(角川学芸出版)という本を上梓した一つの理由なんです。

もう一つは、次々に妻たちが思いを訴えてゆく。歌による一種の戦いです。

そこで、実作者の水原さんに聞きたいのですが。死者との二者の関係が第三者の読者を持つということがありますね。そうすると、天智天皇の挽歌群の場合、第三者の聞き手の、当時は恐らく口頭でしょうから、聞き手のなかには自分とライバルの妻たちもいるし、私こそは寵愛を受けていたのよとアピールしたいというところもある。水原さんが挽歌をお作りになるとき、聞き手、読み手はどういうふうに意識されていますか。

水原　あまりしていないですけれど。特にこういう私的な内容を詠むのが初めてだったので抵抗があったのですが、その方は舞台人ですから、ある意味で公人なので、その舞台を伝えるというような意識を持ちました。

上野　舞台人も芸名と本名を持つし、自分も歌人としての二つ名を持つ。最後の電話では本当の名を名乗ったという歌、〈われのごと二つ名有りしきみなりき最後の電話は真《しん》の名告《の》らす〉がありました。本当の名を名乗るのは『万葉集』の相聞歌では結婚を意味します。結婚しない限り本当の名を教え合わないということですので。実は私はその歌を詠み、しばらくページが進まなかったのです。最後の電話で心が通じ合ったという感覚をお持ちになったのでしょうか。

水原　そこまでは考えなかった。ただ、最後がそうだったことがとても印象に残ったので、そう詠みました。

上野　水原さんはこれからも恋歌と挽歌の差がない、魂を呼び起こす歌をお作りになろうとお考えですか。

水原　そう思ってます。そのためにこの形式が自分にとってはあるわけで、でなければ別のものを書きます。

人生八十年の時代をどう生きるか

上野　死というものがわれわれの世界から遠ざけられていったと思うのです。死のアウトソーシング、病院で、葬儀屋さんで。死体と接する時間は短くなり、死に立ち会うことが少なくなる。しかし、今度の震災でわれわれは死臭というものに接する機会を得てしまいました。これで日本人の生き方そのものが変わるとお考えになりますか。

山折　つい三十年くらい前まで、平均寿命五十年という考えでしたね。ところがその人生五十年の時代というのはけっこう長いんですね。少なくとも織田信長の時代から記録が残っている。江戸時代の後期になると、人口学の最近の研究によると平均寿命は五十と出ていますね。すると、四、五百年は人生五十年で来ているわけです。

　人生五十年時代の人生モデルは何だったかというと、死生《しせい》観という言葉です。仏教では生死《しょうじ》という読み方があるのですが、一般的な日本人になじんだ言葉のモデルとしては死生観です。

　この死生観という表現のしかたに二つの特色があります。一つは死が生に先だっている。二番目は生と死を同じ比重で捉えて、生きることは死ぬことだ、死を覚悟することが生きることだと。それが四、五百年も続いていたから、ときには自殺文化と見誤られるような文化が至るところに噴出していた。それはむしろ当然のことだったのでしょう。

　ところが、急激な速さで人生八十年の時代になった。それで、その死と生の間にこんどは病と老いの問題が割り込んできて、これが肥大化してしまった。社会も経済も政治も対応できなくなってしまっている。そうこうしているうちに死が追いやられてしまう。それで、生きたい、生きたいという一種の生命イデオロギーが世の中を覆って、それが逆にだんだん不安と恐怖の種になった。

そういうとき、かつての人生五十年時代の死生観を、今日の八十年時代にどう取り戻すか。しかし、これはもう、そうはいかないだろうなという不安感が私にはあります。

上野　最後に、最初のネタをばらしますね。高田好胤さんは毎朝、勤行しながら、師である橋本凝胤さんに問いかけ、問答しているんですって。ところが、ある日、夢の中で師が突然出てきた。そして、「死人には口なしで、おまえが勝手に思ってそう言っているだけだ。俺はそういうことはまったく思ってないからな」と言ったそうです（笑）。私はそれを聞いて、それこそ問答になっているなと思って大笑いをしたことがあります。

私は『万葉挽歌のこころ』の執筆にあたり挽歌の注釈をしたあと、いろいろな思いが溜まっていました。今日、それを山折先生と水原さんにぶつける一方で申し訳なかったのですが、私自身の思いは達せられた感じがします。ありがとうございました。いや、申しわけありませんでした。

（「短歌」二〇一二年六月号）

◉対談

伝統を継ぐ、歌とつながる

馬場あき子＋水原紫苑

Baba Akiko　Mizuhara Sion

百人一首をいま読むということ

——現代短歌の最前線でご活躍なさっている馬場あき子さんと水原紫苑さんに今日は百人一首をテーマとしながら、和歌という表現について、あるいは百人一首と現代短歌との関係について、表現者というお立場からさまざまなお話をうかがいたいと思っております。

水原　私はこの対談の依頼をいただいてから百人一首を読み直してみて、すごくよかったと思いました。最近すごく歌を作ることに自信をなくしていて、自分が歌人として生きるという意識すらもあやふやになっていたんです。自分のやろうとしている歌が、歌の世界のなかではぜんぜん認められていないという気持ちがありました。私は、近代で断ち切られてしまったもの――それは百人一首に代表されるような「王朝の富」といったものですが――をどういう形で、私たちが取り戻すかというのをテーマにしたいと思っているんです。けれども、現代短歌の最先端というのはそれとはぜんぜん違う方向にむかって走っている。それを百人一首を読み返すことでまた考えることができた気がしています。

馬場　私も同感です。

　いま若い人たちが百人一首に注目している理由は、競技かるたの興隆という点は大きいと思いますが、もう一つの理由として、私はいまは古い言葉が新しく見える時代だということがあるのではないかと感じています。私は、現代の表現方法がある種の行き詰まりにきていると思っています。百人一首は現代の人が一度読んだだけではわかりにくいけれども、どこか魅力がある。言葉の魅力がある。未来志向ばかりのなかで行き詰まった現代の表現方法が、ふと後ろを振り返ってみると、百人一首の魅力的な言葉というものを再発見したのではないか。そして、現代はそういう歌のなかの言葉の魅力というのが強く感じられる時代なのだと思います。

水原　百人一首を選んだのは定家だと言われていますけれども、歌の意味よりもしらべで選んでいるのではないかと思っています。たとえば、藤原実方「かくとだに」の歌のような超絶技巧がつかわれた歌が選ばれている。この歌のように、近代が否定した和歌的技巧というものの中に実は歌の心があるのではないかと私は思っています。百人一首のなかで、私が好きな歌はこの「かくとだに」と藤原敦忠の「逢ひ見ての」なんです。「逢ひ見ての」の歌も簡単に言い切っているけれども、これは決して近代の〈われ〉のように、自分の心をただ真っ直ぐに詠んでいるわけではない。後朝《きぬぎぬ》のさまざまなやりとりの歌の重なりのなかで詠んでいる。そういう意味での何層にも重なった歌の豊かさを取り戻したいという気持ちはあります。

馬場　いまお話に出た藤原実方の歌は、女のもとに贈った歌でしたよね。私は、この歌が現場の歌だということに非常に大きな意味を感じます。この「かくとだにえやは伊吹のさしも草さしも知らじな燃ゆる思ひを」という歌を男からもらったときに、一度見ただけで読み取れる能力が女にあって、さらにその言葉に対する受け止め方があったということですよね。

　非常に面白いのですが、百人一首はほとんど三句切れなんですよね。永田和宏が「鏡合わせ」と言っていますが、上の句と下の句それぞれで二つのことを言っている。これが王朝短歌の一つの約束事だったと思います。しかし、本音は結局は下の句で言う。実方の歌も「さしも知らじな燃ゆる思ひを」だけでいい。そこだけでいいのに、「かくとだにえやは伊吹のさしも草」という大変に難しそうな言葉がくっついている。これが当時の歌人のプライドなんでしょうね。言葉を操るということが。

水原　それが気持ちいいんですよ。その歌を声に出して音声として、女が自分のなかで反芻すると、ふうっと心地よい気持ちになってしまうと思うんです。

百人一首の歌を読むと、なにかこうその作者の気持ちになれるというか、その作者と「つながる」ような感じがします。私は、いままた百人一首が読まれているというのは、この感覚に多くの人が何か感じるものがあるからなのではないかと思うんです。

馬場　「つながる」というのは面白いですね。さきほど私がいった、言葉の魅力にも通じますが、百人一首にはそういう魅力があると思いますね。歌を読んで、心地よい気持ちになるというような。

恋の歌と歌枕・見立て

馬場　百人一首に関して、私がもう一つ考えているのは、この歌集が定家の最晩年の仕事だということです。七十代の半ばのものだと言われていますね。晩年の定家は、自身の作品自体は衰えて、とてもつまらない歌しか詠んでいない。しかし、意欲や短歌に対する想いというのは強くなっている感じがします。『新古今』を撰んだときのような狭量の幅ではなくて、百人一首に関してはすごく幅が広い。数えてみたら、百人一首はまず『古今集』から二十四首とっています。次に『後拾遺集』から十四首。『拾遺集』から十一首。この三つの勅撰集から四十九首ですから、およそ半分もとってしまっているわけです。さらに『後拾遺集』から十四首もとっているというのはなんだろうかと考えると、その時期の歌に人間の言葉技と本音の合わさり方が一番凝集していたということだろうと思います。

水原　それは『新古今』よりもということですか。

馬場　『新古今』は言葉技だけになってしまって本音がないのではないか。先の勅撰集の時代には定家の考えでは言葉技だけではないものがあったということではないでしょうか。定家は七十代の半ばになってみて、歌とはやはり心がなくてはいけない、心がある言葉をもう一度考え直していたのではないかと思います。水原さんが先ほどおっしゃった超絶技巧というものにも、技だけではない心があったから成立しているわけですよね。

水原　技があってこそ心が乗るという面があると思いますね。

馬場　その通りだと思います。ただ反対に、心があって技があるという場合もあるでしょう。いずれにしても技だけというわけではない。

　さらに特筆すべき百人一首の特徴は、恋の歌を合計四十三首入れているということです。半分が恋の歌なんですよね。そこには、恋とはなにかという定家の問いかけがあったと思います。恋に人間の本来的な「命の求め」みたいなものがあった。それに面白いのは恋の歌が一番技巧的なんですよ。直接に言えないから、自分の心を半分隠しながら上手に伝えようとする。そうすると、やはり恋の歌によって技巧が発達したと私は思っているんです。

水原　和歌の核心はやはり恋ですよね。

馬場　百人一首のなかの恋を主題にしている四十三首を、さらに分類してみると現場のある恋というのが十六首あるんです。代詠が二十七首。これは当然、『新古今』時代を中心にした代詠時代が続いた結果ですね。『後拾遺集』以後、代詠というものが多くなっていきます。しかし、定家が代詠以前に恋の歌に注目したということがある気がします。歌というのは一つの現実があって、その場で心を伝えるために詠ったという、そういうことも計算に入れ始めたというのが定家の最晩年の特徴だと思いますね。

水原　定家が自分になかったものを求め始めたということでしょうか。

　私は百人一首に入っている定家の「来ぬ人をまつ帆の浦の夕なぎに焼くや藻塩の身もこがれつつ」という歌は、子供のころ、意味が分かりませんでしたけど、いまではとても好きですね。

馬場　本当ですか。私は好きじゃないですけど（笑）。

　どうしてあんなに凝らなくてはいけなかったのか。そして、そういう歌を百人一首に入れたのか。よく考えてみると並んでいるのが家隆ですね。このライバルの家隆の存在があるのではないか。家隆は「風そよぐ楢の小川の夕暮はみそぎぞ夏のしるしなりける」という歌が百人一首に入っていますが、すらーっと歌が出てきている印象がある。

水原　家隆はいい人ですからね（笑）。人柄があらわれている。

馬場　確かに（笑）。定家は、百人一首のなかでこの家隆の歌と自分の歌をあわせて並べているわけです。ですから、家隆の歌の韻律的な美しさに勝てるのは、こうしたごつごつした技巧的な歌だと考えたのではないでしょうか。

水原　ごつごつしていますか。私はそんな感じはしないです。

馬場　感覚が違うのかもしれないですが、私からすると「来ぬ人をまつ帆の浦の夕なぎに」というのは理屈っぽい。来ぬ人を待つ、そのまつ帆の浦の、その夕なぎに、という具合に説明的すぎる感じがしますね。

水原　分析的に考えると確かにそうですけど、音楽のように、ぱーっと読んでみるとそういう感じはしませんよ。さきほどの「かくとだに」もそうですけど、韻律的ないい歌だと思います。

馬場　私は百人一首の中で言えば源等の「浅茅生の小野の篠原しのぶれどあまりてなどか人の恋しき」の方が音楽的な感じがしますね。

　定家は自身の歌を選んで配置するのに、かなり家隆を意識したのではないかと思いますね。それから、百人一首のなかにいくつか二重写しの技巧的なものが出てきますね。たとえば、小野小町の「花の色はうつりにけりないたづらにわが身世にふるながめせしまに」ですが、あれはまさに自分自身と花の衰えとが二重写しになっている。六歌仙時代に多いと思いますが、この二重写しの技法がよく自分を物語っています。また、さきほど水原さんがおっしゃった「かくとだに」もそうですが、歌枕を使っている歌が多い。

水原　確かに、思いつくままに挙げてみても、難波とか、由良の戸とか、因幡の山とか、末の松山とか、たくさん出てきますね。

馬場　そうなんです。「かくとだに」も伊吹が出てくる。さらに伊吹の名産であるさしも草が出てきます。百人一首を見ていると、歌枕と各地の名産がよく出てくる。河原左大臣の「陸奥《みちのく》のしのぶもぢずり誰ゆゑに乱れそめにし我ならなくに」も乱れ染めという染物が出てきますね。こういったものに非常に面白味を感じていて、見立てと言いますか、歌枕を使った序詞を使ってい

馬場あき子氏

る歌を定家がたくさんとっている。歌枕というものがめでたいものだという王朝意識が、定家の中世くらいまでずっと続いていて、その歌枕のめでたさにのっかって下の句の本音が言えるという部分があるのでしょうね。

水原　定家のころは、実際にめでたい世のなかではなくなっているから、なおさらそういう傾向があるようにも思います。

馬場　そうでしょうね。伊勢の「難波潟短き蘆の節の間も」という歌も、下の句の「逢はでこの世を過ぐしてよとや」だけでいいんですよ。言いたいことは下の句。しかし「難波潟」から詠みはじめないと歌ではないと、定家は思っているわけです。

歌人・藤原定家と百人一首のバラエティ

馬場　陽成院の「筑波嶺の峰より落つるみなの川恋ぞ積もりて淵となりぬる」という歌を今回、読み返してみて、これは実に名歌だなと思いましたね。

水原　これは私もすごく好きな歌ですね。ただ、男の人からこの歌を贈られたらちょっと怖いな、とは思います。

馬場　怖い（笑）。でも、これは実際に陽成院が女性に贈った歌ですよ。「釣り殿のみこ」、つまり綏子《すいし》内親王に贈った歌です。

水原　それで確か結婚したんですよね。

馬場　そうです。だけど、私には少し儀式的な歌のように思えますね。結婚に際して、歌を届けますというような。

水原　しかし、陽成院の狂気がこもっているような感じがする歌じゃないですか（笑）。峰からどどど、という感じが。

馬場　なるほどね（笑）。これは私はすべて陽成院が作った歌かどうか疑わしいと思っています。相手の女性が、やはり光孝天皇の皇女です。自分を引きずりおろした男の娘でしょう。ですから、無理やり肩肘張った歌かなという感じがするんですよね。

水原　ああ、そうか。しかし、天智天皇もそうですけど、作者は一応、その人だと思って読んだほうが面白いですよね。もちろん、違うかもしれないけれども。

馬場　確かにそれはそうですね。筑波嶺という土地は、歌垣のふるさとですし、土俗的ですよね。ですからこれは百人一首のなかでも非常に特異な歌で私も印象に残っています。

水原　私は、どどどどという落ちるイメージもそうですが、この淵にお前を引きずり込んでやるぞ、という狂気を感じてしまいますね（笑）。崇徳院の「瀬をはやみ岩にせかるる滝川のわれても末に逢はむとぞ思ふ」もすごく怖いですが、こういうのはやはり言霊じゃないですか。

馬場　言霊ですよ。やはり、陽成院と崇徳院は特異ですよね。この歌をどう読むか。「われても末に逢はむとぞ思ふ」というのは、非常に強い意志が感じられる歌です。

水原　やはり御霊になるような人ですからね。それに比べると後鳥羽院は「人もをし人もうらめしあぢきなく世を思ふゆゑにもの思ふ身は」ですからね。

馬場　何だか弱っているわね（笑）。

水原　順徳院と後鳥羽院は、そう考えるとおとなしい歌ですね。なぜでしょうね。

馬場　やはり文化人なんじゃないですか。陽成院も崇徳院も歌にはすごく関心の強い人だったけれども、後鳥羽院や順徳院ほどに歌まみれではなかった。ですから後鳥羽院というのは歌を一つの作品としてとらえていた部分があるんじゃないでしょうか。ただ、「人もをし」のころの後鳥羽院はもう技法を捨てていますね。むしろ、承久の乱に向けて、あんなに信頼していたのに、と側近が自分から離れていったことを恨むような、情念の深い歌ですよね。

水原　情念は深いですよね。

馬場　「人もをし人もうらめし」なんてよく詠みましたよね（笑）。ひとりひとりの顔が浮かんでくるような歌じゃないですか、後鳥羽院にしてみれば。それにくらべると、順徳院はおっとりしていますよね。

水原　そうですね。「ももしきや古き軒端のしのぶにもなほあまりある昔なりけり」ですからね。子供のときは、そういうことは一つもわかりませんでした。「ももしきや」って何を言っているのだろうかと（笑）。

馬場　水原さんと私が両方好きだというのは、「きりぎりす鳴くや霜夜のさむしろに衣かたしきひとりかも寝む」じゃないかなと思いますけど……。この歌などを見ても、定家は藤原良経には勝てないと思っていただろうと、塚本邦雄さんがよく言っていましたが、私もそう思いますね。

水原　それは定家ではなく、塚本さんご自身が思っていたんじゃないですか。

馬場　そうかもしれない（笑）。この「きりぎりす」の歌は、見立ても序詞も使わないで、ただその場面を自分でつくっているんですよね。架空の物語的な場面を自分で作っている。やはり、そうすると「来ぬ人を」という最後まで技巧的な定家にはできない世界ですよね。

水原　自ずから良経はそういうものを持っているんですよね。

馬場　もっとも定家には、和泉式部への返歌を想像させるような、とてもいい歌がありますよね。

水原　「かきやりしその黒髪のすぢごとにうちふすほどは面影ぞ立つ」

馬場　そうそう。そういう歌を定家も歌っているんだけど、「きりぎりす」というような自然な歌にある一種の憧れを感じながらも、自分では作らない。

水原　でも、『拾遺愚草』のなかの私的な歌なんかでは、そういう雰囲気の歌はたくさんありますよね。お母さんが亡くなったときの歌とか、子供のことを詠んだ歌とか。そういう歌があることを考えると、歌えないというよりは、定家自身が自分の表歌はそういうものではないと思っていたんでしょうね。さらにいえば、お父さんの俊成は自然な人情を歌に詠める人だったので、そういうところでは敵わないと思っていたでしょうね。

馬場　そうでしょうね。百人一首で定家は、俊成が寂しく情けなく一番世に沈淪していたころの歌を撰んでますね。「世のなかよ道こそなけれ思ひ入る山の奥にも鹿ぞ鳴くなる」。これは俊成が若いとき、たぶん二十代のころの歌です。

水原　俊成には「またや見む交野《かたの》のみ野のさくらがり花の雪散る春のあけぼの」という老年のとんでもない名歌がありますが、定家はこれをとらないんですよね。

馬場　そうなんです、名歌をとらないんですよ。そこにも定家のリアリティに対する想いがあるんじゃないかなと思いますね。

水原　しかし、百人一首を見てもわかりますが、定家自身の歌に対する考え方がずいぶんと揺れていますよね。技巧的な歌をとっている反面、すごくリアリティのある歌をとっているし。

馬場　だから百人一首のバラエティというのはすごいなと思いますね。そういう幅の広さはすごい。

　百人一首には、見立ての歌も非常に多いですね。なにかをなにかに見立てるという歌ですね。たとえば在原業平の「ちはやぶる神代も聞かず竜田川からくれなゐに水くぐるとは」。

水原　それにしても、業平はどうしてこの歌をとったんですかね。

馬場　本当に。業平にはほかにいくらでもいい歌があるでしょうにね。

水原　高橋睦郎さんは『百人一首』(中公新書、二〇〇三)で、「ちはやぶる」を「血はや降る」と読んで面白い読みを提示されていますが、普通に考えれば見立てだけですよね。定家はなにか業平のことを嫉妬していたんじゃないですか。

馬場　定家の嫉妬は業平だけに限りませんよ。家隆にも、良経にも、式子内親王にも、軽い嫉妬は感じていたでしょう。しかし、どうでしょうね。業平のような奔放なことは何一つできなかった人ですからね、定家は。

水原　業平ほどの人はなかなかいませんけどね(笑)。定家は、ある意味、コンプレックスの塊だったんじゃないですか。

馬場　だから、それを押しのけようとする努力がすごかったのでしょうね。

百人一首の世界

馬場　百人一首のなかで水原さんがいったような「つながる」という感覚を感じられるものというとどれでしょう。

水原　それはたくさんありますよ。たとえば「わびぬればいまはた同じ難波なるみをつくしてもあはむとぞ思ふ」。こういう部分にきゅーっとくる。

馬場　「みをつくしてもあはむ」という部分ですね。そういう感覚でいえば「こいすてふ」の「ひとしれずこそ思ひそめしか」

などもそうですね。

水原　あるいは「難波潟」の「逢はでこの世を過ぐしてよとや」とか。

馬場　みんな恋の歌ですよね（笑）。よく見ると百人一首の五十番から六十三番まですべて恋の歌なんですよね。やはり私は大弐三位の「有馬山ゐなのささはら風ふけばいでそよ人を忘れやはする」が好きですね。

水原　その歌は私もすごい好きです！

馬場　この歌は面白いんですよね。忘れられてしまったもう縁が切れそうな男がふとやってきて「あなたの心がどうか分かりませんので」とか変なことをいうんですよ。そういうときに「あらなんなの」とか言わないで、「いでそよ人を忘れやはする」と「私は忘れていませんよ」と一歩出るわけですよ。

水原　男はそういうことを言いますよね。「君がつめたいからさ」とか（笑）。

馬場　そうそう（笑）。そういうきに引かずに、むしろ一歩前に出るというのは昔の人とは思えない。

水原　しかし、百人一首の女性歌人はみんな強くないですか。たとえば右近。「忘らるる身をばおもはずちかひてし人の命のをしくもあるかな」。

馬場　面白いですね（笑）。これは藤原敦忠に贈った歌ですよね。

水原　相模の「うらみわびほさぬ袖だにあるものを恋にくちなむ名こそをしけれ」とか五十代で作った歌です。恋なんかもうないというような歌を五十過ぎたら、私も含めて今はみんな作るじゃないですか。この相模の歌とかを見るとそれが情けないなという気持ちになります。

馬場　この歌はそんなに高齢で作った歌なのですか。そういうのがいいですよね。祐子内親王家紀伊ももっと高齢で歌っていますよね。「音にきくたかしの浜のあだ波はかけじや袖の濡れもこそすれ」。

水原　悲しい歌でいえば三条院の「心にもあらでうき世にながらへば恋しかるべき夜半の月かな」ですね。

馬場　この人は本当にかわいそうな人です。涙なくして読めない歌ですよ。眼病になっておぼろに見える月がそれさえ「恋しかるべき夜半の月」なるのでは、なんですよね。かわいそうですよね。

「春の夜の夢ばかりなる手枕にかひなくたたむ名こそ惜しけれ」とか即詠ですけれども、こんな歌をどうして即詠できるのだろうかと思いますよね。

水原　確かに。でも、手を差し入れてきて「これを枕に」と言われたときにもごもごとかしていたらダメなんですよね。状況としてつらかっただろうなと思うのは伊勢大輔です。桜を持ってこられて詠めといわれて「いにしへの奈良の都の八重桜今日九重に匂ひぬるかな」と詠んだ。よく詠めたなと思います。紫式部も役目を突然ゆずったというのはいじわるですよね。

馬場　あの人はけっこういじわるですよ（笑）。しかも伊勢大輔が新入りのときでしょう。ちょっと試してやろうという感じですか。

水原　即詠で、なかなかあんな歌はできるものではないですよね。

馬場　そういう中でいえばやはり清少納言の「夜をこめて鳥のそら音ははかるとも世に逢坂の関はゆるさじ」ですね。よく詠みましたよ。

水原　やはり歌人の娘ですからね。

馬場　清少納言は決して歌はうまくないです。自分でも言っていますけれど。私家集として残されている清少納言首は全部で三十数首程度ですよ。しかしこれだけの歌を即詠する。やはり最高知識階級の優雅なおばさまの歌ですよね。

水原　相手は藤原行成でしたよね。また、この返歌は大した歌じゃないんですよね。関はいつでも開いてると思っていましたみたいな、下品な歌（笑）。

馬場　行成は書家ですから、歌はあまりうまくない。

水原　どうして藤原行成は藤原実方と喧嘩したんでしょうね。

馬場　実方はこの時代の本当にトップの歌人ですよ。行成と喧嘩して「歌枕見てまいれ」といわれて陸奥に左遷されてしまったときの都の歌人たちの寂寥感というのはすごかったでしょうね。特に女性たちの寂寥感はすごいものがあったと思います。実方が陸奥に行くときには、すべての歌詠みが歌を贈っていますものね。

水原　「ひさかたの光のどけき春の日にしづ心なく花の散るらむ」もたいへんいい歌ですね。少し怖い歌ではありますが。

馬場　こういう自然と詠んだような歌が、実は定家は好きだったんじゃないでしょうか。定家はこういう歌は作れないですから。むしろ自分は作ってはいけないと思っていたような歌ですね。しかし、桜がどんどんどんどん散っていってしまうんですね。

水原　まさに、山中智恵子さんの「さくらばな陽に泡立つを見守《まも》りゐるこの冥き遊星に人と生れて」という感じですが、そういう理屈を言わないところが凄い。

馬場　百人一首には変わった歌もありますよね。この時代は知識欲が旺盛だったのでしょうかね。蟬丸の「これやこの」というのも逢坂の関とはなにか、という歌ですよね。あるいは「むべ山風を嵐といふらむ」とか、文字について詠んだりしてますね。こういう理屈っぽい歌が入っているというのも面白い。

水原　百人一首に額田王や宮内卿、俊成女が入っていないというのは不思議です。

馬場　面白いですよね。やはり後鳥羽院が育てた宮内卿は定家にとってはあまり面白い存在ではないのかもしれない。

水原　俊成女についてはいかがですか。

馬場　俊成女は歌がうまいですよね。しかし情があついですから、別れた夫源通具へもずっとこだわっていますね。そういう情は当然かもしれませんけど、定家はそういうものはあまり好きじゃない。

水原　でも、待賢門院堀河のように真実のある女の歌と、殷富門院大輔のように技巧的な歌は入っている。そこに額田王の歌が入っていないのは私は残念です。

馬場　大伴家持の歌にしても、定家好みの歌ということなのでしょうかね。

水原　その歌は真作かどうかわからないですよね。家持にはほかにもっといい歌がありますけど。

馬場　この当時はまだ万葉集の歌がきちんと読めていなかったのかもしれません。梨壺の五人が解読してからかなり読めるようになったわけですから、まだ十分には読めない歌というのもたくさんあったのかもしれないですね。まあ、定家がへそ曲がりということもあるでしょうが。

水原　たいへんなへそ曲がりでしょうね（笑）。

百人一首と現代短歌

馬場　さきほども言ったように百人一首の歌はほぼ三句切れです。ですから、百人一首はかるたにすることができたんですよね。では、現代の歌はどうかというとかるたの札にはできないでしょう。いつくらいから札にできなくなってきたのか。佐佐木信綱でも窪田空穂でも斎藤茂吉でも、すべて下の句が札になるわけですよ。たとえば窪田空穂の「鉦鳴らし信濃の国を行き行かばありしながらの母見るらむか」という有名な歌がありますが、この下の句の「ありしながらの母見るらむか」は札としてとれますよね。斎藤茂吉はどうか。「をさな妻こころに持ちてあり経《ふ》れば赤き蜻蛉の飛ぶもかなしも」でそれなりに意味がある。

水原　斎藤茂吉の歌は札にはしにくいのではないですか。「幼な妻」というとあまりにも私的なイメージが出てきてしまう。

馬場　たしかに例とした歌がよくなかったかもしれませんが、それでも三句切れという意味では札にできますよね。茂吉の先の歌よりもずっと後の『白き山』の「最上川逆白波《さかしらなみ》のたつまでにふぶくゆふべとなりにけるかも」も、上の句と下の句の情景がそれぞれある。

水原　そのあたりの茂吉の歌はほとんど人麻呂みたいですね。それは好きです。

馬場　若山牧水の「白鳥《しらとり》は哀しからずや空の青海のあをにも染まずただよふ」というのは二句切れですが、「空の青」までを上の句で言ってしまっても、下の句の「海のあをにも」は意味性としてはとれる。

水原　寺山修司は三句切れですね。

馬場　そうなんです。

俵万智は「心の花」に所属していますから三句切れなんですね。水原さんはどうでしょうね。「雨光るゆふやみにしてはしりゆく恋とは羽毛ながき鳥かも」は下の句だけでも意味がわかりますね。穂村弘も、初期は三句切れです。しかし、どこからかそうではなくなってくる。穂村さんも初期のあとは三句切れが少ない。その前の加藤治郎あたりから、一首つづけないと意味が通じない歌が出てきたように思います。

水原　でも加藤治郎は「アララギ」系の歌人ですから、近代的な歌の基本はありますよね。

馬場　ですが、最初の歌集『昏睡のパラダイス』の冒頭で「いまきみの脳は機能を失ってぬれたガーゼに包むみつばち」という歌もありますが、これは上の句だけでも下の句だけでも意味がとれない。

水原　イメージが先行しているということがあるのでしょうね。

馬場　実に不思議だな、と思いますね。俵さんはだいたい三句切れです。「バンザイの姿勢で眠りいる吾子よ　そうだバンザイ生まれてバンザイ」ですからね。俵さんのように結社から出てきた人は割と三句切れが多いのでしょうか。

水原　え、そうでしょうか。

馬場　大ざっぱな推論ですよ。だから、不思議だなと思っているんです。三句切れだけに注目して、そういう歌を選べばたくさんあります。だけれども、いつくらいから現代短歌が三句切れではなくなってきたのか。やはり塚本邦雄ではないかと思うんですよ。

水原　塚本さんは、三十一音の詩という考えだったでしょうね。

馬場　塚本さんは意識的にそういうふうにした。そして塚本さんのそういう歌をみんなが習ったんですよね。「海底に夜ごとしづかに溶けゐつつあらむ。航空母艦も火夫も」なんて、上の句で切ってしまったらどうにもならないわけです。こういうところから、みんなが韻律を崩さなければ、現代の短歌にはなれないということをその時、非常に強くイメージとして持った。

　つまり、私が言いたいのは、歌はもはや三句切れではなくていいのではないか、ということです。

　塚本さんが昭和三十年代に主張した方向をみんなが受け継いでいる。岡井隆さんの「扉《ドア》の向うにぎつしりと明日　扉のこちらにぎつしりと今日、Good night, my door !《ドアよ・おやすみ！》」という歌も、いわゆる塚本さんと一緒に活動した昭和三十年代のころの短歌の運動のころの歌です。もちろん三句では切れない。そして、彼らは三句では切れないということを正統にしていった。三句で切れないことを正統にしていって、意味で切るという形が、前衛短歌の一つの方向としてあった。みんなで五七五七七の短歌を崩していくという方向があった。

　そのような中で、さきほど水原さんが挙げた、寺山修司だけが、唯一、三句切れなんです。私はそれは大衆性を得るためには百人一首のような歌のほうがいいと考えていたからだと思いますね。

水原　私は、寺山は短歌を信じていなかったから、三句切れにこだわったのだと思いますよ。

馬場　いや信じていたんですよ。百人一首的な短歌を。

水原　しかし、寺山だけですよ、短歌が自己肯定だと言ったのは。

馬場　そうかもしれないけれども、大衆を考えなかった塚本さんや岡井さんに対して、大衆を考えた寺山さんは自分の言葉を短い詩として自分の短歌を三句切れにしたんですよ。

水原　それはその通りだと思います。だから、それはあくまでも寺山の演劇性でしょう。寺山は短歌の本質を見抜いていた。他の歌人たちは自我をすごく尊重していますけど、寺山はそうではないと思うんですよ。百人一首のころの人たちもそうではないと思うんです。

馬場　なるほど。そうすると、寺山と百人一首はつながると。

水原　ある意味ではつながると思います。

馬場　遊びですよね。言葉遊びがあったんです。

水原　そうなんです。いまの短歌の多くは自分の心の一番鋭い部分を、私はこんなに繊細なんだ、というように見せ合っている。私は、そんなものは見たくないんです。

馬場　でも、そんなものが見たいという欲求もある。そこにしか感動がないというような。寺山がもった表現方法という大衆性と、いま言っている心のなかの本当のものが見たいという大衆性、この両方がある。

水原　しかし、私は現代短歌の最前線というのは、一般の人から抜きんでた感受性を見せ合うということになってしまっているような気がします。

馬場　それは当然ではないですか。文学や詩とはそういうものだと思います。

水原　それはもちろんそうですが、単なる感受性の見せ合いというのはどうでしょうか。感受性をただ表現すればいいということではなく、ある何らかのすばらしい形になっている必要があると私は思うのですが。

馬場　水原さんが言っていることは矛盾していませんか。

　大衆が求めない方向を突きつめていくとすると、やはり感性というものがそこでとても大切になる。だから感受性というものもとても大切です。さきほどの話を、感受性の見せ合いではない本当の意味のすぐれた感受性の表現というように言い換えてしまえば、それは大切なものになるのではないですか。

水原　感性の表出というものが、自我の実現とイコールになってからの歌について疑問を持っているということです。そういう近代以降の歌というものについて、私は疑問を感じています。

馬場　自我というのはいろいろな形がありますよね。自分の内面を吐露するといっても、吐露の仕方がありますよね。たとえば、高安国世のすばらしい歌があるじゃないですか。「かきくらし雪ふりしきり降りしづみ我は真実《まこと》を生きたかりけり」という。この歌の「我は真実を生きたかりけり」という下の句は言い過ぎであると、そんなものは言わない方がいいとは言えないでしょう。

水原　私は言わないほうがいいと思いますね。

馬場　しかし、高安さんのこの歌を否定するのはたいへんに難しいと思いますよ。

　百人一首の歌もそうですが、下の句さえあればいいわけです。その下の句を納得させるために上の句がある。下の句を納得させるための、優れた上の句は技巧があるわけですよね。それと同じようにここでは「かきくらし雪ふりしづみ降りしきり」という非常に抒情的な雪に対する見方があって、それが読者の心を誘うわけですよ。そして下の句の本音が出てくる。だから、これはどちらかというと百人一首的な歌いかたと言えると思います。

水原　そうでしょうか。

馬場　そうですよ。百人一首で言えば藤原定方の「名にし負はば逢坂山のさねかづら人に知られでくるよしもがな」というのも「人に知られでくるよしもがな」だけでいいわけですよ。それは、国安さんの「我は真実を生きたかりけり」というのと内面の吐露という点では近いわけです。「乱れ染めにしわれならなくに」だって、「逢はでこの世を過ぐしてよとや」だって、みんな本音の言葉でしょう。

水原　たしかに本音の言葉には違いないと思いますが、百人一首のそれらの歌は一種の演技という要素もありませんか。

馬場　演技によって本音は伝わる。高安さんの歌だって、一種の演技ですよ。そう思えばいいのですよ。

　日本の近代というのは、真実とは何かを問うて駆け出したと小林秀雄も言っています。「素顔をさらせ素顔をさらせと言って駆け出して行った近代はどどっと素顔と真実に流れて行った」っていう内省をしていますね。小林秀雄は、一つの仮面――能面ですけれども――をかぶって、その能面の陰に隠れて真実を述べたことのすばらしさに気が付く。

水原　『無常という事』ですね。

馬場　だから、それと同じですよ。近代以降の短歌も同じではないでしょうか。水原さんだって、私の心のなかに白犬が住んでいる、と歌っている。

水原　しかし、百人一首を読むと、そういったことに疑いを持つんですよね。自分を含めた現代短歌に対して。

馬場　百人一首が一つの典型であって、現代短歌は嘘っぽいというのはおかしいと思いますよ。近代短歌以降を水原さんは否定なさるのですか。

水原　自分のなかではそういう気持ちは非常に強いですね。

馬場　それは極端で非常に面白いですけれども、私はやはり近代の短歌というのはすばらしいものを開いたと思います。たとえば、百人一首の伝統というのはどんどん薄れていきましたよね。そして、江戸時代の末期の歌というのは自分の身辺を切々と歌う橘曙覧とか大隈言道といった人たちが担った。百人一首の歌人というのはみんな貴族です。貴族じゃない庶民の身辺はどうなのか、それは歌になるのかならないのか、という問いかけをクリアしたのは近世の先にあげたような歌人たちです。その身辺の歌いかたを受け継いでいこうとして、自分の目に見える範囲のなかで歌をうたいながら一つの世界を作り上げることができるかどうか賭けたのが正岡子規です。子規は『歌よみに与ふる書』で言っているようにいったい歌とはなにかということを――これは反論もたくさんありますが――過去の歌人たちに対してお前たちは違うのではないかと言った。そういう伝統がまただらしなくなってきて（笑）、あまり小さいことばかり歌うという「アララギ」の一つの流れができてしまったことに、塚本邦雄たちがそれは違うのではないか、とまたもう一度叛逆を企てたわけですね。

水原　それぞれの仕事については私も、斎藤茂吉とか与謝野晶子とか塚本邦雄とか、みんなすばらしいと思います。ただ、何と言いますか、自我を表現するということに限界があると思うんです。そして、和歌というものはそういうものでは元来なかったのではないかと感じている。それを百人一首を読むと感じるということですね。

馬場　しかし和歌というものは元来そういうものではないとしても、一方で、近代短歌がそういうものであってもいいのではないですか。和歌というものはひとつの時代のなかから生まれた様式ですから。それこそ、桑原武夫の「第二芸術論」のときにみんなが論評したように、ひとつの文学様式というものはひとつの時代を背負って生まれたものですから。短歌というものが『新古今』時代で完成したとすれば短歌というものがそこで終わってしまったのだということになってしまう。

水原　ある意味、そう思いますよ。

馬場　もちろん、それはそうです。和歌というものは『新古今』である意味、完成してしまったし、終わってしまったのでしょう。しかし、そのような中から、もう一度、その五七五七七という様式を借りて始まったのが与謝野晶子以来の近代短歌になる。そして戦後に出発する短歌が、さらにそこから新しく出てきたわけです。『新古今』時代で歌は終わってしまったかもしれないが、それを蘇らせる作業が近代にあったわけです。

水原　私は自分が短歌を作っているという営み自体にすごい疑問があるんですよ。和歌の世界というのは、はじめにもお話にあったように、中心に王権をおいた和歌共同体というもののなかで中心に向かって発せられている声だという気がするんです。過去にはそういう共同体があったけれど、使命を終えて滅びた。

　擬似的な近代短歌には結社や歌壇のような共同体がありましたが、それもなくなってきている。いまはネットに代表されるような、共同体によらない、ひとりひとりが独立した環境のなかで表現していくような形になっているように思います。形は三十一音だけれども、和歌というものとは全然違うものなんじゃないだろうかと思うんです。

馬場　それについては私もまったく同意見です。

水原　ですから、現代短歌と百人一首の歌とではまったく異質なものなのではないかと思っているんです。そして、その百人一首の歌にあった「王朝の富」としか表現できないものはもう失われてしまったのではないか。私は共同体が滅びた現代こそ、そうした失われてしまったものを求めて和歌を志向していくことはできないのか、という想いをずっと抱いてきました。

馬場　それはできているのではないですか。水原さんがやっていることが和歌だといえばそれは和歌なのではないですか。ですから、水原さんが和歌を志向しながら現代短歌を作っているということはいいと思います。

水原　そうかもしれませんが、取り残された試みだという気がしているのです。

馬場　そうでしょうか。私などは和歌から脱却したいと思いながら現代短歌を作っているのに（笑）。私が作ると和歌になってしまうから、なんとか脱却しようと思っていますよ（笑）。

水原　和歌になってはいけないのでしょうか。

馬場　時代ということでしょうか。戦後、思想がなければ詩ではない、というような言葉の思想に非常にこだわった時期がある。言葉と言葉が積み重なって、全体として一見わからないとしてもそこにある思想を喜んだ時代というのがあった。

　それがいまなくなっているわけですね。現代の短歌は心より眼が尊重されている。楽なほうへ、楽なほうへと現代短歌が進んでいるように私は思います。

水原　楽かどうかわかりませんが、自分の周辺だけを見ていますよね。

『みずかありなむ』で「その問ひを負へよ夕日は降《くだ》ちゆき幻日のごと青旗なびく」とうたった山中智恵子さんみたいな歌はない。

馬場　河野裕子の口語の自在さはみごとだけど、一般にも流れて、ずっとそういう歌になってきている。河野裕子、俵万智、穂村弘とかいった口語系譜のなかで歌おうとするとすごく楽な言葉を探す。楽な言葉でありながら、そこに何か現代の側面や、存在の不可思議みたいなものが浮かんでいけばいいのですけど。それはきちんと受けとめられなくて否定されているような場合も多いわけですが。

水原　そんなことはないと思いますよ。そういう歌のほうが感受されているのではないでしょうか。

馬場　世代によって違うのかもしれない。いい歌もたくさんあるけど、分からない歌もたくさんありますね。

水原　百人一首のころは、壬生忠岑が不食の病にかかって死んでしまったみたいに、命をかけるに足るような歌合せがあった。

馬場さんの若いときにも、きっと命をかけたようなやり取りがあったわけだと思うんです。私たちの実際に知っている先輩たちにもそういう時代があった。しかし、いまはそれぞれが独り言の時代になってしまった。

馬場　そういう寂しさはありますね。

いま百人一首を読むということ

馬場　なぜ、現代において百人一首の価値がふたたび認められようとしているのか。どうお考えになりますか。

水原　やはり、百人一首には、読む人が誰でも、その歌の作者になり代わることができるという部分があると思います。その世界に入っていける。「花の色は移りにけりな」と詠み札を読むと、誰でも小野小町になれる。はじめにも言いましたが、そういう「つながる」という感覚がすごく大切なのではないかと思います。まさに過去や人と「つながる」。

　さきほどの現代短歌との話でいえば、高安さんに「我は真実を生きたかりけり」と言われても、私はなかなか自分がそうは思えない（笑）。

馬場　なるほど（笑）。やはり歌に思想や哲学的な言葉が入ってしまっていると、その言葉そのものに捕らわれてしまうのかもしれない。真実を生きたい、というのは偉いな、とは思うけれども私はそうではないという気持ちになってしまうのですね。

水原　小野小町みたいに「わが身よにふるながめせしまに」と詠まれると、そうね、私もおばさんになったわ、という感じに自己を感情移入できるんです。

馬場　しかし、おっしゃるように百人一首の歌にはそういう感情移入というか、愛唱されるようなものが多いですね。もし現代百人一首というものを作るとすれば、たとえば塚本さんの歌のなかでも、そういう歌、自己を感情移入できるような歌が選ばれると思います。必ずしもその人の代表歌が百人一首のなかに入ってくるとは思わない。たとえば、水原さんの歌だったらご自身ではなにが入ると思いますか。自分の歌のなかで小野小町になれるような歌は何だと思います。

水原　「われらかつて魚《うを》なりし頃かたらひし藻の蔭に似るゆふぐれ来たる」が駄目でしょうか。

馬場　いや、その歌ではない。やはり、月の歌ではないですか。

水原　「まつぶさに眺めてかなし月こそは全《また》き裸身と思ひいたりぬ」ですか。

馬場　やはり、それですよ。

水原　それは、みんなが裸身の私になれるということなのでしょうか。

馬場　そうだな、と強く思えるのではないですか。自分が技巧を凝らしたものではなくて、初期において、すーっと歌ったものが入ってくる。

水原　それは分かります。だいたい初期の作品がいいというのは普通のことだと思います。歌はだんだん下手になる、と土屋文明の言葉を引いて河野裕子さんはよくおっしゃっていましたけれども（笑）。

馬場　そうですね（笑）。自分の最盛期をどこにおくかということも面白いことだと思います。しかし、やはり人口に膾炙する歌がいい歌なんですよね。大衆性がある歌がいい歌ではなくて、大衆性もある歌がいい歌なんですよ。

水原　人がよく引いて、口ずさんでくれる歌がいい歌だと思うんです。だから馬場さんの「夜半さめて見れば夜半さえしらじらと桜散りおりとどまらざらん」が名歌なんです。

馬場　そうなのかもしれませんね。しかし、私は大衆性ということでいえば「さくら花幾春かけて老いゆかん身に水流の音ひびくなり」のほうがあるような気がしますが。

水原　いや、その歌は少し難しいですよ。「夜半さめて」の歌のほうがしらべがすごくいい。

馬場　しらべはいいですね（笑）。そういうものは残っていく。

　永田和宏と、あとの時代に残す歌をきちんと残しておきたいということをときどき話すんです。この歌だけは残しておきたいというような戦後の歌を選んでみたら楽しいだろうなということを考えますね。どんない歌ができてきたのか集めてみたい。

　定家も秀歌撰というのをたくさん選んでいますよね。『八代集秀逸』『近代秀歌』『詠歌大概』『秀歌大体』それから『百人一首』。こういうように定家は歌論よりも秀歌を選ぶことで歌とはなにかを問うた。そういう意味では現代のものを私は残してみたいと思います。

水原　それは残していただきたいと思います。馬場あき子の百人一首というかたちで選んでいただいて、馬場さんの短歌観を示してほしいです。

馬場　短歌観を示すということはありますよね。誰が撰者になるかで、まったく違うものができるということが面白いですよね。

　そういう意味では百人一首には『万葉集』にもないような万葉歌人の歌が出てきますよね。ここには撰者である定家の和歌に対する考えが如実にあらわれているように感じます。

　天智天皇から持統、人麻呂、赤人。阿倍仲麻呂まで七人、奈良時代の人の歌が入っている。定家には、歌の原点としての奈良時代までの『万葉集』の伝統を引かなければいけないという意識があったのでしょう。

水原　和歌宇宙を作りたかったということなのでしょうね。

馬場　天智から始まって、順徳院で終わる。天智と持統は親子、後鳥羽と順徳院も親子ですよね。こういう天皇を最初と最後に置くことによって安定感を保とうとしたかもしれませんが。しかし、私は天皇ということが重要なのではなくて、『万葉集』こそが大切だったと思うんです。定家は『万葉集』というものの心、本音の伝統をかなり尊重しようとした。源実朝に『万葉集』を贈っていることなどを見ても、そういう気持ちがあったように思いますね。勅撰集は、『万葉集』に言及している序を折々に持っていますしね。

水原　『古今集』の仮名序が感動的ですね。「人まろ亡くなりにたれど、歌の事とどまれるかな」。これですよね。

馬場　しかし『万葉集』の歌と百人一首の歌はやはり違いますよね。

水原　『万葉集』で一度切れていますね。『万葉集』は和歌という感じがしません。和歌というとやはり王朝の和歌というイメージがあります。

馬場　『万葉集』には短歌とあります。漢に対する和ですからね。『万葉集』はかなり漢文の世界、つまり外国を意識したものです。そうすると、日本の言葉のエッセンスをかなり意識して磨いて磨いていくと最後はどこに行きつくのかというと『新古今』なのでしょう。

水原　しかし、その百人一首を選んだ定家の日記は、時代として当然ながら漢文で書かれている。ですから逆説的に、定家には日本の言葉というものに意識が強くあったのでしょうね。外側の世界を知っているからこそ、日本という文学の空間を磨き上げることができたのだと思います。

馬場　伝統ということをどういう風に考えていくかということですね。『百人一首』や『新古今』の伝統というものを、近代短歌がどのように継いだのかという問題もありますし、近代短歌の伝統をどう現代短歌が継いだのかということもある。同じ様式によっている限り、この筋道というものは無視できないと思います。

水原　継ぐということですか?

馬場　いろんな継ぎ方がありますよ。近代歌人が歩んだ足跡を意識するということです。もちろん、継いでもいい。継いだら悪いということはないと思います。

水原　それはそう思います。しかし、継ぐにあたっては覚悟が必要ですよね。

馬場　たとえば中西進が『万葉集』は『古今集』や『新古今』を通りながら現代までつづく一本の大きな地下水だったという言い方をするのを私は肯定します。やはり『万葉集』というものは現代まで、斎藤茂吉などには顕著にあらわれていますが、大きな地下水だったと思います。歌の方法というものは切れているけれども、歌うということはやはりそういう伝統を持っていたということを言っておきたいのですよ。この様式による限りは。一句ではなくて、一首なのですから。一首の、「首」というのは申すという意味ですから、一つまとまったことを言うというのが『万葉集』の時代だった。それが、百人一首でも、いかに技巧をこらしても、下の句で言うというところに残っていると私は思うんです。

　今回、百人一首を読み直してみて、百人一首の言葉をみがく志を復権しなくてはいけないと強く思いました。いまの時代に百人一首がもう一度かえりみられるということは古典がつくりあげてきた世界に日本語の一番いいエッセンスが盛り込まれているということではないでしょうか。

　それを水原さんがおっしゃったような「つながる」という感覚でとらえられるというのはとてもすばらしいことだと思います。

水原　私は心ある若者たちが私なんかの想像もつかないすぐれた歌で、和歌と私たちをつないでくれるのを期待しているんです。

　百人一首が受け入れられるというのは、私たちが史上空前の孤独の中にいるからだと思うんですね。コンビニに行けば何でも買えるけれども、いつでも自殺してしまいそうな感じがある。そういう時代のなかで歌を読むと「つながる」ことができる気持ちになる。作者ともつながるように感じるし、さらに読んだ人同士もつながるように感じる。

　そういうところに百人一首のすごさ、そして和歌のすばらしさがあるのではないかと思います。

（十一月十六日、青土社にて）

（「ユリイカ　総特集＝百人一首」二〇一二年十二月）

◉対談

平和と戦争のはざまで歌う

吉川宏志＋水原紫苑
Yoshikawa Hiroshi　Mizuhara Sion

〈今ここ〉をいかに超えて歌うか

吉川　今回の対話のお相手は水原紫苑さんです。水原さんが二〇一五年に出された『光儀《すがた》』はとても心に残る歌集でした。巻頭近くの一首、

　きさらぎの凍れる橋を想ふかな鳥の道よりかなしきものを

のような美しい歌も多いんですが、同時に、沖縄戦に関わる歌、慰安婦の歌、天皇の歌と、激しく問題提起をしている歌もこの歌集を特徴づけていて、考えさせられるところが多かったです。もっと論議が交わされてほしいと思って、僕は不満だったんですね。今日の歌壇において、議論すべきところが議論されていないんじゃないかと。一冊の歌集について深く読んでいく機会が短歌総合誌にあってもいいんじゃないかという思いもあって、今日は『光儀《すがた》』を中心に、水原さんがどういうふうに歌を作られているかをお聞きしたいと思っています。

水原　ありがとうございます。

吉川　水原さんの歌は事実をふまえながらも幻想的なところに踏み込んで歌われていますよね。例えば、

　未生なるわれの瀆《けが》しし中國の少年あらむまた未生なる

という歌があります。自分が生まれる前に、自分がその生まれ変わりである何者かが中国の少年に対して、「瀆《けが》しし」ですから、戦争中の性暴力のような行いをしていたかもしれない、しかしその少年もまだ生まれていない。戦争犯罪をおかしていたかもしれない自分を、時間を超えて歌っている歌なんですね。時間を超えたところで戦争を歌おうとしている。こういう歌い方もできるんだと思ってハッとさせられた歌でした。

父を通して感じる自分の罪深さ

水原　その歌の前に、

　皇軍の裔《すえ》なりしこと原罪に等しきものかイエスはあらね

という歌を置きましたが、「皇軍」は父のことなんです。父は職業軍人でしたので、みずから望んで天皇陛下の軍隊に入ったわけで、その子どもだということはやはり原罪みたいに感じられます。そういう自分だから、時を超えて中国の少年を瀆したりもしているかもしれない、と思ったりするん

ですよね。

吉川　お父さんに対する視線も複雑で、一方では愛情のこもった歌も多いですよね。「皇軍」に属した父親に対する激しい視線と同時に、その父親をもう一回受け容れる歌もあって、読んでいて深みがあるなぁと思いました。プライベートなことはお聞きしにくいですが……。

水原　かまいませんよ。

吉川　父親は水原さんから見てどういう方でしたか。

水原　私は父を愛せなかったんですね。折り合いがよくなかったので、そのことが今でも後悔の種になっていて、愛情みたいなのが歌に出ているとしたら、その罪滅ぼしかもしれないですね。

吉川　戦争の話はよくされていましたか。

水原　戦地に赴いてはいませんので、皇居にいたときの話がほとんどでした。

吉川　爆風でメニューが吹っ飛ぶという歌がありましたね。

　爆撃に臺盤所《たいばんどころ》吹き飛びて風に舞ひたるそのメニュウはや

水原　あれは本当なんです。きっといいものを食べてたんでしょうね、戦時中も。

吉川　単に事実を写しているんじゃなくて、そこに美意識がちょっとあるんですね、爆風でメニューが舞い上がるところが。映像として目に浮かびますし。

1936年2月26日、二・二六事件で宮城前を警備する近衛兵

水原　写実ではあるんですけれどね。

吉川　水原さんが歌うと写実っぽくないいんですよね（笑）。

水原　そうですか（笑）。

吉川　不思議に幻想的なものが重なりますよね。あれはなぜなんだろうといつも思いながら読んでいます。

　クロソウスキー讀みし日のあり雪の日の叛亂《はんらん》をのみ語りし父に

　これは二・二六？

水原　父は二・二六のことが大好きだったんですよ。うちには軍隊の本がものすごくたくさんあった。石原莞爾が好きで……石原莞爾は抑える側に回ったわけですけどね。斎藤瀏、斎藤史にも興味をもっていました。でも、父の書棚にあったクロソウスキーの『ロベルトは今夜』は私、読んでませんけれど、猥褻な小説で、この歌にあるのは文学青年だった頃の父と二・二六が好きだった父の分裂した感じなんですね。

吉川　ああ、そういうことですか。職業軍人というのがイメージできないんですが、厳しい方でしたか。

水原　エリート意識は強かったと思います

が、末端の一軍人ですからね。

　さにづらふ近衛士官ら一目《ひとめ》だに后宮《きさいのみや》
　　を拝す能はず

目を上げて皇后を見ちゃいけないんだというのを何度か言ってました。

私を型にはめて育てようとしましたが、本来の性格はクロソウスキーを読んでいたようにナンパなので、育て損なってしまったという感じです（笑）。

吉川　「皇軍の」の歌の前に「朝鮮人強制労働の記憶　九州にて」と詞書のある、

　〈アイゴー〉の叫び聴きしとちちのみ
　　の父はいひしか炭鑛のまほら

という歌がありますが、これもお父さんが語られたのですか。

水原　ええ、そうです。朝鮮の人たちが危険な所にやられて怪我をして「アイゴー、アイゴー」と泣いてたって言ってました。

吉川　原罪とさっきおっしゃったけど、父親を通して自分の罪深さを感じている歌なんですね。

水原　感じますね。でも、同時に、自分の内なる右翼性を感じて怖いな、と思うこともあるんです。

犯される性としての憎しみ

吉川　例えばどういうときに？

水原　韓国に慰安婦像ができて、それは絶対に日本の側がきちんと謝罪していないから悪いんだと思っていながらも、どこか釈然としない自分とか。尖閣に接近する中国の覇権主義がどうにも疎ましく感じられる自分とか。

吉川　それはありますよね。一方で女性性を憎むような歌がありますね。

　慰安婦のほとなる深き井戸の底ぬばた
　　まの天默《もだ》し在りしを
　戰争と殺人のあはひ踏み外し谷に落ち
　　けり玄牝《げんぴん》の門

水原　玄牝は老子に出てくる言葉ですが、戦争は猟奇殺人みたいな官能に通じる大量殺戮を行ったりするじゃないですか。戦争がそういう性的なものと結びついていることの怖さですね。

「慰安婦のほと」は女としての強い怒りです。韓国とか日本とかいうことじゃなくて。「ぬばたまの天」は男性性で、それが井戸の底に映っているわけですけど……。

吉川　それが「慰安婦のほと」だと。

水原　犯される性としての憎しみみたいなもの。理念というより本能ですね。

吉川　理念的に性差別に怒るとかいうんではなくて、存在自体が恨みみたいなものなんでしょうかね。男女差別なら、どうしたら平等になるかとか現実的な解決策が見えるんだけど、抱えこんでいるのは解決できない闇なんですね。そもそもなぜ性があるのかとか、なぜ私は女性なのか、とか。

水原　そうですね。でも、生き方としては男性社会のなかで、親に養ってもらって、保護されて生きてきたわけですけど。

吉川　そういううしろめたさがある。

水原　あります。女として自立して生きてきたわけでもないし。

私が存在することのうしろめたさ

吉川　水原さんはまた、以前から、桜の花を激しく憎む歌を詠んでいる。それがどこから来ているんだろうと思っていたんですけれども……。

吉川宏志氏

水原　桜を愛しているんですけれどね。

吉川　『光儀《すがた》』を読んで、その背景になっているものがわかるような気がしたんです。

　沖縄戰なかりせばたまきはるわが生《あ》れざらましを死なざらましを

　この歌には「母の兄、沖縄戰に死す。長女なりし母は戰後、失業したる元近衛士官の父を迎へて名も無き家を守る」と詞書がありますね。伯父さんは沖縄で亡くなったんですね。

水原　召集されて戦死したんです。

吉川　お母さんは複雑な思いがあったのでしょうね。

水原　兄が帰って来ると思っていたら帰って来なくて……。代わりに婿を迎えることになった。母はあっけらかんとした人で、戦争が嫌で、戦争が終わったとき、あの玉音放送を聴いて、意味がわかったというんですね。わぁ、戦争が終わった、お兄さん帰って来る、今日から電気がつけられる、と思ったらしくて、日本が負けたことが全然悔しくなかったみたいでした。ごく普通の庶民感覚でしたね。

吉川　お兄さんに対する愛情があった。

水原　ええ。いつも兄と夫を比べていたんですよね。死んだ人と比べられるから、父はかわいそうでした。

吉川　父と母と、伯父さんが一人加わって、三人の関係性を歌われている。

水原　古事記にも出てくるでしょ。垂仁天皇の妻になった沙本毘売《さほひめ》が「夫と兄といづれか愛しき」と問われて、「兄ぞ愛しき」と答える話。母はやはり父のことを本当には愛せなかった感じがあって、それはやはり伯父のことが頭にあったから、「お兄さんならこうじゃなかった」という……。そういうのが私にも伝達されていて、父とうまく行かなかったとか、私の人生の全体を覆うような話なんですよね。

吉川　お兄さんに対して恋愛感情があったというのとはちがうでしょうが、

　母はその兄愛しやまずもなきがらの母に着せたる紫小袖

　老女なる母黄泉《よみ》にして青年の伯父に近

づきくちづけ待てり

という幻想的な歌もありますね。

水原　それは私のフィクションです。恋愛ではなかったですけど、非常に慕ってはいました。

吉川　水原さんご自身もまた、沖縄戦がなければ、自分は存在しなかった、と。

水原　そうなんです。天皇のご聖断が東京大空襲の頃に下されていれば、原爆投下はなかったし、沖縄戦はなかったし、私は生まれないけれど、そのほうがどれだけ日本は幸せだったかわからないと思って。

吉川　自分が存在しないほうが、救われた人が多かった、と。そんな発想の歌は読んだことがなかった。

水原　たまたまそういう生まれ合わせだったからですね。

吉川　そういう境遇に置かれた人はたくさんいたでしょうが、そんなふうに詠んだ人はいなかった。まさに原罪意識ですね。

水原　原罪とか言うと、いい人みたいですけど、うしろめたさみたいなものですよね。

吉川　ああ。それは水原さんの世代が最後なんでしょうね。

水原　そうでしょうね。うちの両親は結婚して十年、私が生まれなかったので、年寄りなんですよ。だから、少し特殊だと思います。まわりは高度経済成長でドリフターズとかで盛り上がっていて、うちだけ取り残されたような感じでした。

吉川　それ以降の世代には原体験的な戦争に対する思いがなくなってきていて、そこからどういうふうに歌っていくかが難しい問題ですね。

人の痛みだから耐えられる

吉川　沖縄を詠んだ歌をもう少し引きますが、

糸満の平和の礎《いしじ》に見出せるその名悔し
も靖國にまた

沖縄戦の戦死者は糸満の石に名前が刻まれていると同時に、靖国神社にもある。死んだ後も分裂しているというか、この歌も問題作だと思って読みました。

水原　平和の礎は市民もアメリカ兵もいますからね。

吉川　日本の戦後はこれに象徴されるような二重性があったわけですね。被害者でもあり、加害者でもある。

水原　伯父などはまったくそうで、沖縄市民にとっては加害者ですよね。

吉川　この歌の前後に、

潔白を信じたりとも伯父もまた沖縄を
傷《いた》めし大和のひとり

戦争を職業とせしちちのみの父はいく
さにつひに出でずも

の二首が並んでいて、沖縄を通して伯父と父が向き合っている。心に残る歌です。お父さんは戦に出なかったことをうしろめたく思っていたんですか。

水原　それはわかりませんが、

本土決戦まことなりしか七月に千葉の
師團に移されし父よ

という歌も作ったように、本土決戦を軍の上層部はやる気だったんだと思いますよ。父は皇居を守って使命を果たしているつもりだったと思いますが、このあたりの歌は本当に写実なんです。

吉川　ストレートに歌っているときとそうでないときがありますよね。

水原　ストレートのときは自信ないですよ

（笑）。歌人の本能みたいなもので、レトリカルに歌うとある程度、満足するところがあるじゃないですか。「うまく行ったぞ」みたいな。でも、こういう歌って、不安ですよね。「糸満の平和の礎」の歌は、吉川さんはいいって言ってくださったけど、このまま出していいんだろうかと、歌集作るとき、ずいぶん考えました。

吉川　ああ、そうですか。迫力あるなぁと思いましたが。

水原　一度は歌っておかないといけないな、と思ったので……。

吉川　これ以前にはない？

水原　沖縄の歌はありますけど、ここまではっきり歌ったのは初めてでした。

吉川　歌おうと思ったのは？

水原　両親が死んだからですね。父の挽歌を作っていなかったので、父と母と伯父と、三人の関係を……今、同じテーマで小説を書いています。自分にとってすごく切実なもので、それが歌を作る根本かもしれないんですよね。

吉川　三人の悲劇性を感じましたね、歌集を読んでいて。お兄さんは亡くなった後も生きていて、いない人が自分と夫との関係をどこかで見つめている。

水原　短編小説にも書いたことがあるし、ずっとずっとあったんですよ、でも、歌にできたのはこの歌集が初めてでした。

吉川　今の沖縄の問題はどう見ておられますか。知れば知るほど腹が立つし、自分も突き詰めて行くと過激な行動に走らざるをえないのかな、と思ったり、それは自分には無理やな、と思い直したり。

太平洋に面した沖縄県糸満市の平和祈念公園。「平和の礎」は、写真中央、円形の平和広場から陸地方向へ扇状に配置されている。

水原　沖縄の人たちから見たら、もう独立しかないと思ってもしょうがない状況ですよね。

吉川　昨年の夏に高江に行ったら、県道を封鎖していたらしいんですよ。自分の住んでいるところで県道が封鎖されることを想像してみればわかるでしょうが、一種の戦争状態ですよね。政府は辺野古の埋め立てを進めようとしてますけど、僕らはどこか無関心になっているでしょう。

水原　なってますね。私たちの痛みじゃないんですよ、沖縄だから。「土人」と呼んだ機動隊員がいましたよね。「現代短歌」二月号の特集でそのことを歌に詠んでいる沖縄の方が何人もいましたね。

吉川　大阪府警のなかでは日常的に「土人」という言葉を使っているんでしょうね。ああいう状況下でそれがフッと出てしまう。

水原　陵辱というか、どうして沖縄だけこんなに蹂躙していいのかと思いますよ。

吉川　明らかな差別意識があって、それを黙認している。

水原　内地の人間は黙認してますね。人の痛みだから耐えられるってことですよね。

吉川　どうすればいいのかと思って。短歌はあまりメッセージを詰め込んでもうまく行かないところがあるし、自分に何ができるんだろう、と。自分はやっぱり歌人なんだけど、どういうふうに歌って行けばいいのか。そういうなかで、水原さんが沖縄のことを詠まれた歌はもっと議論すべきだと思うんです。

水原　ありがとうございます。今の沖縄のことをもっと知らないといけないですね。

天皇制の問題と天皇個人の問題

吉川　天皇制についてお聞きしますが、僕は宮崎出身で神武天皇を教わって育ちましたから、天皇に対してあまり抵抗感はないんです。あとから本を読んだりして、天皇制の問題を学んだわけで、水原さんみたいに天皇制を内面に孕んで歌うことはできない。

水原　私のは怨念みたいなものだから。吉川さんの、

　天皇が原発をやめよと言い給う日を思いおり思いて恥じぬ　『燕麦』

という歌、あれを読んで、自分とずいぶんちがうな、と思いました。

吉川　観念的ですもんね。

水原　ええ。思弁的な天皇ですよね。

吉川　水原さんはもっと本能的に、天皇制の危険性を感じている。

水原　天皇制というより、昭和天皇。今の天皇は結構がんばってるから、あまり責めちゃかわいそう。

吉川　天皇制の問題と天皇個人の問題が混じって、論じきれないところがある。今の天皇はすばらしい人だと思いますが、天皇制の議論が薄れてしまうところもあって。僕が大学に入った当時は激しく天皇制の問題が論じられていましたが、今はほとんどなくなってしまった。

水原　昭和天皇の戦争責任の清算がなかったですからね。

吉川　水原さんは天皇のことをずっと歌に詠まれているんですね。読み返してみて感心したんですけども。

水原　天皇はリベラルという感じでしょう、みんな。少数派というか、天皇を私みたいなスタンスで詠む人は今時いないですね。昭和天皇が亡くなったときだって、山中智恵子さんが誄歌《るいか》を作っただけでしたものね。

吉川　詠みにくくなっている気はしますよね。

　いちにんの戰爭責任如何にとぞ代々木に問へばこゑのみどりや

この「代々木」というのは……。

水原　共産党です。共産党本部に電話して「天皇の戦争責任をどう考えるんですか」と聞いたら、「それは君、なかなか難しい問題でね」と（笑）。共産党は今、天皇制容認で、それと戦争責任とは別なんですけど、そこも曖昧で。一般からの電話に応える係がいるんですよ。

吉川　やっぱり「代々木」はその意味なんですか（笑）。ストレートな歌。

水原　ストレートなんです、私の歌は（笑）。全部が全部ではないですけど、代々木は代々木です。でも、私ね、歌は作っていても、デモなんて数えるほどしか行ったこと

ないし、行動してないから、吉川さん、偉いと思います。

「デモに行きました」と言えばビール飲む上司の眼《まなこ》横にゆらぎぬ
『鳥の見しもの』

という歌。生活がかかっているなかで行動するって、大変なことですよね。

吉川　自分は行ってるよ、ということを、ある程度はまわりに伝えることも大事かなと思っているんですね。

水原　自分のポジションをね。西洋の文学者は作品と行動が一貫してますよね。

吉川　難しいところで、作品と行動がどこかで関係するとは思いますが、それが一貫していないじゃないかと安直に批評するのもまずいと思うんですよね。悩みます。

水原　元気なときは行動したいと思うんですけど、心身ともに虚弱で、なかなか行動ができないんですよ。立ち上がりたいときは立ち上がりたいと私も思うんですけど。

吉川　三島由紀夫と春日井建の歌がありますが、

見染めたるその日の三島を女弟子われに語らず過ぎまし師よ

三島は戦後の天皇を認めなかったですよね。そのあたりについて、春日井さんは……。

水原　先生は思想的には三島と距離を置いてましたね。少年の自分を認めて愛してくれた存在ということで、三島はほかに代えがたい存在だった。私、三島が好きで春日井先生のところに入ったんです。三島は二・二六事件に関心をもっていたので、そういう意味では先生よりも三島に興味がありました。三島の死がどこまで政治的だったかはわかりませんけれど。

吉川　水原さんも思想的には三島とちがうわけでしょう。

水原　ええ、ちがいます。でも、戦後日本の欺瞞を三島は許さなかったですよね。『英霊の聲』の「などてすめろぎは人間《ひと》となりたまひし」はすごいですよね。

吉川　そこを突き詰めたら、自決に行ってしまう。そういう怖さがありますね。

持続的に歌うために何が必要か

吉川　こうして読んでいくと、水原さんの歌はメッセージ性が強いんですよね。

水原　そうです。私のはベタです。

吉川　言いたいことをはっきり言ってるんだけど、詩的になる。そらが不思議なんですよね。改憲の動きをにらんだ歌で、

さくらばなとどまらざらむ憲法の恣意解釈のきりぎしに舞ふ

これもストレートな歌ですよね。憲法が恣意的に解釈されている危うさと桜が散っている危うさを重ねている。

水原　この歌を書いているときはものすごくファイトが湧いたんですよね。今になると、あまりにもひどいから、歌う元気がだんだんなくなってきているというか……。それ、危険ですよね。

吉川　何度も歌っていると、書き慣れてきちゃう怖さもありますね。

水原　それもありますし、状況自体が絶望的になって行くと、意気阻喪しちゃう。吉川さんはそれがないからね。

吉川　いや、ありますよ。原発の歌にしても、今現在もひどい状況が続いていると思うけれど、自分のなかで繰り返しになって、書けなくなる。これから何千年も続く話な

わけでしょう、実際は。でも、一回歌って、繰り返し歌うと、初発の感情が薄れてくる。

水原　一回性の出会いってありますからね。持続的に歌うためには何が必要なんでしょうね。

吉川　フクシマの歌も作っておられて、話題になりましたが、

　フクシマや山河草木鳥獣蟲魚砂ひとつ
　ぶまで選擧權あれ

これは人間が勝手に決めてしまう奢りに対する怒りですね？

水原　福島県知事選のときに作ったんです。だから、これもベタな歌です。相当怒っていると思いますよ、人間以外のみんな。

吉川　次の歌も原発ですか。

　みちのくの雪ははつかに灰さすと椿森
　より椿の言葉

水原　万葉集に「紫は灰さすものぞ」という歌がありますよね。「灰さす」という言葉があってなんとなく作ったんですけど、原発の歌になりました。

吉川　今現在のことを思いながら、古典から言葉を導いてくる。「言葉古く心新し」。

水原　定家ですか。気恥ずかしいですが。

吉川　古典を読んでいると、今のことを歌っているように感じることがありますよね。

水原　西行とか、まさにそうですよね。

吉川　過去とつながって行く感じがおもしろいですね。

水原　過去とは親和性があるんですよね。

時間は超えられるし再現できる

吉川　短歌は何か事件が起きたときには盛り上がるが、過ぎてしまうと歌わなくなる、よくいわれますが、自分でもそれが嫌なんですよね。何か起きないと歌えなくなっちゃって、それで何か起きるのを待っているような自分が嫌なんです。歌が後追いになっちゃっている怖さというのを感じるんですね。写実はどうしても事実の後を追うことになりますが、水原さんは時間を超えて歌っている。短歌にはこういう歌い方も可能性としてあるんだな、と思ったんですね。

水原　私の場合は素材との結びつきが事実だったということですよね。血のなかに、それが入っちゃっているので。

吉川　それだけではないでしょう。父親からの伝聞だけではなくて、自分の血をさかのぼっていく意識が一貫してある。水原さんは能にお詳しいでしょう。能は身体を通して、過去にあったことを再現していくわけですよね。それと水原さんが戦争や原発を歌うことがパラレルになっていて、自分の意識のなかで過去へさかのぼるという以外に、能の形式を使って時間を超えている、とでも言えばいいのかな。

水原　そういう方法論はたしかに体に入っているかもしれないですね。時間は超えられるし、再現できるものだと思うんです。能はそれを具体的なシステムにしているけれど、私たちの無意識のなかにそもそもそういうシステムがあるんだと思う。

吉川　能ははじめ、別の姿で現れますね。

水原　化身が出てきて、過去を再現する。例えばここにあるグラスの実の姿は美しい若者だったとか。別の命をもっている……。

吉川　そういう方法をとり入れているから、水原さんの歌は他の人にないものがあるのかな。

水原　不安定なんですよね。〈今ここ〉にとどまれないんです。写実するには〈今こ

こ〉にとどまって、自分の視点を決めて見なきゃいけないでしょう、それができない。流れちゃうんです。

吉川　そうかぁ。僕なんか写実の人間だから。写実は時間を止めてしまうんだ。

水原　でも、吉川さんの写実って、普通の写実とちがいますよね。

　鳥の見しものは見えねばただ青き海の
　ひかりを胸に入れたり

鳥の眼で見ているわけでしょう。普通の人の眼とちがうと思いますよ。

吉川　角度を変えるとか、空間的になるんだけど、それとはちがうものを水原さんの歌には感じますね。

言葉に会うこと、魂に会うこと

吉川　初歩的な質問をあえてさせていただくと、現実を写実することから表現のレベルを上げていくときに、水原さんはどんなことを考えて、どうされているのか。

水原　〈今ここ〉にとどまれない。〈今ここ〉でないところに行きたい。そういう志向なんですね。春日井先生に入門したときに、私がそう言っていた、と先生がおっしゃってました。

吉川　そこが魅力なんでしょうね。好きな歌なんだけど、

　死ののちは無なりと未だおもほえず春
　知るきみは咲きたまひけり

亡くなった後も時間は続く……。

水原　そうですね。これは恋人が河津桜になった歌です。でも、春日井先生も山中智恵子さんも死後は何もない、死後の魂は信じないとおっしゃったので、私、ショックで……。葛原妙子も亡くなる直前までカトリックに受洗しなかったし、死後の世界とかに頼っちゃうのは文学として弱いのかも、と思ったり。最後のときまで、自分が無に帰するつもりでいなきゃいけないのかな、とか。吉川さんは無になると思います?

吉川　僕は即物的な人間なんで。死んだ後は脳もなくなっちゃうしな、と(笑)。

水原　なるほど(笑)。

吉川　でも、そういうのとはちがうんでしょう。肉体が滅んだ後も時間は巻き戻せるんだという発想には憧れますね。

水原　河野裕子さんのことを歌にしておれるでしょう。

吉川　亡くなった後も、その人の言葉に出会っているというのはありますよね。言葉に会うというのは魂に会うのと近いかもしれない。

水原　ええ。

吉川　『光儀《すがた》』からさまざまな歌を引いてきましたが、僕はこの歌が一番好きかな。

　直《ただ》に逢はず扇もて逢ふつたなくも舞へ
　ば満ち來るわがうちの君

亡くなった後でも舞を舞うことによって体のなかで会うことができる。

水原　扇を持つことで次元が変わりますからね。

吉川　現実には会えないけれど、扇を持つことで時間を超えられる。悲しい歌だけど、希望がありますよね。

水原　一冊の歌集をここまで読みこんでいただいて光栄です。

吉川　今日はありがとうございました。

（「現代短歌」二〇一七年三月号）

水原紫苑自選五百首

◉漢字の表記について
使用するすべての漢字に旧字体を用いるようになった二〇一五年刊行の『光儀』以降の作品について、漢字の字体が歌集により異なる場合がある。本書では、著者の校訂をえてそれらの字体を統一した。

◉『びあんか』（1989.5）

光線をおんがくのごと聴き分くるけものか良夜眼《まなこ》とぢゐる
針と針すれちがふとき幽《かす》かなるためらひありて時計のたましひ
水槽の魚運ばるるしづけさを車中におもへばたれも裸体なり
汚名また美しきかな江青はいかなるひびきの河にありしや
影ながく曳く人をわが父と識《し》るにせあかしあが花こぼす頃
菜の花の黄《きい》溢れたりゆふぐれの素焼の壺に処女のからだに

喉白く五月のさより食みゐるはわれをこの世に送りし器
火のごとくわれは在りたし碧空《へきくう》に天狼燃ゆるそのしろがねや
風葬とふ言葉いとしみ夕刻のわれ少しづつ軽《かろ》くなりゆく
偽りはにんげんにこそ無きものか雨夜《うや》の桜桃消え失せにけり
炎天に白薔薇《はくさうび》断つのちふかきしづけさありて刃傷《やいばいた》めり
雪降らぬ島々の子に死者の顔覆へる白をいかで教へむ
鳥たちは遊びのやうに北を指しわれにちひさき骰子《ダイス》残れり
歌ののちよみがへりける白鳥の羽色おもほゆやすからなくに
興福寺少年阿修羅にかなしみを与へし仏師の背や広からむ
白木蓮紫木蓮咲きこの春のひかりと闇の両極のいろ
わすれ雪いのち無き日のしあはせを花に語りて母のごとしも
うすずみのさくらが雪に咲くよるは祖父《おほちち》と眠る乳房ふふませ
かぎろへば滝つ瀬やさしみづからを滝と知りつつ砕けゆくなり

風狂ふ桜の森にさくら無く花の眠りのしづかなる秋

断崖《きりぎし》に対《むか》へる牛をおもふなり夜半《よは》かぎりなくおほきく白し

病《やまひ》とは内なるほのほしづまらぬ白水仙の立ちしまま枯る

ゆふぐれの雨明るけれ氷菓にも蛇にも見放されつつ歩む

飛ぶ鳥に刃《やいば》なきことさびしとも美《は》しともおもふ暮れぐれにして

さやぐ葉に飯《いひ》盛ることの叶はねば雪待つ父や星のいのちや

赤玉の美《は》しきをのこをもてあそび掌《たなごころ》にし秋は深まる

眺むとふふかしぎ知らぬ太古にてさくらよ如何に真白かりけむ

蒼天ゆ非在のさくら落ちにけり鋼《はがね》のごとく魚《うを》のごときか

球体に暫時宿りてあはれあはれ稚き神が毬をつくこゑ

殺してもしづかに堪ふる石たちの中へ中へと赤蜻蛉《あかあきつ》　ゆけ

透明の伽藍のごとく楽章がその目に見ゆる青年を恋ふ

宥《ゆる》されてわれは生みたし　硝子・貝・時計のやうに響きあふ子ら

浴身のしづけさをもて真昼間の電車は河にかかりゆくなり
死者たちに窓は要らぬを夜の風と交はる卓の薔薇へ知らせよ
白鳥とくちなは愛しあふこゑを聞きたるのちにみづは滅びむ
からまつの天に向かひて落ちゆけり神やはらかに梢《うれ》を引く朝
われらかつて魚《うを》なりし頃かたらひし藻の蔭に似るゆふぐれ来たる
天心は笛のごときかひといまだ宿さぬ胸にひびき来るなり
夕鳥は朝鳥に似て異なれるいのち持つなりくれなゐの後《のち》
まつぶさに眺めてかなし月こそは全《また》き裸身と思ひいたりぬ
桔梗《きちかう》に真向かふ父や母あらぬ昔もわれの父なるかなし
朱を過ぎて銀に至れる憤怒あり一生《ひとよ》なべての男を生かす
旅知らぬ大樹にわれは問はれゐつ落葉《らくえふ》ゆきし火や水の界
冬鳥の美しからぬ羽根拾ふすなはちこの身鋼《はがね》のごとし
木枯は追ふのみの生《せい》　わたくしが逃げし孔雀のやうに追はるる

いにしへは鳥なりし空　胸あをく昼月つひに孵《かへ》らぬを抱《だ》く

手袋をはめて追ひ来るたそがれに柵を越ゆべきわれは黒馬

美しき脚折るときに哲学は流れいでたり　劫初馬より

炎昼のいづこ真白き芯ありて百合をかかぐる乙女のかたち

にんにくと夕焼　創りたまへれば神の手うすく銀の毛そよぐ

しんしんと指の先から絹と成り薬草園のきみに逢ひにゆく

オレンジの蜘蛛ほど愛すといふひとよねむつておくれ南はとほい

夏空に帽子あゆみて父見えず白き野ばらの垣をめぐれり

やはらかき紫煙の中に舞ひゐたる微小の鳥の微小のまなこ

顔おほふ花束持ちて来る者は水上《すいじやう》をゆくごとく歩めり

このゆふべ城に近づく蜻蛉《あきつ》あり武者はをみなを知らざりしかば

秋水《しうすい》のみなもと深きむらさきに去りしあやめの声を聞きたり

足拍子ひたに踏みをり生きかはり死にかはりわれとなるものを踏む

積み石の城に出で入る風は見ゆ　遊びののちもまた遊びなれ
舗道《いしみち》に棲むたましひも秋となり馬なりし世の声ひびかする
坂くだる少女の爪のはらはらと散るくれなゐを聴きつつゆくも
飲食《おんじき》のひとびと脚を失へり　花があふるる花瓶のやうに
円卓のナイフ持ち去る手のしろくわが湖をいづくへ運ぶ
天球に薔薇座あるべしかがやきにはつかおくれて匂ひはとどく

◉『うたうら』（1992.3）

春昼は大き盃　かたむきてわれひと共に流れいづるを
鳥と蝶交はりとべりたましひの煮ゆるがごとき陽炎《やうえん》のなか
詩に痩せむをとこはありやかたつむり這ふあと見れば河より美《くは》し
魚《うを》食めば魚の墓なるひとの身か手向くるごとくくちづけにけり
象来たる夜半《よは》とおもへや白萩の垂るるいづこも牙のにほひす

亡きひとは純白の橋　踏みゆけばいまだ脈打つごとく揺れたり

太秦寺二首

ほほゑみの飛鳥ぼとけは一木《いちぼく》のさやげるいのち狩りたまひけり

うつくしき弥勒となりしあかまつのいたみをおもふ幸ひとして

さくら食む鳥のあかるさ終はりなき書物を得たる少女のやうに

部屋ぬちのはかなき旅と知りぬらむ百合の香はつかわれを越えつつ

夢さめしくだものならむやまぐにの梨を出でゆく薄氷《うすらひ》のかげ

雲ちぎれちぎれてあをき肉見ゆる明日なき鳥のくちばしのため

かなしみに胸裂くることまことなれ鶺鴒一羽裂け目より翔つ

黄落のいちやうは吾子にあらざるをかがやき舞へばわが乳《ち》痛めり

塔赤く息づきにけり曼珠沙華ほろびしのちに残るうつしみ

紅葉《こうえふ》の奥なる〈秋〉のししむらは朽ち果つるまで白かりなむか

うす青き卵の中の星辰をわが思ふなり鶏《とり》のさびしさ

舞はぬ日の扇さびしも夢に来てみづからひらくその身紺青

うつし世の母はやさしゑをりをりにぎんいろ美《は》しき尾を立てたまふ

黎明はしづかなる牛目ざむれば双角《もろづの》ふかく天にとどけり

原始湖はちひさく敏《さと》し　草の間《ま》ゆ振り向く者に指輪投げたり

けむりぐさ吸へばしづかに啓《ひら》かるる森のこだまの炎《ひ》の娘見ゆ

噴水は樹よりも高し死にし者わがヘクトルはわれをゆるざず

たましひの落下をかくも喜びて君いつの世の椿なりしや

ミルクティ熱きを注ぎかうかうと未来語るは人ならぬわざ

星さへも眼《まなこ》もつゆゑ争ふと石語るなりとはに盲《めし》ひよ

脚長きグラス並べつ囚はれのいのちといへどいのち生みつぐ

白鳥はおのれが白き墓ならむ空ゆく群れに生者死者あり

ヴィオロンと扇がとほき姉妹なる異郷のみづに髪洗ひたし

湖のとびらを想ふ一日《いちにち》の卓にかがやきやまぬクレッソン

さくらさくら桜生みたる父母《ちちはは》をわが父母といつかおもへる

歌びとをふるき寺院とおもへればオリーヴの香は双《さう》の窓より

コンソメはかなしきものか夕顔の笑みのごときを掬《すく》はむとしつ

子方《こかた》舞ふ世阿弥の能のただなかの見所《けんしよ》に見ずや銀ぎつね居る

喉《のみど》まで蜻蛉《せいれい》つめて逢ひにゆく死者より深くきみを愛すと

鐘鳴らむ一瞬まへの真空にきりんは美《は》しき首さし入れつ

夏蝶のうちかさなれる藍青をささへてとはに風の左手

ゆふべ見し湖水は真夜《まよ》の盃にひそと来てをり　あなたとは誰

くちびるに鷹生《あ》れいづる秋の日も近しとおもへ銀河炎《も》えたり

父母《ちちはは》の白萩われの白萩のあはひかそけき犬の白萩

おそろしき夢のひとつに白萩の直立　もはやあなたが見えぬ

さかのぼる水の一生《ひとよ》か　わが妹、姉、叔母、大叔母かくて犬神《いぬがみ》

ヴァグナーの幽霊船に乗りてゐむ犬族《けんぞく》のこゑ夢のみぎはに

水中の音叉《おんさ》のごときかなしみのきはまりにけむ雲は子を生《な》す
すれちがふ風は元雅《もとまさ》、能果てて内耳のごとき廊下ありけり

◉『**客人**』（1997.4）まらうど

くちづけの深さをおもひいづるとき雲雀よ雲雀そらを憎めよ
美しき駅を建てむと胸板の傾斜にふれつ　汽車知らぬイエス
死ぬるまで愛しあふ鳥　死を越えて愛しあふ鳥　白ふかきいづれ
ゆふぐれに君二人ゐる恋ほしさや紅き馬にて身ぬちをめぐる
誰もゐぬ空中ブランコ止まりたる一瞬若きヨハネを抱けり
海はあへぎて紅葉《こうえふ》希ふことなきか死者たり皮膚剝落のマリア
あかつきの壁ゆきこゆる讃歌あり少年少女の如くに坐せば
太陽を犯せし遠き兄おもふめざむればひとと湖底に居りつ
みづいろの革手袋のわれなりし　チェロなるきみにすがらむとせし

雪を打つ雪のまひるま　ひと房のぶだうをたれの心臓とする

滝の背後はつね鏡なるかなしみをニーチェのごとき人に告げたし

冬あざみ天を刺すべし在り得ざる角度に腕《かひな》いづる恋人

こぼれたるミルクをしんとぬぐふとき天上天下花野なるべし

にんげんのさびしさ見ゆる手紙にて焼けばほのほは緋鯉のごとし

桜桃の対幻想のくれなゐのまばたきさへも責めらるるかな

嬰児期のあなたが月に映るやうな夜《よる》をかさねてわれはパピルス

樹の無力　空の無力のただなかに雲のやさしき手術台見ゆ

シャンパンを運河にそそぐおこなひのきみとし見えてわれは火の鳥

夏草を運べる貨車が過ぎゆきてわれらは駅のまなざしに生く

抱擁に閉ぢしまぶたの暗がりに石切場見ゆ石の母見ゆ

神の兵士の生きのこりなるひるがほが咲くと抱《いだ》きたし　天草四郎

椎の木の梢に女優ひとりゐて死にゆくときにひかる椎の実

青年子規・青年漱石　ゆふぐれの大河に入るを見しごとし　草として

くちびるとふ二片《ふたひら》の紅《こう》、笛方と笛のあはひをただよふあはれ

みづうみの蛇口光れり逢はざりし観《クワン》世《ゼ》寿夫《ヒサヲ》が手を洗ふなり

衣《きぬ》着せて松を抱《いだ》きしいにしへのあくがれびとの皮膚のうすさよ

さびしさよ光悦垣にひばりゐて竹の青さがぐんぐんしづむ

夢野原無限にあらず角占めて立てる薔薇色のアテネフランセ

ロンドンにただ一《ひと》日《ひ》のみさまよひしあれちのぎくのごときわれかも

父のくに阿蘇に来たれり眉《まみえ》濃きメゾソプラノの樹木らに逢ふ

〈白般若《しろはんにゃ》〉着けゐるごときハスキー犬肥後日向なる国の境に

亡き犬を追ひかけ走る外輪山ふもとは宵のつきしろ抱けり

白露や過ぎにし鷹女銀河ゆきあはれうつくしきほと見するなり

睫毛から下は見えざる少女にて一億光年の草にかくるる

陸橋の上と下にてよびかはすバレリーナふたりわが過去・未来

プリンセスの車に遇ひし劇場よ心臓といふ赤き劇場
羊追ふ夢覚めしかばつめたかるエメラルド朝のてのひらに在り
永遠に待てとふごとくうつくしき林檎きらきら匂ふばかりぞ
かきやりしひとこそ知らね黒髪は春の倫敦塔を巻きつつ
夢のきみとうつつのきみが愛しあふはつなつまひるわれは虹の輪
きらきらと冬木伸びゆく夢にして太陽はひとり泪《なみだ》こぼしぬ
ひときれのパンとならばや傲岸にして切実の希ひよみがへる
この星のをみないつせいに更衣なす幻なれど色すさまじき
春泥に取り落としたるたましひを四つん這ひにて拾ふことあり
滅びたるこの身をわする乙女座のスピカ最も熱き夜更けか
パラシュートひらきし刹那わが顔のステンドグラス荒天に見ゆ
夜《よる》は無数の手をもつゆゑに委《ゆだ》ねたる宝石箱が鵞鳥に変ず
ピアノの蓋かすかに浮けば黒白《こくびやく》のキイの上《へ》ねむる光のヘレネ

大いなる苺を頭《かうべ》に載せしひとギリシア悲劇へ向かふ群れにて
テノールが湖《うみ》に沈みしゆふぐれを金文字の本となりて歩めり
われのみにきこえぬ鐘にふれにしがふるへゐたりき鳴りてゐにしか

◉『くわんおん』（1999.7）観音

「くわんおんはわれのごとくにうるはし」と夢に告げ来《こ》し百済びとあはれ
雪となりて降り来るまことのうつしみよわがくちづけしきみはまぼろし
つばさのみ生みたる記憶なまなまと春さむき日の枝にふれつつ
菜の花の黄《きい》けぶらへりたましひを互みに替へし旅の朝《あした》は
一生に一度出逢はむうつくしき雲のかたちを血もてゑがきぬ
童貞のわが犬にふれよみがへる滝の景色にわたくしは無し
あかつきの松の真白さ叫びしは恋知らずとふ銀のけものか
全身がひとみとなりて滅びゆくあやふき街にわれら逢ひにき

春の窓ひらけば襲ひ来るものよ　風の狼　すきとほりけり

さびしさのあまりにひかりいづる手を万葉集にかざしわらひぬ

フランス語をわが学びしはなにゆゑぞ千年を経て愛の石たらむ

全天の星座解かれてみだれゆくひびきは孤悲のわたくしのうへ

死は朱きあふぎなりしをはらからがかくしたりける昔とおもへ

ひと恋ふるちからは北の黒冷《こくれい》の花よりいづときみ告げよかし

ひさかたの月のひかりは色ふかき小町を照らし玄《くろ》に入りしか

さざんくわは空《くう》を切るはなほろほろと切らるる一切空《いっさいくう》の世界よ

火口近きカフェに休みぬうつくしき心臓見ゆるふたりとなりて

黒髪の森に育ちて木の花を知らぬ少年汝《なんぢ》はひびき

後《のち》の世は果実と言ひし友ありき狂へる鳥のわれはついばむ

み仏も春の手紙を書きたまふ日々のやさしさきみのやさしさ

流れいづるこころを帽子の箱に入れ大切にもちてゐしきのふまで

大きさも毛色もちがふ犬たちが幸せをねがひ林檎食みたり
八百年生きたりといふ蝶に逢ふむらさきふかく黒のごとしも
うすべにのけだものなりしいにしへのさくらおもへばなみだしながる
血流のしづかなる夜のかなしみを神は知らずも観音は知る
はつかりのはつかに見えしくれなゐは汝《な》がうつしみのいづこともなし
少女神のブラウスとなる夏空よ鈍色《にびいろ》の鳥のボタンならべて
あしひきの山百合あゆみいづるかたかがやきゐたり死者の学校
嫉みもつひとの頭《かうべ》よ一羽づつ極楽鳥のとまりてゐたる

◉『いろせ』（2001.11）

雨光るゆふやみにしてはしりゆく恋とは羽毛ながき鳥かも
吉野山わけ入るわれは見えながらひとにちひさき死を贈るかも
わがもたぬをみなの魅惑みちみてるメアリー・スチュアートに沓はかせたし

須佐之男のなみだに日々の米洗ふ罪ふかき女《め》のわれを知らゆな

夏の日の教会白くふとりゆき伯母のごとかるなつかしさはも

ぬばたまの月、と言ひさし黙《もだ》したるきみこそ武悪《ぶあく》よき父にして

永劫の輪廻のうちに夫人《ぶにん》なる一生《ひとよ》はありや夕日の裳裾

戦ひをはつかに知れるきみとゐて闇にはつねにしらとりの飛ぶ

朝川を渉《わた》るつめたさ沁み入れば秋草の名のわが名咲《ひら》きぬ

窓をしめふたたびひらく行為さへ花野に向きては淫蕩たらむ

あかねさす狂女なりしをたれも知るけふまつろはぬささがにの蜘蛛

寒牡丹古代女王の幽暗のほとなりければそらもふるるな

くちづけし大地はしろき骨となる　初めてひとを愛しえしかば

投げ果てしこころを拾ふ春の谷かやのさいゐん裸身にいます

岩燕見つむる心ひるがへりきみのまことのわれになしてよ

花に自裁の意志あるならば稲妻をきつと見つむる山百合、あなた。

男体《なんたい》の山霧らふ日に赤蜻蛉《あきつ》われに呉れたる自然《じねん》のひとよ

泳ぎ来る鴨にパン投げわたくしを投げし心地す恋ひ恋へる世に

滝波の華厳世界にきらきらとわれを殺しし父母《ちちはは》います

うつしみの宮うつろにてあたたかしソクラテスなどかくまはむかな

丹頂の鶴となりたるキリストがにつぽんの空かなしみたまふ

永久革命とは夢なりや夕映の鴉いづれも宝石抱《いだ》き

ハイビスカス髪に飾りて平和祈念公園に立つささげものわれは

追悼　六世中村歌右衛門

沖縄にて見る歌右衛門道行の黒の衣裳に弾痕ありや

◉『世阿弥の墓』（2003.9）

鬼の顔まなかひに見しかの日より将軍に会ふ日までのもゆら

物真似をきはめむことのさびしさよ思ひ虚空《そら》満《み》つ大和猿楽

風姿花伝稿更《か》ふるたび遠ざかる死の弦楽は能には在らず

〈白鳥、花をふふむ〉一瞬にして白鳥はもつとも蛇に近づくならめ

序破急はなべてに在るも交合の序破急こそは根源ならめ

配流の道に或いは通りしか。名のゆかしければ。

花折峠に立てる世阿弥の老体の構へ思はばこころ果つべし

面《おもて》ひとつたづさへ来たる配流とは月を抱《いだ》ける常世の旅か

◉『あかるたへ』(2004.11)

美しき岩を見いでし山中の夢なりしかばわれはトロッコ

流れゆくわたくし浅き川なるに中之島もてり子らは遊べよ

戦争の木に身を寄せて少女らは乳房を磨く若き葉をもて

花の奥にさらに花在りわたくしの奥にわれ無く白犬棲むを

吉野山さくらはきみをわすれつつきみのいのちを咲かせやまずも

さくらさくら桜わだつみ漕ぎいでて西行く人に逢ふよしもがな

吉野にはなど死なざりし西行と問ふわが胸に月昇りけり

しじふから、すずめ、ちひさき鳥たちのいづれも空のかぎをもてりや

かきつばたのふかしぎのかたち死のかたちに通へるかいなか業平に問はな

国家幻想破れむ日より一管のまさしき笛とならむ短歌か

まなじりの清き阿修羅が乗りて来る午後の電車に死にゆけるたれ

ほと、乳房、天に向けつつねむれるは無原罪なるわが白犬ぞ

くちづけは結界なればわが背子のあやふき背こそ吸ひたかりけれ

天国に壁とふもののありやなし天使は独居を好むや否や

交差点に尼僧が佇ちてしめやかに放屁をなさむ滅びの前夜

ちちははの注ぎし愛はわたくしの辺境をゆく大河となりぬ

人麻呂の行方は告げず寄せ返す波こそ青きいにしへを知れ

松風のこころはたれも知るものをうつそみゆゑに言ひあへぬかも

清らなる犬が欲《ほ》りする交合を海と空とが今しおこなふ

色淡き北の朝《あさ》日《ひ》子《こ》ゆらゆらに昇り来たりて鳥まつはらす

愛の果てに来む幻の寝台よ木の葉の天蓋み山もさやに

脱ぎすてし夏衣より声立ちて草と契れといふにあらずや

筆の闇・舞台の闇の異なるを海やまの恋のごとくなげくも

戦争の放棄は神のもちえざる思想なるべし人のするどさ

悪霊をはらふがごとく身ふるひて発ちゆく雀なんぢよきもの

冬菊の大輪厚く絶望を喚起せりけり天地のあはひ

透かし絵の紙のやりとりうつくしき銀行窓口けものらも来よ

みごもりは老若男女を問はざらむおのがたましひ人はみごもる

みごもれる定家みごもれる世阿弥こそ逢ひたかりけれ西行はさらなり

◉『さくらさねさし』（2009.12）

たまかぎるほのかに恋は始まらむ死して少年となりたまふ師よ

なかぞらになすな恋とぞ泉涌きみづ飲みたまふ原爆の死者

わたの原八十島かけてかへり来む怨みを仮りに院とこそ呼べ

米と絹のいづれも生まぬうつしみは朝霞《あさがすみ》まとひ夕霞《ゆふがすみ》食まむ

三光の翁来たりて笑まふ日をそびら花咲く禅竹の立つ

公《キミ》ノ羽《ハネ》すなはち翁空ゆかば春や昔のきみかへり来む

清流に研がるる石はうろくづにいたみを告げむ　ゆくうろくづに

ロラン・バルトわたらむとせし舗道《いしみち》の石きららかに胸ひらきたり

抱一の夏秋草図まとひたし屏風のごとき身とならむかな

原爆忌ふたつを乳房のごとく抱《だ》きあゆみゆかむかとこしへの人

殺せ殺せ殺せと呼びかけられてゐし六歳の夏毬藻のごとし

ちちのみの父のむつきを替ふるころ神の交合きはまるらむか

みづからの老いにおどろく母愛《かな》しイエスもかくぞ言はましものを

つばめつばめ空《くう》を切りつつ書きとむる恋歌《こひか》一首の生ける文字《もんじ》よ

鐘の音《ね》にくちづけ重ね時すらもおそれぬものを色身とよべ

巻貝のしづけく歩む森に入りただひとりなる合唱をせり

三番目のまなこ感ずる秋の日よ何も見えねばみひらけるのみ

なにゆゑの無限文字《もんじ》ぞプルースト山頂に立ち星を数《よ》みたし

夢に会ふ小林秀雄銀髪にさくら咲きけりみづから知らず

銀河とふ小《ち》さきネックレス彼《か》の岸の建《けん》にささげしのちを知らばや

さくらばなくわんおんにふりひえびえと永劫回帰匂ひけるかも

母のなきがらに供ふ

散りゆきてふたたびわれを世に送るははそはといふとはのさくらよ

エンゼルストランペットの白き花、蕎麦屋に垂るるゆふぐれ。母よ

ノートルダム寺院の歩むしづけさをわが身セーヌと化《な》りて知るべう

母といふ書物の中にうつくしき挿絵《さしゑ》ありけり神《しん》なるかなや

亡き母に紫苑さん？とぞ問ひたまふ亡き師よとはに問ひたまへかし

◉『武悪のひとへ』（2011.4）

黒翁の面《おもて》外ししそのときゆ銀河に向かひきみは歩みき

君なくて鬼こそあはれなかぞらに武悪の面《おもて》濡れにけるはや

＊「武悪」は鬼の役に用ゐる狂言面

きみが扇わが手に開くとことはに問はむすべなき荒魂《あらたま》のため

天王寺石の鳥居に二人ふれよるべなかりし昔恋ほしも

光源氏生きけるひとかときみ問へばまなぶた閉ぢてわれはただよふ

摩周湖の霧晴れたるを思ひいづ霧隠れにしもきみ生きてまし

見ざりしは礼文敦盛草のみか見つくしし恋こそあらね北仰ぐとも

生きて在る罪のふかさや青ぶだう紫ぶだう夜《よる》をかがやく

今一度愛されたしと独白し古き古きヴァイオリンにならむ

◉**『光儀』**（2015.2）すがた

海《あま》をとめ潜《かづ》き取るとふ忘れ貝世にも忘れじ妹が光儀《すがた》は　萬葉集巻十二

天地狂ふ一日《ひとひ》ののちを愛のみの裸形となれるひとの光儀《すがた》や

如月は生くべき月か鬼すらも雲雀を抱《だ》きて天に昇るを

死ののちは無なりと未だおもほえず春知るきみは咲きたまひけり

慰安婦のほとなる深き井戸の底ぬばたまの天默《もだ》し在りしを

朝鮮人強制労働の記憶　九州にて

〈アイゴー〉の叫び聴きしとちちのみの父はいひしか炭鑛のまほら

皇軍の裔《すゑ》なりしこと原罪に等しきものかイエスはあらね

未生なるわれの瀆《けが》しし中國の少年あらむまた未生なる

母の兄、沖縄戰に死す。長女なりし母は戰後、失業したる元近衞士官の父を迎へて名も無き家を守る

沖縄戰なかりせばたまきはるわが生《あ》れざらましを死なざらましを

われ在らず沖縄戰なくヒロシマ・ナガサキ無き世界こそ在らまほしけれ

象《かたち》あらぬ春の月見ゆ三月の十一日は分節され得ず

さくらばなとどまらざらむ憲法の恣意解釋のきりぎしに舞ふ

妄想のあふぎひらきて花を受く人生といふ客間に獨り

戀ならで一生《ひとよ》貫く怨みこそかつて神たりし人を忘れじ

わがかつて太陽なりしひさかたの天空貧しきライ麥畑

馬打たれニーチェ打たるる廣場にぞひそと息づく舗石《しきいし》のわれ

シェイクスピアンソネット最後の脚韻を貴方の顔を踏むやうに踏みき

宇宙とはくちびるならめくれなゐのはたむらさきの氣を發すべく

フクシマや山河草木鳥獸蟲魚砂ひとつぶまで選擧權あれ

宇宙同時革命あらばアルトーとイエスはひとつの星とならむか

春よりもなほ匂ひ立つ金色《こんじき》の河津櫻はきみが直面《ひためん》

舞ふすなはち歩む不思議を幾たびもきみに問ひけり遊星のうへ

おほぞらは君が舞臺《ぶたい》かわが袖を雁《かり》なきわたる亡臆《ばうおく》のこゑ

星群るる空のさびしさ、天體と天體にもし愛在らばいや増す

河津櫻きみと思へば花よりもいとしかりつる枝のくれなゐ

雨の中に咲きたるきみを見にあゆむ心の庭ゆまことの庭へ

池水の氷を割りしをみなごを半世紀前〈われ〉と呼びたり

みすずかる信濃の山に告白《こくはく》す人外《じんぐわい》の世を生きむとおもふ

富士を巻く蛇身をおもひ寝《い》ねがたきわれかも不死ゆとほく離《さか》りて

眞冬さへ咲《わら》ふ百合あり貧困を覆ひ隱さむ人の企《たく》みに

黄金《わうごん》の果實の內に碁を打ちし少年二人相別れたり

神の聲聽けるをみなご轉《ころ》がりてパリのメトロの階段降《くだ》る

星老いて赤きを仰ぐこのいのち不死ならましかば見ざらましとよ

カフェ・オ・レを糧《かて》として書け　カフェ・オ・レは神にはあらね攝理に近し

東方の青年の死をみづからの心臟とせるエウローペ妖し

教皇はなにゆゑつねに老いびとかみどりごにても愉《たの》しからむに

銀河系最後の母もかく言はむ Sweet《スウィート》 Hamlet《ハムレット》 許せかしとぞ

空海はいかに中國語を話ししや花投ぐるごときそのこゑおもほゆ

犠《にへ》として埋められし古代中國の犬たちよ地下より眞の革命を爲せ

秋草のあはれを日本といひましし異形の夫人《ぶにん》も過ぎまししはや

母はその兄愛しやまずもなきがらの母に着せたる紫小袖

首撃たれ沖縄の壕に死にゆきし伯父よ皇居を守り居し父よ

わが生の源に在る戰爭と天皇、父母の契りのごとくあやふし

戰爭の正身《むざね》をわれとおもふとき自死ははつかに遠ざかりけり

老女なる母黄泉《よみ》にして青年の伯父に近づきくちづけ待てり

母すなはち櫻すなはち白犬すなはち鏡すなはち舞臺《ぶたい》

愛を知らず死を知らぬわれを待ちてゐしちちのみの父よみづから知らず

琉球弧、島をとびとび棲むハブの毒もて殺《あや》むべき〈日本〉か否か

◉『えぴすとれー』（2017.12）

哲學の道

川に散るさくらはなびら　人に散るさくらはなびら　われのほとより
われは笛、われはくちなは、われは空　死ののち水の夢とならむか
つばさもつ牛と闘《たたか》ひコスモスの涯《はて》まで往《ゆ》きしわれはなにゆゑ
黄蝶飛ぶ枯野いつしか琴となりわれらは小《ち》さき琴柱《ことぢ》とならむ
みづからを殺《あや》めむ少年待ちたまへ眞珠星スピカ汝《な》がために昏《くら》む
夢に逢ふ三島は若ししんじつの悲劇一篇書きたしと言ふ
薔薇色の馬ゑがきたるワンピース着たるをみなごちちははを捨てよ
お菓子の家竝《なら》べるところ都とぞ名づけてともす赤きらふそく
ぬばたまの夜《よる》の鴉はいづこまでおのれか知らず心あふるる
薔薇咲けど哲人知らず共和國憲法になき棘のくれなゐ
病室の天井のしみ素晴しき牡丹の繪とぞ言ひて母死す

テーブルに來たれる雀いと若く稲穂といふをわれに尋ぬる

全かる謝罪をなせしドイツとは湖水のごとし手を浸しみむ

天國のコンビニのおでん、三角形が祝福さるるよろこびありや

世のなべて少女とならばおそろしき少女のむかで、少女のみみず

ヨーグルトに和へたるバナナ雪の日の墓原のごと匂へるものを

白雲《はくうん》は自裁を希ひをりしかどいつか彌勒のかたちかなしも

眩暈《げんうん》を訴ふる薔薇くれなゐのまぶた閉ぢたり時さかのぼり

わが歌を人工知能が詠まむ日のわれ美しく零《ゼロ》を生くべし

くちなははヘイトスピーチ聴きながらきらきら巻けり教會の鐘

雨粒のひとつひとつに命名すマグダラのマリア泥を穿《うが》てり

星の女男《めを》知りがたきかもシリウスは男装したる處女《をとめ》にやあらむ

ゆふぐれに開く書物のいづれにも千鳥遊べり文字《もんじ》こそ波

極光を浴みつつ咲けるさくらばな見ましかばきみは老いざらましを

水流に瓶を沈めし少年は愛の言葉をまねぶことなし

二〇一六・六・二七　オバマ・イン・ヒロシマ

大統領揚羽蝶となりてかへりけり人類の罪かくもくるしき

「俺をニガーと呼ばないベトコンを殺す理由はない。」

モハメド・アリ過ぎにけらしな大和なる花鳥風月の外《ほか》のことばや

傘開き惡人となる愉《たの》しさのアリアをうたへ雨はむらさき

これの世に家失はば時計草の中にかくれてしばし生きなむ

ハンバーグあらぬ天より子どもらが降り來て赤き地獄へゆけり

ビッグバン以前のにんげんひとりあらばイチローなるべしその黒き杖

にんげんの言葉はわれを苛《さいな》めり　母音は阿片　子音はコカイン

天皇を最後の砦とするごときデモクラシーの倒立あはれ

晩夏涼し雨中のチェロのはげしさにうつむくひとと世界の距離よ

蟲の音のはつかに狂ふゆふぐれをローゼンクランツ、ギルデンスターン

美しき手毬のごとく死は來たりもてあそぶうち母となるらむ

桔梗《きちかう》の星形辿るしんじつの抵抗の道探らむとして

コスモスのみだれ咲く野にわたくしを忘れて來たり死にあへぬかも

梨の實《み》がすきとおる夜を永世中立爪先立ちて希ふひとはや

砂漠より花野に歩むキリストは蟲の禱《いの》りを聴かで在りけむ

けふといふ女の死にしそののちを曉《あかつき》といふアンドロギュヌス

天の魚《うを》、地の鳥、われを導かむ狂はざりにしニーチェの部屋へ

皿の上《へ》のひとつの菓子に毒有りと微笑みたまふ母の母の母

禁斷の愛と知りつつ太陽に戀せしなめくぢ渇き死ぬかも

大いなる帽子の欲しき冬にして宮殿、妃、柩を容るる

交差點うつくしきかなマクベスとバンクォーすれちがひざまにキスせり

木枯が子を生むならばほほゑみとわれは名づけむ女男《めを》のいづれも

犬妻はきよく老いつつ萬象をおそるるかなしわれをおそれず

すがりたきこころにつかむ人参の朱《あけ》いづこより來たりしものぞ
山霧《き》らふさくらのまひるわたくしが雨の言葉にかたられゆくも
この星に三千院在りさくらとふ言の葉光る別れありけり
三千院さくら流れてわが母をわれと知りたるかなしみの日や
世界こはれゆくときせめてかへり來よ人間のわれを信ぜぬ雀
法の上にさらに法あり獨裁者頭《かうべ》を垂るる星の道あり
屬國《ぞつこく》のロゴスはさびし紫は青に戀ひつつ水晶の身ぞ
ふくしまの痛みの春の三春野《みはるの》の瀧櫻《たきざくら》こそ瀧のこひびと
共謀罪ある世に生《あ》れむみどりごのひとみ大きくみひらかるべし
あかねさす紫野ゆきゆきゆきて、神軍けふをとどまらざらむ
詩を織るは永遠の問ひたましひの殺人消えずわれこそあなた
ヴェトナムのホーチミン市にゆきたきはしんじつのわれ棲むときくゆゑ
ランボーの斷《た》たれたる脚きざはしを昇《のぼ》り來たれり見者《けんじや》舞ふべし

二〇一七年六月十五日
共謀罪法案超強行採決
日本死せりさあれ夏鳥《なつどり》よみがへれ青人草《あをひとくさ》の繁き叫びに

わたくしを取り戻すべく國家とふまぼろしを射む銀の矢もがも

むらぎもの作業員とぞ呼ばれたる一人一人の實存をいへ

東洋の春を想ふに専制のつらなり見ゆる夏のさびしさ

雨はきみの抱擁なれば佇ちつくしぬばたまの髪みづうみとせむ

犬妻のさくらに語る世界史の櫻革命《さくらかくめい》わが死ののちを

たまきはる宇宙の嘔吐かがやけり沈黙の時永きに在りて

夜《よる》と夜《よる》と夜《よる》とをむすぶハーモニカ、かの黒翁《くろおきな》われにたまひぬ

◉**『如何なる花束にも無き花を』**（2020.8）

近衛士官は人形なりき
軍服の父を知らざる幸《さきは》ひをブローチとして心臓に刺す

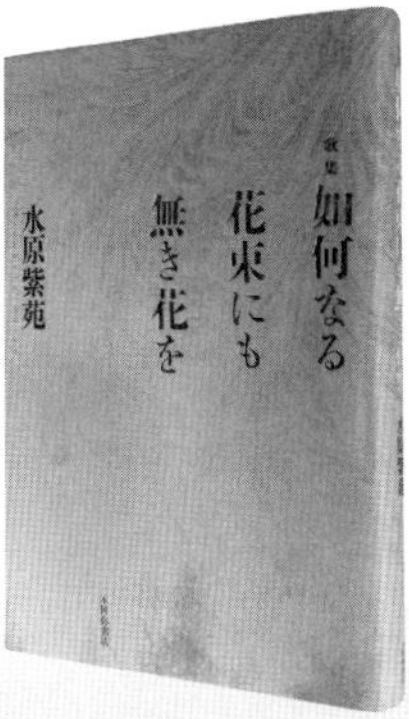

悲しみに睫毛あるべし花舗つねに冷えびえとして兵舎に肖《に》たり

ささがにの蜘蛛の家なりわたくしはとはの寄宿者ちひさき紫苑

ヴァイオリンにふれしことなき人生にかがやくものは港ばかりぞ

白き獅子飼はむとおもふ霜月の朝《あした》のわれは山河なりけり

籐椅子にわれは坐らず椅子は永遠の伴侶のごとく秋の陽《ひ》を浴ぶ

親殺しなりけむかつて中國に日本が爲せし暴虐のあまた

共に陸軍中尉。母の兄なる伯父は商人の子にして應召、戰死し、職業軍人なりし父は戰後、母の家に入る。

伯父在りせば、父母は婚姻せず、わがいのち無からまし。われは戰爭の子なり

大日本帝國に殺されし伯父捨てられし父われを創るも

わたくしを開けといへる友のこゑ秋空にひびき人類は舟

キリストもブッダも犬にあらざれば信に足りずとおもふ秋かな

海のごとき無知を抱《いだ》きてわがいのち果てむかなしもかもめは書物

薔薇窓のなき教會に木枯は何求めてや吹き入りぬらむ

蟲のこゑ絶えてさざんくわ咲きいづる萬象をこそわが敵となせ

わが生みし荒野いとしもひとり立つナザレびとなくばいよよ美《は》しきを

梅咲けば未來おもほゆさくら咲けば過去《すぎゆき》おもほゆいづれにも無きわれ

鳥歩む春を生きつつ日本語を超え得ざること怒りのごとし

被害者にして加害者たりき
マルクスを讀みしこと、チーズを好みしこと、戰地にて住民を壕に入れしこと、つたへきくのみ

沖繩戰に死にたる伯父よ一生《ひとよ》われにきみがうらみをうたはせたまへ

首里城は燃えしを卽位の饗宴はあかねさす日のごとくありけり

大和歌の源ゆきて裁くべしたまきはるわがうちなる天皇制

さくらかへで黃葉《もみぢ》と紅葉《もみぢ》照り合へるこの庭に來よ老ジャンヌ・老セバスチャン

極月の雀ら庭に亡き犬とあそべるが見ゆコペルニクス戀ほし

ふれえざる死者のまなこにくちづけし立ち上がるとき宇宙は刃《やいば》

裂かれゆく空の痛みよ夏つばめ永遠といふ病を運べ

父母を賣りたましひを賣り流星のきみにささぐる銀の花束

戀ごろもすきとほりゆく天球に鳥と星との言の葉たがふ

病院は阿修羅のごとく闇に立ち少年の貌《かほ》老いゆけるはや

不死の人よこぎる部屋に黄金《わうごん》のごとくねむらむつひに父母なし

いちはつは枯れて復《ま》た咲き友といふ奇跡の庭をこの星に持つ

恍惚のロレンザッチョはいつの日も靜かの海の見えぬさざなみ

夜《よる》は歩む木の葉のやうにひさかたの天より來たる役者のやうに

こはれゆくわたくしの手にくちづけをさなくば遠きアヴィニョンの星を

忘却と神話のあはひ花ゆれて花摘みに來し少年凍る

二千年前のをみなはをみなに戀しつつ雀の車われをつらぬく

ラシーヌはわが繭なりきうたかたの宇宙に絹をまとはせむ今

わたくしは薔薇と感ずる一瞬のすぎゆきしのち金屬戀ほし

ユリシーズ遠かりしかど葛城の峯の雲よりあるい　は近き

ああ螢放てるひとを惡《にく》みつつ人間の盾と今しならばや

わたくしは生姜紅茶のくれなゐやきみがコギトをさかしまに生く

白犬は言葉と共にわれに來つひかりといへる直面《ひたおもて》はも

汝《なれ》が名のさくら想へば人類はイコンに生くる空のみなしご

恐龍のとほき裔《すゑ》なる鳥たちに原不安とふしらたま渡す

星々の心とならむその日まで眞の共産主義を知らずや

瀧とわれといづれ羞《やさ》しきいのちなる造物主なき東洋の春

あかねさす狂女カサンドラ招きたし瀧と松との渴仰世界

瀧ひとりわれもひとりの晩春にダイヤモンドのごとく戀落つ

睡蓮はけふも開けり五月より九月に至る夢あるいは死

卵黄に春の曇天あふれつつ死に死に死にてあかるきものを

沖繩とふ南の心臟きらきらとこの虛國《むなぐに》に血を注ぎけり

海といふ少女を愛し果てにけりわが前《さき》の世の眉のしづけさ

水にして器なること　夢にして言葉なること　戀の限りや

犬妻の老いぞさびしき秋草のシオンの娘とわれを呼びける

美しき忘却曲線白鳥のうた忘れなば翁とならむ

象あゆむ第三惑星さびしけれネックレス掛けすなはち外す

七頭の硝子の馬にみちびかれ病める世界のぬくもりを知る

玉の緒の絶えなむのちの秋の野をアンドロギュノスあそびせむとや

木枯と窓の生《な》したるひとりごのわれはも始源のア音を知らず

戰爭と天皇つひにうたひえずむごき蒼穹に寄するくちびる

ひさかたの世界とわれの訣別の白にしあれば鳥はこたへよ

きみ空に溢れゆくかなきさらぎの河津櫻の契りかなしも

沖縄戰に死にたる伯父をたましひの父となしけりみごもりののち

天霧《あまぎ》らふ憎しみさあれ父は今大きみづうみ水鳥われは

かぐはしき老いびとならまし春日井建その手にふれしわれを呪ふも

なすな戀　山中智恵子賜ひける扇《あふぎ》ひらけばちしほこぼれ來《く》

セシウムの雨に濡れつつさまよへり〈不在の花〉と〈花〉のあはひを

飯舘《いひだて》の牛にいふべき言の葉のあらざりければ詩人に非ず

この星の最もみにくき薔薇として冬にみひらくわれとわがうた

側溝を走る鼠よ抱きしめよ如何なる花束にも無き花を

琉球とアイヌをまこと虐《しひた》ぐるそらみつ大和の月は匂へり

風の骨あらはに見ゆるきさらぎを過ぎゆけるひとみな扇《あふぎ》かも

プルーストの鈴を鳴らすはぬばたまのわが黒翁《くろおきな》きみにありしか

信夫山しのぶこころのおとろふるわれら彌生《やよひ》の花に灼かれむ

カミーユは瀧とおもへばきらめきに打たれたる馬みづからは時

石蓮花《せきれんくわ》見えざるものを母とよぶわたくしやみにふるるそのはな

正倉院文様まとふわが身より象脱け出でて普賢へ向かふ

死に近き白犬さくらわが妻と今ぞよぶべきわれはわれゆゑ

時じくのさくら散りけりさみだれにみだれごころの天を喪《うしな》ふ

悲しみは音樂なれば眞《ま》澄《そ》鏡《かがみ》ながるるものを抱《いだ》かむとすも

死神はわれぞと想ふ朝焼けに泪《なみだ》凍れる魚《うを》か世界は

紫陽花の球《きう》をひらきて汝《なれ》に逢ふ傷つけられし星のごとくに

少女より老婆と成りしわが貌《かほ》を星降る井戸に沈めけふ在り

月ゆがむ眼《まなこ》をもちて青旗の幻視おもへば匂ふごとしも

もののふの八十《やそ》白犬のその中ゆわれに來たりし言靈《ことだま》さくら

焼け落ちしノートルダムの尖塔に刺さるるゆめのわれは若きか

樂人の切手を貼りて息つきぬ星の重さの葉書ひとひら

たましひと心のあはひひるがほの咲きみだれたり處刑場なり

わが戀はほろびにけりな庭荒れてきみが河津櫻もすさまじ

雀らが野分《のわけ》の前に來たりける智恵を怖れて聽くモーツァルト

百合わらふ鏡の部屋に囚はれしひさかたのわれぬばたまのわれ

黑《くろ》富《ふ》士《じ》をわが見たりける夏の日や歴史逆巻く白波の中

三島由紀夫は知つてゐた

人類の始源と末期《まつご》韻文の時代なるべし　ねむれプルースト

たましひの痣《あざ》の象《かたち》を見せ合ひし白亜紀既に羊歯はおとろふ

死者生者言葉を交すひとときを天體のごと葡萄炎えたり

人間の水は南と謠ひつつ死ぬる元雅《もとまさ》顯《た》たば顯《た》てかし

ともしびを消したまへとよ東大寺日光月光菩薩のたまふ

ふたたびは舞はざらむ手をかざしつつ蜻蛉《せいれい》に從《つ》くわたくしは他者

落ち雀庭に埋めたるわたくしは嘘言ふごとにすきとほりゆく

白紙《しらかみ》をあたへられける歡びを白紙《しらかみ》に書き白紙《しらかみ》は舞ふ

神なりし昨日はいづこあらくさを刈れば小《ち》さき小《ち》さきその花

地下へゆく電車ははつかはにかみにつつ陽《ひ》と別れたり　コスモス

白壁《しらかべ》の家に暮らしてまぼろしを書きやまざらむうたびとに死を

佛語譯二十首
traduction

ヴァンサン・デュレンベルジェ氏の協力による拙譯です。
Traduit par l’auteure avec l’aide de Vincent Durrenberger.

われらかつて魚《うを》なりし頃かたらひし藻の蔭に似るゆふぐれ來たる
びあんか

Le crépuscule vint
comme à l’ombre des algues allaient
ces paroles que jadis, poissons, nous échangions.

雪降らぬ島々の子に死者の顔覆へる白をいかで教へむ
びあんか

Aux enfants des îles ignorant la neige
comment expliquer ce blanc,
voilant du défunt, le visage.

春晝は大き盃　かたむきてわれひと共に流れいづるを
うたうら

Le soleil printanier à son zénith
comme une grande coupe
bascule, verse et nous balaie dans sa course.

まつぶさに眺めてかなし月こそは全き裸身と思ひいたりぬ
びあんか

Tristesse
que d’apercevoir la lune
s’offrant entièrement nue.

飛ぶ鳥に刃《やいば》なきことさびしとも美《は》しともおもふ暮れぐれにして
びあんか

L’oiseau dans le ciel
vole au crépuscule
sans sabre à ses côtés.
Il n’est à mes yeux que tristesse et beauté.

死者たちに窓は要らぬを夜の風と交はる卓の薔薇へ知らせよ
びあんか

Annoncez aux roses sur la table
effleurées par le vent du soir
que les morts n'ont nul besoin
de fenêtre !

白鳥とくちなは愛しあふこゑを聞きたるのちにみづは滅びむ
びあんか

Que l'eau meure après le chant d'amour du cygne et du serpent !

われのみにきこえぬ鐘にふれにしがふるへゐたりき鳴りてゐにしか
客人

J'effleurais la cloche
inaudible et vibrante.
Sonnait-elle ?

宥《ゆる》されてわれは生みたし　硝子・貝・時計のやうに響きあふ子ら
びあんか

Qu'il me soit donné
d'avoir des enfants
résonant comme le verre, les coquillages, l'horloge.

白鳥はおのれが白き墓ならむ空ゆく群れに生者死者あり
うたうら

Les cygnes
forment des tombeaux blancs.
Ils volent dans le ciel
morts ou vivants.

殺してもしづかに堪ふる石たちの中へ中へと赤蜻蛉《あきつ》　ゆけ
びあんか

Va ! libellule rouge
au-dedans les pierres
qui supportent en silence
d'être tuées.

天球に薔薇座あるべしかがやきにはつかおくれて匂ひはとどく
びあんか

La rose serait constellation
puisque précédant le parfum,
du ciel son éclat nous parvient.

死ぬるまで愛しあふ鳥　死を越えて愛しあふ鳥　白ふかきいづれ
客人

Des oiseaux amants jusqu'à la mort
ou de ceux qui s'aiment encore
dans l'au-delà,
lesquels sont plus blancs ?

夢のきみとうつつのきみが愛しあふはつなつまひるわれは虹の輪
客人

Toi, entre rêve et réalité
ces amours à l'aplomb de l'été
Moi, l'anneau de l'arc-en-ciel.

水にして器なること　夢にして言葉なること　戀の限りや
如何なる花束にも無き花を

Être à la fois
l'eau et le verre
le rêve et le mot,
le voilà, l'amour sans limite.

われは笛、われはくちなは、われは空　死ののち水の夢とならむか
えぴすとれー

Je suis la flûte
puis le serpent
puis le ciel,
deviendrai-je
après ma mort
le songe de l'eau ?

この星の最もみにくき薔薇として冬にみひらくわれとわがうた
如何なる花束にも無き花を

À l'hiver j'ouvre
et mes yeux, et ma fleur, et mon chant
moi, la plus disgracieuse des roses
de cette planète.

きらきらと冬木伸びゆく夢にして太陽はひとり泪《なみだ》こぼしぬ
客人

Le soleil solitaire fond en larme,
dans son rêve
les arbres d'hiver
s'élèvent et étincellent.

水浴ののちなる鳥がととのふる羽根のあはひにふと銀貨見ゆ
びあんか

L'oiseau se pare
au sortir du bain
de ses ailes scintille
une pièce d'argent.

こぼれたるミルクをしんとぬぐふとき天上天下花野なるべし
客人

Tranquille, j'essuie
le lait répandu
et imagine terre et ciel
recouverts
d'un champ de fleurs d'automne.

1951年、フランスの出版社 Les Éditions de Minuit の最初の刊行物であるヴェルコールの著作が『海の沈黙・星への歩み』として日本でも翻訳、紹介されました（河野与一・加藤周一共訳）。同書に感銘を受け、ナチス・ドイツに対するレジスタンス運動の拠点となった Les Éditions de Minuit の活動に深く共鳴した齋藤愼爾が、その日本版を目指して1963年に創業したのが深夜叢書社です。

C'est en 1951 que *Le Silence de la mer* et *La Marche à l'étoile* de Vercors publiés par les Éditions de Minuit ont été présentés en traduction au Japon.
Sympathisant profondément avec l'esprit de la Résistance contre le régime nazi pendant la guerre de cette maison, Shinji Saito a fondé sa propre maison d'édition nommée Shinyasosho-sha, c'est-à-dire, La Collection de Minuit, en hommage aux Éditions de Minuit, en 1963.

水原紫苑年譜

一九五九年

二月十日、横浜に生まれる。熊本の阿蘇出身の父は元近衛士官で婿養子、横浜育ちの母は父と同年の兄を沖縄戦で亡くしていた。

両親の結婚後十年経って生まれた一人っ子で過保護に育てられる。最初の記憶は三歳くらいの頃、ある朝母と庭に出ると、ハッピーという名の犬がいなくなっていたこと。以来代々の犬たちとともに暮らす。

蒲鉾の製造販売業を営んでいた母方の祖父母の家が近所にあり、毎日のように行っては若い叔父叔母や遊びに来た従姉妹たちと会う。

一九六五年（六歳）

横浜市立神橋小学校入学。おしゃべりで学校が大好きな明るい子どもだった。父は無口で気弱、母は心身虚弱だったが勝気で、生涯過剰なまでの愛情を注ぐ。得意科目は国語、苦手科目は図画工作と体育。特に体育については先生からも問題児だと言われる。

一九七〇年（十一歳）

三島由紀夫の死を原体験として、自意識のようなものを持つ。この頃太宰治の『人間失格』を読んで幻影に怯える。『斜陽』を擦り切れるまで読む。

一九七一年（十二歳）

横浜市立六角橋中学校入学。母に馬場あき子の『鬼の研究』（三一書房）をプレゼントされる。鬼というもの、能というものの存在を初めて知り、般若の美しさを想う。

一九七二年（十三歳）

中学二年、社会科の先生に与謝野晶子や石川啄木を教わる。『共産党宣言』を読んで父に激怒される。

一九七四年（十五歳）

神奈川県立横浜翠嵐高校入学。

一九七五年（十六歳）

七月、観世寿夫が演じるギリシャ悲劇『王女メディア』を観たいと思うが、先生にまだ早いと止められ、一生の悔いとなる。

八月、父の実家がある熊本県阿蘇郡蘇陽町（現・山都町）馬見原へ家族旅行。実家は造り酒屋の分家。近くに五ヶ瀬川が流れ、空気がきれいで桃源郷のように思うが、一週間いると横浜が恋しくなる。馬見原には一九九二年にもう一度行く。

九月、母や叔母たちと、憧れの歌舞伎座に初めて行き、以来母と毎月通って六世中村歌右衛門を崇拝するようになる。

この年国語の授業で短歌を作り、朝日歌壇の五島美代子選に一首採られて、しばらく短歌に熱中。

一九七六年（十七歳）

文化祭でクラスの仲間と映画制作、主演。高校の国語教師になるつもりで大学は国文科を志望。岩波文庫の『源氏物語』を分からないままにとりあえず読み通す。

一九七七年（十八歳）

早稲田大学第一文学部に入学。希望で一年間休学し、翌年から通学。同級生に今は亡き坪内祐三がいた。

一九七八年（十九歳）

英語ができず、せめてフランス語を勉強しようとアテネフランセへ。集中クラスに入ってしまい、大学に行かれなくなる。ストレスで過食症を起こす。

一九八〇年（二十一歳）

単位が足りないため、希望の日本文学科にも演劇科にも行けず、第三希望の仏文科に進む。フランス演劇のラシーヌをテーマに決める。朝日新聞社主催のフランス語スピーチ・コンテスト、「コンクール・ド・フランセ」で入賞し東京パリ往復航空券を得る。

一九八一年（二十二歳）

八月から十月まで渡仏。八月はトゥールでホームステイ、九月、十月はパリで、ロータリークラブのジュニア組織ロータラクトメンバーの、フランスの若者たちの家に泊まる。指導教授の岩瀬孝夫妻も在外研究のためパリ滞在中で、親身な世話を受ける。

パリでは毎晩のように観劇。コメディ・フランセーズの『アンドロマック』、マドレーヌ・ルノー出演『おおうるわしの日々』、パトリス・シェロー演出、マリア・カザレス出演の二晩続きの『ペール・ギュント』など。

一九八二年（二十三歳）

早稲田大学第一文学部仏文科修士課程に入学。春休みに、ジョゼフ・ロージー監督、イザベル・ユペール主演の映画『鱒』の東京ロケでアルバイト。この直後に二度目のフランス旅行。

勉強は全く身が入らず、研究室に行くのが憂鬱な日々を送る。毎日演劇博物館に行き、十五代目市村羽左衛門の写真集などを茫然と眺める。唯一楽しかったのは演劇科の安藤信敏（安堂信也）のゼミで、岡室美奈子、小田中章浩たちを知る。「この時期は人生のブラックホールだった」。

この頃、自宅近くで観世流梅若会の女性師範を見つけ、謡曲仕舞を習い始める。のちに、現在の梅若紀彰について、二十年余り稽古。現在の実玄祥である梅若六郎の舞台に傾倒する。きっかけとなったのは、名人藤田大五郎の笛で、本当に月光がきらめく『融』の舞台。同時に、観世寿夫の末弟、先代の観世銕之丞にも心酔する。

現代短歌に興味を持ち、齋藤史や塚本邦雄の存在を知る。

一九八五年（二十六歳）

一月、東京都多摩市の多摩一本杉球場で行われた江夏豊の「引退試合」を観戦。江夏の引退後はイチローのファンに。

一九八六年（二十七歳）

四年間かかってようやく早稲田大学第一文学部仏文科修士課程修了。仏政府給費留学生試験や博士課程入試は勉強不足で不合格。迷走して、文学座養成所を受験したり、東宝現代劇研究所の戯曲科に通ったりするも、いずれも失敗挫折。

三島由紀夫の日記から春日井建のことを知り『未青年』を読む。「短歌の三十一音こそが自分のためのミニシアターだ」と思い、すぐ春日井建に手紙を書いて入門を許される。先輩に大塚寅彦や喜多昭夫がいた。横浜の稲葉京子の歌会に通う。

ペンネームの由来は、姓が読売ジャイアンツで活躍し中日ドラゴンズの監督となった水原茂、名が石川淳の『紫苑物語』から。

秋から、原宿で二年前に開校したばかりのフランス系ファッション学校エスモードジャポンで働き始める。アランやフランソワという名の先生たちのアシスタントとして、三年間楽しく過ごす。仕事のあとは表参道のカフェで、煙草を吸いながら歌を作る。

中部短歌会の全国大会が鎌倉で行われ、春日井建に初めて会う。『未青年』の凄絶なイメージとは異なり、上品で温厚な紳士であることに驚く。「質問に対しては常に即答の師だった。歌集の原稿は最後まで目を通してくださった」。

一九八七年（二十八歳）

高野公彦の選により、「しろがね」で短歌研究新人賞候補となる。春日井建に連れられて「短歌研究」のパーティーに行き、馬場あき子に「今度は一人でおいで」と言われる。

十月、勤務先のエスモードジャポンの研修でフランス行（ロンドン経由）。

十一月、大塚寅彦の誘いで中京大学短歌シンポジウムに参加。林あまり、加藤治郎、荻原裕幸、穂村弘、山崎郁子たちに出会う。これをきっかけに、坂井修一、米川千嘉子、川野里子らとの交流も始まる。穂村弘とはしばしば夜中の電話で、短歌について激論を交わす。

一九八八年（二十九歳）

この頃、エスモードジャパンで知り合った女友達と三ヶ月ルームシェアするが、生活費が足りず実家に戻る。

一九八九年（三十歳）

五月、雁書館より第一歌集『びあんか』刊行。解説・高野公彦、帯文・春日井建。編集は小紋潤。高野公彦からは多くの貴重なアドバイスを得る。

大学時代の指導教授、岩瀬孝から「君が長い混迷から抜け出して自分の道を見つけたことをうれしく思う」という葉書が届く。ゼミの先輩だった橋本克己の誘いで、同時期にデビューした作家、久間十義との合同祝賀会。

十月、名古屋で『びあんか』批評会。

一九九〇年（三十一歳）

『びあんか』で第三十四回現代歌人協会賞を受賞。同時受賞は辰巳泰子『紅い花』。

大塚寅彦の誘いで、加藤治郎、荻原裕幸、辰巳泰子らが創刊した同人誌「フォルテ」に第三号から参加。九月刊の「フォルテ」第四号は、特集「水原紫苑『びあんか』の世界」。執筆者は坂井修一、中山明、穂村弘、大塚寅彦、小澤正邦、加藤治郎、荻原裕幸。表紙のイラスト（水原のポートレイト）は、フランソワが描いた。

「短歌研究」六月号に永田和宏による論考、「辰巳泰子と水原紫苑」。

一九九二年（三十三歳）

三月、雁書館より第二歌集『うたうら』刊行。帯文・佐佐木幸綱。同年に同じ版元から『月光公園』を刊行した小島ゆかりと懇意になる。加藤治郎の世話で『うたうら』批評会。穂村弘に厳しく批判される。

九月、河出書房新社刊の『「同時代」としての女性短歌』に作品と座談会で参加。そこで出会った編集者、長田洋一により、のちに歌集三冊、エッセイ集一冊を同社から刊行。

十月、中部短歌会の創立七十周年記念大会のシンポジウムに参加。講演は塚本邦雄。

一九九三年（三十四歳）

二月、旧古河庭園で「BS短歌会」第一回目の収録に参加。主宰は岡井隆と馬場あき子、歌人はほかに河野裕子、松平盟子、藤原龍一郎、加藤治郎。ゲストに北杜夫。以後、福岡、北上。松阪など各地のBS歌会等に出演。

六月、石井辰彦の推薦により、同氏と四方田犬彦、夏石番矢による同人誌「三蔵」第四号に作品「九月の愛の犬」発表。石井辰彦とは朗読会などでも折々に交流、またこの縁で、ボローニャ大学に赴任する四方田犬彦の、月島の家で開かれたお別れパーティーに参加。阿部日奈子、北川健次らと出会う。四方田犬彦とは、以後も朗読会や映画講座などを通じて交流し、新大久保の焼肉屋、溝口健二、ジェラール・フィリップなどを教示される。

阿部日奈子との親交も深まり、阿部を通じて、関口涼子、大野陽子、勝本みつるなどを知る。自宅が近い美術家の北川健次とは、個展の際だけでなく時々話を聞くようになり、平凡社の清水壽明を紹介される。のちに「太陽」連載の女性へのインタビュー「美女論」などの企画への参加の契機となる。この頃、松平盟子との交遊が始まり、ワインや文楽などを教えられる。

「図書」七月号に「三千歳という女」。七月、馬場あき子らと黒川能を観に行く。

穂村弘が「〈わがまま〉について」（「短歌」九月号／角川書店）を発表、井辻朱美、紀野恵たちとともに論じられる。大きな話題になり、二〇〇〇年刊の穂村弘『短歌という爆弾』（小学館）にも収録。

九月、砂子屋書房の田村雅之に連れられ、川崎で行われた山中智恵子と三枝昂之との公開対談を聴く。山中との初めての出会いであった。講演後、三枝家で山中に挨拶。同じ頃谷川健一にも出会う。熊本中学で偶然父と同期だったことがわかる。

この年から数年「点字ジャーナル」で選歌。

一九九四年（三十五歳）

四月、山中智恵子『をんな百人一首』（市井社）の百首目に「くちびるに鷹生れいづる秋の日も近しとおもへ銀河炎えたり」が収録。

「図書」四月号にエッセイ「もう一つの『井筒』」。

七月、岡井隆と神戸のBS句会にゲスト出演。収録後、誘われて京都へ同行、翌日、荒神橋歌会に出る。

一九九五年（三十六歳）

「図書」一月号から連載「うたのゆめ」がスタート（翌年一月号まで全十二回）。

「歌壇」四月号から、歌人にインタビューする新連載「この人に聞く」が始まる。第一回は馬場あき子。この企画で長野に住む齋藤史にも話を聞く（八月号と九月号に分載）。ほかに、森岡貞香、岡井隆、小島ゆかり、穂村弘、辰巳泰子、佐佐木幸綱、春日井建、高野公彦の計十一人にインタビュー。

九月、深夜叢書社からエッセイ集『星の肉体』刊行（自選二百首も収録）。

また、白川静が名誉同人、谷川健一、山中智恵子、吉田加南子がメンバーの同人誌「游」に、平均年齢を下げてくれという谷川健一の誘いで参加。山中智恵子には時々、上京の際の定宿、山の上ホテルで、一対一で天ぷらをご馳走になる。

十二月、北川健次、清水壽明と初めて高橋睦郎邸へ。

一九九六年（三十七歳）

一月、『星の肉体』を贈呈した白洲正子から返書があった縁で、清水壽明に伴われ白洲邸へ。「怖い人かと思ったが柔らか」で、能と歌舞伎の比較の話になり、歌舞伎は気が抜けると言われる。のちに白洲正子の『世阿弥』『謡曲平家物語』（講談社文芸文庫）の解説を書く。「新潮」四月号にエッセイ「団十郎の三役」。

「太陽」八月号（立原正秋特集号）に「風の日に会いたい　正秋への旅」。

小林恭二と岩波書店の川上隆志の企画による「へるめす歌会」と、その集大成としての『短歌パラダイス』（岩波新書、一九九七年四月）に参加。岡井隆を中心とするバラエティに富んだメンバーで、判者高橋睦郎を迎えて熱海で合宿し、泊まりがけの歌合を行った。俵万智、紀野恵、大滝和子、加藤治郎、荻原裕幸、穂村弘たちに加えて、吉川宏志、東直子のパワーに驚嘆。岡井隆や河野裕子と同じチームで夜通し歌を作る。のちにこの「短歌パラダイス」の発展形である「乱詩の会」にも、小澤實、川上弘美、小池昌代、阿部日奈子たちと参加。

「図書」十一月号に「他者としての女・お岩」。「歌壇」十一月号で高野公彦、栗木京子と鼎談「ともに短歌を伴侶として」。

一九九七年（三十八歳）

「文芸」二月号にエッセイ「紅葉色のジャンパー」。二月、樋口覚に連れられ、『西洋の夢幻能』（河出書房新社、一九九九年）の著者成恵卿とともに多田富雄邸を訪問。多田の鼓を聴く。

三月、城戸朱理、藤沢周、野村喜和夫と詩のワークショップ。

四月、河出書房新社から第三歌集『客人《まらうど》』刊行（深夜叢書社からの出版を予定していたが、同社の齋藤愼爾の勧めで河出書房新社より上梓）。

五月、平凡社の清水壽明と長崎へ取材旅行。

六月、京都で、白川静、谷川健一、山中智恵子と座談、終了後に歌仙を巻く（座談は「古代人の心象風景」として翌一月刊の「自然と文化」五十六号に掲載）。「神々の世界を見ているようで、私は碩学に古代中国の犬のことだけ伺った」。

同月、樋口覚の三島由紀夫賞受賞パーティーで、久世光彦に出会う。これが縁となり、以後、大木あまり、黒田杏子らさまざまな人たちとともに度々食事に招かれる。

「図書」七月号に「八ツ橋はなぜ死んだか」。

十月、三番三や『武悪』『朝比奈』『楽阿弥』『八尾』『文蔵』などに特にすぐれた役者、大蔵流狂言方山本則直と出会い、二〇一〇年の逝去まで交流。北海道など、ともに多く旅をする。

十一月、『短歌俳句同時入門』（馬場あき子・黒田杏子監修）に寄稿。「図書」十一月号で中村雀右衛門、渡辺保と座談「歌舞伎を語る」。

一九九八年（三十九歳）

四月より、俵万智とともに「NHK歌壇」の進行役を務める。講師は馬場あき子と佐佐木幸綱。慣れない仕事に困惑したが、その後、古典芸能を含めいろいろなテレビ番組に出演するようになる。

五月、『新星十人　現代短歌ニューウェイブ』（立風書房）に参加、書き下ろしの三十首とエッセイ、自選百首を寄稿、解説・川崎賢子。

「図書」五月号に「春ぞ経にける――式子の魅力とその系譜」。

九月、吉本和子句集『寒冷前線』に栞文。

十一月、久世光彦『夢あたたかき　向田邦子との二十年』（講談社文庫）に解説を寄せる。

十二月、雁書館の2in1シリーズで『びあんか・うたうら』刊行。解説・春日井建。この歌集のみ著者名の表記が「水原紫苑」。姓名判断で改名を勧められたためだが、以降の著作では元の「紫苑」に戻す。

この頃、高橋睦郎の紹介で武者小路千家の千方可（現在の第十五代家元後嗣・宗屋）にお茶を習う。この縁で、のちに方可の祖母で料理研究家の千澄子にインタビュー（「美女論」）。

一九九九年（四十歳）

「太陽」に、一月号から連載「美女論」スタート。第一回は田中裕子。以降、山口小夜子、瀬戸内寂聴、伊達公子、萩原葉子、小池昌代ら十八人にインタビュー。

「ユリイカ」二月臨時増刊号「総特集＝白洲正子」に「舞のような人生」。

二月、『客人』で沼津大中寺の第一回駿河梅花文学大賞受賞。短歌担当の選考委員は春日井建・司修。

「図書」三月号に「歌の霊力」。

四月から早稲田大学で短歌実作の演習を担当（二〇〇一年まで）。盛田志保子、石川美南、山崎聡子、永井祐、五島諭、岸野亜紗子、天道なお、種市友紀子などの現在の第一線の歌人たちが聴講、自身にとっても大きな糧となる。

「観世」六月号に「『船弁慶』の魅力」。

七月、河出書房新社から第四歌集『くわんおん』刊行。

十一月、梅若六郎による新作能『ジゼル』の脚本を担当。「能の何たるかを知らず、今思えば空恐ろしいことであった」。

二〇〇〇年（四十一歳）

二月、「現代短歌　雁」第四十六号で水原紫苑特集。執筆者は、馬場あき子、穂村弘、小島ゆかり。

「ユリイカ」三月号（特集＝ボリス・ヴィアン）にエッセイ「ブタクサが咲くまでに」。

春日井建が迢空賞を受賞し、東京での授賞式と名古屋での祝賀会に参加。

五月、松岡心平と対談「歌に内在する息をつかむ」（橋の会第六十回公演「重衡」パンフレット）。

六月、「幻想文学」第五十八号の特集「女性ファンタジスト２０００」に小説「母犬メリー」を寄稿、インタビュー掲載。論考は佐藤弓生。

九月、松岡心平の企画で山中智恵子にインタビュー「式子と定家をめぐって」（橋の会第六十二回公演「定家」パンフレット）。同月、高橋睦郎句集『花行』に栞文。

「群像」十月号にエッセイ「ペール・ギュントの白い馬」。「すばる」十月号に「近代能楽集について」。

「ユリイカ」十一月号（特集＝三島由紀夫）にエッセイ「〈音楽〉に解き放たれた夢」。

十一月、河出書房新社から散文集『空ぞ忘れぬ』刊行。「文学」十一月号に「世阿弥の夢」。「ダ・ヴィンチ」十一月号で高橋源一郎・坪内祐三と鼎談「明治文学はなぜ面白いのか?」。

この年、『くわんおん』で河野愛子賞受賞。

二〇〇一年（四十二歳）

「ユリイカ」一月号（特集＝２００１年大江戸文化の旅）に「南北と治助」。

三月、岩波書店からエッセイ集『うたものがたり』刊行。編集・川上隆志。「すばる」編集長片柳治の勧めで同誌三月号掲載の「名医Ｋ」を皮切りに短編小説を発表し始める。

土屋恵一郎『能――現在の芸術のために』（岩波現代文庫）の解説を書く。同月三十一日、青春の神様だった六世中村歌右衛門逝去。学生時代、国立劇場の楽屋口で待って花束を渡したことがあり、後年著書を贈った際には直々の電話を受けた。翌月の青山斎場での葬儀に参列。

「國文學　解釈と教材の研究」四月号に「花の能、能の花――新しい〈花〉、『熊野』をめぐって」。

四月、初めて沖縄に行き、平和祈念公園の平和の礎に伯父の名前を見る。

「歌壇」七月号で、安永蕗子、尾崎左永子と座談「なぜ、『源氏物語』はかくも私たちを魅了するのか」。「月刊百科」七月号で川上弘美と対談「いつでも恋は、せつないです」。

七月七日、純白のトイプードル犬さくらを家族として迎える。同月、奄美大島に取材旅行。

十月、塩竈、末の松山、松島など歌枕を訪ねて東北を取材旅行。

十一月、短歌研究社から第五歌集『いろせ』刊行。「文学」十一月号に「釈迢空の〈われ〉」。

二〇〇二年（四十三歳）

一月、松岡心平編「ＺＥＡＭＩ　中世の芸術と文化」01号に世阿弥十首を発表。『世阿弥の墓』のきっかけとなる。

「ユリイカ」二月号（特集＝光源氏幻想）で、梅若六郎にインタビュー（「人間の本質を表現すること　能と『源氏物語』」）。

昭和の円空と呼ばれた西村公朝が仏像を訪ねて語るテレビ番組「ほとけ出会い旅」（ＮＨＫ教育テレビ、二〜三月放送）に出演。公朝が住職であった愛宕念仏寺にも参詣し、没後も遺族と交流。

二月、岡本章演出による現代能『ベルナルダ・アルバの家』（神奈川芸術文化財団共同企画）に詞章担当で参加。これについて村上湛に批判され、抗議の電話をかけるが逆に論破され、以来、親交を深める。のちには馬場あき子、村上湛と三人でよく能楽堂に行き、そのまま呉服屋を回ることも。馬場には、古典の勉強会など学恩に加えて、人生最大のピンチでも助けられる。

「現代詩手帖」三月号で城戸朱理と対談「歌と現代詩　詩を促す力、歌を促す力」。

四月、『平井照敏句集』(芸林21世紀文庫)を編集。穂村弘と第一回北溟短歌賞選考委員を務める。受賞者は今橋愛、次席は石川美南と永井祐。同月、『世阿弥の墓』のために佐渡に取材旅行。

城戸朱理の企画・監修のアート・ドキュメンタリー番組「Edge」(スカパー!)に出演。桜を見て歌を詠む旅の第一弾「サクラ☆ピアニッシモ」で奈良県・吉野へ。同地で城戸朱理とともに前登志夫に会う。翌二〇〇三年は「北の桜」と題して函館へ。第三弾は二〇〇四年、「桜化身　三大桜を詠む」。「桜と自分をさらに結びつける契機になる仕事だった」。

五月、鹿児島へ。城戸朱理、野村喜和夫、高岡修とともに詩のイベントに参加。

「文藝春秋」七月号で後藤正治と対談「江夏よ永遠に」。七月、瀬戸内寂聴『髪』(新潮文庫)に解説文「宇宙による救済」。

十月、横浜市文化奨励賞受賞。同月、中部短歌会の創立八十周年記念大会で春日井建、加藤治郎と鼎談。また、梅若晋矢の舞台「サダコ」鑑賞のため広島へ。原爆ドームと原爆資料館も訪問。大正天皇御集『おほみやびうた』に栞文。

十一月、国文学研究資料館創立三十年記念講演会で「短歌創作における古典の活用」の演題で講演。

十二月、久世光彦演出のETVスペシャル「日本語歳時記　大希林スペシャル」に樹木希林、加藤治子らと出演。

二〇〇三年(四十四歳)

四月、「ユリイカ」臨時増刊号「総特集＝吉田喜重」で、梅若六郎にインタビュー(「夢の時空／能の未来」)。

五月、『春日井建歌集』(短歌研究文庫)の解説を書く。「ユリイカ」五月号(特集＝谷崎潤一郎)に「『お艶殺し』の夢と目覚め」。

「文藝」七月号で川上弘美と対談「夢見るころを過ぎても　韻文と散文のあいだで」。

「文學界」八月号にエッセイ「天下人なき歌舞伎国の現在」。

九月、河出書房新社から書き下ろし歌集『世阿弥の墓』刊行。既に病が重かった春日井建に指導を受けた最後の一冊となる。

十一月、四方田犬彦の誘いで明治学院大学言語文化研究所主催の公開講座「ポエトリー・リーディング　現代詩に声を取り戻そう」第三回で朗読する。

「すばる」十一月号で高橋睦郎と百人一首について対談「王朝を葬送する――読みなおし『百人一首』」。

「図書」十二月号に「『虞美人草』の時代」。

十二月、ウェッジからエッセイ集『京都うたものがたり』刊行。編集・服部滋、註・佐々木和歌子。刊行を祝い、『菅原道真　詩人の運命』の著者、藤原克己の招待で服部、佐々木とともに四人でディナー。同月、石川美南『砂の降る教室』に栞文。

二〇〇四年(四十五歳)

五月二十二日、春日井建逝去。その少し前に名古屋の自宅を訪ねる。一代限りの弟子と決めており、中部短歌会退会。以後単独で活動。

「観世」七月号に「古今和歌集における小町の歌の物語」。

「短歌研究」八月号の春日井建追悼座談会「大空の斬首ののちの静もりか没ちし日輪がのこすむらさき」に篠弘、佐佐木幸綱らと参加。

八月、現代詩手帖特集版『春日井建の世界』を齋藤愼爾と編集、浅井愼平、森久仁子

と座談会「〈未青年〉という存在のかたち」に参加。

　十一月、師へのレクイエムとして河出書房新社より第六歌集『あかるたへ』刊行。

二〇〇五年（四十六歳）

　二月、山の上ホテルで穂村弘の結婚パーティーに出席。

『あかるたへ』により、第十回若山牧水賞、第五回山本健吉文学賞受賞（選者・馬場あき子）。牧水賞授賞式には、小島ゆかり、川野里子も列席。伊藤一彦夫妻に世話を受ける。

「図書」九月号にエッセイ「紫よ、永遠なれ」。

　十月、「短歌ヴァーサス」第七号で特集「水原紫苑の世界」。執筆は、石川美南、田中綾、古橋信孝、城戸朱理。「ZEAMI　中世の芸術と文化」03号に禅竹十首を発表。

　この頃すっかり忘れてしまったフランス語のリハビリのために、横浜朝日カルチャーセンターに通う。プルーストを読み始める。

二〇〇六年（四十七歳）

　三月、山中智恵子逝去。両親の看病に忙殺され、葬儀に列席できず。亡くなる直前に着物と帯を贈られる。

二〇〇七年（四十八歳）

「短歌」五月号に「前登志夫の世界」。

　七月、山中智恵子を偲ぶ会に出席。晩年の山中について語る。

　十月、京都で開催された源氏物語千年紀のシンポジウムに髙樹のぶ子、芳賀徹、湯川豊とともに参加。

二〇〇八年（四十九歳）

「國文學　解釈と教材の研究」四月号に「北原白秋『フレップ・トリップ』軽さの魅力」。

　四月六日、母死す。父を病院に入れるも、十月十三日死去。

　友枝昭世、野村万作を講師とするNHK教育テレビ放送の番組「能・狂言入門」、頼富本宏、尼子騒兵衛の「はじめての西国三十三所巡り」に出演。

　十一月、源氏物語国際フォーラムに参加。藤原克己、朧谷寿、三田村雅子、河添房江、吉岡幸雄ほか多くの人に会う。吉岡は以前から知っており、工房も見学したことがあった。この時、母が作ってくれた吉岡幸雄の紫根染めを着ていた。

　この年、NHK特集「白洲正子の愛した京都」に出演。

　孤独と不安を紛らすために、中断していたカルチャーセンターのプルーストのクラスに戻る。講師はエレーヌ・グルナックが病気のため、菅沼潤に代わる。溝口健二に夢中になり、入手できる限りのDVDを買う。『残菊物語』を百回以上観て母のいない年を越す。

二〇〇九年（五十歳）

　二月、講談社より『歌舞伎ゆめがたり』刊行。

　六月、佐々木和歌子の企画、JR東海生涯学習財団主催「講座　歴史の歩き方」第四十七回で、国文学者の近藤みゆきとともに和泉式部について講演。

　九月二十六日、母の誕生日に、京都で梅若玄祥の『姨捨』を村上湛とともに観る。「一世一代の名演。母がそこに来ていると思う」。

　十二月、角川書店より第七歌集『さくらさねさし』刊行。

二〇一〇年（五十一歳）

「俳壇」一月号にエッセイ「私と歌舞伎　歌舞伎と短歌」。

　四月二十三日、山本則直逝去。

「現代思想」七月号に「イプちゃんと鼓　追悼多田富雄先生」。「ユリイカ」七月号（特集＝田辺聖子）に「田辺聖子と古典」。

　十二月、深夜叢書社から、主に「すばる」に発表した短篇をまとめた小説集『生き肌断ち』刊行。

二〇一一年（五十二歳）

四月、本阿弥書店より挽歌集『武悪のひとへ』刊行。

「短歌研究」十月号に「『影媛』観能記」。

十一月、「リポート笠間」52号で島内景二、武藤康史、松村雄二と座談会「歌の森にようこそ「コレクション日本歌人選」刊行に寄せて」。

二〇一二年（五十三歳）

三月、『石牟礼道子全集　不知火』（藤原書店）の第十五巻（全詩歌句集）に解説を書く。

四月、相沢光恵による水原紫苑論『時空を超える語り女』（不識書院）刊。

五月、ウェッジから書き下ろし小説『あくがれ――わが和泉式部』刊行。編集・服部滋。査読・藤原克己。

「角川短歌」六月号で山折哲雄、上野誠と鼎談「日本人にとって挽歌とは何か」。

六月、「講座　歴史の歩き方」第五十九回で、国文学者の多田一臣とともに万葉集の恋の歌について講演。『馬場あき子と読む無名抄』（短歌研究社刊）に参加。

この時期、国立能楽堂専門委員をつとめる。発表会で『天鼓』盤渉の舞囃子を追善の心で舞い、これを記念に稽古をやめる。

夏、鎌倉にて、スコッチウイスキー「オールドパー」のインターネットサイト「SCOPE-WISDOM OF JAPAN」の動画配信企画で、高橋睦郎と「人はなぜうたうのか」というテーマで対談。

十二月、『ユリイカ　総特集＝百人一首』で馬場あき子と百人一首について対談（「伝統を継ぐ、歌とつながる」）。

二〇一三年（五十四歳）

七月、松岡心平の誘いで、観世宗家の公開講座にゲストとして参加（二〇一五年にも参加）。

八月、谷川健一逝去。

十月、佐々木和歌子の企画、奈良県・JR東海主催の「奈良学ナイトレッスン」で「万葉びとの恋する魂」をテーマに講演（全三回）。

二〇一四年（五十五歳）

二月、「谷川健一　越境する民俗学の巨人」（KAWADE道の手帖）に「歌人谷川健一『海の夫人』を読む」を寄稿。

三月、平凡社新書から『桜は本当に美しいのか』刊行。編集・松井純、査読・佐々木和歌子。二十年来の企画。この三人に加え、励まし続けた阿部日奈子、平凡社の竹内耕太（当時）と五人で打ち上げ。二〇一七年三月に平凡社ライブラリーの一冊として改訂版が刊行。

「短歌」四月号で冲方丁と対談「短歌に挑戦！」。

「文藝春秋」七月号で半藤一利、鹿島茂、ロバート・キャンベルと座談会「いま日本人に必要な「教養」とは何か」。

十月、梅若玄祥先生人間国宝祝賀会に参加。

十二月、深夜叢書社から『びあんか　うたうら』決定版刊行。栞文・蜂飼耳。同月、京都の現代歌人集会秋季大会で、「桜はなぜ美しいか」と題して林和清と公開対談。楠誓英に初めて会う。大辻隆弘に、水原さんは晩年意識が強いなあ、と言われる。

この頃カルチャーセンターではプルーストのほかにも、藤原克己による源氏物語や堀尾耕一による西洋古典語のクラスに参加。

二〇一五年（五十六歳）

二月、砂子屋書房より第八歌集『光儀《すがた》』刊行。この歌集について、「現代短歌」二〇一七年三月号にて吉川宏志と対談（「平和と戦争のはざまで歌う」）。「歌壇」二月号で発表の第二十六回歌壇賞より歌壇賞選考委員。

四月、北川健次の紹介により、沖積舎から『客人《まらうど》』を復刊。帯文・小池昌代、装画・北川健次。

五月、横浜市の推進する文化芸術プロジェクト「バンカート１９２９（BankART1929）」が運営するBankARTスクールにて、四方田犬彦の「最終映画美学講義」に参加。『裁かるるジャンヌ』でアントナン・アルトーの顔を大写しで見て感激。

この年から四年間にわたり、城戸朱理の企画・監修によるドキュメンタリー番組「H（アッシュ）」（プロデューサー&ディレクター＝井上春生、アシスタント・プロデューサー&スチル＝小野田桂子、スカパー！）に出演。京都・流響院で桜を見て即詠。全四回。

六月、東京・築地のブックカフェふげん社で、シリーズセミナー「水原紫苑の歌舞伎ゆめがたり」が隔月でスタート。同月刊の四方田犬彦『犬たちの肖像』（集英社）に犬の歌が取り上げられる。

七月、村上湛に紹介された上原麻有子の誘いで、京都大学の第二十九回日本哲学史フォーラム「表現する自己、表現する世界」に参加、「短歌の表現と方法」の演題で講演。

十一月、葛原妙子没後三十年イベント「再発見・葛原妙子」のシンポジウムにパネラーとして参加。パネリストはほかに川野里子、平岡直子、永井祐、斉藤斎藤。会場発言は穂村弘など。講演は高橋睦郎。同月刊の町田康『スピンク合財帖』（講談社文庫）の解説を書く。

この頃、村上湛に六代目三遊亭圓生を教えられて突然夢中になり、ＣＤ『圓生百席』やＤＶＤなどを買い集める。

二〇一六年（五十七歳）

前年の「歌壇」七月号、三十首連載の一連「極光」で短歌研究賞受賞。選考委員は馬場あき子、佐佐木幸綱、高野公彦、永田和宏。

五月、元河出書房新社の長田洋一による企画「信州しおじり　本の寺子屋」で講演（「子どもの頃読んだ本　源氏物語と罪と罰」）。

「三田文学」夏季号より、エッセイ「千年を隔てた恋の歌のやりとり」の連載開始。

二〇一七年（五十八歳）

「短歌」三月号で旧知の俳人の今井聖と競詠、対談「31文字の扉」。

三月、東京・セルリアンタワー能楽堂主催の「万作狂言会」で公演前のお話（解説）。演目の『八句連歌』に合わせ、歌と連歌について。

十一月、企画誌「タンカフランカ（tanqua franca）」で、寺井龍哉の立ち会いのもと、睦月都と対談。

この頃　朝日カルチャーセンターでも折々に古典の講座を持つ。

十二月、本阿弥書店より第九歌集『えぴすとれー』刊行。

この時期、老朽化した家を抱えて途方に暮れるが、明星大学教授である村上湛に同僚の建築家齊藤哲也を紹介され、その助言で、土地の半分を売って、得た資金で老後の小さな家を建てることに決定。設計チームは、齊藤哲也、遠藤誠、石井航。

二〇一八年（五十九歳）

講談社のＰＲ誌「本」一月号から「百人一首うたものがたり」の連載がスタート（二〇二〇年一月号まで二十四回）。

五月、小佐野彈『メタリック』（短歌研究社）の解説を野口あや子とともに書く。「短歌」五月号で高野公彦、伊藤一彦と座談「馬場あき子の魅力」。

愛犬さくらと暮らす、桜の木のある「サクラの家」が完成、五月三十日新居に引っ越し。転居後すぐ、佐佐木定綱が本阿弥書店社長、奥田洋子とインタビューのため来訪（「歌壇」九月号に掲載）。

九月、『えぴすとれー』で紫式部文学賞受賞。選考委員・鈴木貞美ほか。

十一月、受賞の記念講演前にさくらが弱っ

て危なくなるが、奇跡的に持ち直し、無事京都宇治市の源氏物語ミュージアムで講演。吉川宏志と奥田洋子も列席。

「文學界」十一月号（特集＝人生に響く言葉・白洲正子篇）にエッセイ「秘伝というものは、要するに、何でもないものだ」。

この時期、二度目の国立能楽堂専門委員を務める。

二〇一九年（六十歳）

一月、楠誓英『禽眼圖』（書肆侃侃房）の帯文を書く。自宅の建て替えをめぐるできごとを小説「家の彼方に」として「三田文学」冬季号に発表。

三月、第一回笹井宏之賞授賞式後のシンポジウム「わたしたちのニューウェーブ」において、東直子、江戸雪とともに、パネラーを務める。二次会で大森静佳と初めて話す。

春から沢田研二に夢中になり、ＤＶＤを買い集め、何度もコンサートに行く。

「歌壇」五月号に「実は苦手な塚本邦雄」。

六月十六日未明、さくら死す。

七月、笠間書院の「コレクション日本歌人選」の一冊として、『春日井建』刊行。川野里子の『葛原妙子』と同時刊行。夏の終わりに、多田一臣の招待で、花鳥社の橋本孝、川野里子と、三人の出版の祝宴を持つ。

「現代思想」八月臨時増刊「総特集＝万葉集を読む」で、小島ゆかり、川野里子と鼎談「万葉逍遥　歌人たちとよむ万葉世界」。鼎談終了後も夜更まで三人で話す。

八月、宮崎行。「国富町ふれあい短歌大会」で講演。同日、宮崎市での沢田研二のコンサートへ。公演後、伊藤一彦夫妻の招きで食事。

「現代短歌」九月号に「あらかじめ断念された夢　佐藤佐太郎小論」。

九月、鎌倉瑞泉寺の方代忌で山崎方代について講演。方代の歌が嫌いであることを言う。

十一月、新たに創設された塚本邦雄賞選考委員となる。選考委員はほかに北村薫、坂井修一、穂村弘。塚本邦雄の前に直立不動になった青春が蘇る。

二〇二〇年（六十一歳）

二月、大岡信『「折々のうた」選』（岩波新書）刊行。短歌編の編者となる。俳句は長谷川櫂、詩は蜂飼耳。大岡信は、『あかるたへ』で受賞した牧水賞の選考委員だった。同月、平凡社の松井純が急逝。

自分の生まれた年に死んだジェラール・フィリップに夢中になり、またしても買える限りのＤＶＤを集めて毎日観る。最盛期は一日五本鑑賞。

「日本経済新聞」四月五日付朝刊にエッセイ「永遠のジェラール」。

四月以降、コロナ禍で引きこもり生活に入る。三十年ぶりでフランスに行こうとパスポートを取った矢先。

七月、第一回塚本邦雄賞発表。受賞者は石川美南『体内飛行』、次席に楠誓英『禽眼圖』。

八月、本阿弥書店より第十歌集『如何なる花束にも無き花を』を刊行。

九月、川野芽生『Lilith』（書肆侃侃房）の栞文を書く。

西洋古典語の師堀尾耕一より、東京古典学舎のオンライン講座を案内され、ホメロスなどを習い始める。また以前から習っていた横浜のエフィ・フランス語教室のオンライン講座なども受講。これらのオンライン講座と友人たちがさくらのいない日々の支えとなる。

「歌壇」十一月号に「山中智恵子私論」。

二〇二一年（六十二歳）

一月、『如何なる花束にも無き花を』で毎日芸術賞受賞。

三月、深夜叢書社より『水原紫苑の世界』、講談社現代新書より『百人一首　うたものがたり』刊行。

著作一覧

■**歌集**

『びあんか』………一九八九年五月／雁書館、解説＝高野公彦／帯文＝春日井建／第三十四回現代歌人協会賞受賞

『うたうら』………一九九二年三月／雁書館、帯文＝佐佐木幸綱

『びあんか・うたうら』………一九九八年十二月／雁書館2 in 1シリーズ、解説＝春日井建

『びあんか・うたうら【決定版】』………二〇一四年十二月／深夜叢書社、栞文＝蜂飼耳

『客人《まらうど》』………一九九七年四月／河出書房新社、第一回駿河梅花文学賞受賞

『客人』………新装版／二〇一五年四月／沖積舎、帯文＝小池昌代

『くわんおん（観音）』………一九九九年七月／河出書房新社、第十回河野愛子賞受賞

『いろせ』………二〇〇一年十一月／短歌研究社

『世阿弥の墓』………二〇〇三年九月／河出書房新社

『あかるたへ』………二〇〇四年十一月／河出書房新社、第五回山本健吉文学賞・第十回若山牧水賞受賞

『さくらさねさし』………二〇〇九年十二月／角川書店

『武悪のひとへ』………二〇一一年四月／本阿弥書店

『光儀《すがた》』………二〇一五年二月／砂子屋書房

『えぴすとれー』………二〇一七年十二月／本阿弥書店、第二十八回紫式部文学賞受賞

『如何なる花束にも無き花を』………二〇二〇年八月／本阿弥書店、第六十二回毎日芸術賞受賞

■**評論／エッセイ**

『星の肉体』………一九九五年九月／深夜叢書社（自選二百首も併載）

『空ぞ忘れぬ』………二〇〇〇年十一月／河出書房新社

『うたものがたり』………二〇〇一年三月／岩波書店

『京都うたものがたり』………二〇〇三年十二月／ウェッジ

『桜は本当に美しいのか　欲望が生んだ文化装置』………二〇一四年三月／平凡社新書、改訂版／二〇一七年三月／平凡社ライブラリー

『春日井建』………二〇一九年七月／コレクション日本歌人選073／笠間書院

『百人一首　うたものがたり』………二〇二一年三月／講談社現代新書

■**小説**

『歌舞伎ゆめがたり』………二〇〇九年二月／講談社

『あくがれ――わが和泉式部』………二〇一二年五月／ウェッジ

『生き肌断ち』………二〇一〇年十二月／深夜叢書社

執筆者一覧

阿部日奈子《あべ・ひなこ》　一九五三年、東京生。詩人。詩集『海曜日の女たち』『素晴らしい低空飛行』。

石川美南《いしかわ・みな》　一九八〇年、神奈川生。歌人。歌集『砂の降る教室』『裏島』『体内飛行』。

上野　誠《うえの・まこと》　一九六〇年、福岡生。万葉学者。『魂の古代学』『万葉学者、墓をしまい母を送る』。

大森静佳《おおもり・しずか》　一九八九年、岡山生。歌人。歌集『カミーユ』、評論集『この世の息』。

荻原裕幸《おぎはら・ひろゆき》　一九六二年、愛知生。歌人。歌集『青年霊歌』『リリカル・アンドロイド』。

春日井建《かすがい・けん》　一九三八年、愛知生。二〇〇四年没。歌人。歌集『未青年』『春日井建全歌集』。

川崎賢子《かわさき・けんこ》　一九五六年、宮城生。評論家。『尾崎翠　砂丘の彼方へ』『彼等の昭和』。

川野里子《かわの・さとこ》　一九五九年、大分生。歌人。歌集『硝子の島』『歓待』、評論集『幻想の重量』。

川野芽生《かわの・めぐみ》　一九九一年、神奈川生。歌人。歌集『Lilith』。

城戸朱理《きど・しゅり》　一九五九年、岩手生。詩人。詩集『幻の母』『世界－海』『漂流物』。

黒瀬珂瀾《くろせ・からん》　一九七七年、大阪生。歌人。歌集『黒耀宮』『空庭』『蓮喰ひ人の日記』。

栗木京子《くりき・きょうこ》　一九五四年、愛知生。歌人。歌集『夏のうしろ』『けむり水晶』『ランプの精』。

小島ゆかり《こじま・ゆかり》　一九五六年、愛知生。歌人。歌集『希望』『憂春』『馬上』『六六魚』。

佐藤弓生《さとう・ゆみお》　一九六四年、石川生。歌人。歌集『眼鏡屋は夕ぐれのため』『モーヴ色のあめふる』。

菅原百合絵《すがわら・ゆりえ》　一九九〇年、東京生。パリ大学博士課程在籍。「心の花」所属。元「本郷短歌」同人。

高野公彦《たかの・きみひこ》　一九四一年、愛媛生。歌人。歌集『天泣』『水苑』『流木』、評論集『明月記を読む』。

谷川健一《たにがわ・けんいち》　一九二一年、熊本生。二〇一三年没。民俗学者、歌人。『谷川健一全集』。

寺井龍哉《てらい・たつや》　一九九二年、東京生。歌人、評論家。「うたと震災と私」で現代短歌評論賞受賞。

中村雀右衛門（四代目）《なかむら・じゃくえもん》　一九二〇年、東京生。二〇一二年没。歌舞伎役者、映画俳優。

中山　明《なかやま・あきら》　一九五九年、東京生。歌人。歌集『猫、1・2・3・4』『愛の挨拶』。

蜂飼　耳《はちかい・みみ》　一九七四年、神奈川生。詩人。詩集『食うものは食われる夜』『顔をあらう水』。

馬場あき子《ばば・あきこ》　一九二八年、東京生。歌人。歌集『葡萄唐草』『鶴かへらず』、評論集『鬼の研究』。

平岡直子《ひらおか・なおこ》　一九八四年、長野生。歌人。「光と、ひかりの届く先」で第23回歌壇賞受賞。

古橋信孝《ふるはし・のぶよし》　一九四三年、東京生。国文学者。『誤読された万葉集』『日本文学の流れ』。

穂村　弘《ほむら・ひろし》　一九六二年、北海道生。歌人、エッセイスト。歌集『シンジケート』『水中翼船炎上中』、エッセイ集『鳥肌が』。

松岡心平《まつおか・しんぺい》　一九五四年、岡山生。能楽研究者。『宴の身体　バサラから世阿弥へ』。

睦月　都《むつき・みやこ》　一九九一年、東京生。歌人。「十七月の娘たち」で角川短歌賞受賞。

村上　湛《むらかみ・たたう》　一九六三年、東京生。演劇評論家。『村上湛演劇評論集～平成の能・狂言』（近刊）。

盛田志保子《もりた・しほこ》　一九七七年、岩手生。歌人。歌集『木曜日』、エッセイ集『五月金曜日』。

山折哲雄《やまおり・てつお》　一九三一年、サンフランシスコ生。宗教学者。『死の民俗学』『法然と親鸞』。

山崎聡子《やまざき・さとこ》　一九八二年、栃木生。歌人。歌集『手のひらの花火』。

山中智恵子《やまなか・ちえこ》　一九二五年、愛知生。二〇〇六年没。歌人。歌集『夢之記』『山中智恵子全歌集』。

吉川宏志《よしかわ・ひろし》　一九六九年、宮崎生。歌人。歌集『海雨』『鳥の見しもの』『石蓮花』。

四方田犬彦《よもた・いぬひこ》　一九五三年、大阪生。批評家、映画史家、詩人。『漫画原論』『モロッコ流謫』『ルイス・ブニュエル』『詩の約束』。

渡辺　保《わたなべ・たもつ》　一九三六年、東京生。演劇評論家。『黙阿弥の明治維新』『明治演劇史』。

余滴

戦後短歌の黒衣《くろご》(編集者)として、短歌史を牽引してきた中井英夫は、昭和二十四年一月から昭和三十五年六月までの十二年間、「短歌研究」「日本短歌」「短歌」三誌の編集長をつとめ、中城ふみ子、寺山修司、塚本邦雄、春日井建、葛原妙子、岡井隆、浜田到、菱川善夫ら綺羅星を発掘、顕彰し、〈伝説の黒衣〉の名をほしいままにした。

昭和三十五年に杉山正樹が「短歌研究」を去り、三十九年に冨士田元彦が岸上大作を発掘したあと、「短歌」を離れて、歌壇はまた元の平穏さを取り戻した。「月光を浴びて静まるこの沼に、もうどんな波紋もひろがるけはいはない」(中井英夫『黒衣の短歌史』一九七一年、潮出版社)

『黒衣の短歌史』の翌年、昭和四十七(一九七二)年から四十八年にかけて、大岡信・塚本邦雄・中井英夫監修『現代短歌大系』(全十二巻)が三一書房から刊行された。最初の八巻は各巻三人ずつ、第九巻では四人の計二十八人の歌人が入集、第十巻は女流歌人など、第十一巻は新人賞作品など、最終巻は評論という構成である。私が同社で編集企画した『中井英夫作品集』(武満徹装幀)のベストセラーに対する〈論功行賞〉として実現した。編集委員に篠弘、冨士田元彦、正津勉、それに私が加わった。この全集も驚異的に売れた。

しかし、この全集も不備がある。女性歌人の少なさである。全集編集会議で、速記者が退席した後、私は「山中智恵子や馬場あき子は別枠で入集してもよいのでは」と発言したが、大岡・塚本・中井の監修者にも、他の編集委員からも賛成は得られなかった。入集した二十八人のうち女性は葛原妙子、齋藤史、生方たつゑ、五島美代子、石川不二子の五人に過ぎぬ。「女流作品集」に大西民子、尾崎磋瑛子(左永子)、富小路禎子、畑和子、初井しづ枝、馬場あき子、真鍋美恵子、森岡貞香、安永蕗子、山中智恵子の十人。「現代評論集」に女性の執筆者は皆無。

今回、短歌関係書を調べて驚いたのは、〈戦後短歌便覧の試み〉を、全集や大系の形で出版企画したものが、この『現代短歌大系』以後、一種も無いということである。四十八年間、短歌全集は空白期にあるのだ。

『水原紫苑の世界』は、静まりかえった歌の世界に差し出される。

黎明はしづかなる牛目ざむれば双角《もろづの》ふかく天にとどけり　水原紫苑

フランスの小説家、劇作家のジャン・ジロドーの晩年の戯曲『エレクトル』(一九三七年)は、ギリシア悲劇のオレステスとエレクトラの復讐物語に取材したジロドーの傑作の一つ。第二幕(第十場)の幕切れ、最後のしめくくりは血で血を洗う乱世、荒廃した世界の終末的状況を眼前にしたナルセスのかみさん、エレクトル、狂言回しを兼ねた乞食が登場する(『ジロドゥ戯曲全集』第四巻、鬼頭哲人訳)。

ナルセスのかみさん「……今日のように、日がのぼり、何もかもが台なしになり、何もかも荒れ放題、それなのに空気はすがすがしい、何もかもが失われ、町は燃えさかっている、罪のない人たちは殺し合い、一方では、罪人たちがのぼって行く太陽の片隅で、死の苦しみに喘いでいる、一体これは何といったらよいのでしょう?」

エレクトル「乞食に聞いてごらんなさい。この人なら知っているわ」

乞食「それにはとても美しい名がついているのだ、ナルセスのかみさん。その名は黎明というのだ」

——幕——

この戯曲の存在を私に教えてくれたのは映画監督の故・野田真吉氏だった。当時と状況は少しも変わっていない。一見進歩めき華やかそうだが、底知れず暗い、残忍冷酷な世の中が展開し続ける。こうした末世的な状況を私たちは死滅の闇夜に墜ちてゆく〈黄昏〉のように思わざるをえない。その〈黄昏〉を〈美しい名〉の〈黎明〉と呼びうるか。この主題が水原紫苑さんが歌や小説や評論をとおして希求しようとしているものだということを私は疑わない。

その問ひを負へよ夕日は降《くだ》ちゆき幻日のごと青旗なびく　山中智恵子

(齋藤愼爾)

編集協力………大下一真／奥田洋子／佐々木和歌子／高橋忠義／永沼浩一／橋本孝／松岡心平／村上湛／岩波書店／笠間書院／角川書店／銀座百店会／現代短歌社／市井社／小学館／松竹／青土社／ながらみ書房／日本経済新聞社／風媒社／冨山房インターナショナル／本阿弥書店／三田文学会

写真提供………遠藤誠建築設計事務所（P12）／小野田桂子（P12）／シマブクロアサコ（P10）／高橋昇（P10）／森久仁子（P211・215）／矢部志保（P5）／四方田犬彦（P179）／朝日新聞社（P225・226・239・243・251・265）／朝日カルチャーセンター湘南教室（P235）／本阿弥書店（P267）／PIXTA（P269）

編集統括………齋藤愼爾

編集・組版………髙林昭太

校正………尾澤孝

水原紫苑の世界

2021年3月10日初版発行

発行者　齋藤愼爾
発行所　深夜叢書社

〒134—0087
東京都江戸川区清新町1—1—34—601
info@shinyasosho.com

印刷・製本　株式会社東京印書館

ISBN978-4-88032-466-1　C0095